Karen Kingsbury

Spuren der Vergangenheit

Roman

Gerth Medien

MIX
Papier aus verantwortungsvollen Quellen
FSC® C014496
FSC
www.fsc.org

Verlagsgruppe Random House FSC-DEU-0100
Das für dieses Buch verwendete FSC®-zertifizierte Papier *Holmen Book Cream* liefert Holmen Paper, Hallstavik, Schweden.

Die amerikanische Originalausgabe erschien im Verlag Zondervan, Grand Rapids, Michigan, USA, unter dem Titel „Even Now".

Aus dem Englischen übersetzt von Eva Weyandt.

1. Auflage der Taschenbuchausgabe 2011
Bestell-Nr. 816 611
ISBN 978-3-86591-611-2

Umschlaggestaltung: Immanuel Grapentin
Umschlagfoto: Shutterstock
Satz: Nicole Schol
Druck und Verarbeitung: GGP Media GmbH, Pößneck
Printed in Germany

Prolog

Weihnachten

Es war so weit.

Emily Anderson hatte ihr ganzes Leben lang auf diesen Augenblick gewartet. In der Kiste, die vor ihr auf dem Boden stand, befand sich ein ganzes Leben … ihr Leben. Der Inhalt konnte ein Fenster in die Vergangenheit sein, ein flüchtiger Blick in eine Zeit, zu der sie noch so viele Fragen hatte. Aber wenn sie nun enttäuscht würde? Was wäre, wenn der Inhalt sie nicht weiterbrachte?

Einen Augenblick lang saß Emily reglos da und starrte die Kiste an. Zweifel ballten sich wie Gewitterwolken über ihr zusammen. Dies war ihre letzte Chance. Falls die Kiste nur Erinnerungsstücke aus der Schulzeit enthielt, gerahmte Fotos und alte Plüschtiere, würde sie wissen, dass sie wieder einmal in eine Sackgasse geraten war.

Und wenn nicht noch ein Wunder geschah, dann wäre damit die Suche nach ihren Eltern endgültig zum Scheitern verurteilt.

Sie legte ihre Hände auf den verstaubten Deckel der Kiste und strich mit den Fingern über die darauf geschriebenen Worte.

Laurens Kiste.

Das Behältnis musste mittlerweile fast neunzehn Jahre alt sein.

Sie hatte einen Kloß im Hals und schluckte, um ihn hinunterzuzwingen. „Mom …“ Sie starrte auf den Namen ihrer Mutter. „Hast du mir vielleicht einen Hinweis hinterlassen?" Sie schloss die Augen und legte die Arme um die Kiste. „Bitte, Gott, lass mich irgendetwas finden."

Unten bereiteten ihre Großeltern gerade das Abendessen vor. Sie hatten ihr etwas Zeit gegeben. Ihr lieber alter Großvater hatte die Kiste in einer mit Spinnweben übersäten Ecke unter einem Dutzend anderer vergessener Kisten entdeckt. Er hatte gewusst, wie viel sie ihr bedeuten würde und wie lange sie auf ein solches Zeichen gewartet hatte.

„Emily", hatte er zu ihr gesagt, als sie an jenem Tag vom College nach Hause gekommen war, „das hier gehörte deiner Mutter." Bei diesen Worten hatte er ihr die Kiste hingehalten. Obwohl sie selbst sehr groß gewachsen war, kam sie sich in seiner Gegenwart immer winzig vor.

Er hatte sie über den braunen Karton hinweg aufmerksam angesehen. „Ich bringe sie in dein Zimmer. Du wirst sicher etwas Zeit brauchen."

Das stimmte.

Sie schlug die Augen auf und starrte die Kiste an, sehr eindringlich und lange. Emily hatte das Gefühl, mit ihrem Blick imaginäre Löcher in den dünnen Karton zu bohren. Als könne sie auf diese Weise schon erste Blicke hineinwerfen, bevor sie ihn tatsächlich öffnete. Panik machte sich in ihr breit und sie atmete rasch ein paarmal durch. Und wenn sie überhaupt keine Hinweise fand? Erneut atmete sie zweimal tief ein. *Komm schon, Emily. Ganz ruhig!* Sie spannte die Bauchmuskeln an, schürzte die Lippen und atmete langsam aus. *Gott, hilf mir. Es muss etwas da sein.*

Wie oft hatte sie ihn schon um einen Hinweis oder ein Zeichen gebeten? Eine Spur, die sie zu ihren Eltern führen würde, und wenn auch nur für einen Tag. Dann würde sie sie fragen können, warum sie sie verlassen hatten und wie es kam, dass sie sich nie die Mühe gemacht hatten herauszufinden, was aus ihrem kleinen Mädchen geworden war.

Ihre lang aufgestauten Gefühle brachen sich Bahn und sie schloss die Augen. Die Erinnerungen fielen über sie her wie Geier. Sie sah wieder ihre Klassenkameraden vor sich, die immer lachten, wenn sie nach Schulschluss nicht abgeholt wurde.

Plötzlich befand sie sich wieder im Kindergarten, beim Picknick zum Muttertag. Sie hatte gemeinsam mit den anderen Kindern Platzdeckchen mit hellgrünen Handabdrücken gebastelt. Aus jeder Fingerspitze wuchsen hübsche gemalte Blumen hervor. Sie sangen ein Lied, und Emily hörte, wie sie aus voller Kehle schmetterten: „Danke für alles, was du tust … Mutti, ich liebe dich!"

Und wie alles, was mit dem Muttertag zusammenhing, hatte Emily diese Worte an ihre Großmutter gerichtet.

Selbst damals hatte sie es gewusst. Sie war das einzige Kind im Kindergarten, das keine Mutter hatte. Das einzige, dessen Mami es verlassen hatte, als es erst wenige Wochen alt gewesen war. Während die Erinnerung an das, was als Nächstes passiert war, zurückkehrte, sah sie wieder das Kindergartenkind vor sich, durchlebte jede noch so schmerzliche Einzelheit erneut …

„Grandma", hatte sie gefragt, „wo ist meine Mommy? Weißt du das?"

Ihre Großmutter hatte irgendwie nervös gewirkt. „Nein, Schätzchen. Opa und ich haben versucht, sie zu finden, aber, nun, wir hatten kein Glück."

Ganz plötzlich hatte Emily sich schrecklich verloren gefühlt. Wie an jenem Tag, an dem sie im Park war und ihren Opa nicht finden konnte. Als sie damals vor ihrer Großmutter gestanden hatte, war ihr eine Idee gekommen. Sie hatte ihr hübsches Kleid glatt gestrichen, die Beine geschwungen und ihre Füße in den Lederschuhen in Bewegung gesetzt.

„Vielleicht kann ich sie ja finden!"

„Schatz." Ihre Großmutter hatte ihr über die Haare gestrichen. „Ich glaube nicht, dass sie gefunden werden möchte."

Und das war es gewesen.

Emily atmete tief ein und seufzte. Sie war erleichtert darüber, dass die Erinnerung vorüber war. Aber sofort kam eine weitere in ihr hoch. Sie war dreizehn und alle aus der achten Klasse sprachen über „das" Thema.

„Irgendwie ist es komisch, in der Schule über Mädchenkram zu reden", hatte sie an jenem Tag in der Mittagspause zu einer ihrer Freundinnen gesagt.

„Dann sprich doch mit deiner Mom." Die Freundin hatte gelächelt. „Moms können das gut."

Die Leere und das Gefühl des Verlustes waren entsetzlich gewesen. Emily hatte den Eindruck gehabt, als hätte tatsächlich ein Loch in ihrem Herzen geklafft, ein so tiefes Loch, dass ihre Freundin sicher durch sie hindurchschauen konnte. An jenem Nachmittag hatte Emily auf dem Heimweg einen Entschluss gefasst.

Eines Tages werde ich meine Eltern finden. Egal, wie.

Emily strich sich mit der Hand über das Gesicht, als könnte sie sich durch diese Handbewegung von den quälenden Gedanken befreien.

Und dann hatten ihre Großeltern endlich einen Internetanschluss legen lassen. Danach hatte sie unzählige

Male den Namen ihrer Mutter eingetippt – L-a-u-r-e-n A-n-d-e-r-s-o-n – und war die Liste der aufgeführten Lehrer und Wissenschaftler und die anderen Einträge durchgegangen. Aber nie, kein einziges Mal, hatte auch nur ein einziger der zahllosen Einträge, die erschienen, auf ihre Mutter hingewiesen. Oder auf ihren Dad. Ganze Nachmittage hatte sie erfolglos damit verbracht, auf jede nur erdenkliche Weise nach ihm zu suchen.

Und jetzt, mit achtzehn, war sie mit ihrer Suche noch genauso weit wie damals, als sie damit begonnen hatte. Was sie sich wünschte, was sie sich immer gewünscht hatte, war die Wahrheit. Weil die Bruchstücke, die ihr bekannt waren, kein wirkliches Bild ergaben. Es waren einzelne Punkte, die nicht dicht genug beieinanderlagen, dass sie sich berührt hätten.

Spinnweben hingen an dem Karton und Emily wischte sie fort. Sie ließ ihre Hände auf der alten, abgenutzten Pappe ruhen und dachte nach. Konnte es sein? Waren in diesem Karton die Geheimnisse verborgen – und würden die Geheimnisse die Fragen beantworten, die Emily ihr ganzes Leben lang gequält hatten?

Warum war ihre Mutter fortgegangen? Wo steckte sie? Warum hatte sie sich seither nie mehr gemeldet? Hatten ihre Eltern jemals wieder Kontakt zueinander aufgenommen?

Sie umklammerte den Deckel der Kiste. Vielleicht … vielleicht fand sie ja genügend Teile, die sie zusammensetzen konnte.

Und vielleicht würden diese Teile ihr mehr Aufschluss über die Geschichte geben.

Sie konnte nicht mehr länger warten und klappte die Seitenteile auf. Es war so weit; sie würde jetzt die

Sachen ihrer Mutter sehen, sie berühren, darin lesen und sie einatmen. Ihr Herz pochte so laut und schnell, dass sie sich fragte, ob ihre Großeltern es unten wohl hören konnten.

Sie spähte in den Karton hinein. Obenauf lagen gerahmte Fotos von ihren Eltern. Emily nahm sie vorsichtig heraus. Darunter fand sie Jahrbücher und handgeschriebene Briefe. Emilys Herz tat einen Sprung. Viele Stunden der Erforschung lagen vor ihr. Alles, was sie aus dem Karton holte, legte sie auf ihr Bett und starrte es an, bevor sie sich dem nächsten Teil zuwandte.

Ob sie in den Briefen wohl auf Liebeserklärungen ihres Vaters an ihre Mutter stieß, vielleicht Ausführungen, die ihre Gefühle füreinander erklärten oder verrieten, was sie nach der Geburt ihres Babys vorgehabt hatten? Die Briefe würde sie sich für später aufheben. Im Augenblick war sie zu ungeduldig und wollte sich zuerst den ganzen Inhalt der Kiste anschauen, nur für den Fall …

Für den Fall, dass die Antworten ganz unten verborgen waren.

Sie griff erneut in den Karton und holte weitere Bilder und einige Fotoalben heraus. Und dann stieß sie auf einen alten Teddybär. Und nachdem sie den Bären herausgenommen hatte, entdeckte sie etwas, das ihren lauten, fordernden Herzschlag zum Stillstand brachte.

Tagebücher. Acht, nein, zehn Stück. Und darunter Spiralblöcke, Dutzende von Spiralblöcken.

Emily wühlte den Karton durch, nahm die Tagebücher heraus und legte sie neben die Fotos, Jahrbücher und Briefe auf das Bett. Dann fischte sie nach dem ersten Spiralblock und schlug ihn auf. Die Seiten hatten sich ein wenig gewellt und waren vergilbt. Seite um

Seite war dicht beschrieben. Emily überflog den Text und schnappte nach Luft.

Sie hatte es gefunden. Ein fehlendes Puzzleteil.

Ihre Mutter hatte gern geschrieben. Emily legte den Spiralblock auf die Bettdecke und griff nach einem anderen. Dieser war noch dicker und auf den Einband hatte jemand – zweifellos ihre Mutter – geschrieben: „Lauren liebt David." Emily starrte die Worte an und spürte das Brennen von Tränen in ihren Augen. Ihre Hände zitterten, als sie mit dem Daumen über die Worte strich.

Sie rutschte auf dem Bett zurück, bis sie sich an die Wand lehnen konnte, stopfte sich ein Kissen in den Rücken und machte es sich gemütlich. Die Informationen, denen sie ihr ganzes Leben lang nachgejagt war, würde sie hier finden, irgendwo vergraben zwischen den Pappdeckeln dieser spiralgebundenen Blöcke. In den Geschichten, die ihre Mutter geschrieben hatte, den Geschichten, die sie zurückgelassen hatte.

Die Geschichte von der Liebe ihrer Eltern. Vielleicht auch die Geschichte ihres Verlustes. Und unter Umständen stieß sie hier sogar auf eine Erklärung dafür, warum sie fortgegangen waren und ihr Baby zurückgelassen hatten.

Emily knabberte nervös an ihrer Unterlippe und blätterte eine Seite um.

Und dann begann sie zu lesen, ganz aufmerksam, damit ihr nicht ein einziges Wort entging.

Kapitel 1

12. März 1988

Das Sterben einer Freundschaft vollzieht sich normalerweise langsam und heimtückisch, so wie auch ein Berg erst nach jahrelangen heftigen Regenfällen langsam abgetragen wird. Eine Reihe von Missverständnissen, eine Zeit des Aneinander-Vorbeiredens – und auf einmal stehen sich zwei Frauen, die sich näherstanden als Schwestern und auf ein Dutzend Jahre der Erinnerungen, der Tränen, tiefen Gespräche und des Lachens zurückschauen können, wie Fremde gegenüber.

Aber Angela Anderson hatte keine Zeit, solchen Gedanken nachzuhängen; nichts hatte im Vorfeld darauf hingedeutet, dass ein solches Ende bevorstand. Denn der Tod ihrer Freundschaft mit Sheila Galanter trat ganz plötzlich ein, am Nachmittag des 12. März 1988, und zwar in dem kurzen Zeitraum, den Angela brauchte, um einen einzigen Satz auszusprechen:

„Lauren möchte das Baby behalten."

Das war das Ende. Der Ausdruck auf Sheilas Gesicht sprach Bände.

Angelas Tochter Lauren liebte Sheilas Sohn David schon, seit die Kinder zehn Jahre alt gewesen waren. Beide Familien waren recht wohlhabend, verfügten über ein Einkommen in sechsstelliger Höhe, verkehrten in den besten Kreisen Chicagos und waren prominente Mitglieder in den meisten Clubs der oberen Zehntausend. Ihre Männer leiteten gemeinsam ihre eigene Bank und die Zukunft ihrer Kinder lag hell und strahlend vor ihnen.

Nachmittags, wenn Angela und Sheila sich gegenseitig ihr Herz ausschütteten, wenn sie über ihre aufgeblasenen Bekannten herzogen, Reisen nach London planten und sich gegenseitig ihr Leid klagten über die Pfunde, weil sie während der Feiertage zugenommen hatten, dann träumten sie manchmal auch von der Zukunft ihrer Kinder. Von der Verlobung nach dem College und natürlich der Hochzeit.

Und dann lachten sie über ihre Torheit und beschlossen, den Kindern Raum zu lassen, um eigene Entscheidungen zu treffen. Aber im Laufe der Jahre entwickelte David tatsächlich eine tiefe Zuneigung zu Lauren und die Erfüllung ihrer Träume rückte in immer greifbarere Nähe. Als die Kinder auf die Highschool kamen, sprach David – zwischen seinen Baseballturnieren – immer häufiger von einer bevorstehenden Hochzeit.

„Nach der Hochzeit mit Ihrer Tochter", sagte er zum Beispiel zu Angela und ihrem Mann Bill, „fahren wir vier nach Mexiko in Urlaub." Oder er blickte seine Eltern an und meinte: „Wo sollen wir die Hochzeit feiern?"

Davids arglose Bemerkungen trieben Lauren die Röte ins Gesicht und amüsierten die Erwachsenen, aber insgeheim glaubte jeder von ihnen, dass es genau so kommen würde. Dass er und Lauren eines Tages, nachdem beide ihr Studium absolviert hatten – vielleicht am Wheaton College – und nachdem David seinen Platz in der familieneigenen First Chicago Trust eingenommen hatte, heiraten würden. Und die beiden Elternpaare Angela und Bill und Sheila und Samuel würden in der Zukunft nicht nur Freunde und Geschäftspartner sein, sondern eine Familie. Eine Familie im wahren Sinn des Wortes.

Die Bombe ging am Tag vor Weihnachten hoch.

Lauren und David hatten nach dem Abendessen eine Zusammenkunft einberufen. Das Gespräch fand im Haus der Galanters statt. Sheila hatte für diese Gelegenheit – was immer auch der Anlass dafür sein mochte – einen tiefgefrorenen Kuchen in den Ofen gestellt.

Lauren wirkte schmal und blass, ihr hellblondes Haar wirkte angesichts ihres schwarzen Strickpullovers fast weiß.

„David und ich ..." Sie brach ab und starrte auf ihre Turnschuhe. „Wir haben euch etwas zu sagen."

David saß neben ihr und hielt ihre Hand. Ihre Knöchel traten hervor, ihre Haltung war angespannt. Erst in diesem Augenblick spürte Angela, dass das, was nun kommen würde, vermutlich keine gute Nachricht war. David legte seinen Arm um Lauren und schirmte sie von den Anwesenden ab. Er war groß, hatte dunkle Haare und wirkte sehr männlich. Das war sein griechisches Erbe. Lauren wirkte neben ihm noch heller als gewöhnlich.

„Was Lauren zu sagen versucht, ist –" David fuhr sich mit der Zunge über die Unterlippe; seine Stimme zitterte. „Sie ist schwanger. Es war ein Unfall, aber es ..." Er blickte seinen Vater an. „Es war ein Unfall."

Angela würde die plötzliche Stille, die sich über den Raum senkte, nie vergessen. Sie hätte am liebsten nach Bills Hand gegriffen, aber sie wagte nicht, sich zu rühren, wagte nicht, nach Luft zu schnappen oder auch nur über eine Reaktion auf diese Neuigkeit nachzudenken. Das konnte einfach nicht sein! David und Lauren waren liebe Kinder, die mehr Zeit mit ihren jeweiligen Lieblingssportarten verbrachten als miteinander – Lauren mit Lauftraining und David mit Baseball. Sie waren doch in der Kirche groß geworden! Vielleicht waren sie keine regelmäßigen Kirchgänger, aber die Kinder besuchten doch jeden Mittwoch die Jugendstunde, oder etwa nicht? Zählte das denn gar nicht?

David zog Lauren dichter zu sich heran und flüsterte ihr etwas ins Ohr. Ihre Gesichter waren starr vor Furcht und Scham.

Als Angela wieder zu atmen wagte, warf sie einen Blick zu ihrer Freundin hinüber. Sheila saß in unnatürlich verkrümmter Haltung in ihrem Sessel. Auch sie war wie erstarrt. Ihr Mann Samuel, der neben ihr saß, stützte seine Ellbogen auf die Knie und ließ den Kopf hängen. Aber es war der Ausdruck auf Sheilas Gesicht, der Angela erschreckte. Sheila starrte Lauren an, und ihr Blick war zornig und eindringlich, als wolle sie Lauren durchbohren.

Es war kein Ausdruck des Schocks, des Entsetzens oder Mitgefühls. Vielmehr war es ein Ausdruck der Schuldzuweisung.

Sheila ergriff als Erste das Wort. „Nun –“ Sie erhob sich und strich die Falten ihres Kleides glatt. „Wann soll das … Baby geboren werden?“

David blinzelte. „Äh …“ Er blickte Lauren an. „Mitte Juli, richtig?“

„Ja.“ Sie richtete sich ein wenig auf, aber sie wirkte sehr elend. Rasch verschränkte sie die Arme über ihrem Bauch und lehnte sich erneut an David.

Angela wäre am liebsten zu ihr hingegangen, hätte sie in die Arme genommen, sie hin- und hergewiegt und den Kummer verscheucht, wie sie es immer getan hatte, wenn Lauren früher nach einem harten Schultag traurig nach Hause gekommen war. Aber diese Sache war viel schwerwiegender. Wenn sie jetzt vor aller Augen zu Lauren hinginge, dann sähe es so aus, als würde sie diese Situation irgendwie billigen. *Mein Schatz.* Angela umklammerte die Armlehnen ihres Sessels und blieb sitzen, doch ihr Blick sollte Lauren sagen: *Liebling, es tut mir so leid.*

Erneut ergriff Sheila die Initiative. „Ihr zwei seid noch viel zu jung für ein Baby." Sie blickte ihren Mann Samuel an, aber dieser starrte zu Boden. Sheila wandte sich wieder Lauren zu. „Du wirst das Baby doch zur Adoption freigeben, oder?"

Angela wäre am liebsten eingeschritten. Wie konnte Sheila so unsensibel sein? Im Augenblick war es doch noch viel zu früh, solche Entscheidungen zu treffen. Angela hielt die Luft an. Vermutlich waren es die Nachwirkungen des Schocks. Das musste es sein. Sie alle waren völlig geschockt. Denn wie sonst war zu erklären, dass ihre Freundin schon von Adoption sprach, wo sie doch zuerst einmal die Nachricht von dem Baby verdauen mussten?

Bill räusperte sich. „Wir wollen doch nichts überstürzen." Sein Tonfall war sanft, doch Angela hörte die Enttäuschung aus seinen Worten heraus. „Das ist für uns alle schwer. Wir sollten die Kinder aussprechen lassen."

„Um ehrlich zu sein –" David blickte seine Eltern an. „Lauren und ich ... nun, wir wollen das Baby behalten. Wir werden die Highschool zu Ende bringen und ich werde wie geplant aufs College gehen." Er biss sich auf die Lippen, aber seine Worte klangen, als habe er sie sich schon im Vorfeld zurechtgelegt. „Es wird nicht leicht werden." Er blickte Lauren an und strich ihr mit der Hand über die Haare. „Aber wir wissen, dass wir es schaffen können. Wir sind fest davon überzeugt."

Der rasende Zorn, der bei diesen Worten in Sheilas Augen aufflackerte, kam selbst für Angela überraschend. Sie hatte ihre Freundin noch nie so wütend erlebt. Sheila lief zum Fenster, blieb kurz stehen und wirbelte dann herum. Ihr Blick schien David zu durchbohren. „Das ist das Verrückteste, das ich je gehört habe!"

Angelas Gedanken überschlugen sich. Die Menschen, mit denen sie zusammensaß, die Menschen, die ihre Freunde waren, sprachen hier Dinge aus, die den Verlauf ihres Lebens für immer verändern würden. Lauren war im vorletzten Jahr der Highschool schwanger? Sie würde mit nur siebzehn Jahren Mutter werden? Die Kinder hatten unglaublich unverantwortlich und unbesonnen gehandelt. Und als wäre der Schock nicht schon groß genug, hatte Sheila das Baby bereits abgeschrieben und in eine andere Familie gesteckt. Was war mit Davids Wunsch, das Baby zu behalten und trotzdem in einem Jahr aufs College zu gehen?

So vieles war noch ungeklärt, und am Ende, nach einer emotionsgeladenen Diskussion, einigten sie sich auf eines: Jede Entscheidung zu diesem Thema würde warten müssen. Schließlich erhob sich die Gruppe und ein unbehagliches Schweigen legte sich auf sie. Angela ergriff Bills Hand und ging zu Lauren. Sie war doch ihr kleines Mädchen, ihr einziges Kind.

Angela musterte das Gesicht ihrer Tochter. All ihre Träume für Lauren waren jetzt zerplatzt, waren in weite Ferne gerückt und einfach nicht mehr zu erreichen. Angela hätte Lauren am liebsten geschüttelt, hätte sie gerne ausgeschimpft, weil sie alle ihre Wertmaßstäbe über Bord geworfen hatte. Sie wollte sie anschreien, weil sie dieses Unglück über die Familien gebracht hatte. Eine solche Katastrophe hätte Angela nie für möglich gehalten.

Aber so schlimm es auch für die Eltern war, für Lauren musste es noch schlimmer sein.

Die Stille, die sie nun umgab, war nicht mehr nur unbehaglich, sondern schier unerträglich geworden. Angela nahm Lauren schließlich in die Arme und drückte sie an sich. Es war Laurens Leben, das sich jetzt am meisten verändern würde. Was blieb ihr anderes übrig, als ihre Tochter in den Arm zu nehmen und ihr die Liebe und Unterstützung zu geben, die diese brauchte? Nach ein paar Sekunden legte Bill den Arm um seine beiden Frauen und reihte sich in ihren kleinen Kreis ein. Angela wusste nicht, wie lange sie so dicht beieinandergestanden hatten, aber schließlich lösten sie sich voneinander und verabschiedeten sich.

Es dauerte keine Woche, bis Angela und Bill widerstrebend zu der Überzeugung gelangten, dass Sheila – wenn sie ihre Haltung zu dieser Sache auch voreilig geäußert hatte – vermutlich recht hatte. Für die Kinder war es das Beste, wenn sie das Baby weggaben. Auf diese Weise konnten sie die Highschool zu Ende bringen und aufs College gehen. Am Neujahrsabend nahmen sie Lauren beiseite und teilten ihr ihre Ansicht mit.

„Wir würden dir gern helfen, eine Adoptionsagentur zu finden." Angela legte die Hand auf die Schulter ihrer Tochter. „Das wäre für alle Beteiligten das Beste, vor allem für das Baby."

Lauren zuckte zurück. „Das ist nicht eure Sache!" Mit großen Augen blickte sie zuerst Angela, dann Bill an. „Und auch nicht die von Davids Eltern." Sie legte ihre Hand auf ihren Bauch, als wollte sie ihr ungeborenes Baby vor einem Leben schützen, über das sie selbst nur wenig Kontrolle hatte. „David hat alles geplant. Er wird trotz des Babys das College besuchen."

„Das wird nicht funktionieren, Lauren." Bill verschränkte die Arme. Seine Stirn lag in Falten, die tiefer waren als je zuvor. Er liebte seine Tochter zwar von ganzem Herzen, doch jetzt lag ein Schmerz in seinen Augen, der davon sprach, dass er die Last seiner Tochter mittrug. „Du bist noch zu jung, um ein Kind großzuziehen. Wo wollt ihr denn leben?"

Angela zwang sich, ruhig zu bleiben. „Außerdem bist du ein kluges Mädchen. Du machst dir und deinem Baby das Leben unnötig schwer, wenn du dich jetzt schon mit einem Kind belastest. Du solltest ans College denken, nicht daran, wie man Windeln wechselt."

„Ich werde Schriftstellerin, Mutter." Jedes Wort kam ihr nur mühsam über die Lippen, ihre Wangen waren gerötet. „Dafür brauche ich keine Ausbildung."

„Doch, das brauchst du." Angela blickte zu Bill. „Sag es ihr."

„Deine Mom hat recht." Er legte den Arm um Laurens Schultern. „Liebes, es ist der falsche Zeitpunkt. Denk doch an das Baby."

Lauren entwand sich ihm und rannte in ihr Zimmer. Ihr Weinen erfüllte die ganze Woche das Haus und ließ die Weihnachtsferien traurig zu Ende gehen. Am Sonntag telefonierte Lauren mit David und die beiden redeten stundenlang miteinander. Als sie aus ihrem Zimmer kam, waren ihre Augen vom Weinen gerötet. Angela und Bill versuchten, mit ihr zu reden, aber sie war sehr wortkarg.

„Wir werden es nicht tun." Sie schniefte und wischte sich mit den Fingern über die Augen. „Wir werden unser Baby nicht weggeben."

Die Diskussion wurde danach noch wochenlang Tag für Tag fortgeführt, obwohl Angela und Bill es vermieden, Sheila und Samuel von der Entscheidung der Kinder zu erzählen. Die Ferien waren zu Ende, aber Lauren und David hielten ihre Neuigkeiten vor ihren Klassenkameraden geheim. Mindestens dreimal in der Woche rief Sheila Galanter an und stellte eine Art Ultimatum: „Bring sie zur Vernunft, Angela. Ich möchte nicht, dass die Kinder wegen eines Fehlers ihr Leben ruinieren."

Angela hätte die Anzeichen in jenen ersten Monaten des neuen Jahres erkennen, sie hätte ahnen müssen, was passieren würde. Sheilas kurz angebundener Tonfall bei ihren Telefonaten, das Ausbleiben von Einladungen zum Abendessen und zu Wochenendaktivitäten. Aber vor allem veränderte sich das Verhältnis der Männer zueinander. In den vergangenen zehn Jahren hatten Bill und Samuel von verschiedenen Investoren immer wieder Angebote zur Übernahme ihrer Bank bekommen. Ab und zu einmal dachten die Männer darüber nach, zu verkaufen und den Gewinn in ein neues Unternehmen zu investieren, mit ihren Familien vielleicht in einen der Vororte von Chicago zu ziehen. Aber im Grunde kamen diese Überlegungen nicht ernsthaft für sie in Betracht.

Nicht bis zu Davids und Laurens Bekanntmachung.

Als Samuel und Bill Ende Januar ein gutes Angebot für die Bank bekamen, beschlossen sie, zu verkaufen und einen Neuanfang zu wagen. Auch wenn sie bislang davon gesprochen hatten, sich in einer der Vorstädte von Chicago niederzulassen, so eröffneten die Galanters ihren Freunden im März doch einen anderen Plan.

„Wir werden nach Los Angeles gehen."

Angela starrte ihre Freundin und deren Mann sprachlos an. Die beiden waren unerwartet vorbeigekommen mit der Begründung, sie hätten Angela und Bill etwas mitzuteilen. Nur Angela und Bill.

Nicht den Kindern.

„Wir haben dort einige Investitionen getätigt. Ich weiß, es ist weit weg, aber wir werden uns trotzdem sehen." Sheilas Lächeln wirkte gezwungen. „Und auf diese Weise bekommen die Kinder Zeit zum Nachdenken und eine Pause voneinander."

Angela und Bill überlegten lange, ob sie es Lauren erzählen sollten, aber schließlich behielten sie die Neuigkeit für sich. Der Umzug sollte erst in einigen Monaten stattfinden, und sie wollten vermeiden, dass die Gefühle der Kinder füreinander durch den bevorstehenden Umzug noch zusätzlich an Intensität gewannen. Während die Galanters damit beschäftigt waren, ihre Pläne schnellstmöglich in die Tat umzusetzen, gab es einige Telefonate zwischen Sheila und Angela.

„Sie ist deine Tochter! Bring sie zur Vernunft. Die Kinder können eine solche Verantwortung nicht übernehmen! Noch nicht."

Bei einem anderen Telefongespräch übte sie noch mehr Druck aus. „Vielleicht solltest du Lauren erzählen, dass wir einen Umzug planen. Vielleicht ändert das ja ihre Meinung."

Angela war entsetzt. „Soll ich sie etwa erpressen? Ihr sagen, dass ihr nur dann bleibt, wenn sie das Baby weggibt?"

„Ich sage nur, dass es etwas bewirken könnte. Teile uns mit, wie sie sich entscheidet, Angela."

Die ganze Situation war völlig verfahren und geriet langsam außer Kontrolle. Noch zweimal sprach

Angela mit Lauren über deren Absichten, aber ihre Tochter ließ sich in ihrem Entschluss nicht erschüttern.

Sie und David wollten das Baby behalten. Sobald sie die Highschool abgeschlossen hatten, würden sie heiraten und ihr gemeinsames Leben beginnen.

Schließlich konnte Angela Sheila nicht länger vertrösten. Am 12. März lud sie ihre Freundin zu sich ein, um ihr Laurens Entscheidung mitzuteilen. Im Wintergarten der Andersons servierte sie Kaffee mit Sahne.

Angela verlor keine Zeit und kam sofort zur Sache. „Lauren möchte das Baby behalten“, verkündete sie und faltete die Hände auf dem Schoß. Sie hatten auf der weißen Korbgarnitur Platz genommen, die Sonne schien hell durch das Fenster. Bill war zur Bank in Wheaton gefahren, um den Verkauf zu regeln. Lauren war in der Schule.

„Das ist ja lächerlich.“ Sheila tat mit einer Handbewegung Angelas Bemerkung ab. „Sie ist viel zu jung, um zu wissen, was sie will.“

„Sheila, hör zu –“ Angela suchte den Blick ihrer Freundin. „Ich kann sie nicht umstimmen. Und ich werde es auch nicht mehr versuchen.“

Bei diesen Worten verhärtete sich Sheilas Gesichtsausdruck und ihre Wangen röteten sich. „Natürlich kannst du das. Du bist schließlich ihre Mutter. Sie ist noch minderjährig und wird tun, was du ihr sagst!“

„Das meinst du nicht ernst, oder?“

„Todernst.“ Sheilas Stimme wurde ein Spur schriller.

„Du denkst, ich kann meine Tochter zwingen, ihr Baby wegzugeben?“ Angela blinzelte die Frau an, die ihr gegenübersaß. Seit wann war Sheila so herzlos? „Sie ist vielleicht noch minderjährig, aber es ist ihr Baby. Ich kann diese Entscheidung nicht für sie treffen.“

„Natürlich kannst du das." Sheila stellte ihre Kaffeetasse abrupt ab und rutschte zur Sofakante vor. Auch wenn sie ihre Stimme senkte, so durchschnitt die Schärfe in ihrem Tonfall doch die wachsende Spannung. „Vor meinem Sohn liegt eine vielversprechende Zukunft. Er wird sicher nicht hierbleiben, während seine schwangere Freundin ein Baby bekommt und sein Leben verpfuscht." Ein leichter Schweißfilm bildete sich auf ihrer Stirn. „Ganz bestimmt nicht."

„Seine schwangere Freundin?" Angela lachte, aber ohne eine Spur von Humor. „Das ist Lauren jetzt also? Davids schwangere Freundin? David hat auch seinen Beitrag dazu geleistet."

„David ist noch ein Teenager!", stieß Sheila heraus. „Wenn ein Mädchen so leicht zu haben ist, welcher Junge in seinem Alter würde diese Gelegenheit nicht nutzen?"

Ein Schauder durchfuhr Angela. „Wie kannst du nur so etwas sagen!" Sie erhob sich und blickte auf die Frau hinab, die sie einmal als Freundin betrachtet hatte. Hatte sie sie jemals wirklich gekannt? „Wir sprechen hier von meiner Lauren."

„Nein." Sheila hob die Hand. Sie zitterte. „Wir sprechen hier über die Zukunft meines Sohnes." Sie rutschte ein paar Zentimeter zurück und die Falten auf ihrer Stirn glätteten sich. „Sei doch vernünftig, Angela. Die Kinder dürfen auf keinen Fall länger zusammen sein. Wir werden in der ersten Juniwoche umziehen. David kommt mit. Das ist unser letztes Wort." Ihr Zögern war kühl, ja, beinahe gleichgültig.

Angela hatte das Gefühl, als hätte sie einen Tritt in den Magen bekommen. Wie hatte sie sich in dieser Frau so täuschen und ihr all diese Jahre vertrauen können?

„Wir sind so lange befreundet gewesen, Sheila."

„Die Zukunft meines Sohnes ist wichtiger." Sheilas Tonfall wurde wieder etwas sanfter. „Es tut mir leid. Es ist nicht deine Schuld, es ist nur –", sie zog die Augenbrauen zusammen und blickte sie eindringlich an, „die Kinder müssen getrennt werden."

Angela ärgerte sich über Sheilas Tonfall und ihre Unterstellung, David sei das Opfer und Lauren die Übeltäterin. Aber in diesem Augenblick erkannte sie die Wahrheit.

Sie war plötzlich in der Lage zu erkennen, wie das Leben ihrer Tochter in der Zukunft aussehen würde, wenn Sheila Galanter ihre Schwiegermutter wäre.

Es wäre ein Leben voller Schuldzuweisungen und Scham. Sie würde nie Sheilas Ansprüchen genügen. Die Vergangenheit würde immer wieder aufgewärmt und diskutiert und mit spitzer Zunge und verächtlichen Blicken in Laurens Richtung kommentiert werden. Diese Vorstellung schmerzte Angela. Nein, so sollte die Zukunft ihrer Tochter nicht aussehen. Wie konnte Sheila es wagen, so zu tun, als hätte David alleine die Folgen dessen zu tragen, was geschehen war?

„Also gut." Angela richtete sich in ihrem Sessel auf und blickte Sheila an. „Ich bin einverstanden."

Sheila lehnte sich zurück; ihr Kampfgeist war plötzlich erloschen. „Wirklich?"

„Ja. Vollkommen."

Sheilas Stimme war kaum lauter als ein Flüstern. „Und was ist mit dem Baby?"

Angela wusste genau, was sie tun würden. Lauren würde das Kind behalten. Sie und Bill würden ihr helfen, so gut sie konnten, damit Lauren als alleinstehende Mutter zurechtkam. Solange Lauren sie brauchte.

Sie räusperte sich. „Wir werden noch einmal mit Lauren reden. Ich denke, du hast recht. Wir werden sie in dieser Hinsicht überzeugen. Vor allem, wenn David aus ihrem Leben verschwunden ist."

Das war natürlich eine Lüge. Lauren würde ihr Baby nicht weggeben. Aber die Lüge kam ihr im Augenblick leicht über die Lippen, denn sie war mehr als bereit, die Beziehung zu den Galanters zu beenden.

„Das wird für alle das Beste sein."

Erleichterung zeigte sich auf Sheilas Gesicht. „Ja. Es wäre mir gar nicht recht, wenn ich irgendwo ein Enkelkind hätte und nicht wüsste, wo."

Angela wäre am liebsten aufgesprungen und hätte ihre ehemalige Freundin angeschrien. *Du hast doch bereits ein Enkelkind, das in meiner Tochter heranwächst! Du bist so blind und arrogant und oberflächlich, dass du alles tun würdest, um den Ruf deines Sohnes zu schützen. Sogar das.* Stattdessen erhob sie sich und zeigte zur Tür.

„Sie wird das Baby zur Adoption freigeben. Mach dir darum keine Sorgen." Sie verschränkte die Arme vor der Brust und ging einen Schritt auf die Terrassentür zu. „Wenn du mich jetzt entschuldigen würdest, ich habe noch einiges zu erledigen. Wie du schon sagtest, es hat keinen Zweck, noch weiter so zu tun, als bestünde unsere Freundschaft noch."

Sheila sah beinahe so aus, als wollte sie sich für ihre Bemerkung entschuldigen, aber dieser Eindruck verflog. Sie erhob sich, nahm ihre Tasche und die Wagenschlüssel und ging zur Haustür. Als die Tür ins Schloss fiel, schnappte etwas tief in Angelas Herz ein letztes Mal nach Luft, erschauderte und starb. Sie wusste genau, was es war.

Es war ihre Freundschaft mit Sheila Galanter.

Kapitel 2

Ihre Eltern heckten irgendetwas aus.

Lauren saß in Davids Wagen vor ihrem Haus. Dass sich etwas zusammenbraute, war deutlich zu spüren. Es war beinahe wie eine Kraft, etwas, das größer war als sie beide oder ihre Familie oder alles, gegen das man antreten konnte. Seit mehr als einer halben Stunde fiel der Schnee bereits gleichmäßig auf die Windschutzscheibe und sie waren mittlerweile von der Außenwelt abgeschnitten. Das war ein passendes Bild für ihr Leben. Sie lebten in einem Kokon und konnten nicht hinaussehen und niemand konnte hineinsehen.

David umklammerte das Lenkrad mit beiden Händen und blickte stur geradeaus ins weiße Nichts. Sie kannten sich schon, solange sie denken konnten, und David hatte bislang immer ein Lächeln oder einen Witz auf Lager gehabt. Aber in den vergangenen Monaten war er ruhiger und ängstlicher geworden, wie ein gefangenes Tier auf der Suche nach einem Ausweg.

„Vielleicht" – er blickte sie an, blickte geradewegs in ihre Seele hinein – „sollten wir wegfahren und nie wieder zurückschauen."

„Ja, vielleicht." Sie wandte sich um und lehnte sich gegen die Beifahrertür.

Eigentlich hatten sie sich an diesem Abend einen Film anschauen wollen, stattdessen waren sie ziellos in der Stadt herumgefahren, verängstigt und schweigend. In der Schule wusste noch niemand von Laurens Schwangerschaft, aber das würde sich bald ändern. Sie war jetzt im fünften Monat und konnte ihre Jeans kaum noch schließen.

Vor einem Jahr hatte sie sich mit ihrem Vater einen Film angeschaut, in dem der Hauptdarsteller in einem Gang ohne Türen und Fenster gefangen war. Beängstigende Musik dröhnte von der großen Leinwand herab und die Wände kamen immer näher und näher und ließen dem Mann keine Fluchtmöglichkeit, keinen Ausweg. Doch in dem Augenblick, als es so aussah, als würde er erdrückt, entdeckte er eine Falltür und kam mit dem Leben davon.

Genau so fühlten sie und David sich jetzt. Die Wände drängten immer näher – aber da war keine Falltür, kein Ausweg in Sicht.

Sie hatten nicht miteinander schlafen wollen, aber es war eben passiert. Nicht nur einmal, sondern ein paarmal. Nur ein paarmal. Lauren starrte auf ihre Hände. Ihre Finger zitterten. Ein Beweis dafür, dass sie mit jedem Tag ein wenig mehr die Kontrolle verlor. Sie hatte sich die wenigen Freiheiten bei ihren Eltern mühsam erkämpfen müssen. Es war schwer gewesen, sie dazu zu bringen, ihr zu vertrauen. Sie zu überreden, sie allein mit David zur Jugendstunde gehen zu lassen, war eine größere Sache gewesen. Aber schließlich hatten sie nachgegeben. Ihr mehr Freiheit zugestanden.

Vielleicht zu viel.

Im Laufe des Sommers durften sie dann bei geschlossenen Türen zusammen in ihren Zimmern sein. Zuerst war Lauren begeistert gewesen. Aber jetzt ... Sie schüttelte den Kopf. Was dachten ihre Eltern denn, was sie da drin trieben? Vor allem im vergangenen Jahr, als David den Führerschein hatte und sie erst nach Hause brachte, wenn ihre Eltern schon schliefen.

„Wir vertrauen dir", hatte ihre Mutter einmal gesagt. „Solange du mit David zusammen bist."

Eine Welle der Übelkeit stieg in Lauren hoch. Wie waren sie bloß auf die Idee gekommen, dass das sicher wäre? Wenn man jemanden so lange kannte, wie sie David kannte, dann war das sogar sehr gefährlich. Sie waren so vertraut miteinander, dass das Nachgeben, das Bis-zum-Letzten-Gehen ihnen nur wie eine Erweiterung des Küssens erschien. Bis es zu spät war.

Das erste Mal waren beide danach zu Tode erschrocken gewesen. „Gott wird uns bestimmt bestrafen", hatte Lauren gesagt.

David hatte nicht widersprochen. In jener Woche hatten sie die Jugendstunde ausfallen lassen – und in der nächsten auch. Danach fiel es leichter, nicht mehr hinzugehen, weil sie dann nicht in die Gesichter ihrer Leiter sehen und lügen mussten, wenn sie gefragt wurden, wie es ihnen ging und ob sie noch beteten und in der Bibel lasen. Stattdessen verbrachten sie die Zeit miteinander …

Die Strafe kam auch wirklich, und zwar in Form eines positiven Schwangerschaftstests sechs Wochen später. Seither hatte sich zwischen ihr und David alles verändert.

Alles, bis auf das eine: Sie liebten einander. Und es war nicht nur eine Kinderliebe. Sie liebten sich mit einer Aufrichtigkeit und Sehnsucht, die sie verzehrte. Sicher, was sie getan hatten, war nicht richtig gewesen, und sie bereuten es auch. Einer der Jugendleiter wusste über ihre Situation Bescheid. Ein paarmal hatte er sich mit ihnen und ihren Familien getroffen, um zu beten und Gott um Weisheit zu bitten.

Aber Lauren konnte den Konsequenzen ihres Verhaltens nicht entkommen: Sie war siebzehn und schwanger. Die Freundschaft ihrer Eltern mit Davids Eltern schien in die Brüche gegangen zu sein. Ihre Väter beendeten sogar ihre Geschäftsbeziehung. Wo würden sie arbeiten, wenn die Bank erst verkauft war?

Lauren hatte jedes Mal das Gefühl, ersticken zu müssen, wenn sie darüber nachdachte.

Erneut fiel ihr Blick auf David. Sein Kinn war angespannt, die Augen in die Ferne gerichtet.

Er schlug mit der rechten Hand auf das Lenkrad. „Ich hasse das." Er ließ seinen Kopf gegen die Kopfstütze sinken. „Irgendwas geht hier vor, aber keiner von ihnen sagt auch nur einen Ton."

„Erzähl mir noch einmal von der Bank." Lauren bekam Magenschmerzen. Sie beugte sich vor und betrachtete sein Profil.

David schloss die Augen. „Ich habe ein Telefongespräch meines Vaters mitbekommen. Er sagte darin etwas über den Verkauf der Bank, dass dieser in ein paar Wochen abgeschlossen sei und dass er sich dann auf seine neuen Investitionen konzentrieren könne. Eine neue Investition."

Panik stieg in ihr hoch und sie rutschte unruhig auf ihrem Sitz hin und her. „Warum haben meine Eltern mir nichts von dem Verkauf der Bank erzählt? Das versteh ich einfach nicht."

Er schwieg eine Weile, dann wandte er sich zu ihr um und ließ die Hände vom Lenkrad sinken. „Da ist noch mehr."

Er nahm ihre Hand, umfasste sie mit seiner. Seine Augen sagten ihr besser, als er mit Worten ausdrücken konnte, dass er sie liebte, dass er sich so sehr wünschte, es würde alles gut werden, dass er aber noch ein Kind war und nicht wusste, wie. Er strich zärtlich mit seinem Daumen über ihre Hände.

„Was denn?" Ihre Worte waren kaum mehr als ein Flüstern. Ihre Kehle war so ausgedörrt, dass sie das Gefühl hatte, nicht mehr schlucken zu können. Es war schwer zu glauben, dass da noch mehr sein sollte. Schlimmer konnte es doch kaum noch kommen.

Er ließ den Kopf hängen und blickte ihr dann fest in die Augen. „Ich glaube, wir werden umziehen." Furcht verzerrte seine Gesichtszüge; er drängte sie zurück.

„Umziehen?" Sie schüttelte langsam den Kopf, wollte einfach nicht glauben, dass sie das gehört hatte, was sie zu hören meinte. Das konnte einfach nicht sein.

„Es war auch in diesem Telefongespräch." Er schluckte. „Mein Dad sagte, wir würden im Juni, gleich zu Ferienbeginn, nach Los Angeles ziehen."

„Nach Los Angeles?" Sie verstummte und irgendwo ganz tief in ihrem Inneren nistete sich Angst ein. „Warum ... warum solltet ihr das tun?"

Sein Gesichtsausdruck war eindringlich und ernster, als sie es je erlebt hatte. „Ich glaube, sie wollen uns voneinander fernhalten." Er ließ ihre Hände los und fuhr sich mit den Fingern durch die Haare. „Ich weiß nicht, was ich tun soll, Lauren. Ich werde nicht zulassen, dass sie uns voneinander trennen, und wenn ich auf der Straße leben müsste. Ich werde es nicht zulassen."

Ihr Herz begann zu rasen. Das konnte doch nicht wahr sein, oder? Seine Familie würde doch nicht einen Monat vor der Geburt des Babys mit ihm quer durch das Land ziehen, oder?

„Im Juni?" Sie schluckte, versuchte, ihre Stimme wiederzufinden. „Sie wollen im Juni nach LA ziehen?"

Er suchte ihren Blick. „Ich bin sicher, dass deine Eltern darüber Bescheid wissen. Alle wissen davon. Wir sind die Einzigen, denen sie keinen Ton gesagt haben."

Tränen stiegen ihm in die Augen und er knirschte mit den Zähnen. „Das können sie nicht machen. Wir müssen wissen, was sie planen, damit wir dagegen ankämpfen können, okay?"

Gegen ihre Eltern kämpfen? Nachdem sie endlich akzeptiert hatten, dass sie ihr Baby behalten würde? Wie sollten sie ohne ihre Eltern klarkommen? Oder ohne seine Eltern? Wer würde sie unterstützen? Am liebsten hätte sie etwas eingewandt, aber stattdessen verkniff sie sich diese Bemerkung. Sie hob die Hand und berührte mit den Fingerspitzen seine Wange.

„Ich werde versuchen, etwas in Erfahrung zu bringen."

Er nickte und starrte wieder auf die schneebedeckte Windschutzscheibe. Sein Blick war immer noch ernst, als versuche er, eine logische Erklärung für all das zu finden. Schließlich wandte er sich wieder zu ihr um und schüttelte traurig den Kopf.

„Ich kann das einfach nicht glauben!"

„Ich auch nicht." Lauren sah auf die Uhr. Es war Mitternacht, Zeit für sie hineinzugehen. Sie beugte sich zu ihm hinüber und küsste ihn zärtlich. Seit sie erfahren hatten, dass sie schwanger war, hatten sie nicht mehr getan, als sich gelegentlich zu küssen. Es war beinahe so, als hätten sie einen Weg zurück gefunden – als sei ihre Beziehung wie vor dieser schlimmen Offenbarung, als sie sich noch damit zufriedengegeben hatten, Händchen zu halten und ab und zu einen Kuss auszutauschen.

„Lauren." Er blickte sie eindringlich an. „Versprich mir, dass sich nichts ändern wird, egal, was sie auch unternehmen werden."

Sie musste hineingehen, aber er hielt ihre Hände fest. Ihr Herz schmolz regelrecht dahin, und sie rutschte näher an ihn heran, legte ihre Arme um seinen Hals. „Ich liebe dich, David. Ich werde nie einen anderen lieben."

„Ich wünschte, ich wäre älter." Er zog sich zurück; seine Augen waren weit aufgerissen und funkelten. „Ich möchte morgen aufwachen und fünfundzwanzig sein, einen Collegeabschluss und einen Job haben und einen Ring in meiner Hand halten."

Einen Ring? „Einen Ehering?"

„Ja." Er nahm ihr Gesicht in seine Hände. „Ich möchte dich heiraten. Das habe ich mir schon immer gewünscht. Das hier ist unser Problem, und wir müssen eine Lösung finden, auch wenn wir noch sehr jung sind." Er atmete angesichts der Hoffnungslosigkeit heftig, ja, beinahe hektisch. „Ich werde dich nicht gehen lassen." Er küsste sie erneut. „Ich liebe dich, Lauren. Auch wenn ich noch sehr jung bin, ich werde nie eine andere so lieben wie dich. Nie."

„Ich liebe dich auch, David. Du brauchst mich gar nicht gehen zu lassen. Das verspreche ich dir." Ihre Worte trafen ihn mitten ins Herz. Wenn sie jetzt nicht ausstieg, würde sie anfangen zu weinen, darum öffnete sie die Wagentür und trat hinaus in den Schnee. Sie wandte sich noch einmal um und winkte ihm zu, dann lief sie vorsichtig über den Bürgersteig.

Im Haus angekommen, lehnte sie sich gegen die Haustür und wartete, bis das Motorengeräusch sich entfernt hatte. Je schlimmer die Situation wurde, desto mehr liebte sie ihn, desto sicherer war sie, dass sie die vor ihnen liegende Zeit würden meistern können. Wenn ihre Eltern ihnen nur die Gelegenheit dazu gäben.

Aus dem Arbeitszimmer am Ende des Flurs ertönte die Stimme ihres Vaters. Sie folgte ihrem Klang. Was sagte er da gerade? Etwas über die Bank? Sie verlangsamte ihre Schritte. Anscheinend hatte er nicht gehört, dass sie hereingekommen war. Auf Zehenspitzen schlich sie zur Tür, damit sie das Gespräch besser verfolgen konnte.

„Wie weit ist das von hier entfernt?" Das war die Stimme ihrer Mutter. Offenbar füllte er Papiere aus, denn sie vernahm ein Rascheln, das die Worte übertönte.

„Nur etwa eine Stunde. Die Stadt ist toll, es gibt dort hervorragende Schulen. Lauren kann das Baby im Sommer bekommen und dann ihr Abschlussjahr in der Highschool beginnen, ganz neu, ohne Ballast."

„Ich weiß nicht." Ihre Mutter klang skeptisch. „Wenn sie das Baby behält, müssen wir uns nicht nur um ihren Abschluss und die Collegebewerbungen Gedanken machen."

„Ob sie es nun behält oder nicht – ich möchte ihr einen Neuanfang ermöglichen. Du weißt, wie es hier sein wird, Angela. Sie wird immer das Mädchen sein, das mit dem Baseballstar der Schule gegangen und von ihm schwanger geworden ist."

Wut stieg in ihr hoch, aber Lauren rührte sich nicht. Vielleicht sagten sie noch mehr und das wollte sie nicht verpassen.

„Komm schon, Bill." Die Stimme ihrer Mutter klang freundlich. „David ist doch mehr als nur der Baseballstar der Schule."

„Du hast ja recht." Die Worte ihres Vaters kamen schnell wie der Hagel bei einem Sommergewitter. Er klang frustriert. „Aber im Augenblick sollten die beiden ein wenig Abstand voneinander bekommen."

„Sheila und Samuel haben wirklich ein Haus gefunden?"

„Ja." Zum ersten Mal in diesem Gespräch entspannte sich die Stimme ihres Vaters. „Sie werden Mitte Juni nach LA umziehen." Er hielt inne. „Mir war bisher nie aufgefallen, wie schwierig es ist, mit Samuel Galanter zusammenzuarbeiten. Der Mann ist total herrschsüchtig, genau wie seine Frau. Sie wollen einfach immer alles unter Kontrolle haben."

„Sie waren einmal unsere Freunde." Die Stimme ihrer Mutter klang leise, bedrückt. „Es kommt mir so vor, als würden wir sie überhaupt nicht kennen."

„In ein paar Monaten wird das auch so sein." Die Worte kamen gepresst heraus. „Dieser Junge hat wirklich Nerven, mein kleines Mädchen auszunutzen. Na, wir werden mal sehen, wie viel Zeit er noch mit ihr verbringt, wenn er erst mal in Kalifornien wohnt."

Lauren hatte genug gehört und platzte ins Zimmer. „Ihr wart also daran beteiligt ... an diesem Umzug nach Kalifornien?" Ihr Kopf war hochrot.

„Wir sind nicht daran beteiligt." Ihre Mutter eilte an ihre Seite, legte ihr die Hand auf die Schulter. „Wie sollten wir etwas mit dem Umzug einer anderen Familie zu tun haben, Schatz?"

„Aber so ist es doch, oder?" Ihre Stimme wurde lauter. Sie funkelte ihren Vater wütend an. „Du und Mr Galanter, ihr habt eure Bank verkauft und jetzt geht jeder seiner Wege. Wenn das David und mich auseinanderbringt, dann ist das eben so, richtig?"

„Die Galanters ziehen um, das stimmt." Die Stimme ihrer Mutter klang sehr ruhig, und Lauren wusste, dass das kein gutes Zeichen war. Je erregter ihre Mom war, desto ruhiger wurde ihre Stimme. „Natürlich wirkt sich das auch auf unser Handeln aus. Wir haben die Bank verkauft, und –"

„Ja, genau!" Lauren schrie jetzt. „Das meine ich ja. Wie kommt es denn, dass David mir das erst erzählen musste? Warum habe ich vorher nichts davon gewusst?"

„Pass auf, wie du mit uns redest, junge Dame." Ihr Vater stand auf und kam mit erhobenem Zeigefinger auf sie zu. „Wir treffen schon seit vielen Jahren Geschäftsentscheidungen, ohne dich zu fragen. Du bist siebzehn und schwanger, aber das bedeutet nicht, dass du erwachsen bist, und mit Sicherheit bedeutet es nicht, dass du bei allem, was deine Mutter und ich tun, ein Mitspracherecht hast."

Sein Tonfall verletzte sie zutiefst. David hatte recht. Der Verkauf der Bank, die Idee, dass beide Familien umzogen – all das war Teil des Plans, sie auseinanderzureißen.

Sie ging auf ihn zu und ergriff seine Hand. „Warum, Daddy? Warum tut ihr uns das an?"

Er schürzte die Lippen und senkte den Blick. Als sein Blick wieder den ihren suchte, war er weicher. „In Bezug auf dich und David gibt es kein Uns. Ihr seid Kinder, nichts weiter als Kinder. Wir wollen dich nur vor dir selbst schützen, Lauren." Seine Stimme klang gepresst. „Ich liebe dich zu sehr, um einfach untätig zuzusehen, wie du dein Leben zerstörst."

Ihre Welt war aus den Angeln gehoben und neigte sich so weit zur Seite, dass sie sich fragte, ob sie je wieder ins Gleichgewicht kommen würde. Sie blickte ihre Mutter an, ihre Verbündete, aber von ihr kam keine Reaktion. Ihre Mom schaute sie nicht einmal an. In kleinen Schritten wich Lauren zurück.

„Damit kommt ihr nicht durch!" Ihre Stimme war wieder laut – laut und schrill.

„In diesem Ton wirst du nicht mit uns sprechen!" Die Sanftheit ihres Vaters, mit der er noch kurz zuvor das Wort an sie gerichtet hatte, war verschwunden. „Geh in dein Zimmer und denk über dein Verhalten nach. Ich dulde es nicht, dass meine Tochter sich so verhält."

Fassungslos schüttelte Lauren den Kopf. Das passte alles nicht zu ihm, weder seine Worte oder sein Tonfall noch die Art und Weise, wie er sie ansah. Sie senkte die Stimme, und als sie sprach, war es kaum mehr als ein Flüstern. „Das schafft ihr nicht." Tränen traten ihr in die Augen und verschleierten ihren Blick. Durch ihre Tränen hindurch konnte sie das Gesicht ihres Vaters nicht mehr genau erkennen, aber sie starrte ihn trotzdem an. „Ich liebe ihn. Der Verkauf der Bank, der Umzug …" Ihre Kehle war wie zugeschnürt; sie bekam keinen Ton mehr heraus.

„Liebling." Und wieder wurde sein Gesichtsausdruck weicher. „Du weißt gar nicht, was Liebe ist."

Ein stechender Schmerz durchzuckte ihre Brust, und sie hatte das Gefühl, keine Luft mehr zu bekommen. Nicht in der Gegenwart der beiden, die genau wussten, was sie getan hatten, die sich so vehement gegen David und sie gestellt hatten.

Mit ruhiger Stimme, die durch den Schmerz, der ihr das Herz zerriss, ganz rau klang, sagte sie: „Egal, was ihr und seine Eltern tut, wir beide werden zusammen sein. Ihr könnt nicht über unser Leben bestimmen."

Bei diesen Worten drehte sie sich um und rannte hinaus, die Treppe hinauf in ihr Zimmer. Sie wollte sich auf das Bett werfen, als ihr das Baby einfiel. Das kostbare kleine Baby. Es war nicht seine Schuld. Sie legte sich vorsichtig auf die Seite. Beide Hände auf ihren Bauch gepresst, ließ sie den Tränen freien Lauf.

Sie wünschte sich doch nichts anderes, als David zu lieben. Wie war es bloß passiert, dass alles so durcheinandergeraten war? Sicher, sie und David waren noch sehr jung. Aber was machte das schon? Hatten sie deswegen nicht das Recht auf eine Beziehung, durften sie deswegen nicht nach einer Möglichkeit suchen, ihr Kind großzuziehen und sich ein gemeinsames Leben aufzubauen? Sie ließ ihren Blick durch den Raum über die hübschen Möbel und die kuschelige Bettdecke schweifen.

Ihre Eltern besaßen mehr Geld, als sie jemals ausgeben konnten, genau wie Davids Eltern, aber aus irgendeinem Grund wussten sie nicht, was Liebe war. Je mehr sie über ihre Häuser, ihre Autos und ihren Lebensstil nachdachte, desto wütender wurde sie. Wenn sie arm oder auch nur durchschnittlich wären, so wie es bei den meisten ihrer Freunde der Fall war, dann wäre dieses Problem nicht annähernd so groß. Ihre Schwangerschaft wäre eine Enttäuschung für sie, sicher, aber sie würde zu Hause bleiben, ihr Baby versorgen, und David würde sie so oft wie möglich besuchen. Und nach ihrem Schulabschluss würden sie heiraten und alles wäre gut.

Es war das Geld – und die Macht und das damit einhergehende Prestige. Das war der Grund für diese verfahrene Situation. Und auf einmal kam Lauren eine Idee, eine verrückte, wilde Idee. Sie hatte fünftausend Dollar auf ihrem Konto, Geld, das sie abheben konnte, wenn sie Kleidung oder etwas anderes brauchte. Was wäre, wenn sie und David gemeinsam davonliefen? Wenn sie das Geld nehmen und sich irgendwo ein eigenes Leben aufbauen würden? Das könnte doch funktionieren, oder nicht?

Aber noch während die Idee Wurzeln schlug, starb sie auch schon wieder. Sie konnte nicht mit David davonlaufen. Nicht jetzt, wo sie ein Baby erwartete. Sie brauchte medizinische Versorgung und die Hilfe ihrer Eltern, wenn sie lernen wollte, was es hieß, eine Mutter zu sein. Trotzdem, der Gedanke wollte nicht ganz verschwinden, und während sie auf ihrem Bett lag, die Decke anstarrte und über David und ihre ungewisse Zukunft nachdachte, stand ihr die Szene aus dem Film wieder vor Augen: der Mann in dem Flur und die Wände, die ihn immer mehr einschlossen, die Falltür, durch die er dann schließlich entkommen konnte.

Das waren David und sie, oder? Genau so ließ sich ihre Situation beschreiben. Mit dem Gefühl, dass die Mauern immer näher kamen, schlief sie ein. Ihre gemeinsame Zeit lief ab. Es musste einen Ausweg geben, oder etwa nicht? Sie konnte warten, bis ihr Baby geboren war, und dann das Geld nehmen, richtig? Der Gedanke wurde wieder lebendig und ein kleines Stück Frieden zog in ihr Herz ein.

Ja, die Mauern schlossen sie ein. Aber vielleicht – nur vielleicht – gab es auch in ihrem Gefängnis eine Falltür.

Kapitel 3

David Galanter hatte das Gefühl zu ertrinken.

Wenn er sein augenblickliches Leben betrachtete, musste er an eine schreckliche Erfahrung zurückdenken, die er vor einigen Jahren im Sommer gemacht hatte. Er war damals mit einigen Freunden auf dem

Lake Michigan gesegelt und sie waren abwechselnd vom Segelboot ins Wasser gesprungen, fünfzig Meter auf den See hinaus- und wieder zurückgeschwommen. Einer seiner Freunde hatte eine Stoppuhr dabei und deshalb machten sie einen Wettkampf daraus. Jeder Schwimmer wollte die Zeit der anderen um ein paar Sekunden unterbieten und jeder würde es immer wieder versuchen.

David schwamm gerade zum dritten Mal vom Segelboot fort, als ein starker Wind aufkam. Er trat genau zu dem Zeitpunkt auf, als seine Kräfte nachließen. Und auf einmal trieb er mitten im See – einen Kilometer vom Ufer entfernt. Doch obwohl er nur fünfzig Meter vom Segelboot weg war und mit ganzer Kraft auf das Boot zupaddelte, kam er doch keinen Meter von der Stelle.

„Hilfe!"

Aber sein Schrei verlor sich im Wind. Seine Freunde hatten ihm den Rücken zugewandt, mit Ausnahme dessen, der die Stoppuhr in der Hand hielt, aber auch dieser sah nicht zu ihm hin.

David strampelte immer heftiger, aber er kam dem Boot nicht näher. Eine Welle schlug ihm ins Gesicht und er schluckte Wasser. In diesem Augenblick wurde ihm klar, was passieren würde: Er würde vor den Augen seiner Freunde untergehen. Er schluckte immer mehr Wasser, konnte sich kaum noch über Wasser halten, brauchte seine ganze Energie auf und kam doch kein Stück voran.

Auf einmal sprang einer seiner Freunde auf und deutete in seine Richtung. „Hey! Galanter steckt in Schwierigkeiten!"

Wieder schlug ihm eine Welle ins Gesicht und er schluckte Wasser. Die Jungen richteten die Segel aus, und vier von ihnen begannen, mit aller Kraft zu rudern. Innerhalb kürzester Zeit hatten sie ihn erreicht und ins Boot gezogen.

Er erinnerte sich heute noch lebhaft daran, wie er sich damals gefühlt hatte. Wie es war, so viel Wasser zu schlucken, das Gefühl, dass seine Kräfte nachließen, und zu wissen, dass er es nicht schaffen würde.

So wie jetzt.

Das Wasser schlug über ihm zusammen, aber dieses Mal war weder Boot noch Küste, noch Hilfe in Sicht. Eines war jedoch sicher: Wenn schon alles über ihm zusammenschlug und er unterging, dann wollte er wenigstens die Einzelheiten wissen. Auch das kleinste Detail.

Als er vom Baseballtraining nach Hause kam, machte er sich daher auf die Suche nach seinem Vater und fand ihn in seinem Arbeitszimmer im zweiten Stock. David betrat den Raum und schloss die Tür hinter sich. Sein Vater blickte von einem Stapel Akten auf. Ein Stift steckte hinter seinem Ohr. Er lächelte ihn an.

„Wie war das Training?"

David starrte ihn fassungslos an. „Wie das Training war?!" Er lachte verbittert auf. „Meine Freundin ist schwanger, und meine Eltern erleben gerade eine Art Midlife-Crisis, und da fragst du mich, wie das Training war?" Er zog seine Baseballkappe ab und strich sich mit den Händen die Haare glatt. „Nun, es hat mich zumindest abgelenkt, okay, Dad? Wie gefällt dir diese Antwort?"

Sein Vater schlug die Beine übereinander und lehnte sich zurück. „Also gut, David." Er deutete auf ein Ledersofa, das neben seinem Schreibtisch stand. „Setz dich. Es sieht so aus, als wolltest du reden."

„Nicht wirklich." Mittlerweile war der Zorn ein Teil seines Wesens geworden. Er war da, wenn er aufwachte und wenn er sich wieder hinlegte. „Ich muss einfach reden. Das ist etwas anderes."

„In Ordnung." Sein Vater nickte ihm nachdenklich zu. „Dann sage mir doch, was du auf dem Herzen hast."

David setzte sich auf die Sofakante und stützte die Ellbogen auf seine Knie. Sein Blick bohrte sich in den seines Vaters. „Wie wäre es, wenn du mir von Kalifornien erzählen würdest?"

Sein Vater starrte ihn verblüfft an. Es bestand kein Zweifel daran, dass er damit nicht gerechnet hatte. Sein Dad brauchte einen Augenblick, um sich zu sammeln, dann runzelte er die Stirn – es war dieses Stirnrunzeln, das er bis zur Perfektion beherrschte. Dieses Stirnrunzeln, mit dem Davids Mutter häufig bedacht wurde, wenn nicht alles so lief, wie er es sich vorgestellt hatte.

„Wir haben dort gewisse Investitionen getätigt. Das weißt du doch."

„Wir leben seit zwölf Jahren hier, und du hast nie ernsthaft davon gesprochen, nach Kalifornien zu ziehen." David bemühte sich darum, nicht die Beherrschung zu verlieren. Es war besser, die Fassung zu bewahren, auch wenn sein Blut in Wallung war.

„Du bist noch ein Kind, Junge." Sein Dad blinzelte, und seine Worte klangen schon beinahe herablassend, aber eben nur beinahe. „Wir besprechen nicht alles mit dir."

Davids Herz pochte gegen seine Brust. „Dann stimmt es also? Wir ziehen nach Los Angeles?"

Kurz zögerte sein Vater, als wollte er es leugnen oder sich ein wenig mehr Zeit erkaufen. Aber schließlich seufzte er hörbar und nickte langsam. „Ja." Er kniff die Lippen zusammen und dieses Mal nickte er noch langsamer. „Im Juni."

„Das geht nicht!" David sprang auf und hätte am liebsten nach etwas getreten. „Dad, das ist ein Monat vor der Geburt des Babys."

„Und damit wäre der Juni genau der perfekte Zeitpunkt für einen Umzug." Sobald sein Dad diese harten Worte ausgesprochen hatte, zeigte sich Bedauern in seinen Augen. Er öffnete den Mund und schloss ihn wieder. Dann drückte er die Faust an die Stirn und blickte David an. „Entschuldige. So war es nicht gemeint."

David setzte sich wieder auf das Sofa. „Doch, genau so war es gemeint. Ihr zieht um, damit ich nicht mehr mit Lauren zusammen sein kann."

„Das ist es nicht." Sein Dad klang müde, entmutigt. „Wir denken schon eine ganze Weile darüber nach, die Bank zu verkaufen, und jetzt haben wir ein gutes Angebot bekommen." Er hob abwehrend die Hände. „Es war der richtige Zeitpunkt. Was soll ich sonst sagen?"

„Warum gerade nach Kalifornien, Dad?" David lachte traurig auf. „Warum nicht in einen der Vororte wie Laurens Familie? Du könntest doch auch hier investieren, nicht?"

„Wir haben aber bereits in Kalifornien Investitionen getätigt." Sein Vater erhob sich und ging zu seinem Bücherregal. Er nahm ein gerahmtes Foto vom obersten Regal in die Hand und blickte es nachdenklich an – auf dem Foto war David beim Baseballspiel in der ersten Klasse zu sehen. Dann drehte er sich langsam um und sah David an. „So haben deine Mutter und ich uns dein Leben nicht vorgestellt, Junge. Ein Baby vor deinem letzten Jahr in der Highschool. Kannst du das denn nicht verstehen?" Er stellte das Foto wieder auf das Regal. „Wir wollen doch nur dein Bestes. Das Beste für dich, Lauren und das Baby. Für euch alle."

„Na gut." David war wieder auf den Beinen. Sein Zorn loderte jetzt heftiger als zuvor und er fuhr ihn an: „Hilf mir zu verstehen, inwiefern es gut sein soll, wenn ihr uns auseinanderreißt."

Als sein Dad nicht antwortete, wirbelte David herum und stürmte aus dem Arbeitszimmer. Er musste zu Lauren, musste mit ihr sprechen und ihr alles erzählen. Seine Eltern wollten mit ihm nach Kalifornien ziehen; sie mussten unbedingt einen Weg finden, dass er hierbleiben konnte, in ihrer Nähe. Vielleicht sollte er ihr auf der Stelle einen Heiratsantrag machen, vielleicht würde das genügen. Dann könnten sie gemeinsam die Schule beenden, er könnte aufs College gehen und würde eines Tages Pilot werden, wie er es sich immer erträumt hatte.

Leider besaß er fast nichts. Der Wagen, das Geld – alles gehörte seinem Vater. Abgesehen von seinem Geburtstagsgeld, etwa vierhundert Dollar, die er in einer Schachtel unter seinem Bett aufbewahrte. Er rannte in sein Zimmer, zog die Schachtel hervor. In aller Eile zählte er die Geldscheine durch. Es war nicht mehr so viel, wie er gedacht hatte, aber es reichte.

Ihre Eltern konnten sie doch nicht trennen, wenn sie bereits verlobt waren, oder? Seine Eltern oder ihre, irgendjemand musste zur Vernunft kommen und einwilligen, dass sie zusammenblieben. Dann konnten sie die erste Zeit mit dem Baby gemeinsam erleben und nach ihrem Schulabschluss konnten sie heiraten.

Seine Mutter war einkaufen, er war also mit seinem Vater allein zu Hause. David stopfte das Geld in seine

Brieftasche und steckte sie in die Hosentasche. Dann rannte er die Treppe hinunter, sprang in den Wagen und fuhr ins Einkaufszentrum. Dort gab es Ringe zu Sonderpreisen. Er kannte ihre Ringgröße, denn ein paar Monate, bevor sie schwanger geworden war, hatten sie sich im Einkaufszentrum einen Film angeschaut, und vor dem Kino waren sie noch in einem Juweliergeschäft gewesen. Natürlich nur aus Spaß, aber er erinnerte sich an ihre Ringgröße. Die Verkäuferin hatte gesagt, Lauren hätte wunderschöne schlanke Finger.

Als er angekommen war, parkte er den Wagen und rannte ins Einkaufszentrum. Im ersten Juweliergeschäft marschierte er geradewegs zur Verkaufstheke.

„Ich suche einen Ring", sagte er atemlos. Er fühlte sich, als hätte er eine Million Dollar in der Tasche.

„Sehr gern." Die Frau war schon etwas älter und hatte einige Falten an den Wangen und an der Stirn. „Soll es ein Freundschaftsring sein, junger Mann?"

Er wollte gerade verneinen und sagen, er brauche einen Verlobungsring, als ihm klar wurde, wie sich das anhören musste. Die Verkäuferin würde ihn sicher nicht ernst nehmen. Er war erst siebzehn, und die meisten Leute fanden, dass er noch jünger aussah. Er blickte die Frau an.

„Äh, ja. Ja. Ein Freundschaftsring." Er brachte ein nervöses Lächeln zustande.

„Etwas in der Art?" Die Verkäuferin erhob sich und führte ihn zu der Glasvitrine mit den schmaleren Ringen. Es waren Ringe mit kleinen weißen, blauen und rosa Steinen. Einige Steine sahen auch wie Diamanten aus.

Er blickte die Frau an. „Ich möchte einen echten Stein."

„Gern." Sie lächelte. „Dann vielleicht einen Diamanten?"

„Ja." Auf jeden Fall einen Diamanten. Er liebte Lauren Anderson, seit er in der vierten Klasse gewesen war. In ihrer Nähe erlebte er Gefühle, wie er sie noch nie zuvor kennengelernt hatte. Sie war lustig und geistreich und seine allerbeste Freundin. Nichts Geringeres als einen Diamanten.

„Welche Größe soll der Stein denn haben?" Sie faltete die Hände und legte den Kopf zur Seite. „Diamanten gibt es in den unterschiedlichsten Größen. Ein Karat, ein halbes Karat, ein viertel und so weiter."

Davids Augen leuchteten auf. „Versuchen wir es mit dem ganzen Karat." Seine Mutter hatte so einen. Ein Einkaräter wäre bestimmt ein schöner Ring für Lauren.

„Also gut." Sie öffnete den Schrank von hinten und entnahm ihm ein Samttablett mit acht Ringen, die in verschiedenen Abschnitten steckten. Die Steine glitzerten und funkelten auf der Glastheke. „Diese kosten fünfzehnhundert Dollar und mehr."

Auf einmal war ihm ganz elend zumute. Der Geruch von Popcorn und Zimtgebäck drang ihm in die Nase und verursachte ihm Übelkeit.

Er blickte die Frau an und schüttelte den Kopf. „Dann nicht so groß." Er ließ die Schultern sinken. „Ich habe nur dreihundertachtzig Dollar."

„Gut." Die Frau stellte das Tablett mit den Ringen wieder fort. „Wir haben auch etwas in dieser Preislage. Wie wäre es mit einem Ring mit Diamantsplittern, die in einem Kreis angeordnet sind? Sie kämen zusammen etwa auf ein viertel Karat."

Die Ringe, die sie jetzt hervorholte, waren wesentlich kleiner und glitzerten nicht so stark. Er versuchte, sich seinen Unmut nicht anmerken zu lassen, aber das fiel ihm schwer. „Hmmm." Dann kam ihm eine Idee. Erregung schwang in seiner Stimme mit, aber dagegen konnte er nichts tun. „Können Sie etwas eingravieren?"

„Selbstverständlich. Das kostet noch einmal zwanzig Dollar." Sie blickte über die Schulter zu einem älteren Mann, der hinter einer Glasscheibe an einem Arbeitstisch saß. „Sie haben Glück. Mein Mann hat gerade Zeit. Er nimmt die Gravuren vor. Es dauert nur ein paar Minuten. Sie können gerne hier warten."

„Perfekt." Seine Handflächen waren verschwitzt. Er rieb sie an seiner Jeans trocken. „Ich werde warten."

Sie half ihm, einen Ring in der richtigen Größe auszusuchen, der zusammen mit der Gravur seinem Budget entsprach. Die Diamanten bildeten ein kleines Herz auf einem Reif aus Weißgold. Aber er war hübsch und er würde seinen Zweck erfüllen.

Während er wartete, dachte er an die Gespräche, die in der Jugendgruppe geführt worden waren, seit er und Lauren miteinander geschlafen hatten. Erst vorgestern wieder. Lauren war nicht da gewesen – ihre Eltern erlaubten ihr die Teilnahme nicht mehr. Aber die Botschaft hatte bei ihm ins Schwarze getroffen. Einer der Jugendpastoren hatte zwei Bögen Kartonpapier in die Hand genommen, einen roten und einen blauen.

„Der eine Bogen bist du, der andere deine Freundin." Er hielt die beiden Bögen in die Höhe und schaute sich im Raum um. Dann nahm er eine Flasche mit Kleber und bestrich die Rückseite der Bögen damit. Schließlich drückte er die beiden Bögen mit der Rückseite aneinander.

„Und das passiert, wenn du mit deiner Freundin Sex hast." Er legte die zusammengeklebten Bögen auf das

Podium und sprach über den Leib, dass Gott seinem Volk aufgetragen habe, den Leib als Tempel des Heiligen Geistes auszusondern. Außerdem sagte er, dass sexuelle Unmoral für das Volk Gottes schon immer falsch gewesen sei.

„Im Grunde genommen ..." Der Mann lächelte. David mochte ihn. Er war jünger als die Hauptpastoren, aber man nahm ihm ab, was er sagte. „Im Grunde genommen ist Sex eine tolle Sache. Aber nur, weil Gott ihn erdacht hat, und er ist nur gut, wenn die Menschen, die Sex miteinander haben, verheiratet sind. Weil das von Anfang an Gottes Plan war." Er wurde ernst. „Sex außerhalb der Ehe ist Sünde, weil Gott das gesagt hat. Und er hat das zu unserem eigenen Besten so angeordnet. Sex außerhalb der Ehe verletzt uns, ob wir das nun glauben oder nicht."

Er ging wieder zum Podium zurück und hob die beiden aneinandergeklebten Bögen auf. Dann ergriff er die beiden Ecken, zog sie langsam wieder auseinander und hielt die Vorderseite der Bögen hoch. „Seht ihr?" Er zog weiter, bis die beiden Bögen wieder voneinander getrennt waren. „Sieht nach außen ganz in Ordnung aus. Und darum denken so viele von euch: ‚Keine große Sache. Ich habe Sex mit meiner Freundin, was ist schon dabei? Wir tun doch niemandem weh.'"

Es herrschte vollkommene Stille im Raum; die Jugendlichen starrten die beiden Bögen Kartonpapier an. Es war, als wüsste jeder im Raum, was nun kommen würde. Der Pastor drehte die Bögen um. Der rote war verklebt und aufgerissen; kleine Stücke des blauen Kartons klebten daran. Auf dem blauen Karton klebten kleine Stücke des roten. Beide Kartons sahen ganz hässlich aus.

„Seht ihr?" Er hielt die beiden Bögen Kartonpapier noch ein Stück höher. „Gott sagt uns, wir sollen mit dem Sex bis zur Ehe warten, weil Sex außerhalb der Ehe Spuren hinterlässt. Manchmal sind das Spuren, die andere sehen können. Und manchmal Spuren, die nur Gott sieht und von denen wir anderen nie etwas erfahren. Darum gilt: Sex außerhalb der Ehe hinterlässt Narben."

Die Worte des Pastors verklangen in Davids Erinnerung. Er blinzelte und entdeckte eine Gruppe von Jugendlichen seines Alters, die an dem Juweliergeschäft vorbeigingen. Sie besuchten eine andere Schule im Osten der Stadt. Alle wirkten sehr glücklich und sorglos.

Er hätte ihnen am liebsten zugerufen: „Tut es nicht! Passt auf, geht kein Risiko ein, setzt nicht euren Kopf durch! Die Bibel hat recht mit dem, was darin über Sex gesagt wird!" Aber er beobachtete nur, wie sie davongingen, lachend und scherzend und das Leben genießend, so wie es sein sollte.

David wandte sich zu dem älteren Ehepaar um, das gerade an seinem Ring arbeitete. Warum hatte er nicht zugehört? Wieso hatten er und Lauren gedacht, ihnen würde so etwas schon nicht passieren und sie würden mit etwas davonkommen, was so grundverkehrt gewesen war? Die Bank, auf der er saß, war kalt und unbequem, und genauso fühlte er sich. Er erhob sich und lief hinaus in das Einkaufszentrum. Wenn es nur einen Weg zurück gäbe, wenn er Gott nur sagen könnte, dass es ihnen leidtat und dass sie eine zweite Chance brauchten …

Nicht, dass er das Baby nicht wollte. Er wollte es. Er wollte das Baby und Lauren und das Leben, das sie zusammen führen würden. Aber er wünschte sich so sehr, sie hätten es nicht getan. Er starrte durch das Fenster im Dach des Einkaufszentrums zum Himmel. *Gott … wir brauchen dich so dringend. Bitte …* Sein Blick wanderte zum Geschäft zurück, in dem das Ehepaar mit seinem Ring beschäftigt war. *Bitte gib, dass es gelingt.*

Ein Vers aus der Bibel kam ihm in den Sinn, der auf einem T-Shirt stand, das der Jugendleiter ab und an trug. Er war in dunkelgrünen Buchstaben auf einem blassgrünen Stoff aufgedruckt und besagte: „Ich weiß wohl, was ich für Gedanken über euch habe."

Eigentlich war David kein regelmäßiger Kirchgänger – seine Eltern gingen sonntags nur selten in den Gottesdienst, aber er kannte den Vers trotzdem. Es war ein Lieblingsvers der Jugendlichen, weil er sich auf die Zukunft bezog, um die sich alle Gedanken machten. „‚Denn ich weiß wohl, was ich für Gedanken über euch habe, spricht der Herr: Gedanken des Friedens und nicht des Leides, dass ich euch gebe das Ende, des ihr wartet.'" Es war der Vers 11 aus dem Kapitel 29 des Buches Jeremia.

David seufzte tief. Es ging ihm durch und durch. In diesem Augenblick winkte ihm die Verkäuferin zu, und ihr Nicken signalisierte ihm, dass der Ring fertig war. Er ging zur Theke und betrachtete ihn. Die beiden Worte, die sie eingraviert hatten, fassten seine Gefühle in dieser Zeit ihres Lebens treffend zusammen:

Trotz allem.

Trotz allem! Auch wenn Lauren mit siebzehn bereits schwanger war, auch wenn ihre Zukunft und die Zukunft ihres Babys in der Schwebe hing, er liebte sie. Er liebte sie, wie er sie immer geliebt hatte, mit einer Ausschließlichkeit, die keine andere Möglichkeit zuließ, und mit einem festen Ziel im Blick. Trotz allem, denn gleichgültig, wann sie den Ring sehen oder die Inschrift auf der Innenseite des Ringes lesen würde, es würde die Wahrheit sein. Trotz allem, auch wenn sie einen Kampf ausfochten, auch wenn sie nicht sicher waren, wie sie ihr Leben in den Griff bekommen würden. Trotz allem … er liebte sie.

Nein, sie hatten nicht richtig gehandelt. Aber er würde zu ihr stehen. Er würde zu ihr stehen, solange die Sonne morgens aufging und solange auf den Winter der Frühling folgte. Er bezahlte den Ring und die Frau steckte ihn in eine kleine graue Samtschatulle.

„Der wird Ihrer Freundin bestimmt gefallen", sagte die Frau.

Im Hintergrund blinzelte ihr Mann ihm zu. „Junge Liebe ist so kostbar."

David biss sich auf die Lippe. *Wenn die beiden wüssten* … Er bedankte sich, steckte die Tüte in seine Manteltasche und verließ das Einkaufszentrum. In der sechsten Klasse hatte er angefangen, sich zu fragen, wie es wohl sein würde, wenn er Lauren Anderson bitten würde, ihn zu heiraten. Er hatte vorgehabt, mit ihr auf den Gipfel eines wunderschönen Berges zu fahren oder an einen romantischen Sandstrand. Er würde auf die Knie fallen und ihr sagen, dass sein Leben erst wirklich lebenswert wäre, wenn sie seine Frau würde.

Aber für so etwas war jetzt keine Zeit.

Es war Mitte April und seine Eltern wollten in zwei Monaten nach Los Angeles umziehen. Er musste seine Pläne jetzt in die Tat umsetzen und einen Weg finden, dass sie zusammenbleiben konnten. Immerhin war er der Mann. Es war seine Aufgabe, für sie und das Baby zu sorgen, und das ging natürlich nicht, wenn er fast fünftausend Kilometer entfernt wohnte.

Er fuhr zu ihrem Elternhaus und klopfte an die Tür. Das hatte er früher nicht getan. Bislang hatte er nur kurz geklopft und war sofort hineingegangen. Aber neuerdings fühlte er sich ... nicht willkommen. In diesem Augenblick sah er Laurens Mutter durch das Küchenfenster hinausschauen. Dann hörte er, wie sie nach Lauren rief. Ein paar Minuten später öffnete sie ihm verwundert die Tür.

„Ich wusste nicht, dass du kommen wolltest." Sie trug ein übergroßes Sweatshirt über ihrer Jeans.

Die Vorstellung, dass ihre Schwangerschaft bald zu sehen sein würde, erfüllte ihn mit Furcht. Ein weiterer Beweis dafür, dass er tatsächlich am Ertrinken war. Er warf rasch einen Blick zum Fenster hinüber, aber ihre Mutter stand nicht mehr dort.

„Hallo."

„Hallo." Sie trat auf die Veranda und verschränkte ihre Arme vor der Brust. Ihre Augen blickten traurig, wie so häufig in letzter Zeit, aber ein Lächeln umspielte ihre Lippen. „Heute habe ich gespürt, wie sich das Baby bewegt hat."

„Ehrlich?" Staunen erfüllte ihn und sein Herz sprudelte über vor Leben und Ehrfurcht und überwältigender Liebe. Er wusste nicht, was er sagen sollte. Eigentlich hätten sie dieses Ereignis richtig feiern sollen, allerdings erst in zehn Jahren, wenn sie verheiratet und alt genug waren, um Kinder zu bekommen, wie sie es geplant hatten. Trotzdem, das Leben in ihr war ihr gemeinsames Kind. Ob sie nun zu jung waren oder nicht, dieses Baby wurde mit jedem Tag größer. Er streckte die Hand aus und berührte mit den Fingern ihren Bauch. Er war härter und ein wenig runder als zuvor. Er hob den Blick und schaute sie an.

„Wie fühlt sich das an?"

„Wie Schmetterlingsflügel." Sie lachte. „Ich denke, es ist ein Mädchen, David." Sie zuckte die Schultern, und auf einmal sah sie wieder genauso aus wie das süße, fröhliche Mädchen, in das er sich vor so vielen Jahren verliebt hatte. „Ich stelle mir vor, wie ihre Finger mich in meinem Bauch kitzeln. So fühlte es sich jedenfalls an."

„Wow." Er verschränkte erneut die Arme und schüttelte den Kopf. „Ich kann mir das nicht vorstellen."

„Ich habe noch niemandem davon erzählt." Sie senkte den Kopf und ihre Augen blickten ihn groß und ein wenig schüchtern an. „Ich wünschte, du könntest es fühlen. Das ist ganz unglaublich."

„Ich wünschte es auch." Er verlagerte das Gewicht und steckte die Hand in seine Tasche. In die Tasche, in der die Ringschachtel lag. Es war zu kalt, um einen Spaziergang zu machen, und die Atmosphäre bei ihr zu Hause war zu angespannt. Eigentlich waren sie nicht verabredet, aber er hatte das Gefühl gehabt, nicht mehr länger warten zu können. Wenn er sie nicht jetzt fragte, würde wieder ein Tag vergehen – ein weiterer Tag, an dem sie nicht wussten, wie sie zusammenbleiben könnten, selbst wenn seine Familie auf den Mars ziehen würde.

Er hustete und schüttelte sich. „Es ist kalt hier draußen."

„Ja." Sie bat ihn nicht ins Haus. Noch ein schlechtes Zeichen. „Wollen wir in deinem Wagen reden?"

Das war eine Superidee. „Prima." Er grinste sie an und wollte sie küssen, doch er hielt sich zurück. Ihre Mutter war bestimmt irgendwo in der Nähe und beobachtete sie.

Die Sonne ging unter, und der Schnee, der am Nachmittag geschmolzen war, war jetzt gefroren und glatt. Vorsichtig gingen sie zu seinem Wagen und stiegen ein.

Nachdem sie eingestiegen waren, verlosch ihr Lächeln. „Ist was los? Etwas mit deinen Eltern?"

„Nein, das nicht." David spürte einen Kloß in seinem Hals. Bis zu Laurens Schwangerschaft hatte er, soweit er sich erinnern konnte, nie geweint. Aber in den vergangenen Monaten war er mehrmals den Tränen nahe gewesen. Dies war eine dieser Gelegenheiten.

„Lauren ..." Was sollte er tun? Er hatte es sich irgendwie anders vorgestellt. Trotzdem war es ihm ernst mit seiner Frage.

Ein seltsamer Ausdruck lag auf ihrem Gesicht, beinahe ein Lächeln, aber nicht ganz. „Was ist los, David?"

Er schluckte. Dann nahm er die kleine graue Samtschachtel aus seiner Tasche und hielt sie ihr hin. Sie zog die Augenbrauen in die Höhe und ihr Blick wanderte von der Schachtel zu ihm und wieder zurück zu der Schachtel. Er öffnete den Deckel und zeigte ihr den Ring. Mit bewegter Stimme stellte er ihr die alles entscheidende Frage.

„Willst du mich heiraten, Lauren? Nicht heute oder morgen. Aber sobald wir können, okay? Ich werde trotzdem aufs College gehen und ich kann trotzdem Pilot werden." Er stieß ein nervöses Lachen aus. „Ich wollte schon immer fliegen, weißt du noch?"

„David!" Sie starrte den Ring an, legte die Finger über ihren Mund. Dann streckte sie die Hand danach aus, hielt aber inne. „Willst du ihn herausnehmen? Willst du ihn mir an den Finger stecken?"

Er lachte und selbst in seinen Ohren klang es nervös. Das lief nicht so, wie er es geplant hatte. Sein

Blick suchte den ihren. „Bedeutet das etwa, dass du Ja sagst?"

„Oh." Sie schnappte nach Luft und lachte leise. „Entschuldige." Ihre Augen wurden plötzlich ernst, sie setzte sich aufrecht hin und strich die Falten ihres Sweatshirts glatt. „Ja, David. Ich will dich heiraten."

„Gut." Er nahm den Ring aus der Schachtel, aber vor Nervosität fiel er ihm aus der Hand. „Upps."

Der Ring prallte von der Handbremse ab und verschwand unter dem Sitz. „Ich komme bestimmt dran." Sie steckte ihre Hand in den Spalt neben dem Sitz und tastete suchend herum. „Hmm. Hast du eine Taschenlampe?"

David versuchte, sich zu beherrschen, aber es gelang ihm nicht. Sein Gelächter kam zuerst langsam, in leisen Ausbrüchen. Als sie merkte, dass er der Situationskomik nicht mehr widerstehen konnte, lachte auch sie los. Schon bald lachten beide aus vollem Halse.

„Weißt du was?" David schnappte nach Luft und wischte sich die Tränen aus den Augen.

„Was denn?" Sie lachte immer noch und hatte Mühe zu sprechen.

„Genauso wird es sein, wenn wir verheiratet sind." Er begann erneut zu lachen. „Jede Menge Fehler."

„Aber wir –", sie atmete tief durch und ihr Gelächter verstummte, „wir werden gemeinsam lernen. Und dadurch wird es gelingen."

„Das hätten wir von Anfang an beherzigen sollen." Er hatte sich jetzt beruhigt; das Lachen war aus seiner Stimme verschwunden. „Gott in der Mitte unseres Lebens."

„Ja." Ein Schatten verdüsterte ihr Gesicht. „Denkst du, dass er uns vergibt? Ich meine, denkst du, dass ich schwanger geworden bin, weil er uns bestrafen wollte?"

„Ich weiß nicht, ob das eine Strafe war, Lauren." Er legte seine linke Hand auf das Lenkrad und drehte sich zu ihr um. „Dass du schwanger geworden bist, war die Konsequenz unseres Verhaltens. Okay, vielleicht war es auch eine Art von Strafe. Aber es ist passiert, weil wir es herausgefordert haben."

„Du meinst –", sie blickte ihn hoffnungsvoll an, „du meinst, Gott liebt uns immer noch? Nach allem, was wir getan haben?"

„Ja, ich denke, er liebt uns immer noch. Ich erzähle dir mal, worüber wir gestern in der Jugendstunde gesprochen haben."

In der folgenden halben Stunde berichtete er ihr von der Jugendstunde am vergangenen Abend, dem roten und blauen Karton und wie sie ausgesehen hatten, nachdem sie zusammengeklebt und wieder voneinander gelöst worden waren. Dann sprachen sie über das, was der Pastor gesagt hatte. Die Aussage war klar. Sicher, es passierte durchaus immer wieder, dass sie Mist bauten, Menschen waren eben nicht vollkommen, erklärte er ihnen. Aber wichtig war, mit diesen Fehlern zu Gott zu gehen, ihm zu sagen, dass es einem leidtue, und dann mit seiner Kraft auf seinem Weg weiterzugehen.

„Siehst du", David nahm ihre Hände in die seine, „wir müssen diesen Ring einfach finden, denn ich möchte dich unbedingt heiraten, Lauren. Dann werden wir wieder eins sein und, nun, unsere Rückseiten werden nicht länger so beschädigt aussehen."

„Ist gut." Sie lachte wieder, aber sie sagte nicht viel zu seiner Geschichte. David verstand dies. Sie fühlte sich schuldig, und das bedeutete, dass Gott ihr unendlich weit weg zu sein schien. Er unterdrückte den Wunsch, noch etwas zu sagen. Irgendwann würde sie sich Gott nahe fühlen. Wenn sie erst verheiratet waren, dessen war er sicher. Denn durch all das, was er in den vergangenen Monaten erlebt hatte, verstärkte sich in ihm das Gefühl, dass er nicht ohne Gott leben konnte.

„Ich versuche es noch mal." Sie steckte ihre Finger erneut in die Ritze und tastete eine Weile herum. Plötzlich leuchteten ihre Augen auf. Sie zog den Ring heraus und hielt ihn in die Höhe.

„Da ist er." Sie betrachtete ihn, dann blickte sie ihn an. „Er ist wunderschön. Jetzt kannst du ihn mir anstecken."

„Lies zuerst, was drinsteht." Er deutete auf den Ring. „Da, auf der Innenseite."

Sie hielt ihn in den Schein der Straßenlaterne. „‚Trotz allem'?" Sie blickte ihn an. Dann hielt sie den Ring hoch und las die Inschrift noch einmal. Und auf einmal begriff sie. Sie zögerte noch etwas, und als sie ihn dieses Mal anschaute, hatte sie Tränen in den Augen.

„Trotz allem, was geschehen ist, richtig? Wir werden uns immer lieben, egal, was passiert ist oder passieren wird!"

„Ja. Ich liebe dich, Lauren Anderson. Auch wenn unser ganzes Leben auf einmal auf den Kopf gestellt ist. Ich liebe dich, egal, was auch kommen mag."

Er nahm ihr den Ring ab, und als er ihn an ihren Finger steckte, strahlten beide. Es war ein gutes Zeichen, ein Hoffnungsstrahl. Vielleicht würden sie ihren Weg doch gemeinsam finden und alles in Ordnung bringen. Vielleicht würden ihre Eltern erlauben, dass sie nach dem Abschluss der Schule heirateten, und ihnen eine

Wohnung besorgen. Und ja, der Start in ihr gemeinsames Leben wäre holprig. Die anderen würden sicher hinter ihrem Rücken reden. Aber sie hatten einander.

Der Ring mit den kleinen Diamantsplittern schimmerte im trüben Licht. David ergriff ihre Hand und strich mit dem Daumen über das Weißgold. Den Bruchteil einer Sekunde lang war der Ring kein Verlobungsring mehr, sondern ein winziger Lebensretter. Etwas, an das er sich klammern konnte und das seinen Kopf noch eine kurze Zeit über Wasser hielt. Damit das Gefühl zu ertrinken verschwand und er sich daran klammern konnte, dass Gott sie tatsächlich liebte und ihnen vergab. Dass eine gemeinsame Zukunft und eine Hoffnung auf sie wartete.

Trotz allem.

Kapitel 4

Angela Anderson war mehr als nur beunruhigt.

Die Kinder sprachen jetzt seit mehr als einem Monat Tag für Tag von ihren Hochzeitsplänen und nichts konnte sie davon abbringen. Ganz offensichtlich hatten sie sich vorgenommen, beide Elternpaare zu überzeugen, und sie hatten mit ihr und Bill angefangen.

„Wir wollen heiraten." Hoch aufgerichtet stand David vor ihnen, Lauren an seiner Seite, als sie ihnen diese Eröffnung machten. „Wir haben uns verlobt. Wir möchten auf jeden Fall zusammenbleiben." Er zögerte. „Ich möchte Sie fragen, ob ich, wenn meine Eltern wegziehen, vielleicht im Gästezimmer wohnen kann, bis ich im Herbst achtzehn werde." Er schluckte. „Dann können wir heiraten."

Bill atmete tief durch. Sein Blick bohrte sich in den des Jungen. „Zuerst einmal seid ihr nicht verlobt und ihr seid nicht –"

„Doch, das sind wir, Daddy!" Lauren trat entschieden vor und hielt ihre linke Hand in die Höhe. Sie sahen den Ring zum ersten Mal und Angela und Bill verstummten. „Wir haben uns verlobt und wir müssen zusammenbleiben. David hat recht."

„Unterbrich mich nicht, junge Dame!" Bill setzte seine Tirade fort. „Ihr seid nicht verlobt, weil ihr viel zu jung seid. Ihr werdet nicht zusammenleben und ihr werdet nicht im Sommer vor eurem letzten Highschooljahr heiraten." Er senkte die Stimme. „Das geht so einfach nicht. Ihr müsst es begreifen, und zwar möglichst schnell."

Der Streit wütete, und Angela spürte, wie ihr das Herz brach. Ihr Mann war außer sich vor Zorn, aber sie spürte auch seine Angst. Er hatte ihr anvertraut, er fürchte, Lauren zu verlieren.

„Wir standen uns immer so ... so nah." Er starrte durch die Scheibe ihres Schlafzimmerfensters nach draußen. „Manchmal frage ich mich, ob ich sie für immer verloren habe."

Jetzt verfolgten seine Worte sie, noch während er sich mit ihrer Tochter auseinandersetzte. Und damit war der Schmerz noch nicht zu Ende. In Davids Gesicht spiegelte sich die Enttäuschung und eine herzerweichende Verzweiflung war in Laurens Augen zu lesen. Ihre Tochter wünschte sich dies genauso sehr wie David, das war klar. Wie stand es nun also? War es richtig von ihr und Bill, ihre Tochter und den Jungen, den sie liebte, mit Gewalt auseinanderzureißen? Ihnen keine Möglichkeit zu geben, alles dafür zu tun, dass ihre Beziehung doch überleben würde?

Schließlich ließen David und Lauren das Thema auf sich beruhen, aber Lauren versuchte es immer wieder, noch zweimal in jener Woche. Mit jedem Gespräch wuchsen Angelas Zweifel und im Laufe des folgenden Monats entstand ein feiner Riss in der Fassade ihrer inneren Überzeugungen. David probierte es auch bei seinen Eltern und natürlich wollten diese von solchen Plänen nichts wissen. Keinesfalls würde Lauren mit ihnen in den Westen ziehen! Und ohne die Hilfe von einem der beiden Elternpaare hatten die Kinder tatsächlich keine Chance.

David besaß keinen eigenen Wagen, kein Geld und keine Unterkunft. Etwa eine Woche lang sprach er davon, von der Schule abzugehen und irgendeinen Hilfsjob anzunehmen. Doch wie Lauren berichtete, hatte sein Vater mit ihm alles durchgerechnet und ihm klargemacht, dass er nicht einmal, wenn er sechzig Stunden die Woche arbeitete, eine Wohnung, einen Wagen und den Lebensunterhalt für seine Frau aufbringen könnte. Geschweige denn den Lebensunterhalt für eine Frau und ein Baby. Nein, die Kinder hatten keine Chance, ohne elterliche Unterstützung zusammenzubleiben.

Aber das war nicht der einzige Grund, weshalb die Wochen bis Mitte Mai angespannt und unerfreulich verliefen. Sheila griff alle paar Tage zum Telefonhörer und rief Angela an. Während sie in der Vergangenheit immer Themen gefunden hatten, über die sie miteinander plaudern und lachen konnten, gab es neuerdings nur noch ein Gesprächsthema.

„Also“, mit jedem Gespräch schien Sheilas Tonfall schärfer zu werden, „hat sie sich entschieden, das Baby zur Adoption freizugeben? Das muss sie, Angela. Du hast gesagt, sie wäre dazu bereit. Du kannst sie dazu zwingen, das weißt du doch, oder?“

Angela atmete hörbar aus und erklärte zum wiederholten Male, dass diese Entscheidung von Lauren und David getroffen werden müsste. Natürlich hatte sie ihnen empfohlen, das Baby wegzugeben. Das wäre das Naheliegendste und Beste für alle Beteiligten.

„Aber du übersiehst hier etwas“, erklärte sie Sheila schließlich.

„Und das wäre?“

„Unsere Kinder lieben sich. Das tun sie schon seit Langem.“

Sheilas Reaktion ließ darauf schließen, dass sie in dieser Hinsicht ganz anderer Meinung war. „Sie wissen gar nicht, was Liebe ist.“

Du weißt nicht, was Liebe ist. Das war der Standardsatz der Erwachsenen. Sogar Angela hätte sich dieser Meinung gern angeschlossen. Sie stellte eine einfache Lösung dar, die ihnen einen Grund lieferte, die Kinder zu kontrollieren und ihr Leben für sie zu planen. Sie wussten eben nicht, was Liebe war.

Aber wenn sich beide Elternpaare nun irrten?

Diese Furcht hatte sich unaufhaltsam in ihr Gewissen gebohrt, und wie sehr sie auch versuchte, sie zu ignorieren, es gelang ihr nicht. Mitte Mai war Lauren im siebten Monat schwanger und ihre Schwangerschaft war nicht mehr zu verbergen. Angela wollte ihre Tochter aus der Schule nehmen, um sie vor dem Gerede ihrer Mitschüler zu beschützen. Aber Lauren erklärte, sie würden sowieso reden, und damit hatte sie recht. Mittlerweile wussten alle in ihrem Umfeld über ihre Schwangerschaft Bescheid.

Was die ganze Sache für Angela noch schmerzlicher machte, war der Verlust von Sheilas Freundschaft. Sheila war für sie wie eine Schwester gewesen. Ihr hatte sie ihre tiefsten Unsicherheiten anvertraut; sie hatte ihre größten Freuden und Ängste mit ihr geteilt. Doch jetzt verhielt sich Sheila ihr gegenüber abweisend und kalt und sie gab mehr und mehr Lauren und sogar Angela die Schuld an dem Dilemma. Und schließlich traf Angela eine Entscheidung. Sie musste ihre Tochter vor dem Hass von Davids Familie schützen. Die Trennung war von den Eltern bereits beschlossen. Jetzt war es an Angela, Lauren davor zu bewahren, sich einen Platz in einer Familie zu wünschen, die mit ihr nichts zu tun haben wollte. Sie wusste, was sie zu tun hatte, und sie tat es, weil ihr Laurens Wohl am Herzen lag und weil sie sie liebte.

Am Samstagnachmittag jener Woche lud Angela Sheila zu sich ein. Wieder setzten sie sich in den Wintergarten. Angela betrachtete ihre frühere Freundin aufmerksam und wählte ihre Worte mit Bedacht.

„Sheila, ich weiß, was du dir erhoffst. Du hoffst, Bill und ich hätten es geschafft, Lauren zu überreden, das Baby zur Adoption freizugeben."

„Ja." Sheila faltete ihre Hände im Schoß. Sorgfältig vermied sie es, zu lange in Angelas Augen zu schauen. „Es ist verrückt, wenn ein Mädchen ihres Alters ein Baby behalten will, Angela. Das haben wir doch schon alles durchgekaut." Sie hielt inne. „Also … hast du mich aus diesem Grund hergebeten?"

„Nein." Angela atmete tief durch und konzentrierte sich. Seit Tagen schon dachte sie über nichts anderes mehr nach, und jetzt war sie zu der Überzeugung gelangt, dass es ihre einzige Möglichkeit war, die einzige Möglichkeit, nach vorne zu blicken und alles hinter sich zu lassen.

„Es geht um die Kinder und um unsere Umzüge im kommenden Monat."

„Unsere Umzüge?" Sheila blickte auf und für den Bruchteil einer Sekunde schimmerte die alte Sheila wieder durch. Die Sheila, die freundlich und offenherzig war, die zuhören konnte und immer bereit war, andere zu unterstützen. Bei jedem Problem, nur nicht bei diesem.

„Ja." Angela goss ihnen eine Tasse Kaffee ein. Sie nahm einen Schluck aus ihrer Tasse und setzte sich wieder. Bill war unterwegs, um einen Arbeitstrupp zu beaufsichtigen, der einige Bäume auf dem Grundstück des neuen Bankgebäudes in Wheaton zu beschneiden hatte. Lauren saß oben in ihrem Zimmer und schrieb, was sie in letzter Zeit häufig tat. Angela schloss die Augen und zwang sich, ihren Plan in die Tat umzusetzen.

„Ich denke, wir sollten wenigstens einen Monat lang warten, bevor wir unsere Telefonnummern austauschen. Nach dem Umzug, meine ich."

Sheila verzog das Gesicht, doch ganz allmählich glätteten sich ihre Falten. „Was sollen wir den Kindern sagen? Dass wir nicht wollen, dass sie miteinander reden?"

„Nein, nichts dergleichen." Angela senkte die Stimme. Auf keinen Fall durfte Lauren davon etwas mitbekommen. „Wir können ja die Telefongesellschaft dafür verantwortlich machen. Es kann Wochen dauern, bis ein neuer Telefonanschluss freigeschaltet ist. So kann Lauren das Baby bekommen und alles überdenken, ohne jeden Tag mit David sprechen zu müssen und so zu entscheiden, als wären sie noch ein Paar."

Sheila entspannte sich sichtlich und ihr Gesichtsausdruck wirkte beinahe freundlich. „Die Idee gefällt mir." Sie blickte Angela an und ihre Augen flehten um Verständnis. „Ich bin froh, dass du mich in dieser Sache unterstützt. Ich meine, einmal ganz abgesehen von unserer Freundschaft, es geht um unsere Kinder. Sie sind noch viel zu jung, um so zusammen zu sein."

„Du hast recht." Angela war da nicht so sicher, aber mehr blieb ihr und Sheila nicht zu tun übrig, sie konnten nur handeln und reagieren, ihr Verhalten genau planen. „Lass uns mal versuchen, sie für einen oder anderthalb Monate voneinander fernzuhalten."

„Wenn wir nach LA kommen – und es steht außer Frage, dass David mit uns nach LA geht, egal, was er davon hält –, gebe ich dir unsere neue Nummer, aber du gibst sie erst einen Monat später an Lauren weiter. Du gibst mir deine neue Nummer und ich gebe sie ebenso lange nicht an David weiter. Wollen wir es so machen?"

„Genau."

„Das gefällt mir sehr. Das ist ein guter Plan."

„Das denke ich auch. Ich sehe diese Sache genau wie du: Sie brauchen Abstand voneinander." Die Lüge ließ Angela innerlich zusammenzucken. Lauren und David würden ihr Leben lang kein Wort mehr mit ihnen reden, wenn sie von diesem Gespräch wüssten. Bei diesem Treffen ging es ihr nicht darum, Sheila glücklich zu machen, oder um die Ansicht, dass es für die Kinder besser sei, Abstand zu gewinnen. Hierbei ging es darum, Lauren vor der Feindseligkeit zu beschützen, die Davids Eltern ihr gegenüber empfanden. Dafür nahm sie sogar eine Lüge in Kauf, selbst auf die Gefahr hin, dass sie Lauren wehtat.

Sie blickte Sheila an. „Es ist ja nur für einen Monat, höchstens für sechs Wochen. Danach können sie ja wieder miteinander reden und sich alles erzählen. Wir werden sehen, was geschieht."

Sheila hatte sich bereits erhoben. „Also gut." Sie sah auf ihre Uhr. „Ich kann nicht länger bleiben. Wir haben heute noch ein Abendessen in der Gemeinde." Ein letztes Mal trafen sich ihre Blicke. Fast hätte sie Angela dieses heuchlerische Lächeln geschenkt, das diese in den vergangenen Monaten viel zu häufig bei ihr gesehen hatte, doch sie hielt sich gerade noch zurück. Stattdessen hoben sich ihre Mundwinkel ein klein wenig.

„Das ist für uns alle nicht leicht, Angela." Sie hielt inne. „Bitte lass es uns wissen, wenn du mit Lauren weitergekommen bist. So viele wundervolle Familien warten darauf, ein Kind zu adoptieren. Obwohl es sicher ein großes Opfer wäre, wenn Lauren sich dazu durchringen könnte."

Angela hätte ihr am liebsten ins Gesicht gespuckt. *Ein großes Opfer für Lauren? Ja, und ein großer Sieg für Sheila.* Angela machte ein paar Schritte auf die Tür zu und öffnete sie weit. Sheila sollte nicht länger als nötig bleiben. Und da sie schon einmal dabei war, log sie ihre ehemalige Freundin noch einmal an.

„Ich hatte recht in Bezug auf die Adoption, Sheila. Lauren ist gar nicht mehr so abgeneigt."

„Tatsächlich?" Sheilas Augen begannen zu funkeln, so wie sie immer funkelten, wenn bei Bloomingdale ein Ausverkauf angekündigt wurde.

Angela wurde ganz übel. Sie biss sich auf die Lippe und nickte. „Ja. Ich bin fast sicher."

Sheila verabschiedete sich mit oberflächlichen Phrasen und einem halbherzigen Lächeln. Alles würde schon in Ordnung kommen und jede Veränderung sei auch eine Chance und gehöre zum Leben dazu. Veränderungen würden das Leben interessant machen und so weiter.

Die Stille nach Sheilas Fortgang tat Angela gut. Es war für sie der erste friedliche Augenblick des Tages. Sie ließ sich auf dem Sofa nieder, lehnte sich zurück und schloss die Augen. Sie hatte es wirklich getan. Sie hatte Sheila davon überzeugt, sich aus ihrem Leben und dem ihrer Tochter herauszuhalten. Zumindest einen Monat lang oder länger. Das bedeutete, dass Lauren unbehelligt ihr Baby bekommen konnte, ohne dass Sheila ständig anrief und ihr vorschrieb, warum das Baby zur Adoption freigegeben werden sollte und wann.

Als sie in ihrem Sessel saß und über das Gespräch mit Sheila nachdachte, erkannte sie, dass es einen entscheidenden Punkt gab, den sie noch nicht geklärt hatten: Was war, wenn die Liebe der Kinder nicht erlosch? Wenn Sheila und sie alle sich irrten? Wenn nicht das Alter darüber entschied, ob ein Mensch begriff, was Liebe war und ob sie real war?

Angela legte die Arme um sich. Lauren und David waren noch Teenager; ihr Leben würde weitergehen. Eine Zeit lang würden sie todtraurig sein. Aber sie würden ihren Kummer überwinden, und nach einem Monat der Trennung würden sie die Sache vielleicht in einem anderen Licht sehen und zu dem Schluss kommen, dass der Abstand ihnen guttat. Und falls dies der Fall war, würde Lauren vielleicht tatsächlich beschließen, ihr Baby zur Adoption freizugeben. Und ja, das wäre für alle das Beste.

Angela erhob sich und ging hinauf zu Laurens Zimmer. Leise klopfte sie an die Tür.

„Komm rein." Laurens Stimme klang müde und abwesend. David war den ganzen Tag beim Baseballtraining und sie hatte den größten Teil des Nachmittags in ihrem Zimmer mit Schreiben verbracht.

„Woran arbeitest du gerade?" Angela setzte sich auf die Bettkante. Die Erinnerung an ihr Gespräch mit Sheila brannte noch in ihr. Sie kam sich wie eine Verräterin vor.

„An einer Kurzgeschichte." Lauren deutete auf einen blauen Spiralblock. „Ich bin gut vorangekommen."

„Worum geht es dabei?"

„Um ein kleines Mädchen namens Emily. Sie ist eine Prinzessin in einem fernen Land, wo nur Hasen, Bären oder Füchse leben. Sie weiß nicht, wo sie ihren Prinzen finden kann, bis sie einer ganz besonderen Frau auf der anderen Seite des Gebirges begegnet."

„Hmm." Angela nickte. „Es freut mich, dass du so viel Fantasie hast."

„Auch ohne Collegeabschluss?" Lauren lächelte ihre Mutter an. Diese sah, dass der Ring, den David ihr geschenkt hatte, noch an ihrem Finger steckte. Die beiden glaubten offenbar immer noch, dass eines der beiden Elternpaare nachgeben und sie in den kommenden sechs Monaten im selben Haus wohnen lassen würde. David hatte in der Woche zuvor darauf hingewiesen, dass sie auch jetzt schon heiraten konnten, wenn ihre Eltern ihre Einwilligung dazu geben würden. Aber natürlich hatte keiner von ihnen vor, dies zu tun.

Angela schwieg eine Weile und Lauren schrieb noch einige Zeilen. Dann klappte sie ihr Heft zu und blickte ihre Mutter an.

„Warum war Mrs Galanter hier?"

Schuldgefühle bohrten sich wie Nadeln in Angelas Fleisch und sie zwang sich zu einem Lächeln. „Wir haben über den Umzug gesprochen. Sie haben noch kein Haus gefunden, das ihnen gefällt."

„David hat sich gestern mit seinem Dad getroffen. Vielleicht darf er bei einem seiner Freunde aus dem Baseballteam wohnen." Ein zufriedenes Lächeln umspielte ihre Lippen. Für sie gab es keinen Zweifel daran. Lauren glaubte wirklich, es würde gelingen, und sie und David würden nicht getrennt werden.

Angela erinnerte sich an Sheilas Tonfall. David kommt mit uns, egal, was er denkt. Sie räusperte sich und versuchte, ihre Tochter anzulächeln. „Ich glaube nicht, dass seine Eltern einwilligen werden, Schatz."

„Ich schon." Lauren legte ihren Block neben sich auf das Bett und setzte sich im Schneidersitz auf ihr Kopfkissen. „Gott wird sich etwas einfallen lassen."

„Gott, ja?" Angela wurde neugierig. Immerhin war sie die Mutter. In einer schwierigen Zeit wie dieser hätten sie und Bill als gute Christen das Gespräch auf Gott lenken müssen. Und das würden sie auch eines Tages tun, wenn sie nicht mehr so beschäftigt waren, wenn sie draußen in Wheaton wohnten und das Leben wieder einfacher geworden war. Dann würden sie wieder jede Woche in die Kirche gehen und sich darüber Gedanken machen, wie sie Gott wieder stärker in ihren Alltag einbeziehen konnten.

Lauren blickte nachdenklich zum Fenster hinaus. „Wenn wir im vergangenen Sommer mehr über Gott gesprochen hätten, weißt du, wenn er der Mittelpunkt unseres Lebens gewesen wäre, dann hätten David und ich vielleicht nicht so viele Fehler gemacht."

Sie schwiegen eine Weile und draußen begann es zu nieseln. Schließlich fand Angela die Worte, nach denen sie unbewusst gesucht hatte. „Erzähl mir, was du für David empfindest." Ihre Stimme klang sanft, nicht drohend, wie bei so vielen ihrer Gespräche seit Weihnachten. „Was empfindest du tatsächlich?"

Lauren rümpfte die Nase und kniff ihre Augen zusammen. „Du weißt doch, was ich für ihn empfinde, Mom."

„Ich weiß, was du sagst. Aber solche Aussagen werden von dir erwartet; du bist eben schwanger. Natürlich erwartet man von dir, dass du sagst, du würdest ihn lieben. Aber was bedeutet es wirklich für dich, dass du ihn liebst?"

Lauren atmete langsam aus und blickte erneut zum Fenster hinaus. „Es bedeutet, dass, egal, was passiert, selbst wenn ihr ihn mir wegnehmt, ein Teil von mir immer bei ihm sein wird." Sie blickte ihre Mutter an. „Und ein Teil von ihm wird immer bei mir sein." Sie hatte ihre Hände unter die Knie gesteckt, doch jetzt zog sie ihre linke Hand hervor. „Ich werde seinen Ring immer tragen, Mutter."

Sie lächelte. „David Galanter liebt mich, wie kein anderer mich jemals lieben wird. Er tritt für mich ein, wenn es kein anderer tut, und er glaubt an mich, wenn nicht einmal ich selbst an mich glaube." Ein Lachen drang aus ihrer Kehle. „Alle denken, wir seien zu jung, um zu wissen, was Liebe ist. Aber ich sehe dich und Daddy und die Galanters an, ich sehe, wie eure Freundschaft wegen dieser Sache auseinandergebrochen ist, und weißt du, was ich denke?"

Angelas Kehle war wie zugeschnürt. Ihre Gefühle drohten, sie zu überwältigen. „Was?"

„Ihr seid zwar älter, aber das hat euch auch nicht geholfen zu erkennen, was Liebe ist."

Sie wollte nicht weinen, nicht in Laurens Gegenwart. Aber die Tränen kamen trotzdem, und da sie nicht sprechen konnte, lehnte sie sich zu Lauren hinüber und nahm sie in die Arme. Sie drückte sie lange Zeit fest an sich. Als Angela das Zimmer ihrer Tochter einige Minuten später verließ, war der Zweifel darüber, ob das, was sie ihren Kindern antaten, richtig war, nicht mehr nur ein kleiner Dorn in ihrem Fleisch.

Er war zu einem riesengroßen Dolch geworden.

Lauren konnte es gar nicht erwarten, dass David an diesem Abend vorbeikam. Sie hatte ihren Eltern nicht erzählt, dass er sie noch besuchen wollte, und jetzt war es schon nach elf Uhr, und ihre Eltern lagen bereits im Bett. Lauren saß am Fenster und blickte hinaus in den Regen. Den ganzen Tag über hatte es leicht genieselt, aber jetzt wurden die Tropfen größer.

Trotzdem, die Straßen waren frei. David würde jeden Augenblick eintreffen.

Auf ihrem Schoß lag die Erzählung, an der sie gerade arbeitete. Seit sie einen Stift halten konnte, schrieb sie schon Geschichten – vor allem, wenn ihr Herz vor Emotionen überzufließen drohte. Sie starrte das Heft in ihren Händen an, blätterte zum Beginn der Geschichte zurück und las die erste Seite: *Trotz allem – Unsere Geschichte von Lauren Gibbs.*

Ein Lächeln umspielte ihre Mundwinkel. Lauren Gibbs, das war der Name, unter dem sie ihre Geschichten schrieb. Vor langer Zeit war sie einmal in einem Buch auf diesen Namen gestoßen und irgendwie war er bei ihr hängen geblieben. Vielleicht, weil er so gut zu der Figur gepasst hatte oder weil er so viel Kraft ausstrahlte.

An dem Tag, an dem sie ihn zum ersten Mal gelesen hatte, war sie zu ihrem Dad gelaufen, übersprudelnd vor Begeisterung. „Dad … das ist der perfekte Name."

Er war gerade in die Zeitung vertieft. Die Seiten knisterten in seiner Hand, als er sie herunternahm, um sie anzusehen. „Was gibt's?"

„Der Name in diesem Buch." Sie hielt es in die Höhe. „Er ist perfekt."

Langsam schlug er die Zeitung wieder auf. Sein Blick huschte von dem Artikel zu ihr und wieder zurück zur Zeitung. „Schön, Schätzchen."

„Dad!" Sie knuffte ihn in den Arm. „Du hörst mir ja gar nicht zu."

„Was?" Die Zeitung wurde wieder ein paar Zentimeter gesenkt und er blickte sie an. „Natürlich höre ich dir zu. Dir gefällt das Buch, das du gerade liest."

„Nein!" Sie stöhnte genervt. „Mir gefällt der Name der Hauptfigur in dem Buch."

Er blinzelte. „Der Name der Hauptfigur?"

„Ja. Lauren Gibbs." Sie strahlte ihn an. „Ist das nicht ein toller Name?"

Ihr Dad hatte gelacht. „Ich finde Lauren Anderson schöner."

Lauren drängte die Erinnerung beiseite. Für ihren Vater musste der Name ja auch gar nicht besonders klingen. Sie hatte ihr Wort gehalten. Dass sie unter diesem Namen ihre Kurzgeschichten schrieb, war für sie von besonderer Bedeutung. So konnte sie ihr Ich hinter sich lassen. Für sie war Lauren Gibbs kein siebzehnjähriges Schulmädchen. Sie war weltgewandt und klug, gebildet und interessierte sich für internationale Angelegenheiten. Sie reiste in der Welt herum und lernte interessante Menschen aus den unterschiedlichsten Kulturkreisen kennen.

Aus dieser Perspektive schrieb sie, als ob sie, wie ihr fiktives Alter Ego, tatsächlich ein solches Leben führen würde.

Ihr Blick wanderte über die aufgeschlagene Seite. Die erste Zeile der Geschichte lautete: „Sie beobachtete ihn von ihrem Platz am Esstisch aus. Diesen Tag würde sie für den Rest ihres Lebens in Erinnerung behalten. Es war der Tag, an dem sie sich in David Galanter verliebte."

Sie vernahm das Brummen eines Autos und klappte das Heft zu. Ab und zu durfte David ihre Geschichten lesen, aber die hier nicht. Es gab zu viel anderes zu besprechen. Sie legte das Heft zur Seite und schaute erneut zum Fenster hinaus. Dies war die große Gelegenheit, auf die sie gewartet hatten. Sein Vater hatte gesagt, sie würden darüber sprechen, ob er bei einem seiner Mitspieler aus dem Baseballteam wohnen könnte. Das wäre perfekt. Es würde bedeuteten, dass seine Eltern aus dem Spiel wären. Die Art und Weise, wie seine Mutter sie in letzter Zeit behandelt hatte, gefiel ihr überhaupt nicht. Es täte ihnen sicher gut, ein wenig Abstand zwischen seine Eltern und sie zu bringen. Die Scheinwerfer eines Wagens bogen um die Ecke und sie blinzelte in die dunkle Nacht hinaus. Er war es. Er fuhr mit seinem Camry vor ihrem Elternhaus vor und stellte den Motor ab. Sie beobachtete, wie er aus dem Wagen stieg, beobachtete, wie er mit hängenden Schultern langsamen Schrittes auf ihr Haus zuging.

Alarmiert setzte sie sich auf. Ein Gedanke durchzuckte sie, ein Gedanke, den sie im vergangenen

Monat beharrlich beiseitegeschoben hatte. Was war, wenn sein Vater ihm die Erlaubnis verweigerte? Und wenn seine Eltern nun darauf bestanden, dass David mit ihnen nach Kalifornien zog? Das würden sie doch nicht tun, oder? Nicht, wo sie seinen Ring trug. Nicht, wo sie verlobt waren und heiraten wollten.

Er hatte die Tür schon fast erreicht, aber sie kam vor ihm dort an, öffnete sie und bedeutete ihm, leise zu sein. Nachdem die Tür zu ihrem Zimmer hinter ihnen ins Schloss gefallen war, lehnte sie sich dagegen und musterte ihn.

„Er lässt dich nicht gehen, oder?"

David senkte den Blick und in diesem Augenblick war die Antwort so klar wie der Himmel über Chicago im August. Als er seinen Blick hob, schimmerten seine Augen feucht. „Er will, dass ich mein letztes Schuljahr in LA mache. Nur, bis ich den Abschluss habe. Und dann wird er alles tun, um uns zu helfen."

Der Raum begann, sich um sie zu drehen, und sie hatte das Gefühl, als würde jeden Augenblick die Decke auf sie fallen.

„Du ... du ziehst fort? In einem Monat?"

„Was soll ich denn machen?" Ein Anflug von Verärgerung schwang in seiner Stimme mit. „Ich besitze nichts, Lauren. Keinen Wagen, ich habe keinen Job, keine Ausbildung, nicht einmal einen lausigen Zwanzig-Dollar-Schein." Er zog sie an sich. Nach einer Weile lehnte er sich zurück und sah sie an. Die Trauer in seinen Augen war so groß, dass es wehtat. „Meine Mutter sagt, du würdest in Erwägung ziehen, das Baby wegzugeben?"

Sie schüttelte frustriert den Kopf. „Nie, David. Nie im Leben." Ihr Hände legten sich fest um seine Taille und sie drückte ihn an sich. „Warum sagt sie bloß so etwas?"

„Das kommt nicht nur von ihr." Seine Stimme war freundlich, sanft. „Auch deine Mutter hat das gesagt."

„Was?" Sie trat kopfschüttelnd einen Schritt zurück. „Ist es etwa das, was du willst?"

„Natürlich nicht." Er griff nach ihren Händen, aber sie war nicht bereit, näher zu kommen. „Es ist nur ... Im kommenden Jahr haben wir keine andere Wahl."

Sie wandte ihm den Rücken zu und starrte zum Fenster hinaus. Ihre Arme begannen zu zittern und das Zittern setzte sich bis zu ihren Händen fort. Wenn David fortging, vielleicht sollte sie das Baby dann doch weggeben. Wie sollte sie es ohne seine Unterstützung großziehen? Ihre Eltern hatten ihr ihre Hilfe zugesagt, aber ganz offensichtlich billigten sie ihre Entscheidung nicht. Das Zittern wanderte weiter in ihre Beine und Knie und auf einmal bebte ihr ganzer Körper.

Er trat zu ihr, legte seine Arme um sie und ließ seine Hände auf ihrem vorgewölbten Bauch ruhen.

„Ich möchte dieses Baby haben, Lauren. Ich wünschte, es käme erst in zehn Jahren zur Welt, aber ich möchte es trotzdem." Er drehte sie zu sich herum, bis sie ihn ansah. „Denk nie, ich würde es nicht wollen."

„Und du gehst wirklich fort?"

„Ich werde nicht aufgeben. Ich werde auch weiter nach einem Ausweg suchen, meinen Vater bedrängen und alles tun, um es irgendwie in letzter Minute doch noch zu schaffen." Er ergriff ihre Hände. „Ich verspreche es."

„Ich weiß, aber –", jetzt klapperten ihre Zähne, „aber wenn es dir nicht gelingt, dann ist das der letzte Monat, den wir gemeinsam verbringen."

„Sie können mich aus Chicago fortbringen, aber sie können mich nicht aus deinem Leben reißen. Wir bringen die Schule zu Ende, Lauren. Und dann werden wir zusammen sein. Mein Dad hat es versprochen."

Sie hätte in diesem Augenblick am liebsten geschrien oder geweint und wünschte sich, sie könnte mit ihm davonlaufen. Gleichgültig, wohin. Aber sie saßen fest. Die Wände ihres Gefängnisses rückten mit jedem Tag ein Stückchen näher. Sie spürte die Bewegungen des Babys und ihre Augen füllten sich mit Tränen.

„Finde einen Weg, David." Ein Schluchzen brach aus ihr hervor und sie barg ihr Gesicht an seiner Schulter. „Bitte. Ich schaff das nicht ohne dich."

Er drückte sie an sich und versprach ihr flüsternd, er würde es versuchen, und bestimmt würde es noch einen Weg geben, an den sie bisher noch nicht gedacht hatten. Aber als er an diesem Abend nach Hause fuhr, war sie davon überzeugt, dass nicht nur sie endlich erkannt hatte, wie ihre Situation tatsächlich aussah. Er wusste es auch.

Liebe hin oder her – in einem Monat mussten sie Abschied nehmen.

Kapitel 5

Die Tage vergingen wie im Flug und jeder Tag brachte neue, beängstigende Emotionen mit sich. David und Lauren durchlebten ein Wechselbad der Gefühle.

Manchmal fuhr Lauren nachmittags mit David zum See und sie gingen am Ufer entlang und unterhielten sich. Die neugierigen Blicke, die ihnen die Leute zuwarfen, beachteten sie nicht. Da Lauren mit ihren glatten blonden Haaren jünger wirkte als siebzehn, redeten sie offenbar über sie.

Aber das machte ihnen nichts aus. Sie waren zu sehr mit sich selbst und ihrem gemeinsamen Kind beschäftigt, um sich für das zu interessieren, was andere dachten. Selbst ihre Eltern interessierten sie nicht.

„Ich kann vielleicht bei einer meiner Lehrerinnen ein Zimmer mieten", erklärte David eines sonnigen Nachmittags, als sie nebeneinander am Strand saßen. „Du kennst sie. Es ist Mrs Tilp."

„Mrs Tilp, die Mathematiklehrerin?" Lauren blinzelte in die Sonne. Ihr Unterleib war angespannt, das Baby drückte dagegen.

„Ja, sie und ihr Mann haben ein freies Zimmer. Ich habe gehört, wie sie mit einer anderen Lehrerin darüber gesprochen hat, und habe sie gefragt, ob ich es mieten könnte. Im nächsten Jahr. Wir könnten im Herbst heiraten und gemeinsam mit dem Baby dort leben."

Es erschien ihr nicht sehr wahrscheinlich, dass das klappen würde. „Hast du ihr erzählt, dass du allein dort einziehst? Oder zusammen mit mir und dem Baby?"

„Zuerst mal habe ich nur für mich gefragt." Er rückte seine Baseballkappe gerade. „Ich hielt es für besser, erst dann von dir und dem Baby zu erzählen, nachdem sie zugesagt hat."

Einen Tag später erhielt David die Antwort. Die Lehrerin wollte nicht an einen Schüler vermieten. Und schon gar nicht an einen, der noch minderjährig war. David versuchte es bei einem Nachbarn drei Häuser weiter, einem Rentner, der allein lebte.

Während die möglichen Auswege einer nach dem anderen dahinschwanden, klammerte sich Lauren an die Hoffnung, dass es doch noch irgendwie klappen würde. Abends, am Ende von Davids Schultag, waren die beiden fast immer zusammen. Da sie sich weder bei ihr noch bei ihm zu Hause wohlfühlten, holte David sie immer ab, und sie fuhren dann irgendwohin, um zu reden.

„Wie wollen wir es denn nennen?", fragte David sie eines Abends. Sie hatten ein paar Namen in die engere Wahl gezogen, sich aber noch nicht geeinigt. „Wir müssen uns was überlegen, nur für den Fall ..."

„Nur für den Fall?" Lauren musterte ihn und begriff sofort. „Du meinst, falls du mit nach Kalifornien musst?"

Er presste die Lippen aufeinander und nickte. Sein Blick wanderte zu ihrem Bauch und dann wieder zu ihren Augen. „Ich wüsste einen Namen."

Es war wundervoll, mit ihm allein zu sein und so zu tun, als wären sie ein ganz normales Paar, das ein Kind erwartete. Sie lehnte sich gegen die Wagentür und grinste ihn an. „Für einen Jungen oder ein Mädchen?"

„Ein Mädchen."

„Okay, an was hattest du denn gedacht?" Das Baby bewegte sich in ihr und sie legte die Hände an die betreffende Stelle. „Hier." Sie nahm seine Hand und legte sie auf ihren Bauch. „Du hast es noch gar nicht gefühlt."

„Wirklich?" Seine Hand lag sanft auf ihrem Bauch, während sie warteten. Das Baby trat erneut und ein Strahlen erschien auf Davids Gesicht. „Wow ... das war unglaublich." Er legte jetzt beide Hände auf ihren Bauch und liebkoste die Stelle, an der das Baby lag. Dann beugte er sich vor und flüsterte: „Hey, Kleines, ich habe das gespürt. Du kannst ganz schön kräftig treten."

Das Baby bewegte sich erneut und Lauren war überglücklich. Dies war Davids erster Kontakt mit ihrem Baby. Dadurch wurde ihre Schwangerschaft so normal, real und wundervoll. Genau so, wie es sein sollte.

David strich noch einmal mit der Hand über ihren Bauch und lehnte sich dann grinsend gegen seine Wagentür. „Ich hatte an ‚Emily' gedacht." Seine Augen strahlten. „Was hältst du davon?"

„Gefällt mir." Sie stellte sich ihre Tochter vor – es war eine Tochter, da war sie ganz sicher –, in rosa Spitze gekleidet, mit diesem hübschen Namen. „Justine" oder „Tabitha" hatte ebenfalls auf ihrer Liste gestanden, etwas Moderneres eben. Aber es rührte sie, dass David sich einen Namen überlegt hatte. „Ich wusste gar nicht, dass du über Babynamen nachdenkst."

„Ich kann an nichts anderes mehr denken." Er lachte leise. „Ich kann mich kaum noch auf den Unterricht konzentrieren, weil ich von dir und dem Baby träume, darüber nachdenke, wann es wohl auf die Welt kommen wird und ob …" Sein Lächeln verschwand. „… ob wir dann zusammen sein werden."

Diesen Nachsatz ignorierte sie. Wenn ihre Eltern es zuließen, wäre David ein großartiger Vater, davon war sie überzeugt. Bei einer anderen Gelegenheit fragte sie: „Und wenn es ein Junge wird?"

„Ich weiß nicht so recht." Er verzog das Gesicht. „Vielleicht ‚Josh' oder ‚Jared'. Etwas in der Art."

Bei diesen Gesprächen hatte Lauren immer das Gefühl, dass sie zum Horizont starrte und auf eine drohende Flutwelle wartete. Aber nichtsdestotrotz: Dass sie über etwas so Normales wie Namen reden konnten, machte ihr den Alltag erträglich, vor allem in Anbetracht der Tatsache, dass jeder Tag sie dem Umzugsdatum seiner Eltern näher brachte.

Eine Woche vor dem Termin kam der Anruf, mit dem Lauren schon lange gerechnet hatte.

„Ich muss mit." David schien geweint zu haben. „Ich werde die Schule in Kalifornien zu Ende bringen und dann zu dir kommen. Was immer es auch kosten mag. Wir werden einen Weg finden."

Trotzdem war sie noch nicht bereit aufzugeben. Die ganze Woche über versuchte sie, ihre Eltern zur Vernunft zu bringen. „Tut doch etwas, bitte!" Sie umklammerte die Hand ihrer Mutter, die Schulter ihres Vaters. „Wir lieben einander, wir wollen nicht getrennt werden. Bitte, helft uns."

Ihre Eltern hörten ihr zu, und mitunter offenbarten sie ihr auch, dass sie über die schreckliche Situation ebenfalls traurig waren. Aber sie boten ihr keine Lösung für das Problem an. Eines Tages gegen Ende dieser Woche flehte Lauren ihre Mutter an, David und ihr zu helfen.

„Ruf die Galanters an. Bitte sie herüber. Sag ihnen, wir können nicht voneinander getrennt leben. Bitte, Mutter."

„Lauren, das geht nicht. Die Galanters haben deutlich gemacht, dass sie nichts mit unserer Familie zu tun haben wollen."

Es war wie in dem schlechten Film. *Keine Türen, keine Fenster. Kein Ausweg.*

Schließlich kam der Sonntagabend. David und seine Familie planten, am folgenden Morgen aufzubrechen, und er wollte noch einmal vorbeikommen, um sich von ihr zu verabschieden. Lauren ging nach draußen.

„Er kann doch hereinkommen, Liebes", rief ihre Mutter aus der Küche. „Wir wollen uns ebenfalls von ihm verabschieden."

„Nein, das werdet ihr nicht. Euch ist es ja egal, dass er weggeht", erwiderte Lauren mit scharfer Stimme.

Das Verhältnis zu ihren Eltern hätte nicht schlechter sein können. Wenn diese ihr nicht dabei helfen wollten, dass David hierbleiben konnte, dann sollten sie sich auch nicht von ihm verabschieden. Alle hatten sich gegen sie verschworen. Lauren knallte die Tür hinter sich zu, trat auf den Bürgersteig und wartete.

Sie trug ein verblichenes, übergroßes gelbes T-Shirt und die dunkelblaue Sporthose ihres Vaters. Ihr Bauch war unglaublich dick, so dick, dass es ihr manchmal Angst machte. Obwohl es draußen schwülwarm war, begann sie zu zittern. Wie hatte alles nur so aus dem Ruder laufen können?

Der Vollmond warf seinen silbernen Schein durch die Bäume, und die Schatten malten seltsame Schemen an die Stelle, an der sie stand. Aus der Ferne vernahm sie das Geräusch eines herannahenden Wagens. Scheinwerferlicht kam näher. Er war es. Sie kannte das Motorengeräusch seines Wagens.

Als David anhielt und ausstieg, wusste sie, dass er geweint hatte. Und er weinte noch immer. Die Hände in die Taschen gestopft, ging er um den Wagen herum und kam zu ihr.

„Lauren ..." Er zog sie in die Arme und versuchte, sie an sich zu drücken. Aber ihr Bauch war so dick, dass das nicht richtig ging, und er zog sich zurück. „Ich habe nur zehn Minuten Zeit. Mein Dad möchte, dass der Wagen an den Umzugswagen angehängt wird."

Sie musterte sein Gesicht. „Und wenn wir auf das

Baby verzichten würden, würde sie das zum Bleiben bewegen?"

„Nein." Er strich zärtlich mit den Fingern über ihre Augenbraue und über den Haaransatz an ihrer Schläfe. „Dazu ist es zu spät." Seine Augen blickten sie fragend an. „Willst du das Baby denn weggeben?"

„Natürlich nicht." Sie schniefte und ihr Herz trommelte laut in ihrer Brust. „Aber ich kann das Baby nicht allein großziehen, nicht ohne dich. Auch meine Eltern sind gegen mich, David." Sie trat einen Schritt zurück. „Ich weiß nicht, was ich tun soll."

Er tastete nach ihrer Hand, strich liebevoll mit dem Daumen über ihren Verlobungsring. „Denk dran, was in dem Ring steht."

Sie blinzelte mehrmals und versuchte, nicht zu weinen. „Ja, das mache ich."

„Trotz allem, Lauren. Wenn alles auseinanderbricht, ich liebe dich trotz allem. Ich möchte dich nach wie vor heiraten."

Die Minuten vergingen und schließlich blieb ihnen nichts weiter als eine kurze, verzweifelte Umarmung und eine Flut von Versprechen.

„Ich rufe dich an." David löste sich von ihr und machte sich auf den Weg zu seinem Wagen.

„Ich werde darauf warten." Sie trat einen Schritt näher.

„Das Jahr wird wie im Flug vergehen." Ein paar Meter vor dem Wagen blieb er stehen. „Ich werde dich besuchen, ich verspreche es."

„Wir werden zu dir kommen, sobald du deinen Abschluss hast."

„Ich weiß." David blickte sie prüfend an. Er konnte hinter der Fassade die Furcht und Unsicherheit sehen.

Seine Wangen waren feucht. „Du musst dieses Versprechen halten."

Sie kam einen weiteren Schritt näher. „Ich sage dir Bescheid, sobald die Wehen einsetzen."

Er wollte in seinen Wagen steigen, aber er konnte seinen Blick einfach nicht von ihr wenden. Lauren verstand dies. Sie hatten doch nicht mehr als nur diese wenigen Sekunden.

Dann sagte er mit leiser Stimme: „Ich werde nie jemanden so lieben wie dich, Lauren. Nie."

Sie griff sich mit der Hand an den Hals, schluckte und zwang sich, etwas zu erwidern. „Ich auch nicht, solange ich lebe."

Und nun gab es nichts mehr zu sagen. Er stieg in seinen Wagen ein und fuhr davon. Erst jetzt bemerkte sie den Schmerz in ihrem Bauch. Kein scharfer Schmerz, nichts Ernstes. Nur ein leichtes Ziehen.

Als würde selbst das Baby in ihr trauern.

Angela wollte sie eigentlich nicht beobachten, aber sie konnte nicht anders.

Sie saß in dem dunklen Wohnzimmer und starrte zum Fenster hinaus, als Lauren und David sich verabschiedeten, als sie sich umarmten und weinten und als er schließlich wegfuhr und Lauren sich ins Gras sinken ließ, den Kopf in den Händen vergraben. In diesem Augenblick überfiel Angela ein beinahe erdrückendes Gefühl von Schuld.

„Schatz, alles wird gut werden", flüsterte sie und legte ihre Finger an das kühle Glas. „Wir werden das gemeinsam durchstehen."

Sie saß noch immer da, als Bill hereinkam und seine Hand auf ihre Schulter legte.

„Sie werden es schon schaffen." Seine Stimme war leise, aber voller Zuversicht. Er hatte niemals auch nur in Betracht gezogen, dass es vielleicht anders kommen könnte.

Plötzlich verstand Angela. Lauren bedeutete Bill unendlich viel. Sein Beschützerinstinkt ihr gegenüber war immens groß. Er wollte sie vor einer, wie er glaubte, schmerzlichen Entscheidung bewahren. Wenn sie und David zusammenblieben, dann würden sie das Baby ganz gewiss behalten – auch wenn es nicht die beste Entscheidung war. Falls das geschah, bekäme sie nie die Gelegenheit, wirklich erwachsen zu werden, die Highschool zu beenden und aufs College zu gehen. Mehr noch – wenn sie David heiratete, wäre sie an Schwiegereltern gefesselt, die ihr das Leben schwer machen würden.

Für Bill bestand kein Zweifel daran, dass es für alle Beteiligten das Beste war, wenn Lauren und David nicht mehr zusammen waren. Angela wäre da gern ebenso sicher gewesen, aber das konnte sie nicht. Die Angst schnürte ihr die Kehle zu, so sehr, dass ihr selbst das Atmen Mühe bereitete. Sie legte ihre Hand auf die ihres Mannes.

„Und wenn nicht?" Sie wandte sich um, blickte ihn an, und ihr Herzschlag geriet aus dem Rhythmus. „Und wenn nicht alles gut wird? Vielleicht irren wir uns, Bill. Dann sind wir und die Galanters an allem schuld."

Mit gerunzelter Stirn blickte er aus dem Fenster zu ihrer Tochter hinüber. „Sie sind doch noch Kinder. Sie wissen nicht, was gut für sie ist." Er schob sein Kinn vor. „Ich denke, wir können besser beurteilen, was das Beste ist. Lauren sollte das Baby weggeben."

Zorn stieg in Angela hoch. „Darüber haben wir doch schon gesprochen. Sie möchte es behalten, das weißt du doch!"

„Aber jetzt, wo David fort ist ..." Er zuckte die Achseln. „Jetzt, wo er nicht mehr in der Nähe ist, wird sie ihre Meinung ändern, denke ich." Er richtete sich auf und drückte ihre Schulter ein letztes Mal aufmunternd. „Das hoffe ich zumindest."

Dann wandte er sich um und ging zurück ins Arbeitszimmer. Sie hörte, wie das Fernsehgerät eingeschaltet wurde und danach den Ansager, der von den Reds und den White Sox sprach und davon, welcher Spieler an diesem Abend aufgestellt war.

Angela blickte ihm seufzend nach und schüttelte den Kopf. Gleichgültig, wie aufrichtig seine Motive auch waren, konnte er wirklich die Kinder auseinanderbringen, ohne von einem einzigen Zweifel gequält zu werden? Sie und die Galanters hatten ihre Kinder manipuliert, wie es schlimmer nicht sein konnte. Seit mehr als zehn Jahren waren sie befreundet, doch sie hatten wegen dieser Sache bereitwillig ihre Freundschaft geopfert. Und dann waren sie übereingekommen, ihre neuen Telefonnummern geheim zu halten. Zumindest einen Monat lang. Und das alles nur, damit Lauren ihre Meinung änderte und das Baby zur Adoption freigab. Angelas Blick ruhte auf Lauren, und trotz der Dunkelheit konnte sie erkennen, dass ihre Tochter bitterlich schluchzte. Sie saß allein auf dem feuchten Frühsommergras, und niemand war da, der sie in ihrem Schmerz tröstete. Ein Schauder überlief Angela und sie fuhr zusammen. Der Gedanke ließ ihr keine Ruhe, gönnte ihr keine Minute des Friedens. Es war derselbe Gedanke, der sie schon die ganze Woche, den ganzen Monat quälte. Sicher, in gewisser Weise hatten sie nur das Beste für die Kinder im Sinn gehabt.

Aber was in aller Welt würde geschehen, wenn sie sich geirrt hatten?

David konnte vor Tränen kaum etwas erkennen.

Er war der beste Spieler in seiner Baseballmannschaft, ein Schüler, dem in der Umkleidekabine oder anderswo niemand zu nahe zu treten wagte. Aber im vergangenen Monat hatte er das Gefühl gehabt, sein Leben würde auseinanderbrechen. Und er konnte nichts dagegen unternehmen. Vor einer roten Ampel blieb er stehen. Er drückte seine Fäuste gegen seine Augen und rieb sich die Tränen fort. Sie würden nicht das letzte Wort behalten, nein, nicht, wenn er dabei ein Wort mitzureden hatte. Sie konnten ihn aus Chicago fortbringen, fort von Lauren und dem Baby und allen seinen Wünschen für ihre gemeinsame Zukunft. Aber sie konnten nichts an seinen Gefühlen für sie ändern.

Eigentlich hatte er immer davon geträumt, später einmal Geschäftsmann zu werden wie sein Vater. Er würde den Pilotenschein machen und dann im eigenen Flugzeug zu wichtigen Sitzungen fliegen. Aber im vergangenen Monat hatten sich seine Pläne gewandelt. Er hatte eine neue Einstellung zu seinen Eltern, ihrer Welt und allem bekommen, für das sie standen. Irgendwo auf ihrem Weg durchs Leben hatten sie sich selbst verloren. Das Streben nach Macht und Einfluss bestimmte ihr Leben, ihre Persönlichkeit. Ihr Reichtum war nicht mehr ein Gut, an dem sie sich erfreuten. Sie definierten sich jetzt über ihren Besitz.

Ihre Stellung verbot es ihnen zuzulassen, dass der einzige Spross der Familie Galanter im Sommer vor seinem letzten Schuljahr Vater wurde. Darum der Umzug, auch wenn sie versuchten, andere Erklärungen dafür vorzuschieben. Ein Umzug ans andere Ende des Landes und der Wechsel auf eine neue Schule, und sie konnten so tun, als hätte es Lauren nie gegeben, als wäre das mit dem Baby nie geschehen. Keine Sorgen, keine Mühen und eine vielversprechende Zukunft.

Als ob die Realität dadurch, dass sie ihn von Lauren trennten, irgendwie anders aussähe.

Ganz im Gegenteil. Die Realität stand ihm jetzt viel deutlicher vor Augen als je zuvor. Das Leben, das er eines Tages führen würde, würde ganz anders aussehen als das Leben, das seine Eltern führten. Er würde Sinn und Wert des Lebens nicht im Wohlstand und Besitz suchen und er würde sich vor allem zusammen mit Lauren und ihrem Baby – oder ihren Kindern – auf die Suche danach machen. Er erinnerte sich noch daran, wie sich die Bewegungen des Babys unter seiner Hand angefühlt hatten. Das Kind, das in Lauren heranwuchs, war sein Kind, und von jetzt an würde er sich immer fragen, wie er ihm ein guter Vater sein konnte.

Die Ampel sprang auf Grün und er überquerte die Kreuzung. Seine Augen waren jetzt trocken, seine Tränen versiegt. An ihre Stelle war eine Entschlossenheit getreten, die stark genug war, um ein Leben lang anzuhalten. Denn er würde nie jemanden so lieben, wie er Lauren Anderson liebte. Das war ihm in der vergangenen Zeit klar geworden. Eines Tages, sobald es ihm möglich war, würden sie wieder zusammen sein. Er würde einen goldenen Ring an ihren Finger stecken, zu dem Ring, den sie bereits trug.

Und dann würden sie sich nie mehr trennen.

Kapitel 6

Laurens Entschlossenheit wuchs mit jeder Träne, die sie vergoss. Sie und David würden wieder zusammen sein, und zwar früher, als ihre Eltern erhofften. Am Tag nach Davids Abreise rief er sie von einer Telefonzelle irgendwo in Oklahoma aus an. Die Verbindung war sehr schlecht, aber trotz des Rauschens in der Leitung konnte sie das meiste von dem, was er sagte, verstehen.

„Meine Mutter hat mir gesagt, dass es eine Weile dauern wird, bis unser Telefonanschluss gelegt ist." Er klang so weit entfernt, so nervös und gehetzt. „Wir sind gerade an einer Tankstelle. Meine Eltern tanken, ich habe also nicht viel Zeit."

Lauren war verwirrt. „Ihr werdet kein Telefon haben?" Sie hatte doch schon die ganze Zeit das Gefühl gehabt, dass eine Verschwörung gegen sie im Gange war. „Jeder hat doch ein Telefon, David. Wie erklären sie das denn?"

„Meine Eltern sagen, es würde eine Weile dauern. Das hat wohl etwas mit der Lage des Hauses zu tun. Ich schätze, es liegt in einem Neubaugebiet. Sie meinten, es könnte ein paar Wochen dauern, bis die Telefonleitungen gelegt sind."

Panik stieg in ihr auf. „Wir ziehen am kommenden Freitag um." Sie strich sich mit der Hand über die Stirn und versuchte, sich zu konzentrieren. „Wir bekommen auch eine neue Nummer. Wie soll ich dich denn erreichen, wenn du kein Telefon hast?"

„Unsere Mütter werden Kontakt aufnehmen. Ich weiß nicht genau, wie, aber vielleicht über die Arbeitsstelle deines Vaters oder so." Seine Stimme klang jetzt ruhiger, aber im Hintergrund hörte sie den Motor eines Wagens. „Ich rufe an, weil ich dich an etwas erinnern möchte, Lauren. Auch wenn wir nicht telefonieren können, denke ich an dich. Das wird sich nie ändern. Wir werden das mit den Telefonnummern schon hinkriegen, auch wenn es ein paar Wochen dauert."

Seine Worte beruhigten sie ein wenig. „Also gut. Wenn unsere Mütter das geklärt haben."

„Das werden sie. Das müssen sie." Er hielt inne. „Ich muss jetzt los, aber wie geht es dir?"

„Gut. Der Herzschlag des Babys ist kräftig."

„Du ... du hast deine Meinung doch nicht geändert, oder?"

Warum fragte er sie ständig danach? Sie biss die Zähne zusammen. „Ich habe es dir doch gesagt. Ich bin fest entschlossen!"

„Okay. Hey ... ich muss jetzt los. Ich liebe dich, Lauren. Ich rufe dich an, sobald es geht."

„Ich liebe dich auch."

Sie legten auf, und das war das Letzte, was sie von ihm gehört hatte. Jetzt waren sie und ihre Familie in ihr neues Haus in Wheaton eingezogen, eine Stunde vom Zentrum Chicagos entfernt. Sie hatten eine neue Telefonnummer bekommen, und nachdem alles ausgepackt und eingeräumt war, wandte sie sich mit ihrer Frage an ihre Mutter. „Wie soll David denn unsere neue Nummer erfahren?"

„Ich warte darauf, dass seine Mutter sich mit uns in Verbindung setzt. Sie wird uns ihre neue Nummer geben, wenn ihr Telefonanschluss gelegt ist."

„Aber wie will sie uns denn erreichen, wo wir doch auch eine neue Nummer haben?" In zwei Wochen sollte ihr Baby auf die Welt kommen und es ging ihr daher nicht besonders gut. „Ich muss mit ihm reden, Mom."

Ihre Mutter zuckte nicht mit der Wimper. „Es gibt eine Telefonansage, Schatz. Jeder, der in den kommenden drei Monaten unsere alte Nummer anruft, bekommt automatisch die neue Nummer angesagt."

Das waren gute Nachrichten. Eine automatische Ansage? „Wirklich?" Daran hatte sie nicht gedacht. „Dann wird er also jetzt bald anrufen?"

„Bestimmt." Ihre Mutter lächelte.

Drei Tage vergingen und jetzt hatte sie schon seit zwei Wochen nichts mehr von David gehört. Ihr Rücken schmerzte. Sie unternahm einen kleinen Spaziergang zum Briefkasten. Wo steckte er und was tat er? Hatten sie bereits ausgepackt und sich ein wenig eingelebt? Und in welcher Gegend von Los Angeles hatten sie sich wohl niedergelassen? In einem Vorort oder vielleicht sogar am Stadtrand und warum hatte sie eigentlich nicht vorher danach gefragt?

Sie kehrte ins Haus zurück. Ihr Vater war in seiner neuen Bank und ihre Mutter saß mit einer Innenausstatterin im Arbeitszimmer und sah die Stoffmuster für die Vorhänge durch. Lauren ging in die Küche, setzte sich auf einen Stuhl und starrte minutenlang das Telefon an. Warum klingelte es nicht? Es konnte doch nicht so lange dauern, bis ein neuer Telefonanschluss gelegt war, oder?

Aber es musste so sein. Das Telefon war einfach noch nicht angeschlossen. David hätte bestimmt sofort angerufen, sobald er die Gelegenheit dazu gehabt hätte. Sie klopfte mit dem Finger gegen das Telefon. Plötzlich zog sich ihr Bauch einen Augenblick lang zusammen. *Falscher Alarm.* Das hatte sie jetzt schon seit ein paar Tagen. Sie atmete rasch ein paarmal hintereinander durch und versuchte, sich an ihr letztes Gespräch zu erinnern.

Was hatte er noch gesagt? Dass er sich so bald wie möglich melden würde. Bei diesem Gedanken verweilte sie ein wenig. Er hätte doch auch einmal von einer Telefonzelle aus anrufen können. Vielleicht vom Supermarkt oder einer Tankstelle aus. Telefonzellen gab es doch überall. Er konnte ihre alte Nummer anrufen und würde die neue Nummer erfahren. Aber warum hatte er sich dann noch nicht gemeldet?

Vielleicht war die Ansage bei der alten Nummer falsch, vielleicht fehlte eine Zahl oder die Zahlen waren vertauscht und er konnte sie nicht erreichen. Da kam ihr eine Idee. Sie konnte doch ihre alte Nummer anrufen, sich die Ansage selbst anhören und überprüfen, ob die richtige Zahlenfolge angesagt wurde. Warum hatte sie nicht schon früher daran gedacht?

Aus dem Nebenzimmer ertönte das fröhliche Gelächter ihrer Mutter. In der letzten Zeit hatte sie viel Zeit mit der Innenausstatterin verbracht. Ihr Vater war praktisch nie zu Hause. Er hatte Vorstandssitzungen mit den neuen Treuhändern und außerdem musste er schnellstmöglich die neuen Betriebssysteme und die Angestellten kennenlernen.

Vielleicht musste wirklich sie einen Weg finden, David zu erreichen.

Sie nahm den Hörer und wählte ihre alte Nummer, dann wartete sie das Klingeln ab. Aber es kam nicht. Stattdessen vernahm sie einen Piepton und eine Computerstimme meldete sich: „Der Anschluss, den Sie gewählt haben, ist abgemeldet. Eine neue Nummer ist nicht bekannt.“

Was? *Eine neue Nummer ist …* Langsam begann sich der Boden unter ihr zu drehen. Sie umklammerte den Hörer. Die Ansage wurde wiederholt. „– den Sie gewählt haben, ist abgemeldet. Eine neue –"

Ihre Mutter hatte sie belogen. Es gab keine andere Erklärung dafür. Sie hatten den alten Anschluss abgemeldet und ganz bewusst keine neue Rufnummer hinterlassen. Der Grund dafür war genauso schockierend wie offensichtlich. Sie hatten sie aus der Stadt fortgebracht und jetzt verhinderten sie den telefonischen Kontakt zu David.

Lauren sprang auf. Sie knallte den Hörer auf die Gabel. „Mutter!" Ihre Stimme dröhnte durch das Haus. „Ich muss mit dir reden!"

Das Lachen ihrer Mutter aus dem Nebenzimmer brach ab. „Lauren … ich bin gerade beschäftigt. Kann das nicht warten?"

Sie stürmte durch die Küche, den Flur entlang ins Arbeitszimmer. Die Innenausstatterin sah mit weit aufgerissenen Augen zu ihr herüber. Lauren funkelte ihre Mutter an. „Ich muss sofort mit dir sprechen." Ihr Tonfall klang zornig und unbeherrscht. Sie stürmte durch den Flur zurück in die Küche und wartete.

Als ihre Mutter den Raum betrat, war in ihrem Blick keinerlei Verärgerung zu lesen. Vielmehr wirkte sie besorgt und ängstlich. Vor allem ängstlich. „Hast du Wehen?"

„Sehe ich etwa so aus, als hätte ich Wehen?", gab Lauren schnippisch zurück. Ihre Stimme war ein wenig zu laut, aber das war ihr gleichgültig. „Hier geht es nicht um mich, Mutter." Sie deutete auf das Telefon. „Ich habe gerade unsere Nummer angerufen, unsere alte Nummer."

Der Blick ihrer Mutter wanderte zum Telefon und wieder zurück. Die Angst in ihren Augen wurde größer. „Und?"

„Ach, tu doch nicht so überrascht." Am liebsten hätte Lauren geschrien. Sie konnte sich nur mühsam beherrschen. „Du weißt genau, was ich meine."

„Lauren, nicht in diesem Ton!"

Sie schaute ihrer Mutter in die Augen. Wer war nur diese Frau, die da vor ihr stand? Ihr ganzes Leben lang war ihre Mutter ihre Freundin gewesen, ihre Vertraute. Sie hatte ihr zugehört und ihr gute Ratschläge gegeben, wenn sich ihre Freundinnen gegen sie verbündet hatten oder wenn sie mit einem Lehrer nicht klarkam. Aber seit ihrer Schwangerschaft hatte sich ihre Mutter bei jeder Gelegenheit gegen sie gestellt.

Ihre Mutter trat beunruhigt von einem Fuß auf den anderen. „Vielleicht könntest du mir erklären, was du meinst."

Lauren stieß einen kleinen Schrei aus. „Lass das! Du weißt ganz genau, wovon ich spreche. Hör auf, mich anzulügen!" Sie ballte die Fäuste. „Es gibt keine automatische Ansage mit unserer neuen Nummer. Falls David versucht hat, mich seit unserem Umzug zu erreichen, hat er keine Auskunft bekommen, keine neue Nummer, keinen Hinweis, wie er mich erreichen kann."

„Was?" Ihre Mutter ging zum Telefon. Sie nahm den Hörer auf, tippte eine Reihe von Zahlen ein und hielt ihn an ihr Ohr. Nach einigen Sekunden blickte sie Lauren an und legte den Hörer aus der Hand. „Du hast recht."

„Ja, genau! Und das wusstest du ganz genau!" Laurens Zorn steigerte sich mit jedem Wort. Während sie sprach, zog sich ihr Bauch erneut zusammen. Sie zuckte zusammen und deutete auf ihre Mutter. „Du hast mich angelogen."

„Das habe ich nicht, Lauren. Ehrlich nicht." Die Stimme ihrer Mutter klang schockiert und plötzlich machte sich Entsetzen in ihr breit. „Ich habe deinem Vater gesagt, er soll unsere neue Nummer ansagen lassen, als er unseren alten Anschluss abgemeldet hat ..." Sie drehte sich langsam zum Telefon um. „Ich habe ihm gesagt ..."

Laurens Krämpfe wurden stärker. „Willst du etwa behaupten, Dad hätte das getan und du hättest nichts davon gewusst?" Wie konnte sie ihr trauen? Wie konnte sie ihnen überhaupt noch glauben? „Was macht das schon? Ihr beide seid entschlossen, uns voneinander zu trennen. Ich hätte mit David durchbrennen sollen." Sie schrie jetzt, nachdem sie endlich die Wahrheit erkannt hatte.

Ihre Mutter schüttelte den Kopf, ihre Stimme klang sanfter als zuvor. „Ich schwöre dir, Lauren, ich hatte damit nichts zu tun." Sie nahm den Hörer auf und wählte eine andere Nummer. Nach einer Weile sagte sie: „Guten Tag, hier ist Mrs Anderson. Ich muss meinen Mann sprechen."

Lauren hatte genug gehört. Was kümmerte es sie, wer dafür verantwortlich war? Ihre Eltern hatten ihre neue Nummer zurückgehalten, damit David sich nicht mit ihr in Verbindung setzen konnte. Ihre Gedanken wirbelten durcheinander. Sie rannte die Treppe hinauf in ihr Zimmer.

Erst jetzt durchzuckte sie der erste wirkliche Schmerz. Er zog durch ihren Bauch und schleuderte sie auf ihr Bett. Sie beugte sich nach vorne und versuchte, langsam zu atmen. Als er vorüber war, legte sie sich auf die Matratze. Es war noch zu früh für das Baby, aber der Schmerz, den sie gerade erlebt hatte, fühlte sich sehr wohl wie eine richtige Wehe an.

Sie starrte an die Decke; glühender Zorn loderte in ihr. Wie konnten ihre Eltern so etwas tun? Sie hatten sie betrogen und wie sollte sie David jetzt finden? Sie hörte etwas von dem, was ihre Mutter sagte.

„Aber ich dachte, du hättest die Nummer hinterlassen, Bill. Lauren ist sehr aufgebracht darüber, und jetzt denkt sie, ich hätte das mit Absicht getan und –"

Erneut durchfuhr sie ein krampfartiger Schmerz, heftig und sehr real. Sie rollte sich auf die Seite und zog ihre Knie an. Jeder Atemzug war ein Kampf, bis der Schmerz schließlich nachließ. In diesem Augenblick wusste sie Bescheid. Das waren die Wehen, und wenn sie so kurz hintereinander kamen, dann wurde es höchste Zeit.

„Mutter!", rief sie, so laut sie konnte. Augenblicke später eilte diese auch schon durch die Tür.

„Lauren, dein Vater wollte die Ansage bestellen, aber dann –"

„Ich habe Wehen." Lauren keuchte und schnappte nach Luft. „Es tut so weh." Eine neue Wehe durchfuhr ihren Körper und sie schrie laut auf. In diesem Augenblick ertönte von unten ein lauter Abschiedsgruß – offenbar hatte die Innenausstatterin das Gefühl, dass ihre Gegenwart gerade unangebracht war. Die Haustür fiel in dem Augenblick ins Schloss, als die Wehe nachließ.

„Wir müssen dich ins Krankenhaus bringen." Laurens Mutter half ihr auf die Beine, tätigte ein paar Telefonanrufe, und dreißig Minuten später waren sie auch schon im Krankenhaus. Eigentlich wollte sie das Baby in Chicago bekommen, in dem Krankenhaus, das sie bereits kannten. Aber es blieb keine Zeit mehr. Der Arzt in der Klinik untersuchte sie rasch und ließ sie sofort in den Kreißsaal bringen.

„Sie scheint schon eine ganze Weile Wehen zu haben", erklärte ihnen der Arzt. „Das Baby wird innerhalb einer Stunde da sein."

Lauren hatte Angst, war wütend und erschöpft. Das Atmen fiel ihr schwer. Eine Wehe löste die nächste ab. Sie versuchte, sich auf die Worte des Arztes zu konzentrieren. Was hatte er gesagt? Innerhalb einer Stunde? Wie war das möglich? Der errechnete Geburtstermin war doch erst in zwei Wochen, und bis zu dem Zeitpunkt, als sie herausgefunden hatte, dass ihre Eltern sie belogen hatten, war es ihr doch gut gegangen. Sie keuchte, der Schmerz strahlte bis hinauf in ihre Brust und in ihren Rücken. Doch es war sinnlos, jetzt weiter darüber nachzudenken. David war ganz weit fort und sie würde in einer Stunde Mutter sein. All das war zu viel für sie, und dazu kam noch die Tatsache, dass ihre Eltern nicht auf ihrer Seite standen.

Ihre Mutter berührte ihren Ellbogen. „Ich bleibe hier, Liebes. Dein Vater ist schon unterwegs."

Lauren stöhnte. Sie hätte ihrer Mutter am liebsten gesagt, sie solle gehen. Wenn sie sie wirklich liebte, würde sie ihr helfen, David zu erreichen. Aber die nächste Wehe hatte sie bereits erfasst und sie brachte keinen Ton heraus. Eine Erinnerung durchzuckte sie. Sie und ihre Mutter bei einer Babyparty für eine Nachbarin. Damals war Lauren dreizehn Jahre alt gewesen.

„Und wenn ich gar nicht weiß, wie man ein Baby bekommt, ich meine, wenn es bei mir so weit ist?", hatte sie ihre Mutter damals gefragt. Diese Frage hatte sie sehr beschäftigt.

Ihre Mutter hatte ihre Hand gedrückt. „Ich werde für dich da sein, Lauren. Ich werde dir sagen, was auf dich zukommt, und ich werde dir helfen, das zu überstehen. Alles wird gut werden."

So war ihre Beziehung gewesen, bevor sie schwanger geworden war. Und da war sie nun und durchlebte genau das, wovor sie solche Angst gehabt hatte. Einerseits war ihre Mutter wirklich bei ihr, aber andererseits war ihre Beziehung gestört. Es war beinahe so, als wäre die Frau an ihrer Seite überhaupt nicht ihre Mom, sondern nur jemand, der ihr ähnlich sah.

„Alles in Ordnung?" Ihre Mutter zog sich einen Stuhl zu ihr heran. Sie schlug die Beine übereinander und beugte sich vor. Vor Sorge hatte sie ihre Stirn in Falten gelegt. „Brauchst du etwas?"

„Ja", presste Lauren zwischen zwei Wehen hervor. Sie starrte ihre Mutter an. „David."

Ihre Mutter fragte nicht wieder.

Die Vorhersage des Arztes erwies sich als richtig. Genau fünfzig Minuten nach ihrem Eintreffen im Krankenhaus und nach der Verabreichung eines leichten Schmerzmittels brachte Lauren ein kleines Mädchen zur Welt. Es wog sechs Pfund und einhundert Gramm. Als der Arzt das Baby hochhielt, traten Tränen in Laurens Augen. Das war ihre Tochter, ihr Kind. Ein Teil von ihr und David. Sie legte die Hand auf den Mund und schüttelte fassungslos den Kopf. „Sie ist … sie ist einfach wunderschön."

Der Arzt lächelte und auch ihre Mutter weinte. Aus irgendeinem Grund beunruhigten Lauren die Tränen ihrer Mutter. Weinte sie, weil die Situation nicht war, wie sie sein sollte, oder weil sie sich noch zu jung fühlte, um Großmutter zu sein? Dieser Augenblick war einzigartig – die Geburt ihres ersten Kindes. Eigentlich hätte sich ihre Mutter mit ihr freuen sollen.

Laurens Tränen waren natürlich Freudentränen, aber es mischte sich auch eine große Traurigkeit darunter. Das war ihre Tochter, die immer ein Teil von ihr sein würde, ein Teil ihres Lebens. Aber eigentlich sollte auch David hier sein, an ihrer Seite, er sollte an diesem Tag ihre gemeinsame Tochter zum ersten Mal sehen. Wie lange würde es wohl dauern, bis er von ihr erfuhr, bis seine Eltern ihm erlauben würden, nach Chicago zu fliegen, um sein kleines Mädchen zu sehen?

An diesem Abend hielten ihre Eltern abwechselnd das Baby im Arm und sagten Dinge, die frischgebackene Großeltern so sagen. „Sie hat Laurens Kinn ... Sie ist so süß." Oder: „Sieh dir nur diese braunen Augen an!" Ihre Mutter weinte nicht mehr. Im Gegenteil, als sie nach Hause fuhren, waren ihre Eltern begeistert und versprachen, am Morgen wiederzukommen.

Keiner von beiden verlor ein Wort über eine Adoption.

Als sie gegangen waren, drückte Lauren ihre Tochter an ihre Brust. So schrecklich es auch war, dass ihre Eltern versucht hatten, sie von David fernzuhalten, wenigstens würden sie sie nicht zwingen, ihre Tochter aufzugeben. Sie betrachtete das Gesicht ihres kleinen Mädchens. „Hallo, Süße. Mommy ist ja da."

Das Baby wand sich ein wenig, aber sein Blick war fest auf Lauren gerichtet, wenn es sie auch noch nicht richtig sehen konnte. „Du brauchst mich, oder, meine Kleine?"

Das süße Baby in ihren Armen vertraute ihr mit seinem ganzen Sein. Lauren hatte keine Ahnung, was sie tun würde, keine Ahnung, wohin sie gehen oder wie sie David wiederfinden sollte. Aber sie würden ihn finden. Sie würden zu ihm fahren, sobald es möglich war. Das war sie David schuldig.

Am Ende jener ersten Nacht hatte sie ihrer Tochter einen Namen gegeben: Emily.

Jetzt würde sie ihren Eltern keine Ruhe mehr lassen, damit sie alles in ihrer Macht Stehende taten, um ihr dabei zu helfen, David zu finden. Gemeinsam würden sie überlegen, wie sie eine richtige Familie werden konnten. Die kleine Emily brauchte ihren Daddy. Und wenn ihre Eltern ihr nicht helfen wollten, dann würde sie sich eben auf eigene Faust auf die Suche machen. Lauren starrte ihren Ring an.

Was immer auch nötig war, sie würden wieder zusammen sein. So, wie es hätte sein sollen.

So, wie es immer sein würde.

Kapitel 7

Für Lauren stand eines fest: Sie würde sich auf die Suche nach David machen.

Mit jedem Tag, der verging, wuchs ihre Entschlossenheit. Das Baby war vier Wochen alt, als sie sich kräftig genug fühlte, das Thema ihren Eltern gegenüber anzusprechen. Es war schon nach acht Uhr an einem Montagabend. Lauren hatte Emily in den Schlaf gewiegt und in ihre Wiege gelegt. Jetzt schlich sie durch den Flur zum Arbeitszimmer ihrer Eltern. Nach dem Abendessen hielten diese sich häufig in dem Raum auf, da von dort eine doppelflügelige Verandatür auf die überdachte Veranda führte. Es war wirklich das schönste Zimmer im Haus.

Lauren hatte die Tür schon fast erreicht, als sie die Stimme ihres Vaters vernahm. Diese klang streng, frustriert. Lauren blieb stehen und lauschte.

„Ich will keinen Kontakt, verstehst du das denn nicht, Angela?" Er stieß ein hartes Lachen aus. „Um ehrlich zu sein, genau so will ich es haben. Unsere Tochter soll nichts mehr mit dieser Familie zu tun haben, vor allem nicht mit dieser Frau!"

„Samuel ist genauso schuldig." Die Stimme ihrer Mutter klang müde, wie so oft in der Zeit nach dem Umzug. „Sheila will nicht, dass Lauren ihrem Sohn die Zukunft verbaut, aber Samuel steht voll hinter ihr. Glaub mir, die Idee, die beiden Kinder voneinander zu trennen, stammt von beiden."

„Also gut, prima." Seine Stimme wurde zusehends lauter. „Und warum sollte ich einen Anruf von dem Jungen entgegennehmen? Er hat in der Bank angerufen, na und?"

„Bill." Ihre Mutter sprach langsamer, ruhiger. „Wir sprechen hier von David. All die Jahre hat er praktisch zur Familie gehört, hast du das schon vergessen?" Sie seufzte so laut, dass Lauren es bis in den Flur hörte. „Ich meine, der Junge ruft in der Bank an und sucht nach dir. Er sucht nach einem Weg, wie er Lauren erreichen kann, und du lässt ihm durch deine Sekretärin ausrichten, er hätte die falsche Bank erwischt? Findest du das fair?"

Lauren wurde schwindelig, alles begann, sich um sie zu drehen. Sie lehnte sich gegen die Wand. David hatte in der Bank angerufen, in der neuen Bank ihres Vaters, und man hatte ihm ausgerichtet, er hätte sich im Unternehmen geirrt? Was würde er jetzt denken? Wusste er überhaupt, in welchem Vorort von Chicago sie wohnten? Sie zwang sich, weiter zuzuhören.

„Natürlich ist das fair, Angela. Was Sheila und Samuel über unsere Tochter gesagt haben, wie sie sie behandelt haben … Lauren ist mein Kind. Ich will sie nicht in der Nähe von Menschen wissen, die so schlecht von ihr denken. Wenn sie von David fort ist, dann ist sie auch außerhalb der Reichweite seiner Eltern."

Ihre Mutter schwieg eine Weile, und Lauren fragte sich, ob sie wohl weinte. Schließlich seufzte Angela erneut. „Wie konnte es nur so weit kommen? Sie waren unsere Freunde. Unsere besten Freunde."

„Ich habe bei dieser Sache eines gelernt." Ihr Vater sprach sachlich, ruhig. „Gemeinsame Freizeitgestaltung, gute Gespräche, gemeinsamer Urlaub – all das bedeutet noch lange nicht, dass man einen Menschen auch wirklich kennt." Als er weitersprach, lag in seiner Stimme eine gewisse Wehmut. „Ich glaubte wirklich, dass ich Sheila und Sam kennen würde. Aber du hast ja erlebt, wie sie reagiert haben. Sie haben nur an David gedacht. Sie hätten sogar unser Haus niedergebrannt, wenn sie ihren Jungen dadurch vor seiner Verantwortung hätten schützen können."

Es herrschte einen Augenblick Stille. Lauren zitterte am ganzen Körper und ihr war hundeelend. Das war der Beweis, den sie gesucht hatte, der Beweis dafür, dass ihre Eltern sich tatsächlich gegen sie und David verschworen hatten. Jetzt würde sie dieses Haus verlassen und aus ihrem Leben verschwinden, ohne noch einmal zurückzuschauen. Eines Tages, wenn sie und David sich ihr Leben aufgebaut hatten, erst dann würde sie darüber nachdenken, ob sie wieder Teil dieser Familie sein wollte. Aber erst dann. Sie wäre am liebsten sofort in den Raum gestürmt, doch sie wartete ab, ob sie noch mehr erfuhr.

Und tatsächlich war das Gespräch auch noch nicht beendet.

Ein paar Augenblicke später ertönte die Stimme ihrer Mutter: „Was hat er denn gesagt? Ich meine, hat er eine Nachricht hinterlassen?"

„Er hat meiner Sekretärin seinen Namen genannt und gesagt, er sei auf der Suche nach einem Bill Anderson." Ein tiefer Seufzer von ihrem Vater. „Ich hatte sie bereits angewiesen, falls jemand mit dem Namen Galanter anriefe, dann solle sie sagen, er hätte sich wohl in der Bank geirrt. In dieser Bank gäbe es niemanden dieses Namens."

Ihre Mutter stöhnte. „Die Kinder vermissen einander, Bill. Was ist, wenn wir uns irren?"

„Ich will Lauren doch nur beschützen", erwiderte ihr Vater unerbittlich. „Es ist zu ihrem Besten. Ich liebe sie und will nicht, dass sie verletzt wird. Außerdem wird sie es nie erfahren."

„Ich habe es schon erfahren." Lauren trat in die Tür und hielt sich am Türrahmen fest. Ihr Kopf pochte und sie konnte ihre Füße kaum spüren. Ohne mit der Wimper zu zucken, funkelte sie ihre Eltern an. „Ich habe alles gehört, Dad. David hat dich in der Bank angerufen, und du hast ihm durch irgendeine … irgendeine Frau ausrichten lassen, dass er sich in der Bank geirrt hätte." Sie hätte ihn am liebsten angeschrien, hätte beide am liebsten angeschrien, dass sie das nicht tun konnten. Aber es war bereits geschehen. In ihr war nichts als eine unheimliche Kälte zurückgeblieben und eine Angst, die sich nicht in Worte fassen ließ.

„Lauren –" Ihr Vater sprang auf. Er war erschrocken, fasste sich aber schnell wieder. „Ihr beide braucht ein wenig Abstand voneinander. Die Galanters und wir waren übereinstimmend dieser Meinung. Es ist wichtig, damit ihr beide euch darüber klar werden könnt, was ihr tun wollt."

„Wir wissen doch bereits, was wir wollen." Lauren kochte innerlich und ihre Stimme wurde immer leiser. „Du und Mom, ihr habt keine Ahnung, was ich möchte." Sie presste ihre Hände an die Brust. „Was David und ich wollen. Wir müssen zusammen sein."

„In Ordnung." Ihr Vater wandte den Blick ab.

Wie auf ein Stichwort wandte sich ihre Mutter an Lauren. „Wir werden dir helfen, ihn zu finden, Schatz. Das kann nicht so schwer sein. Dein Vater hat da seine Möglichkeiten." Sie hielt inne. „Es ist genau, wie dein Dad gesagt hat. Wir hatten das Gefühl, es wäre gut, wenn ihr beide ein wenig Abstand voneinander hättet. Wenn du hättest hören können, was Sheila über dich gesagt hat, Schatz ..."

„Sie ist mir egal. David ist der Einzige, an dem mir etwas liegt." Laurens Stimme wurde wieder lauter, doch sie beherrschte sich. „Ihr habt uns auseinandergerissen."

„Wir wollten dir nur helfen."

„Die Sache mit dem Telefonanschluss, die angebliche Telefonansage mit unserer neuen Nummer und jetzt das – David ruft in der Bank an und wird belogen." Sie lachte, aber es war ein trauriges Lachen. „Danke für deine Hilfe, Mom." Sie blickte ihren Vater an. „Und dir auch, Dad." Sie wirbelte herum und wollte das Zimmer verlassen, doch ihre Mutter sprang auf und eilte zu ihr.

„Wo willst du hin?“

Lauren hatte es satt, die Fragen ihrer Eltern zu beantworten. „In mein Zimmer.“ Sie wandte sich kurz um und warf ihrer Mutter einen Blick zu. „Ich habe euch nichts mehr zu sagen.“

Ihre Eltern waren offenbar tief betroffen, denn sie ließen sie wortlos gehen. Erst, als sie den Flur bereits erreicht hatte, hörte sie die Stimme ihrer Mutter. „Es tut mir leid, Lauren. Wir … wir wollten dir nicht wehtun.“

Sie blieb stehen und schloss ein paar Sekunden lang die Augen und unterdrückte die Tränen, die ihr in den Augen brannten. „Ich weiß.“ Sie blinzelte und sah ein letztes Mal zu ihnen hinüber. „Ich weiß.“

Als sie durch das Haus hinauf in ihr Zimmer lief, war sie sicher, dass ihre Mutter die Wahrheit sagte. In gewisser Weise war das, was ihre Eltern getan hatten, um sie und David voneinander fernzuhalten, tatsächlich in der festen Überzeugung geschehen, dass es das Beste für sie wäre.

Aber tief in ihrem Inneren mussten sie gewusst haben, dass es falsch war. Lauren setzte sich auf die Bettkante. Ihr Blick blieb an Emilys Wiege hängen. Das Baby bewegte sich und nieste leise.

Lauren erhob sich und ging zu ihr. „Hey, meine Kleine, alles in Ordnung? Mommy ist da.“ Sie beugte sich vor und legte die Hand auf Emilys Stirn. Das Kind fühlte sich ein bisschen heiß an, aber vielleicht lag das auch daran, dass es zu warm zugedeckt war. Lauren runzelte die Stirn und zog die Decke ein wenig zurück, damit das Baby nicht so schwitzte.

Das Erstaunlichste an der Mutterschaft war die Intensität der Liebe, die sie für ihre Tochter empfand. Für die kleine Emily hätte sie alles getan und morgen würde sie das unter Beweis stellen. Erneut legte sie ihre Hand auf die Stirn ihrer Tochter. So warm war sie auch wieder nicht. „Alles wird gut werden."

Sie hätte auf ihre Eltern wütend sein sollen, weil sie sie betrogen hatten. Doch stattdessen sah sie ihre Tochter an und empfand ein überwältigendes Gefühl der Freiheit. Sie und Emily würden auch allein klarkommen.

Lauren beugte sich über die Wiege und küsste ihre Tochter auf die Wange. Dann nahm sie aus der obersten Schublade ihrer Kommode den Umschlag. Darin lagen fünftausend Dollar, das Geld, das sie am Nachmittag von ihrem Konto abgehoben hatte. Da ihr Konto immer noch bei der Bank in der Stadt war, hatte sie sich zuerst eine Zweigstelle suchen müssen. Ihre Mutter hatte gedacht, sie würde mit Emily zum Supermarkt fahren, aber auf dem Heimweg war sie bei der Bank vorbeigegangen. Es war ihr Geld; sie hatte es im Laufe der Jahre gespart oder sich durch Babysitten verdient. Einiges davon stammte von ihren Eltern, anderes hatte sie zum Geburtstag oder zu Weihnachten oder als Belohnung für gute Zensuren bekommen.

Mit so viel Geld konnte sie mit Emily nach Los Angeles fahren, sich eine Unterkunft suchen und David ausfindig machen. Sie würde zuerst bei den Banken nach seinem Vater fragen. Und wenn die Schule wieder anfing, dann würde sie, wenn es sein musste, jede Highschool in Los Angeles abklappern. Ihre Eltern würden über ihre Entscheidung hinwegkommen. Lauren wusste, dass sie nur dann wirklich glücklich und frei sein würde, wenn sie David fand.

Als sie einschlief, hörte sie Emily erneut niesen. Zweimal. Aber das war nicht besorgniserregend. Nur eine kleine Erkältung, die vermutlich alle kleinen Babys in ihren ersten Lebensmonaten durchmachten. Und wenn sie eine richtige Erkältung bekäme, konnte sie ja auf dem Weg nach Kalifornien in einer Apotheke Medikamente für sie kaufen.

Am folgenden Morgen verließ ihr Vater das Haus schon sehr früh, ohne sich von ihr zu verabschieden. Ihre Mutter schaute kurz in ihr Zimmer und teilte ihr mit, sie würde den Tag mit der Innenausstatterin verbringen.

„Wir suchen heute die Accessoires in den Boutiquen hier vor Ort aus." Ihre Mutter lächelte sie vorsichtig an. „Du bist doch wegen der Sache mit der Bank nicht mehr wütend auf deinen Vater, oder?" Sie hielt inne und lächelte erneut. „Du und David, ihr werdet sehr bald wieder miteinander reden können. Wir werden dir dabei helfen."

„Wie denn, Mom?" Emily lag in ihren Armen. Ihre Koffer standen gepackt im Schrank. „Ich habe seine Telefonnummer nicht und er hat meine nicht." Sie zog die Augenbrauen zusammen. „Wo genau wohnt er? Weißt du das?"

Ihre Mutter ließ die Schultern sinken. „In Los Angeles. Mehr weiß ich auch nicht."

„Also gut, was ist mit dem Geschäft seines Vaters? Er hatte einige Investitionen in LA getätigt. Welcher Art? Und wo?"

„Tankstellen, glaube ich. Und möglicherweise ein kleiner Flughafen." Sie biss sich auf die Lippe. „Zumindest glaube ich das."

„Siehst du?" Lauren gab einen Laut von sich, der halb Lachen, halb Stöhnen war. „Warum sagst du, wir würden bald wieder Kontakt haben? David hat Daddys Bank gefunden, was doch für den Anfang schon ganz gut war, meinst du nicht?"

Angela blickte zu Boden, nickte aber. „Ja. Ja, das war es auch eigentlich."

„Er hat sie also ausfindig gemacht, und dann hat ihm jemand mitgeteilt, es sei nicht die richtige Bank. Der Name Bill Anderson sei in ihrem Haus nicht bekannt." Sie sprach ruhig, um Emily nicht aufzuwecken. „Wieso denkst du, ich wäre jetzt in der Lage, David zu finden?"

Draußen in dem Baum vor ihrem Fenster stimmten zwei Amseln ihr Lied an. Ihre Mutter blickte auf und zuckte mit den Achseln. „Dasselbe habe ich mich die ganze Nacht gefragt." Sie legte ihre Arme um sich. „Ehrlich, Lauren, ich weiß es nicht. Ich muss glauben, dass er dich findet, aber ich weiß nicht, wie."

„Wenn unsere Telefonnummer wenigstens in irgendeinem Verzeichnis aufgeführt wäre ..." Sie hasste den beißenden Tonfall in ihrer Stimme. Sarkasmus war hässlich und gab ihr das Gefühl, meilenweit von ihrer Mutter entfernt zu sein.

Ihre Mutter seufzte. „Lauren, du weißt, dass wir unsere Nummer nicht in das Telefonverzeichnis eintragen lassen können, nicht bei der Stellung deines Vaters. Unsere Nummer war nie verzeichnet, genauso wenig wie die der Galanters."

Mehr brauchte sie nicht zu hören. Sie musste sich selbst auf die Suche nach David begeben. Ob er nun in Kalifornien war oder auf dem Mond – sie musste ihn finden. Sie drückte Emily an sich. „Ich liebe dich, Mutter, und ich werde dich immer lieben." Ihre Stimme brach. „Aber ich kann nicht glauben, was du und Daddy mir angetan habt."

Ihre Mutter kam näher, legte ihre Arme um Lauren und Emily und drückte sie fest an sich. Als sie sich zurückzog, blickte sie ihrer Tochter tief in die Augen. „Ich liebe dich auch, Schatz. Es tut mir leid. Wirklich."

Sie drehte sich um und ging davon. Lauren hörte, wie die Haustür hinter ihrer Mutter ins Schloss fiel. Sie erhob sich und legte Emily in ihre Wiege. Ihr Herz klopfte ihr bis zum Hals, als sie noch ein paar Sachen in die Koffer packte. Vor allem Babystrampler für Emily und ausreichend Kleidungsstücke für sich.

Als sie mit den Koffern in der Hand das Zimmer verließ, blieb sie noch einmal stehen und sah zurück. Ihr Blick glitt durch das Zimmer, blieb an der Kiste hängen, in der ihre Kurzgeschichten und ihre Fotoalben, ihre Jahrbücher und die Erinnerungsstücke aus ihrer Kindheit lagen, die viel zu schnell zu Ende gegangen war. Wenn sie David erst gefunden hatte, konnte sie diese Sachen immer noch holen.

Als einziges Erinnerungsstück packte sie ein gerahmtes Foto von sich und David ein. Sie würde es neben ihr Bett stellen, wo immer das auch stehen mochte. Es würde sie Tag für Tag antreiben, ihn zu finden.

Erst dann würde sie den Rest ihrer Sachen abholen.

Sie lud die Koffer in den Wagen, dann ging sie noch einmal zurück, um Emily zu holen. In Emilys Wiege hinterließ sie einen Zettel mit den Worten: „Ich bin zu David gefahren. Ich rufe an, wenn ich ihn gefunden habe. Alles Liebe, Lauren."

Um vier Uhr an jenem Nachmittag waren Mutter und Tochter schon fast fünfhundert Kilometer von Wheaton entfernt. Die Welt lag strahlend und vielversprechend vor ihr. Der Himmel war klar und auf der auf dem Beifahrersitz liegenden Karte hatte sie die

Strecke markiert. Eine Frau vom Automobilclub hatte ihr geholfen, die beste Route herauszusuchen, und ihr auch Motels genannt, in denen sie unterwegs Rast machen konnte. Sechs Tage würde sie bis nach Kalifornien brauchen und danach würde sie David suchen und sie könnten wieder zusammen sein.

Nur eines machte ihr zu schaffen: Die in einer Babyschale liegende Emily nieste noch immer.

Kapitel 8

Angela wusste, dass etwas ganz Schreckliches geschehen war. Um sechs Uhr abends bestand für sie daran kein Zweifel mehr. Sie rief Bill in der Bank an und nur mit Mühe konnte sie ihrer Panik Herr werden. „Hast du Lauren gesehen?"

„Lauren?" An seinem Tonfall merkte sie, dass er sehr beschäftigt war. „Natürlich nicht. Sie ist doch mit dem Baby zu Hause."

„Nein, sie ist nicht hier. Ich glaube, sie ist fortgegangen."

„Wenn sie nicht zu Hause ist, dann ist sie natürlich fortgegangen." Seine barsche Antwort verletzte sie. „Schatz, ich bin gerade in einer Besprechung. Vermutlich ist sie einkaufen gefahren und wird in ein paar Minuten wieder da sein."

„Und wenn … Was ist, wenn sie weg ist?"

„Wohin denn?"

„Einfach weg. Vielleicht ist sie fortgegangen, um David zu suchen." Angela bemühte sich, nicht zu weinen, aber man merkte, dass es ihr schwerfiel, die Fassung zu wahren. „Sie hat keine Nachricht hinterlassen, zumindest habe ich keine gefunden. Ich habe in ihrem Zimmer nachgesehen, überall."

Ihr Mann seufzte genervt. „Sie ist bestimmt zum Einkaufen gefahren."

„Das habe ich auch gedacht, Bill, aber ich bin jetzt schon seit einer Stunde zu Hause. Sie würde nicht so lange fortbleiben." Sie zögerte. „Ich habe ein ungutes Gefühl."

„Also gut, hör zu." Seine Stimme klang nun freundlicher. „Geh doch noch einmal in ihr Zimmer und sieh dich um. Vielleicht findest du ja einen Hinweis. Wir sprechen hier von Lauren, Schatz. Sie würde nichts Unbedachtes tun."

Ein Gefühl des Friedens machte sich in ihr breit. Bill hatte recht. Lauren war sehr vernünftig. Vor ihrer Schwangerschaft war sie eine hervorragende Schülerin gewesen; sie hatte ihnen immer mitgeteilt, wo sie sich aufhielt, und sie war lieber zu Hause geblieben und hatte mit ihren Eltern und David Scrabble und Karten gespielt, als Partys zu besuchen.

Auf keinen Fall würde sie einfach mit Emily verschwinden.

Trotzdem, nur um ganz sicher zu sein, musste sich Angela noch einmal in ihrem Zimmer umsehen. Mit einem unguten Gefühl eilte sie die Treppe hinauf. Sie öffnete die Tür zu Laurens Zimmer und ging zum Bett. Dieses Mal entdeckte sie etwas, das ihr beim letzten Mal nicht aufgefallen war: Das Foto von Lauren und David, das immer auf dem Nachttisch gestanden hatte, war verschwunden. Angela sah erneut in der Wiege nach. Auch das Bettzeug war fort. Als sie das erste Mal in Laurens Zimmer nachgesehen hatte, war sie davon ausgegangen, dass das Bettzeug des Babys gewaschen würde. Ihr Herzschlag beschleunigte sich. Und wenn das Bettzeug aus einem anderen Grund fehlte? Mit vorsichtigen, ängstlichen Schritten trat sie näher.

Auf der Matratze lag ein Zettel, den sie ebenfalls beim ersten Mal übersehen hatte.

Angela zwang sich, zur Wiege zu gehen, und mit angehaltenem Atem nahm sie den Zettel zur Hand und las ihn durch.

Ich bin zu David gefahren. Ich rufe an, wenn ich ihn gefunden habe. Alles Liebe, Lauren.

Ein Brennen schoss durch ihre Adern, eine Mischung aus Adrenalinstoß und Furcht, ein alles durchdringender Schock. Sie traute ihren Augen kaum. „Nein …" Während sie das Wort aussprach, las sie erneut die Zeilen ihrer Tochter. „Nein, Lauren. Nein!" Ihre Hand zitterte so stark, dass sie die Nachricht kaum entziffern konnte.

Was hatte Lauren sich dabei gedacht? Sie konnte doch nicht einfach mit Emily allein quer durch das Land fahren! Lauren hatte nie mehr als eine, maximal zwei Stunden an einem Stück am Steuer gesessen. Sie war doch erst siebzehn! Woher sollte sie wissen, welche Autobahnen sie nehmen oder wie sie von Chicago nach Los Angeles kommen sollte?

Angela wusste nicht, wen sie zuerst anrufen sollte. Mit dem Zettel in der Hand rannte sie die Treppe hinunter. Bill musste es zuerst erfahren. Erst beim dritten Versuch gelang es ihr, seine Nummer richtig zu wählen. Innerhalb kürzester Zeit hatte sie ihn am Apparat.

„Na –", Angela spürte seine Nervosität, „ist sie wieder zu Hause?"

Angela ließ sich auf den nächsten Stuhl sinken und raufte sich die Haare. Denk nach! Sag etwas. Sie umklammerte den Hörer und fand endlich ihre Stimme wieder. „Sie ist fort. Sie und Emily. Ich habe eine Nachricht gefunden."

„Eine Nachricht?" Jetzt hatte sie seine Aufmerksamkeit. Im Hintergrund hörte sie, wie eine Tür geschlossen wurde. „Was schreibt sie?"

„Sie ist nach Kalifornien unterwegs, um David zu suchen. Sie will uns erst anrufen, wenn sie ihn gefunden hat."

Er stöhnte ungläubig auf. „Das ist doch lächerlich, Angela. Sie ist noch ein Kind. Sie kann doch unmöglich quer durch das ganze Land fahren."

„Oder die kleine Emily richtig versorgen."

„Ich komme sofort nach Hause. Du rufst die Polizei an und erklärst, was los ist." Jetzt endlich hatte er es eilig und war eifrig darauf bedacht, das Problem zu lösen. „Und bete, Angela. Ich könnte es nicht ertragen, wenn ihr etwas zustoßen würde." Seine Stimme klang gepresst. „Ich könnte es nicht ertragen."

Sie versicherte ihm, sie würde alles versuchen, dann legte sie auf und rief auf der Polizeiwache an. „Unsere Tochter ist weggelaufen. Wir brauchen Ihre Hilfe."

„In Ordnung, einen Augenblick bitte." Er verband sie mit einem Kollegen.

„Ich bin Officer Rayson. Ihre Tochter ist weggelaufen?"

„Ja." Angela legte die Hand an die Brust. Ihr Herz klopfte so laut, dass sie den Herzschlag spüren konnte. „Heute."

„Okay, fangen wir mit ihrem Alter an." Auch wenn Mitgefühl in seiner Stimme mitschwang, hatte sie trotzdem das Gefühl, dass dies für ihn nur ein Routineanruf war.

„Sie ist siebzehn. Sie ... sie hat gerade ein Baby bekommen."

Der Beamte zögerte. „Ein Baby? Ist das Baby bei ihr?"

„Ja. Es ist vier Wochen alt. Meine Tochter hat ein paar Koffer gepackt, soweit ich das beurteilen kann, und dann sind die beiden losgefahren. Vermutlich heute Morgen."

„Madam, Sie wollen ein siebzehnjähriges Mädchen mit einem neugeborenen Baby als vermisst melden?"

„Ja." Angela ballte die Fäuste. Der Mann würde ihr nicht helfen. Ihre nächsten Worte kamen gepresst. „Ist ... ist das ein Problem?"

„In gewisser Weise schon." Ein Rascheln war im Hintergrund zu vernehmen. „Sie ist beinahe erwachsen, und da sie ein vier Wochen altes Baby hat, können wir davon ausgehen, dass sie auf eigenen Wunsch aufgebrochen ist, ohne irgendwelche Fremdeinwirkung, ist das richtig?"

„Allerdings. Sie hat eine Nachricht hinterlassen." Angela umklammerte die Tischkante und starrte auf den Zettel. „Sie schrieb, sie würde nach Kalifornien fahren, um den Vater des Babys zu suchen."

„Dann ist alles klar." Resignation schwang in seiner Stimme mit. „Wenn sie sich in ein paar Wochen nicht gemeldet hat, lassen Sie es uns wissen. Vielleicht können wir die Kollegen in Kalifornien um Hilfe bitten."

„Was?", schrie sie. „Wir brauchen jetzt Ihre Hilfe! Sie ist doch erst siebzehn. Sie hat den Führerschein noch kein Jahr!"

„Ich fürchte, wir sehen die Sache etwas anders." Der Polizist wartete einen Augenblick, ehe er weitersprach.

„Sie ist vielleicht noch nicht volljährig, aber sie hat ein Baby, und darum gilt sie für uns als Erwachsene. In diesem Alter haben die jungen Menschen eine ziemlich genaue Vorstellung von dem, was sie wollen. Das ist eine Familienangelegenheit."

„Und was ist mit –" Sie tippte sich gegen die Stirn. *Denk nach, Angela. Komm schon.* „Und was ist mit einer Vermisstenanzeige? Könnte ich nicht eine Vermisstenanzeige aufgeben, auch wenn sie schon fast erwachsen ist?"

„Sie können jeden Menschen jeden Alters als vermisst melden. Aber die betreffende Person muss vierundzwanzig Stunden verschwunden sein." Er zögerte. „Ich möchte jedoch ganz ehrlich zu Ihnen sein. Wir können nicht jeder Vermisstenanzeige nachgehen. Dazu haben wir einfach nicht genügend Leute."

Sie hatte das Gefühl, als würde der Boden unter ihren Füßen schwanken und alle Farben sich miteinander vermischen. Die Polizei konnte ihr nicht helfen? Wozu war die Polizei denn da? Ihre Tochter war fort, auf einem der vielen unterschiedlichen Wege nach Kalifornien unterwegs. Nach Los Angeles. Aber LA war eine große Stadt, eine riesengroße Stadt. Wie sollte Lauren David dort finden?

Wichtiger noch: Wie sollten sie und Bill ihre Tochter wiederfinden?

Als Bill nach Hause kam, saß sie immer noch dort und blätterte das Branchenverzeichnis durch auf der Suche nach jemandem, der ihnen helfen konnte. Sie rief drei Privatdetektive an, doch alle sagten ihr, es sei noch zu früh, um etwas zu unternehmen. Lauren würde eine Woche unterwegs sein. Wenn sie anrufen wollte, dann würde sie das tun. Im Augenblick könnten sie nichts unternehmen. Sie müsste zuerst in Los Angeles ankommen und sich irgendwo eine Unterkunft suchen, bevor sie ihr helfen könnten.

Bill kam herein, ließ seine Sachen auf die Arbeitsplatte fallen und legte ihr die Hand auf die Schulter. „Ist die Polizei schon unterwegs?“

Sie blickte ihn an und einen kurzen Augenblick lang stieg Hass in ihr hoch. Er hatte ihnen das angetan. Er und die Galanters. Sie hatte mitgemacht, weil sie so überzeugend gewirkt hatten. Sie hatten ihr eingeredet, die Kinder wären wirklich besser dran, wenn sie nicht zusammen wären. Aber hatte sie nicht schon die ganze Zeit Zweifel an dieser Entscheidung gehabt? Als sie an jenem Abend den Abschied der beiden beobachtet hatte – hatte sie da nicht geahnt, dass so etwas geschehen könnte?

Angela blinzelte und unterdrückte ihren Zorn. Dafür war später noch genug Zeit. Im Augenblick mussten sie Lauren und Emily finden. „Die Polizei will uns nicht helfen.“ Sie erklärte ihm die Situation. „Ich habe es bei einigen Privatdetektiven probiert, aber alle sagen, es sei noch zu früh.“

Bill zögerte, aber nur kurz. „Dann haben wir keine Wahl.“ Er drehte sich zum Küchenschrank um, nahm ein Glas heraus und füllte es mit Eiswasser. Das tat er immer, wenn er von der Arbeit nach Hause kam, und jetzt folgte er seiner Gewohnheit, als wäre nichts Schlimmes geschehen. „Dann müssen wir eben abwarten, bis sie da ankommt.“ Er trank das Wasser. „Sie wird sich bestimmt melden.“

„Bill!“ Sie sprang so heftig auf, dass ihr Stuhl gegen den Küchenschrank knallte. „Was redest du denn? Deine Tochter ist weggelaufen. Sie hat ihre neugeborene

Tochter, unsere Enkelin, mitgenommen, und du –", sie deutete mit dem Finger auf ihn, „du gießt dir in aller Ruhe ein Glas Wasser ein und sagst mir, sie würde sich schon melden?" Sie zitterte jetzt, ihre Stimme klang laut und schrill. „Ich kann kaum glauben, was aus dir geworden ist. Manchmal denke ich, ich hasse dich für das, was du ihr angetan hast."

Er hielt das Glas Wasser immer noch in der Hand, aber jetzt stellte er es ab. Als er sie ansah, lag Bedauern in seinem Blick. „Angela, beruhige dich doch." Er ging zu ihr, aber als er ihre Schulter berühren wollte, wich sie zurück.

„Fass mich bloß nicht an!" Sie tippte ihm mit dem Finger auf die Brust. „Ich wollte das nicht, Bill. Siehst du denn nicht, dass wir sie aus dem Haus getrieben haben?" Tränen traten ihr in die Augen und Furcht schnürte ihr die Kehle zu. „Was euch, was uns wichtig war, war allein der äußere Schein. Die Kinder mussten getrennt werden, aber warum? Nur damit wir so tun konnten, als sei dies alles nie geschehen, damit wir so tun konnten, als sei Lauren nie schwanger geworden und als sei alles in Ordnung, richtig?"

„Bitte schrei nicht so." Obwohl er freundlich mit ihr sprach, wusste Angela, dass er sie immer noch nicht verstand. „Alles wird wieder gut werden. Du wirst schon sehen."

„Nein, das wird es nicht. Wir sind schuld daran und jetzt ... jetzt sehen wir sie vielleicht nie wieder."

Sie wandte sich abrupt um und verließ die Küche. Wie hatte ihr Leben nur so aus den Fugen geraten können? Und wo steckten Lauren und Emily? Sie konnte einfach nicht ohne die beiden weiterleben. Auf einmal wurde ihr klar, dass ihre Tochter ein Stück ihres

Herzens mitgenommen hatte, den Teil, der das Leben liebte und einen Sinn darin sah, morgens aufzustehen. Und nun, da Lauren fort war, war dieser Teil von Angela tot.

Der Teil, der fähig war zu lieben.

Den Mann zu lieben, den sie geheiratet hatte.

Emily war krank. Daran bestand kein Zweifel mehr. Sie waren nun schon seit zwei Tagen unterwegs und das Baby glühte vor Fieber. Lauren fuhr ziellos durch die Straßen von Oklahoma City und überlegte, was sie tun sollte. Sie hatte in einer Drogerie bereits ein Medikament gekauft, um Emilys Fieber zu senken. Das war vor einer halben Stunde gewesen, und es schien zu wirken, aber ihr Baby hörte sich immer noch schrecklich an. Es nieste und hustete und jetzt pfiff sein Atem bei jedem Atemzug.

Furcht und Verzweiflung machten sich in Lauren breit. Was sollte sie mit Emily machen? Sie hatte Geld, genug für einen Arztbesuch, aber was dann? Würde er das Baby ins Krankenhaus einweisen? Würden sie herausfinden, dass Lauren erst siebzehn und von zu Hause fortgelaufen war? Und was dann? Vielleicht würde man ihr ihre Tochter wegnehmen.

Emily begann zu weinen.

„Ist ja gut, Schätzchen, Mommy ist ja da."

Die Worte hallten in dem kleinen, stickigen Wagen wider und verspotteten sie. Mommy war da? Na und? Sie hatte keine Ahnung, wie man sich als Mutter verhielt, denn sonst wäre ihr Baby bestimmt nicht krank geworden. Sie wollte gerade wieder auf die Autobahn auffahren und die nächste Stadt ansteuern, als sie ein Krankenhaus sah.

Sie beschleunigte und fuhr auf den Parkplatz. Zumindest konnte sie Emily von einem Arzt untersuchen lassen. Das durfte eigentlich kein Problem sein. Sie stellte den Wagen ab und nahm Emilys Sitzschale heraus. Mit trockenem Mund und am ganzen Körper zitternd, betrat sie die Notaufnahme. In der Halle hielten sich eine ganze Reihe Menschen auf und die meisten drehten sich zu ihr um und starrten sie an. Sah man ihr an, dass sie von zu Hause weggelaufen war? War es so offensichtlich? Und was war mit den Schwestern und Ärzten? Was sollte sie sagen? Ihre Situation konnte sie eigentlich nur erklären, indem sie bei der Wahrheit blieb.

Eine blonde Frau am Schalter lächelte sie an. „Kann ich Ihnen helfen?"

„Ja." Ihr Blick wanderte von Emily zurück zu der Frau. „Mein Baby ist krank."

Die Frau reichte Lauren ein Klemmbrett und einen Stift. „Füllen Sie dieses Formular aus, dann wird jemand nach Ihrem Kind schauen, sobald ein Untersuchungsraum frei geworden ist."

„Ist gut."

Auf dem Formular wurden ein Dutzend Fragen gestellt, von denen sie einige nicht beantworten konnte. Die Frage nach der Adresse zum Beispiel. Und der Telefonnummer. Auch die Frage nach einem Ansprechpartner im Notfall ließ sie offen. Aber sie gab Emilys Geburtsdatum an und verschwieg auch nicht, dass sie keine Krankenversicherung hatten. Dann unterschrieb sie das Formular und reichte es zurück. Fünf Minuten später wurden sie aufgerufen. Die Frau vom Informationsschalter führte sie in einen Untersuchungsraum. „Warten Sie hier. Dr. West wird gleich bei Ihnen sein."

„Danke." Lauren nahm auf einem Stuhl in der Ecke Platz und stellte Emilys Babyschale vor ihren Füßen ab. Die Temperatur des Kindes war weiter angestiegen.

Die Tür öffnete sich und eine gutaussehende farbige Frau trat ein. „Ich bin Dr. West." Sie streckte Lauren die Hand hin. „Dann wollen wir uns Ihr Baby einmal ansehen. Ziehen Sie es doch bitte aus, alles, bis auf die Windel."

Lauren nahm Emily aus ihrem Babysitz und legte sie auf den Untersuchungstisch. Die Kleine begann zu weinen, und beim Ausziehen fiel ihr auf, dass das Gesicht ihres Babys gerötet war. „Ich glaube, sie hat sich erkältet."

Als Emily bis auf die Windel ausgezogen war, legte die Ärztin das Stethoskop an ihre Brust. Sie bewegte es dreimal, bevor sie mit sorgenvoll gerunzelter Stirn aufblickte. „Ihre Lungen sind ziemlich belegt. Wohnen Sie in der Nähe?"

„Handelt es sich um eine Erkältung?"

„Ich bin nicht sicher." Die Frau blickte sie besorgt an. „Was sagten Sie, wo Sie wohnen? Es könnte sein, dass wir sie hierbehalten müssen. Ich würde gern eine Röntgenaufnahme von ihr machen."

Panik stieg in Lauren hoch. Sie legte ihre Hand auf Emilys Kopf und strich ihr über die Haare. „Ich komme nicht von hier. Ich … ich bin auf dem Weg nach Kalifornien." Sie betrachtete ihre Tochter. „Wir beide ziehen dorthin."

Die Ärztin wartete, bis Lauren sie wieder anblickte. Sie schnalzte nachdenklich mit der Zunge. „Ich sage Ihnen was: Warten Sie einen Augenblick hier." Sie warf Emily einen besorgten Blick zu und verließ den Untersuchungsraum.

Lauren bekam kaum noch Luft. Wohin ging diese Frau? Informierte sie die Polizei oder das Jugendamt? Vielleicht überprüfte sie ihren Namen und mittlerweile hatten ihre Eltern bestimmt eine Vermisstenanzeige aufgegeben. Und dann würde sicherlich die Polizei eingeschaltet. Emily wand sich schreiend auf dem Untersuchungstisch. Lauren betrachtete sie und fand, dass ihre Tochter gar nicht so krank wirkte. Mit einem Schmerzmittel und vielleicht einem Hustensaft müssten sie eigentlich klarkommen, bis sie Hilfe fand. Es gab nur einen Ort, an den sie sich jetzt noch wenden konnte, um Hilfe zu bekommen, und das wäre eine schmähliche Niederlage. Aber sie war nun mal über ihre Eltern krankenversichert und auch sonst konnten nur ihre Eltern ihr helfen. Sie hatte keine Wahl, als nach Chicago zurückzukehren.

Wenn es Emily dann wieder besser ging, konnten sie erneut nach Los Angeles aufbrechen.

„Es ist alles in Ordnung, mein Spatz." Während sie die Ärmel des Schlafanzugs über die dünnen Ärmchen des Babys zog, sprach sie beruhigend auf ihre Tochter ein. Nach vier Wochen ging ihr das Anziehen und Wickeln problemlos von der Hand. Als das Baby angezogen war, nahm Lauren es auf den Arm, drückte es an sich und wiegte es leicht hin und her, um es zu beruhigen.

Nach einer Weile beruhigte Emily sich auch tatsächlich; ihr Schreien kam nur noch in kleinen Schüben. Lauren blickte auf eine an der Wand hängende Uhr. Kein Wunder, dass ihr Kind so unruhig war. Emily hatte seit Stunden nichts mehr getrunken; vermutlich hatte sie Hunger. Dieser Gedanke weckte eine Erinnerung in ihr. Mit ungefähr elf Jahren hatte sie einmal

Grippe gehabt. Sie war nach unten in die Küche gegangen, wo ihre Mutter gerade einige Hausarbeiten erledigte.

„Ich habe Hunger, Mama. Kann ich bitte etwas zu essen bekommen?"

„Das ist ein gutes Zeichen." Ihre Mutter hatte sie an sich gezogen und ihr über den Kopf gestrichen. „Wenn du wieder Hunger hast, dann geht es dir auch besser."

Die Worte ihrer Mutter verblassten. Hunger bedeutete also, dass ein Kind gar nicht so furchtbar krank war. Das hatte ihre Mutter ihr an jenem Tag gesagt. Lauren setzte sich und öffnete ihre Bluse, um ihre Tochter zu stillen. Tatsächlich. Emily hatte Hunger. Die Schmatzgeräusche, die sie beim Trinken machte, waren ganz entzückend. Vielleicht hatte es daran gelegen. Eine kleine Erkältung, Fieber und sehr viel Hunger. Sie waren an diesem Tag lange unterwegs gewesen. Vielleicht hätten sie viel früher eine Pause einlegen sollen.

In diesem Augenblick kam die Ärztin zurück. In der Hand hielt sie das Formular, das Lauren ausgefüllt hatte. „Lauren", sagte sie sehr liebevoll, „ich sehe, dass Sie gar keine nächsten Verwandten und keinen Ansprechpartner für Notfälle angegeben haben."

„Nein." Lauren betrachtete Emily. Das Baby fühlte sich jetzt sehr viel wohler und trank mit großer Inbrunst. Sie blickte die Ärztin an. „Nein, wir haben keine Familie. Wir wollen unten in Kalifornien ein neues Leben beginnen."

„In Ordnung." Die Ärztin lehnte sich gegen den Untersuchungstisch und atmete tief durch. „Aber Sie sind minderjährig, ist das richtig?"

Lauren suchte fieberhaft nach der richtigen Antwort. Auf dem Formular hatte sie ihr Alter nicht angegeben, woher wusste die Ärztin Bescheid? Hatte sich die Frau etwa mit der Polizei in Verbindung gesetzt und herausgefunden, dass es eine Vermisstenanzeige gab? Lauren schluckte und wollte gerade den Kopf schütteln und alles leugnen, doch stattdessen nickte sie. „Ja. Ich bin … siebzehn. Aber ich werde noch vor Weihnachten achtzehn."

„Wissen Sie, was ich denke?"

„Was denn?" Lauren drückte Emily noch etwas fester an sich.

„Ich denke, dass Sie Hilfe brauchen, Lauren. Hier in Oklahoma City gibt es Sozialarbeiter, die Ihnen helfen können, falls wir Emily hierbehalten müssen. Sie können Ihnen während der Behandlung Ihrer Tochter eine Unterkunft besorgen."

Lauren schüttelte den Kopf und betrachtete ihre Tochter. „Eigentlich denke ich, dass es ihr schon viel besser geht. Sie trinkt." Sie blickte die Ärztin nervös an. „Vielleicht hatte sie einfach nur Hunger."

„Ich befürchte, dass sie eine Lungenentzündung hat." Die Ärztin zuckte die Achseln. „Ohne eine Röntgenaufnahme kann ich das nicht mit Bestimmtheit sagen, aber ich mache mir große Sorgen."

„Und was geschieht, wenn ich die Hilfe eines Sozialarbeiters in Anspruch nehme? Ich meine, was geschieht als Nächstes?" Lauren war jedoch insgeheim schon fest entschlossen, diesen Vorschlag abzulehnen. Er beinhaltete die Möglichkeit, dass man ihr Emily wegnahm. Das passierte Müttern wie ihr doch immer wieder, oder?

„Das werden wir entscheiden, wenn es so weit ist." Die Ärztin runzelte erneut die Stirn, aber Lauren hatte nicht den Eindruck, dass sie ungehalten war. Sie strahlte Mitgefühl aus, was sie von ihren Eltern nicht sagen konnte. „Alle würden bestimmt nach Kräften versuchen, dass Sie und Emily zusammenbleiben können, da bin ich sicher. Ich denke, wir werden überprüfen, ob Sie als vermisst gemeldet wurden."

Überprüfen, ob sie als vermisst gemeldet wurde? Lauren spürte, dass sie sich nun endgültig verschloss. Das würde nicht geschehen. Die Polizei würde kommen und dafür sorgen, dass Emily im Krankenhaus blieb, dann würden sie Lauren auf die Polizeiwache mitnehmen und ihre Eltern anrufen. Man würde Sozialarbeiter einschalten, und wenn es Emily besser ging, würden sie sie bestimmt nicht wieder in die Obhut eines siebzehnjährigen Mädchens geben, das von zu Hause fortgelaufen war. Dann würde Lauren zu ihren Eltern zurückgebracht werden. Und ihre Tochter sah sie vielleicht nie wieder.

Sie musste sich etwas Zeit verschaffen. „Also gut." Lauren biss sich auf die Unterlippe. „Aber zuerst muss ich noch ein paar Sachen aus dem Auto holen. Dann können wir darüber reden, okay?"

„Ist gut." Die Ärztin beugte sich vor und legte ihre Hand auf Emilys Stirn. „Sie fühlt sich nicht so warm an wie vorher."

Sie war nicht mehr so warm! Das war ein gutes Zeichen – ein Zeichen dafür, dass Lauren mit Emily auf schnellstem Weg nach Hause fahren und ihr die Pflege zukommen lassen konnte, die sie brauchte, ohne dass Sozialarbeiter eingeschaltet wurden. Lauren legte ihre Tochter wieder in ihren Babysitz und bedankte sich bei der Ärztin. „Ich bin gleich wieder da."

Dr. West ging in einer anderen Richtung davon als sie. Lauren wäre am liebsten zur Tür gerannt. Ihr blieben nur wenige Minuten, um sich unbemerkt fortzustehlen. Aber sie würde nicht gehen, ohne zu bezahlen. Sie nahm einen Zwanzig-Dollar-Schein aus der Tasche und legte ihn auf den Tisch, da im Augenblick der Schalter nicht besetzt war. Ohne zurückzusehen, eilte sie zur Tür hinaus.

So schnell sie konnte, stieg sie in ihren Wagen und fuhr los. Erst auf der Autobahn blickte sie über die Schulter zurück. Emily schlief. Und zum ersten Mal, seit sie von zu Hause fortgelaufen war, dachte Lauren an Gott. In der Zeit ihrer Schwangerschaft hatte David immerzu über den Glauben und Gott und seine Pläne für sie gesprochen. Lauren hatte nie so ganz verstanden, wieso Gott etwas mit ihnen zu tun haben wollte.

Dennoch hatte sie ihm gesagt, wie leid es ihr täte und dass es ein Fehler gewesen sei, mit David zu schlafen. Wenn sie sich richtig verhalten hätte, wäre sie gar nicht erst in diesen ganzen Schlamassel hineingeraten. Gott würde ihr vergeben, zumindest hatten ihre Jugendleiter ihr das versichert. Auch David hatte das gesagt. Trotzdem hatte sie sich als Versagerin gefühlt. Wenn Gott ihr himmlischer Vater war, dann wollte er bestimmt nichts mehr von ihr wissen.

Aber nachdem nun Emily erkrankt war und sechzehnhundert Kilometer zwischen ihr und den Menschen lagen, die ihr helfen konnten, wusste Lauren keinen anderen Ausweg, als ihn um Hilfe anzuflehen.

„Herr, da bin ich wieder", flüsterte sie laut vor sich hin. „Hilf mir, bitte! Ich werde so schnell fahren, wie ich kann, ich werde nicht anhalten, um zu essen, nur zum Tanken. Aber bitte bring mich nach Hause, damit Emily Hilfe bekommt. Bitte lass sie nicht sterben, Gott." Auf einmal spürte sie, dass ihr Tränen die Wangen hinabliefen. Was tat sie da eigentlich? Wieso fuhr sie von Oklahoma City wieder zurück nach Chicago? Sie hätte gar nicht erst von zu Hause fortfahren sollen. Sie hätte die Sorge für Emily ihrer Mutter überlassen sollen. Sie hätte sich allein auf die Suche nach David machen können, ohne das Risiko einzugehen, dass ihre Tochter Schaden nahm.

„Gott, ich bin eine schlechte Mutter. Aber du bist unser Vater. Unser beider Vater. Bitte bring uns sicher nach Hause und bitte, bitte lass Emily wieder gesund werden."

Sie sehnte sich nach einer Antwort, ein paar hörbaren Worten, vielleicht aus den Lautsprechern des Autoradios, irgendetwas, das ihr sagte, alles würde in Ordnung kommen. Doch stattdessen empfand sie ein Gefühl der Dringlichkeit, als würde Gott selbst ihr klarmachen wollen, dass Emily kränker war, als sie angenommen hatte. Sie drückte das Gaspedal durch und beschleunigte um weitere zwanzig Stundenkilometer.

„Gott, hilf mir!"

Tochter, meinen Frieden gebe ich dir … Ich bin immer bei dir.

Diese Antwort kam zwar nicht aus den Lautsprechern, aber sie hallte in ihrem Herzen wider. Ich bin immer bei dir. Was für ein schöner Gedanke. Lauren spürte, dass sie ruhiger wurde. Sie war nicht allein in der Dunkelheit; vor ihr lagen nicht fünfzehn lange Stunden Fahrzeit, bevor Emily Hilfe bekam. Sie fuhr mit Gott. Gott war bei ihr. Gott selbst.

Sie lehnte sich auf ihrem Sitz zurück und lockerte den Griff um das Lenkrad. Er würde sie sicher nach Hause bringen, und er würde dafür sorgen, dass Emily wieder gesund wurde. Alles würde gut werden. Der

Friede, dieser Friede Gottes, wich in den kommenden vierundzwanzig Stunden nicht mehr von ihr. Er war auch bei ihr auf dem letzten Stück, als ihre Welt schließlich doch auseinanderzubrechen drohte.

Emily schrie ununterbrochen und nichts konnte ihr Linderung verschaffen. Sie glühte vor Fieber und mit jedem Atemzug hob sich ihre kleine Brust mühsamer als zuvor. Lauren fuhr zu einer Raststätte und setzte sich auf den Rücksitz. Sie beugte sich vor und verschloss die Türen. Es war stockdunkel und eine Gruppe finster wirkender Personen lungerte herum. Das würde eine kurze Rast werden. Sie nahm Emily aus ihrem Sitz und ihre Furcht verstärkte sich noch. Der Körper ihrer Tochter glühte vor Fieber. „Hast du Hunger, mein Schatz?"

Emily schniefte stärker als zuvor, aber erst, als sie sich weigerte zu trinken, überkam Lauren abgrundtiefe Angst.

O Gott … Ich brauche dich. Gib, dass sie trinkt, bitte …

Sie drückte ihre Tochter an sich, versuchte, ihr beim Trinken zu helfen, aber es klappte nicht. Emily war zu krank. Lauren flößte ihr eine kleine Dosis Hustensaft ein und noch einen Löffel des Schmerzmittels. Aber trotzdem schrie ihre Tochter während der letzten fünf Stunden Fahrt fast ununterbrochen. Schließlich hörte sie sich so krank an, dass Lauren sich kaum noch auf die Straße konzentrieren konnte.

Die ganze Zeit hatte sie sich Vorwürfe gemacht, weil sie eine schlechte Mutter war, weil sie keine Erfahrung hatte, weil sie geglaubt hatte, sie könnte mit einem Neugeborenen im Auto quer durch das Land fahren. Aber in diesen letzten Stunden verlagerte sich ihr Zorn und richtete sich gegen ihre Eltern. Es war nicht ihre

Schuld, sie waren an allem schuld. Mit voller Absicht hatten sie sie von David getrennt. Wenn er nicht fortgegangen wäre, hätte sie niemals ihre Sachen in den Wagen geladen und wäre mit Emily fortgefahren.

Ihre Eltern waren schuld an dieser Situation. Ihre Eltern und die Galanters. Diese Leute, die sie und David am meisten lieben sollten, hatten ihr Leben zerstört. Ihre eigenen Eltern hatten sie betrogen, indem sie zugelassen hatten, dass die Galanters fortzogen, ohne eine Adresse zu hinterlassen. Der Grund dafür war mittlerweile offensichtlich. Ihre Eltern und die von David hatten keinen Augenblick lang die Absicht gehabt, in Verbindung zu bleiben. Sie waren bereit gewesen, ihre Freundschaft zu opfern, um den äußeren Schein der Respektabilität zu wahren.

Lauren hatte das Gefühl, als würde ihr der Schmerz über diese Erkenntnis die Luft abschnüren.

Der Schein. Allein darum ging es. David sollte ein gutes Leben führen, ohne Verantwortung für eine Familie tragen zu müssen. Und nachdem David fort war, hätte sie sich dazu entschließen sollen, das Baby aufzugeben, damit sie ebenfalls ihr letztes Schuljahr absolvieren konnte, ohne sich um irgendetwas auf der Welt kümmern zu müssen. Wenn es nach dem Willen ihrer Eltern gegangen wäre, dann wäre Emily jetzt in der Obhut einer Adoptivfamilie.

Lauren biss die Zähne zusammen und schob den Unterkiefer vor. Hatten sie recht? Hätte sie die kleine Emily zur Adoption freigeben sollen? Wäre das die Lösung des Problems gewesen? Wenn sie daran dachte, sich von Emily trennen zu müssen, erschauderte sie. Das war unmöglich; sie liebte Emily von ganzem Herzen.

Nein, sie würde sie nach Hause bringen, mit der Hilfe ihrer Eltern dafür sorgen, dass sie wieder gesund wurde, und dann würde sie ihre Eltern verlassen und nie mehr zurückschauen. Weil sie sie nicht so akzeptierten, wie sie war, und auch Emily nie akzeptieren würden. Ihr Leben und das Leben ihrer Tochter würden in den Augen ihrer Eltern immer zweitklassig sein. Und sie konnte nicht ertragen, dass Emily dies zu spüren bekommen würde. Nein, sie würden nicht bleiben. Sie würden um Hilfe bitten, Emily würde gesund werden und dann würden sie gehen.

Und dieses Mal würden sie nie, nie mehr zurückkommen.

Kapitel 9

Angela saß allein in der Dunkelheit und hatte den Kopf in die Hände gestützt, als ein Wagen in die Einfahrt einbog. Ihr Herzschlag beschleunigte sich und sie rannte zur Tür. Lauren sprang aus dem Wagen. „Mom! Ich brauche deine Hilfe!"

Angela wusste nicht, was sie tun sollte. Die Realität überwältigte sie. Da stand Lauren in der Einfahrt, wo sie noch kurz zuvor befürchtet hatte, sie nie wiederzusehen. Aber ihre Stimme riss Angela aus ihrem Schockzustand. Sie rannte zu ihrer Tochter und nahm sie in die Arme. Doch Lauren reagierte nicht. Angela wich zurück und ergriff die Hände ihrer Tochter. Und erst jetzt bemerkte sie es. Flammender Zorn, aber auch Furcht loderten in den Augen ihrer Tochter.

„Lauren …“ Jetzt bekam auch sie Angst. Angela legte beide Hände um das Gesicht ihrer Tochter. „Was ist los?“

„Sie ist krank.“ Lauren wich vor ihr zurück. Sie riss die hintere Wagentür auf und schnallte Emilys Sitzschale los.

Als Lauren das Baby aus dem Wagen hob, hielt Angela erschrocken die Luft an. Emilys Glieder hingen schlaff herab, ihr Gesicht war rot und aufgedunsen. Angela trat einen Schritt näher. „Wie lange befindet sie sich schon in diesem Zustand?“

Lauren drückte Emily an sich. „Ich weiß es nicht.“ Ihr Gesicht war blass und wirkte ausgezehrt. Sie sah aus, als hätte sie seit Tagen keinen Schlaf mehr bekommen. „Wir müssen sie ins Krankenhaus bringen.“

Ins Krankenhaus? Angelas Gedanken überschlugen sich. Es war kurz nach dreiundzwanzig Uhr. „Ich hole deinen Vater. Er schläft zwar bereits, aber er wird bestimmt –“

„Nein!“ Laurens Augen waren weit aufgerissen. Sie schien außer sich zu sein; vielleicht hatte sie einen Nervenzusammenbruch. „Ich will nicht, dass er mitkommt.“ Sie streckte Angela Emily entgegen. „Nimm sie, und sag mir, wie krank sie ist.“

Angela nahm das Baby auf den Arm und spürte sofort die Hitze seines kleinen Körpers. Das Kind glühte richtig. Schlimmer noch, seine Augen standen offen, aber es reagierte tatsächlich nicht. „Ist sie im Halbschlaf?“

„Nein.“ Lauren atmete schnell, wischte sich die Handflächen an ihren Shorts ab und lief unruhig hin und her. „Sie ist schon seit ein paar Stunden in diesem Zustand. Sie will nicht trinken.“

Angela hielt ihr Ohr an die Brust des Kindes. Emily rang um jeden Atemzug. Angela spürte, wie sie erbleichte. Emily war nicht nur krank, sie war todkrank. „Also gut –", sie deutete mit dem Kopf zu Laurens Wagen hinüber, „wir setzen sie wieder in ihren Kindersitz. Sie braucht einen Arzt. Ich fahre."

Schweigend legten sie die Fahrt zurück. Lauren saß bei Emily auf dem Rücksitz. Angela hätte sie am liebsten gefragt, wo sie gewesen war und warum sie nicht in einer der Städte, durch die sie gekommen war, um Hilfe gebeten hatte. Aber dafür war es jetzt zu spät. Wichtig war jetzt allein Emily.

„Schätzchen, ist ja schon gut", beruhigte Lauren ihre Tochter, aber Angela hörte das unterdrückte Schluchzen in ihren Worten. „Mami ist ja da, mein Spatz."

Vor der Notaufnahme des Krankenhauses wies Angela Lauren an, Emily hineinzubringen. Sie parkte den Wagen und eilte hinter ihr her. Eine Schwester nahm Lauren gerade das Baby ab und schob sie durch eine Doppeltür.

„Lauren ..." Angela blieb stehen. Sie wusste nicht, was sie tun sollte.

Lauren blickte über die Schulter zu ihr hinüber. „Komm mit!"

Sie wurden zu einem Untersuchungsraum unmittelbar hinter der Doppeltür geleitet. Sofort war ein Arzt zur Stelle, der anfing, das Baby zu entkleiden. Bereits nach einer kurzen Untersuchung blickte er mit besorgtem Gesichtsausdruck von dem Baby auf. „Sie hat eine Lungenentzündung. Wir müssen sofort mit der Behandlung beginnen. Wir werden ihr eine Infusion mit einem Antibiotikum verabreichen und ihr Sauerstoff geben."

Er rasselte eine Reihe von Anweisungen für die Assistenten und Schwestern herunter, die in der Nähe standen. Nachdem alle wussten, was sie zu tun hatten – eine Schwester legte Emily eine Infusion an, eine andere bereitete das Sauerstoffgerät vor –, bedeutete der Arzt den beiden Frauen, ihm zu folgen.

Im Flur vor dem Untersuchungsraum führte er sie in eine ruhige Ecke. Er drückte sein Klemmbrett an die Brust und blickte zuerst Angela, dann Lauren an. „Ich will ehrlich sein." In seinem Gesicht war Besorgnis zu lesen. „Sie hätte schon früher hergebracht werden müssen. Ich fürchte, ihre Chancen stehen nicht gut."

Lauren begann, zu Boden zu sinken, zuerst ganz langsam, und dann gaben ihre Knie nach. Angela wollte sie auffangen, war aber nicht schnell genug. Lauren fiel zu Boden.

„Wir brauchen Hilfe." Der Arzt schnippte mit den Fingern und zwei Schwestern traten in Aktion.

Angela kniete auf dem Boden und hielt den Kopf ihrer Tochter auf dem Schoß. Alles zerbrach, und es gab nichts, was sie dagegen tun konnte. Emily würde vielleicht nicht überleben. War dies die nächste schreckliche Tragödie, die sie heimsuchen würde? Und was dann? Wie sollten sie danach jemals ihre Beziehung zu Lauren wieder in Ordnung bringen? Sie wollte beten, aber sie war aus der Übung gekommen. Außerdem hatten sie Gott auch nicht gefragt, was sie in Bezug auf David und Lauren tun sollten. Warum sollte sie ihn jetzt fragen? Vermutlich hatte er schon vor langer Zeit seine Hand von ihnen genommen.

Die Schwestern kümmerten sich jetzt um Lauren und hielten ihr Riechsalz unter die Nase. Kurz darauf kam sie wieder zu sich, war aber totenbleich. Ihre

Augen waren glasig, und Angela konnte nur erahnen, was sie alles durchgemacht hatte. Vermutlich war sie nach Chicago zurückgekehrt, als ihr klar geworden war, dass Emily so krank war. Und zweifellos war sie ohne Pause durchgefahren, voller Angst, dass sie nicht rechtzeitig zu Hause ankäme.

Lauren war jetzt wieder ganz bei Bewusstsein. Sie setzte sich auf und rieb sich die Augen. Panik stand in ihrem Blick zu lesen und sie starrte den Arzt an. „Wo ist sie?"

„Ihre Tochter liegt in dem Zimmer dort drüben, Miss Anderson. Wir tun alles, was wir können."

„Was hatten Sie noch gesagt? Bevor ... bevor ich hingefallen bin?" Lauren kam Angela wie eine Fremde vor. Die Angst in ihren Augen ließ sie wie eine Wahnsinnige aussehen. „Etwas über mein kleines Mädchen und ihre Chancen."

Der Arzt seufzte und half Lauren auf die Beine. Dann blickte er sie offen an. „Sie bekommt alles, was sie braucht, aber ich bin nicht sicher, ob das ausreicht."

„Und das bedeutet?" Laurens Worte klangen schrill. „Sagen Sie mir, was das bedeutet."

Der Arzt blickte zu den Schwestern hinüber, bevor er sich Lauren wieder zuwandte. „Ihre Tochter ist sehr, sehr krank." Er schürzte die Lippen und schüttelte den Kopf. „Wenn nicht ein Wunder geschieht, wird sie nicht überleben."

„Lauren ..." Angela wollte ihre Tochter am Arm fassen, doch diese zuckte zurück.

„Lass mich in Ruhe." Ihr Zorn war sofort verflogen. Als sie sich wieder dem Arzt zuwandte, war keine Spur mehr davon zu merken. „Kann ich zu ihr? Bei ihr sitzen? Ich ... ich werde auch nicht im Weg sein."

„Ja, natürlich." Er deutete zur Tür. „Sie können die ganze Zeit bei ihr bleiben."

Angela blickte den Arzt an. „Kann ich auch bleiben?"

„Nein!" Lauren streckte abwehrend die Hand aus. „Ich will dich nicht dabeihaben. Das ist –" Sie sah den Arzt an. „Entschuldigen Sie uns bitte."

„Gewiss." Der Arzt warf Angela rasch einen Blick zu, als wollte er fragen, ob mit Lauren alles in Ordnung sei. Angela nickte ihm unmerklich zu. Natürlich war nicht alles in Ordnung, aber das würden sie unter sich ausmachen. „Ich werde immer wieder einmal hereinschauen und Ihnen berichten, wie es steht." Er zögerte. „Es tut mir leid."

Als er fort war, begannen Laurens Augen zu funkeln. „Ich will dich nicht bei uns im Zimmer haben", zischte sie und Angela wich einen Schritt zurück. Noch nie hatte sie Lauren so erlebt, noch nie.

„Schatz, ich denke, ich sollte bleiben."

„Mutter, ich sag dir eines –" Die Verwirrung und der Wahnsinn schienen zu weichen, und sie wirkte klarer, als Angela sie je an diesem Abend, seit sie mit dem Wagen in die Einfahrt eingebogen war, erlebt hatte. Lauren deutete zur Tür von Emilys Zimmer. „Mein Baby liegt dort drin im Sterben, weil ihr mich angelogen habt. Ihr habt mich belogen und mich und David auseinandergebracht, und ihr habt mir keine andere Wahl gelassen, als mich auf die Suche nach ihm zu machen." Unterdrückter Zorn schwang in ihrer Stimme mit. „Und jetzt werde ich bei ihr bleiben und ich will keinen von euch in meiner Nähe sehen. Oder in ihrer. Hast du mich verstanden?"

Ein Schauder lief Angela den Rücken herunter. „Es tut mir leid, Lauren. Ich wollte nicht, dass das so –"

Doch Lauren hörte ihr nicht zu. Sie öffnete die Tür, betrat das Zimmer und schloss sie hinter sich. Erst jetzt drehte sich Angela um und ging zum Warteraum. Sie würde bleiben, bis Lauren bereit war, wieder mit ihr zu reden. Während sie dort wartete, war sie zu betäubt, um zu weinen, zu fassungslos, um irgendetwas anderes zu tun, als über das nachzudenken, was geschehen war. Sie hatte sich gefragt, was passieren würde, wenn sie die Kinder trennten. Sie hatte daran gezweifelt, dass Lauren und David sich damit abfinden würden, wie die anderen immer behauptet hatten. Und sie hatte sich den Kopf darüber zerbrochen, was wohl passieren würde, falls sie sich getäuscht hatten.

Nun, jetzt wusste Angela es.

Und das Schlimmste stand ihnen noch bevor.

In den folgenden vier Stunden rührte sich Lauren nicht von ihrem Stuhl. Sie stellte ihn neben Emilys kleines Bettchen und beobachtete, wie die Ärzte und Schwestern sich immer wieder an ihr zu schaffen machten. Sie beobachtete, wie sie Emily überwachten und ihr die Sauerstoffmaske auf das Gesicht legten, um ihr beim Atmen zu helfen, und sie beobachtete, wie die Medikamente in die Venen ihrer Tochter tropften.

Und die ganze Zeit flehte sie Gott nur um eines an: dass er Emily am Leben lassen würde.

Um zwei und um drei Uhr morgens war ihr Zustand noch bedenklich. Der Arzt untersuchte sie und schüttelte den Kopf. „Ich bin nicht sicher, ob sie es schafft, Miss Anderson. Babys, die so krank sind, werden in der Regel nicht mehr nach Hause entlassen."

Zwischen seinen Visiten betrachtete sie Emily, zu ängstlich, um sie zu berühren. Ab und zu legte sie ihre

Hand auf die Stirn ihrer Tochter und strich ihr über den winzigen Arm. „Es tut mir leid, Emily. Mommy tut es ganz schrecklich leid."

Ihre Augen blieben fast die ganze Nacht trocken. Ihre Angst war zu übermächtig, als dass sie hätte weinen können, ihre Sorge zu groß, als dass sie auch nur eine Minute aufhören konnte zu beten. Sie versuchte, den Willen zum Überleben in ihr kleines Mädchen hineinzuzwingen.

Und gegen vier Uhr kam der Arzt mit der besten Nachricht der ganzen Nacht, der besten Nachricht der vergangenen zwei Tage. „Die Anzahl ihrer weißen Blutkörperchen hat sich verringert. Es sieht ganz so aus, als würde sie auf das Antibiotikum ansprechen."

„Wirklich?" Normalerweise war Lauren in Gegenwart des Arztes ziemlich schweigsam. Sie hatte zu viel Angst vor den Antworten. Aber dieses Mal spürte sie, wie eine Welle der Hoffnung sie durchströmte, die so groß war, dass sie nicht schweigen konnte. „Sie meinen, sie kommt vielleicht durch?"

„Das kann ich nicht sagen." Er betrachtete Emily, legte sein Stethoskop auf ihre Brust und lauschte. Als er sich aufrichtete, blickte er Lauren an. „Ich kann eine Verbesserung erkennen. Wenn sich die Dinge weiter so entwickeln, könnte es ihr recht schnell besser gehen. Wenn erst eine Wende zum Besseren eingetreten ist, dann könnte es sein, dass sie in zwölf Stunden trinken möchte." Er hielt inne und kniff die Augen zusammen. „Aber freuen Sie sich nicht zu früh. Ihr Baby ist immer noch sehr krank."

Als der Arzt das Zimmer verlassen hatte, wusste Lauren eines ganz sicher: Emily würde es schaffen! Gott hatte ihr Flehen erhört und hatte ihnen ein

Wunder geschenkt. Sie dachte über die Worte des Arztes nach. Emily würde wahrscheinlich in zwölf Stunden aufwachen und trinken. Wenn das stimmte, dann musste sie ausgeruht sein, um sich um sie zu kümmern. Vor allem, da sie nicht länger als nötig in Chicago bleiben wollte.

Sie dachte über ihre Möglichkeiten nach. Was sie am dringendsten brauchte, war Schlaf. Sie konnte nach Hause fahren, acht Stunden schlafen und dann zurückkommen. Es half Emily nicht, wenn sie im Krankenhaus blieb, und wenn sie nicht endlich ein wenig Schlaf bekam, konnte sie ihre Tochter nicht stillen. Aber zuerst musste sie mit ihrer Mutter sprechen. Lauren war immer noch zornig, aber sie musste ihr sagen, dass es Emily besser ging. Zumindest das war sie ihr schuldig.

Emily atmete jetzt sehr viel leichter. Lauren zögerte. Sie ging nur ungern und hasste es, sich von ihrer Tochter zu trennen, wenn auch nur für wenige Stunden. Aber sie hatte keine Wahl, nicht, wenn sie kräftig genug sein wollte, um Emily später zu versorgen. Lauren erhob sich und beugte sich über ihr Baby. „Kämpfe weiter, Emily." Sie küsste die Wange ihrer Tochter. „Ich liebe dich, Kleines. Ich bin am Morgen wieder hier."

Mit einem letzten Blick auf Emily verließ sie das Zimmer und begab sich ins Wartezimmer. Ihre Mutter war wach und saß auf einem Stuhl hinten im Raum. Ihre Blicke trafen sich, und Lauren ging auf sie zu, doch erst im letzten Moment konnte sie sich dazu überwinden, ihrer Mutter richtig in die Augen zu sehen.

„Emily geht es besser. Der Arzt sagt, er könne es kaum glauben." Sie setzte sich auf den Stuhl gegenüber ihrer Mutter. „Ich möchte jetzt ein paar Stunden schlafen, damit ich sie versorgen kann, wenn sie aufwacht. Ich dachte, ich fahre nach Hause und lege mich ein wenig hin."

Ihre Mutter nickte. „Ich werde hierbleiben."

Daran hatte Lauren nicht gedacht. Sie war davon ausgegangen, dass ihre Mutter ebenfalls nach Hause fahren würde, da auch sie den Schlaf dringend nötig hatte. „Bist du sicher?"

„Ja, mir geht es gut. Ich werde hineingehen und bei ihr bleiben, solange du weg bist."

Einen Augenblick lang dachte Lauren darüber nach, sich bei ihrer Mutter für die Szene zu entschuldigen. Aber ihre Beziehung war sehr schwierig; sie glich einem verfilzten Wollknäuel, und es würde Monate dauern, es zu entwirren, bis die Verletzungen und der Zorn verheilt waren. Sie erhob sich und ihre Mutter stand ebenfalls auf. Auch wenn es nicht ihren Empfindungen entsprach, umarmte Lauren sie. Es war eine kurze Umarmung, aber es war immerhin ein Anfang.

Sie fuhr nach Hause, schlüpfte durch die Tür ins Haus und schlich die Treppe hinauf. Noch bevor ihr Kopf auf dem Kissen lag, war sie bereits eingeschlafen. Als sie aufwachte, war es zwei Uhr nachmittags, und das Haus war still. Sie fuhr erschrocken hoch und ihr Blick fiel auf die Wiege.

Wo war Emily?

Es dauerte eine Weile, bis ihr einfiel, dass sie auf halbem Weg nach Los Angeles umgekehrt und nach Hause gekommen war, weil Emily krank war. Und dann war alles wieder da.

Sogleich sprang sie aus dem Bett. Sie musste unbedingt wissen, wie es Emily ging. Bei der Auskunft ließ sie sich die Nummer des Krankenhauses geben und kurz darauf sprach sie mit einer Schwester.

„Hallo." Lauren schluckte. Erneut stieg Furcht in ihr hoch. „Meine kleine Tochter ist Patientin bei Ihnen. Ich möchte wissen, wie es ihr geht."

„Wie ist ihr Name?" Die Frau machte einen freundlichen Eindruck, sie war nicht so hektisch wie die anderen Schwestern.

„Emily Anderson."

„In Ordnung, ich sehe mal nach. Ich bin gleich wieder da."

Bitte, Gott … bitte.

Die Sekunden erschienen ihr wie Stunden und endlich meldete sich die Frau wieder. „Entschuldigen Sie, sind Sie die Mutter des Babys?"

Lauren blieb beinahe das Herz stehen. „Ja, ich muss wissen … Wie geht es ihr?"

„Nun … ich weiß nicht, wie ich es Ihnen sagen soll, aber die Kleine wurde heimgeholt. Erst vor wenigen Stunden. Es tut mir leid, dass Sie nicht verständigt wurden und –"

Die Worte der Frau klangen seltsam weit entfernt. Heimgeholt? Emily, ihr Baby, war tot? Lauren ließ den Kopf in die Hände sinken und das Telefon glitt zu Boden. Sie hörte die Frau reden, aber sie bekam nichts mehr mit. Es änderte gar nichts. Ihr Baby war tot. Vor wenigen Stunden gestorben … vor wenigen Stunden.

Gott … Gott, wo warst du?

Sie war die schlechteste Mutter, die es je gegeben hatte.

Ihre Hände und Füße waren ganz taub, ihr Herz gefühllos. Sie fiel vor ihrem Bett auf die Knie. *Ich hatte dich angefleht, Gott. Du hast uns enttäuscht. Mein Baby ist tot, und ich war nicht mal da, um es in den Arm zu nehmen und ihm zu sagen, dass alles gut werden würde. Du wuss-*

test es … Du musstest wissen, dass es geschehen würde, und du hast mir nicht gezeigt, dass ich dableiben muss …

Sie klammerte sich an die Bettkante und rang nach Atem, denn sie schien plötzlich keine Luft mehr zu bekommen. Das Zimmer drehte sich um sie. In der Ferne hörte sie eine Stimme sagen: „Wenn Sie einen Anruf machen möchten, legen Sie bitte auf, und versuchen Sie es erneut … Wenn Sie einen Anruf machen möchten …"

Gott, warum? Warum hast du sie nicht am Leben gelassen? Sie war alles, was ich hatte, alles, was mir wichtig war. Jetzt begannen ihre Tränen zu fließen, verzögert nur durch den Schock, den sie erlitten hatte. Ihr ganzer Körper bebte. Sie war zutiefst erschüttert. Emily war tot, und David hatte nicht einmal die Gelegenheit gehabt, sie kennenzulernen. *Ist das fair, Herr? Er wollte Vater sein und jetzt wird er sie nie kennenlernen!* Sie kniff die Augen zusammen und erinnerte sich an ein Erlebnis vor einigen Monaten, als sie noch schwanger gewesen war und neben David in seinem Wagen gesessen hatte. Er hatte die Hand auf ihren Bauch gelegt und gespürt, wie Emily getreten hatte. Das Staunen in seinem Gesicht und sein ehrfürchtiger Blick …

Er wäre ein großartiger Vater geworden, aber jetzt …

Jetzt würde er keine Gelegenheit dazu haben.

Alle hatten sie enttäuscht. Ihre Eltern und die von David. Und jetzt sogar Gott. „Hast du uns denn nicht schon genug bestraft?", flüsterte sie. Während sie die Worte aussprach, kam der Zorn zurück, stärker als zuvor, und sie hob die Stimme. „Wird es denn nie genug sein?" Sie trommelte mit den Fäusten auf ihr Bett und starrte zum Fenster hinaus. „Wie konntest du sie sterben lassen? Warum hast du sie mir weggenommen? Sie hat doch noch gar nicht richtig gelebt."

Sie schluchzte ihren Zorn hinaus, ihre Trauer, ließ ihre Stirn gegen die Bettkante sinken. „Emily … mein kleines Mädchen …" Die Auflehnung schwand dahin, und sie stellte sich ihre süße kleine Tochter vor, wie sie in dem Krankenhausbettchen gelegen hatte. Der Arzt hatte doch gesagt, es ginge ihr besser, oder? Was war schiefgegangen? Die Tränen flossen jetzt stärker. „Emily … Baby, es tut Mommy so leid. Ich hätte bei dir bleiben müssen, meine Süße." Sie schnappte nach Luft. „Emily … ich liebe dich, Baby. Es tut mir so leid."

Es dauerte eine Weile, aber schließlich versiegten ihre Tränen. Und zurück blieb eine unendliche Leere, ein Loch, das eiskalt und stockdunkel war. Sie hörte noch immer die Stimme aus dem Telefonhörer, aber sie blendete sie aus. Es gab nur einen Menschen, nach dem sie sich jetzt sehnte, nur einer konnte sie in den Arm nehmen und ihr helfen, diesen Albtraum zu ertragen, in den sich ihr Leben verwandelt hatte.

David Galanter.

Sie sehnte sich jetzt mehr als je zuvor nach ihm. Lauren erhob sich langsam und vorsichtig, denn das Zimmer drehte sich noch immer um sie. Nach einer Weile fand sie ihr Gleichgewicht wieder, atmete tief durch und verließ den Raum. Sie brauchte nicht stehen zu bleiben und sich umzuschauen, an die Dinge zu denken, die sie zurückließ. Die Erinnerungen an ihr kleines Mädchen würden für immer in ihrem Herzen leben, ein einziger heller Lichtschein an einem Ort, der dunkel bleiben würde, bis sie David gefunden hatte.

Emily war tot, und mit ihr war jede Hoffnung auf ein gemeinsames Leben gestorben, das sie und ihre Tochter mit David führen würden. Aber David war noch irgendwo dort draußen. Irgendwo. Während sie durch die Vororte in Richtung Autobahn fuhr, kam sie an dem Krankenhaus vorüber, und kurz überlegte sie, ob sie hineingehen sollte. Zumindest konnte sie ihr kleines Mädchen noch einmal in den Arm nehmen. Sicher war ihr Leichnam noch dort. Vielleicht aber auch nicht. Vielleicht hatte man sie bereits in die Leichenhalle gebracht. Ja, so war es bestimmt. Nein, sie konnte das Krankenhaus keinesfalls betreten.

Sie besaß eine Handvoll Fotos und die Erinnerungen eines Monats an Emily Sue Anderson. Sie kam sogar zu spät, um von dem leblosen Körper ihrer Tochter Abschied zu nehmen. Und auf keinen Fall wollte sie ihre Mutter wiedersehen. All dies hätte verhindert werden können, wenn ihre Eltern sie nicht getrennt hätten.

Sie und David wären dann zusammen, zu Hause mit Emily in den Armen. Zutiefst aufgewühlt hielt Lauren am Straßenrand an und starrte zum Krankenhaus hinüber. Sie würde ihren letzten Tag mit Emily nicht vergessen. Wie sie jeden Atemzug beobachtet und mit jeder Faser ihres Herzens geglaubt hatte, dass Gott ihnen ein Wunder schenken würde.

Ganz fest presste sie die Lippen aufeinander.

Aber das hast du nicht getan! Du hast meine Fähigkeiten als Mutter eingeschätzt und beschlossen, Emily zu dir nach Hause zu holen. Das werde ich dir nie vergeben, Gott. Niemals.

Sie legte ihre Arme um sich und stellte sich vor, dass sie Emily an sich drückte, warm und lebendig. „Ich habe versagt, Baby … Es tut Mommy so leid." Die Tränen begannen erneut zu fließen und sie brach in heftiges Schluchzen aus. Lauren ließ den Kopf gegen das Lenkrad sinken. „Emily … wenn ich dich nur noch einmal im Arm halten könnte." Aber das ging nicht, weil sich alle gegen sie verschworen hatten. Sogar Gott. Was nützte es schon, dass Emily im Himmel war? *Hattest du dort oben denn nicht genug Babys? Musstest du mir meines auch noch nehmen?* Lauren fühlte sich so zornig, ängstlich und leer, dass nicht einmal der Gedanke, dass Emily es jetzt besser hatte, sie trösten konnte.

Nicht, wo sie sich nichts sehnlicher wünschte, als ihre Tochter noch einmal im Arm zu halten.

Sie wischte ihre Tränen ab, dann fädelte sie sich in den Verkehr ein und nahm die erste Auffahrt zur Autobahn. Sie war fertig mit Chicago, mit ihren Eltern, mit Gott ... mit jedem Stück ihrer Vergangenheit. Sie würde David suchen. Gemeinsam würden sie es schaffen. Und später, wenn sie verheiratet waren und Fuß gefasst hatten, würden sie nach Chicago zurückkehren und mit ihren Eltern reden. Dann würden sie versuchen, die Sache in Ordnung zu bringen. Zwar würde es nie wieder so sein wie vorher, aber dann konnte sie immer noch nach Hause zurückkehren und ihre Sachen holen.

Doch ihre kleine Emily war für immer verloren.

Trauer erfüllte jeden Atemzug, als sie die Stadt hinter sich ließ und sich auf den Weg zu ihrem neuen Leben in Los Angeles machte. Sechs lange Tage würde sie unterwegs sein. Am dritten Tag verkaufte sie ihren Sportwagen an einen Händler in Texas. Von dem Geld kaufte sie sich ein anderes Auto, einen Kleinwagen, der erst wenige Kilometer gefahren war. Der neue Wagen war nicht nur sparsamer, ihre Eltern wussten auch nichts davon, dass sie nun ein anderes Auto besaß, und konnten sie daher nicht ausfindig machen. Bis sie ihn in Kalifornien anmeldete, hatte sie bestimmt eine Idee, wie sie verhindern könnte, dass ihre Eltern davon erfuhren.

Am fünften Tag ihrer Reise dachte sie über ihre finanzielle Situation nach. Sie besaß noch viertausendfünfhundert Dollar, aber ihr Geld schwand schnell dahin. Bevor sie sich auf die Suche nach David machen konnte, brauchte sie eine Wohnung und einen Job.

In einer Stadt namens Northridge machte sie Station und fuhr zur *California State University*. Am Schwarzen Brett stieß sie auf drei Aushänge, über die einige Mädchen eine Zimmergefährtin suchten. Einer davon klang sehr interessant und die Miete betrug auch nur zweihundert Dollar im Monat. Das passte in ihr Budget.

Sie rief unter der angegebenen Nummer an und fand an jenem Nachmittag auch gleich eine Unterkunft und Zimmergenossinnen, die recht nett zu sein schienen. Eine meinte, sie sähe noch etwas jung aus, aber sie redete sich heraus.

„Das wird mir immer wieder gesagt." Sie lächelte, doch es war ein falsches Lächeln. Seit sie aus Chicago fortgegangen war, seit sie den Ort verlassen hatte, an dem ihre Tochter gestorben war, hatte sie nicht mehr lächeln können. Doch darüber würde sie keinen Ton verlauten lassen, das würde sie keinem Fremden erzählen, niemandem, außer David.

Eines der Mädchen – eine Chinesin – blickte sie neugierig an. „Studierst du an der ‚Cal State Northridge'?"

„Noch nicht." Lauren warf sich ihre Tasche über die Schulter. „Ich muss in diesem Semester erst noch Geld verdienen."

„Wie heißt du noch mal?" Eine große, schlanke Brünette lehnte sich an die Wand. Ihre Augen funkelten, und Lauren schätzte, dass sie sich bestimmt mit diesem Mädchen angefreundet hätte, wenn sie es in einem anderen Leben kennengelernt hätte.

„Lauren."

„Hast du auch einen Nachnamen?"

Die kühle Fassade brach in der Mitte entzwei, aber nur für einen kurzen Augenblick. Sie strich mit der Hand über die Knopfleiste ihrer Bluse und grinste. „Ja, sicher. Entschuldigt. Lauren Gibbs."

„Lauren Gibbs?" Die chinesischstämmige Amerikanerin warf ihr einen neugierigen Blick zu. „Den Namen habe ich schon mal irgendwo gelesen."

Lauren zuckte die Achseln. „Es ist ein ziemlich häufiger Name." Ganz bewusst atmete sie gleichmäßig weiter, um sich nicht zu verraten. „Was ist mit euch?"

Die Mädchen hießen Kathy, Song und Debbie. Sie unterhielten sich über den Campus und den Unterricht und schließlich verstummte das Gespräch. Kathy, das Mädchen, das am meisten zu sagen zu haben schien, streckte ihr die Hand hin. „Willkommen. Die erste Miete wird fällig, wenn du deine Sachen hier einräumst."

„Wäre jetzt gleich in Ordnung?" Lauren nahm ihre Geldbörse aus der Tasche und zog zweihundert Dollar heraus.

Alle lachten los, und Lauren ging zum Wagen, um ihre Sachen zu holen. Der Schmerz in ihrem Inneren war groß. So sah jetzt also ihr neues Leben aus: lügen und so tun, als wäre sie jemand, der sie nicht war. Ihren Schmerz hatte sie tief in sich vergraben. Sie blinzelte die Tränen fort.

Nun, dann sollte es eben so sein.

Alles, was jetzt zählte, war, zu überleben und David zu finden.

Ihr Zimmer war klein und sie teilte es mit Song. Sie brauchte genau dreißig Minuten, um auszupacken und sich einzurichten. Das Foto von ihr und David stellte sie auf die Fensterbank. Die Fotos von Emily würde sie in der Schublade lassen. Sie würde ein Fotoalbum kaufen, damit sie sie sich häufig anschauen konnte.

Am folgenden Tag fand sie einen Job als Kellnerin in einem Restaurant gegenüber ihrer Wohnung auf der anderen Straßenseite, dem *Marie Callender's*. Ihre Bewerbung unterzeichnete sie mit „Lauren Gibbs", und ihre Adresse war die der Wohnung, in der sie am Tag zuvor ihr neues Leben begonnen hatte.

Mittlerweile hatte sie auch Pläne geschmiedet. Von ihrem ersten Gehalt beschaffte sie sich einen Ausweis und einen Führerschein mit ihrem neuen Namen. Das war kein Problem. Vor allem, da sie noch keine Sozialversicherungskarte hatte. Eines der Mädchen im Restaurant hatte ihr erklärt, wie sie die Sache angehen musste. Wenn ihre neue Identität erst bestätigt war, würde sie ihr Auto anmelden und sich ihr Leben aufbauen.

Ganz in der Nähe von Northridge gab es ein staatliches College. Sie würde sich anmelden und ihren Highschool-Abschluss machen. Dann würde sie die ersten beiden Jahre auf diesem Campus Seminare besuchen und später zur *Cal State Northridge* wechseln und Journalistik studieren. Das Leben würde so verlaufen, wie sie es geplant hatte. Zumindest oberflächlich betrachtet.

Als Lauren an jenem Nachmittag in die Wohnung zurückkam, fand sie das Telefon der WG auf einem Tisch im Wohnzimmer. Sie nahm sich einen Zettel und einen Stift vom Tisch. Es war August, und die Schule hatte noch nicht begonnen, aber mittlerweile wäre David sicherlich irgendwo angemeldet. Das Schulbüro war doch immer schon vor Schulbeginn besetzt, oder? Sie klopfte nervös mit dem Stift auf den Zettel. Da lag ein Telefonbuch, und sie griff danach, suchte die Seiten, auf denen in alphabetischer Reihenfolge alle Namen und Telefonnummern der Highschools in der Gegend aufgelistet waren. Sie fing vorne an.

Canoga Park Highschool.

Sie nahm den Hörer und wählte die Nummer.

„Canoga Park Highschool."

„Ja, hallo." Sie ließ ihre Stimme älter klingen. Nach allem, was sie durchgemacht hatte, fiel ihr das nicht schwer. „Ich möchte mich vergewissern, dass unser Sohn auch wirklich für das kommende Semester angemeldet ist."

„Sehr gern. Ist er neu hier an der Schule?"

Es klappte! Lauren schluckte. „Ja. Wir sind gerade erst aus Chicago hergezogen."

„Gut, ich hole eben die Liste mit den Neuzugängen." Sie zögerte. „Wie war der Name?"

Lauren schloss die Augen und sah ihn vor sich – seine dunklen Haare und tränennassen Augen, wie er sie an jenem letzten Tag angesehen hatte, als er sich von ihr verabschiedet hatte. Die Frau wartete. „David Galanter."

„David Galanter." Langsam wiederholte die Frau seinen Namen und im Hintergrund war das Rascheln von Papier zu hören. „Nein. Er ist noch nicht angemeldet. Soll ich Ihnen die Unterlagen zukommen lassen?"

Lauren öffnete die Augen und notierte in kleiner Schrift ein NEIN hinter dem Namen *Canoga Park*. „Ist schon in Ordnung." Sie lachte höflich. „Ich werde mit meinem Mann reden. Wir werden dann später vorbeikommen. Vielen Dank."

Die nächste Schule auf der Liste war die *Taft Highschool.*

Um drei Uhr hatte sie es in jeder Schule im San Fernando Valley probiert. David war nirgendwo angemeldet. Aber das war in Ordnung. Sie besaß ein Zimmer und einen Job und Pläne für die Zukunft. Und sie besaß eine neue Identität. Lauren Anderson gab es nicht mehr. Ihr Todesdatum fiel mit dem ihrer Tochter zusammen. Sie war in dem Augenblick gestorben, als die Schwester ihr mitgeteilt hatte, dass Emily tot war. Von diesem Augenblick an hatte Lauren keine Familie, keine Tochter und keinen Wunsch mehr, irgendetwas anderes zu tun, als weiterzuziehen und ihr einziges Ziel im Leben zu verfolgen: David zu finden. Sie würde ihn suchen, sooft sich ihr die Gelegenheit dazu bot, jeden Tag, jede Stunde.

Und wenn es bis in alle Ewigkeit dauerte.

Kapitel 10

David konnte an nichts anderes denken als an Lauren und das Baby.

Es war offensichtlich, dass man sie getäuscht hatte. Diese ganze Sache mit der Telefonnummer ließ sich nicht anders erklären. Sie war mit Absicht inszeniert worden. Zumindest von Laurens Eltern. Er hatte das Thema seinen Eltern gegenüber ein paarmal angesprochen und sie hatten sich jedes Mal überrascht gezeigt. Seine Mutter reagierte verwirrt, als er das erste Mal die Ansage bei Laurens alter Telefonnummer erwähnte.

„Wir dachten, sie würden die neue Nummer ansagen lassen. Das hat Angela mir zumindest erzählt."

„Und warum haben sie es nicht getan?" David wäre am liebsten in seinen Wagen gesprungen und nach Chicago zurückgebraust. Nur leider gehörte der Wagen nicht ihm und seine Eltern ließen ihn damit höchstens einmal ins Einkaufszentrum fahren. Gegen seine Enttäuschung ankämpfend, blickte er seine Mutter an und versuchte, die Situation zu begreifen. „Was ist denn deiner Meinung nach geschehen?"

„Soll ich ehrlich sein?" Traurigkeit überschattete die Gesichtszüge seiner Mutter. „Ich denke, sie wollten uns loswerden ... dich loswerden, David."

„Aber warum?" Er sprang auf. „Sie wissen doch, wie sehr Lauren und ich uns wünschen, zusammen zu sein. Ohne Telefonnummer kann ich sie nicht anrufen." Er dachte einen Augenblick nach. „Kennen sie unsere?"

Seine Mutter runzelte die Stirn. „Wie sollten sie? Wir wohnen in einem Neubaugebiet, und es hat eine Weile gedauert, bis unser Telefonanschluss freigeschaltet war. Das weißt du doch." Sie nahm seine Hand. „Es sieht beinahe so aus, als wollten sie alle Bindungen zerschneiden, mein Junge. Es tut mir so schrecklich leid."

Die Zeit verging und er behielt den Kalender im Blick. Als Laurens Entbindungstermin näher rückte, wartete er, bis er allein zu Hause war, was jeden Nachmittag der Fall war. Seine Mutter half seinem Vater nachmittags immer bei der Einrichtung des neuen Büros. Und so machte David sich jeden Nachmittag daran, die Krankenhäuser im Umkreis von Chicago anzurufen.

„Meine Freundin bekommt ein Baby", erklärte er der Dame in der Telefonzentrale des ersten Krankenhauses auf seiner Liste. „Ich möchte gern wissen, ob sie bereits aufgenommen wurde."

„Es tut mir leid. Ich fürchte, solche Patienteninformationen können wir nur an die nächsten Verwandten weitergeben."

Er spürte, wie seine Frustration wuchs. „Sie meinen, wenn ich ihr Mann wäre, dann könnten Sie mir mitteilen, ob sie bei Ihnen liegt?"

„Genau."

Das brauchte man ihm nicht zweimal zu sagen. Er rief das nächste Krankenhaus auf seiner Liste an. „Meine Frau bekommt ein Baby. Ich möchte gern wissen, ob sie bereits bei Ihnen aufgenommen wurde."

„Ihr Name?"

Hoffnung stieg in ihm hoch. „Lauren Anderson."

Er hörte, wie ein Name eingegeben wurde. „Nein. Wir haben niemanden mit diesem Namen."

Dann rief er bei dem nächsten Krankenhaus auf seiner Liste an. Wenn er fertig war, versteckte er die Liste an einer Stelle, wo seine Eltern sie nicht finden konnten. Nicht, dass ihn das von dem Versuch, Lauren ausfindig zu machen, abgehalten hätte. Aber sie waren über die Schwangerschaft nicht gerade glücklich gewesen, und er hatte das Gefühl, es wäre besser, diese Telefonanrufe für sich zu behalten.

Jeden Tag zog er, wenn seine Eltern fort waren, die Liste aus ihrem Versteck unter dem Bett und fing wieder von vorne an. Der Geburtstermin war Mitte Juli. Bis Ende Juli rief er jeden Tag in den Krankenhäusern an. Dann machte sich allmählich Panik in ihm breit. Und wenn dem Baby nun etwas zugestoßen war, oder was war, wenn Lauren die Gegend verlassen oder beschlossen hatte, das Baby wegzugeben?

In manchen Nächten wälzte er sich schlaflos im Bett, weil er nicht aufhören konnte, darüber nachzudenken, was er noch tun könnte, um sie zu finden. Sie lebte in irgendeinem der Vororte Chicagos. Er rief die Auskunft an, aber keiner der außerhalb der Stadt aufgeführten Bill Andersons war der richtige. Und dann kam er auf die Idee, es bei den Banken zu probieren. In den Vororten von Chicago gab es Dutzende, aber er hatte ja Zeit.

Er fertigte eine neue Liste an und fing ganz oben an.

„Hallo, ein Freund von mir hat neulich eine Bank in Ihrem Bezirk gekauft. Ich versuche, ihn zu finden. Können Sie mir sagen, ob Bill Anderson der neue Eigentümer ist?"

„Bill Anderson?"

„Ja, es ist erst ein paar Monate her."

„Nein, wir haben seit zehn Jahren denselben Eigentümer."

Die Antworten waren fast alle gleich. Nur ein paarmal konnte er Hoffnung schöpfen. Einmal rief er bei einer Bank in der Nähe von Wheaton an und leierte seinen Spruch herunter.

„Ein Freund von mir hat eine Bank in Ihrem Bezirk gekauft. Können Sie mir sagen, ob Bill Anderson der neue Eigentümer Ihrer Bank ist?"

„Ja. Nennen Sie mir bitte Ihren Namen?"

Ja? David war so aufgeregt, dass er aufsprang und in der leeren Küche herumlief. „Mein Name ist David. David Galanter."

„Einen Augenblick." Die Frau schickte ihn in die Warteschleife und kurz darauf meldete sie sich wieder. „Es tut mir leid, ich habe mich geirrt. Das ist nicht der Name des Eigentümers."

„Aber Sie haben meine Frage doch mit Ja beantwortet. Gerade eben, wissen Sie nicht mehr?" David strich sich mit den Fingern durch die Haare und stützte seine Unterarme auf die Knie. „Bitte überprüfen Sie das doch noch mal."

„Sir, ich bin sehr beschäftigt. Über den Eigentümer der Bank weiß ich nicht Bescheid. Kann ich Ihnen sonst irgendwie helfen? Möchten Sie vielleicht ein Konto eröffnen?"

David knallte den Hörer auf die Gabel. Noch dreimal rief er bei der Bank an, aber nie wieder bekam er die seltsame Antwort, die man ihm beim ersten Mal gegeben hatte.

Am Ende der Woche war die Liste mit den Banken abgearbeitet, doch er hatte nichts erreicht. Das verwunderte David. Vielleicht hatte Laurens Vater sich doch für eine andere Investition entschieden. Vielleicht für eine Pfandbriefbank oder eine Versicherungsagentur, etwas Neues. Die Möglichkeiten waren grenzenlos, und das bedeutete, dass er erneut in einer Sackgasse steckte.

David rief einige der wenigen Freundinnen an, die Lauren noch hatte, aber keine von ihnen hatte etwas von ihr gehört. Außerdem waren die meisten von ihnen sowieso mit Beginn des Sommers entschwunden. Teenager verbringen keine Zeit mit einer Gleichaltrigen, die im achten Monat schwanger ist.

Noch mehr Zeit verging und mittlerweile war es Ende August. In einer Woche begann die Schule. David war außer sich, weil er Lauren einfach nicht finden konnte. Mittlerweile musste das Baby auf der Welt sein, und das bedeutete, dass die Entscheidung gefallen war. Entweder sie lernte, ihr Baby selbst zu versorgen, oder sie hatte das Kind weggegeben.

Eines Abends war er beim Abendessen besonders schweigsam. Das fiel selbst seinem Vater auf. „Alles in Ordnung?"

„Ich kann nicht aufhören, an sie zu denken."

Sein Vater steckte ein Stück Hühnchen in den Mund. „An wen?"

„An wen?" Sein Blick wanderte von seinem Vater zu seiner Mutter. „Meinst du das ernst?"

„Schatz, er spricht natürlich von Lauren." Seine Mutter reichte eine Schüssel mit Kartoffelbrei herum. Sie blickte ihn an. „Hast du es noch einmal unter der alten Nummer probiert? Vielleicht wird ja jetzt ihre neue Nummer angesagt."

„Ich versuche es jeden Tag." Er stocherte in den grünen Bohnen und stieß seinen Stuhl vom Tisch zurück. „Ich kann sie einfach nicht finden. Ich hasse das!"

„Ich sage dir was, Junge. Du bringst die Schule zu Ende, und wenn sie bis dahin nicht aufgetaucht ist, machst du dich auf die Suche nach ihr."

Am Ende des Schuljahres? David starrte ihn an. Dachte er wirklich, er würde diesen Vorschlag auch nur in Betracht ziehen? Dass sie beide ein ganzes Jahr nichts voneinander hörten? Und was war mit dem Baby? Er war Vater; natürlich hatte er das Recht, bei seinem Kind zu sein und seine Tochter oder seinen Sohn kennenzulernen.

An diesem Abend zog er sich frühzeitig in sein Zimmer zurück. Das Baseballtraining war für den Sommer abgeschlossen, und es blieben ihm noch ein paar Tage, bis die Schule wieder begann. Er öffnete den Schrank und holte eine Schachtel hervor, die er ganz hinten aufbewahrte. Dann schloss er sich ein und trug die Schachtel zu seinem Bett. Ganz vorsichtig nahm er den ersten Gegenstand heraus. Es war ein gerahmtes Foto, das Lauren ihm am Ende des fünften Schuljahres geschenkt hatte. Sie hatten gerade einen Leichtathletikwettkampf hinter sich und die Arme umeinander gelegt. Im Hintergrund waren ihre Eltern zu erkennen, die sich mit einigen der anderen Erwachsenen unterhielten. Seine Mutter hatte das Foto gemacht. Noch immer hatte er ihre Stimme im Ohr.

„Ihr beide seht zusammen wirklich ganz süß aus."

„Mom, komm schon." Damals stand er noch nicht auf Mädchen. Lauren war sein Kumpel. „Mach das Foto."

Nachdem sie endlich auf den Auslöser gedrückt hatte, hatte sich Lauren ihre Wasserflasche geschnappt und ihn mit Wasser bespritzt. Damit hatte er nicht gerechnet. Sofort hatte er nach seiner gegriffen und war hinter ihr hergejagt, aber sie war schnell, und sie hatte einen Vorsprung. Sie waren um die Wette gerannt, und als er sie eingeholt hatte, hatte er den Deckel von seiner Flasche gerissen. Er hatte sie nass gespritzt, bevor sie ihm entkommen konnte, und schließlich hatten sie beide nebeneinander im Gras gelegen, nass wie Hunde, und hatten sich kaputtgelacht.

Er betrachtete das Foto. Es war ein wenig vergilbt und ihre Gesichter wirkten noch so jung. Als wären es ganz andere Kinder. Er griff erneut in die Schachtel, und der nächste Gegenstand, den er herausholte, war eine selbstgebastelte Karte, die Lauren ihm zu seinem dreizehnten Geburtstag geschenkt hatte.

Sie hatte sie beide darauf gemalt, jeweils am entgegengesetzten Ende eines Fußballstadions. Es erinnerte ihn daran, wie die beiden Elternpaare auf der Tribüne gesessen und ein Spiel der Highschoolmannschaft angeschaut hatten. Lachend und fröhlich miteinander plaudernd hatten sie die Vorgänge auf dem Footballfeld beobachtet. Er und Lauren waren hinter der Tribüne verschwunden und dort hatten sie sich zum ersten Mal geküsst.

„Aber erzähle niemandem davon, hörst du?" Laurens Wangen waren gerötet. Sie hatte es kaum erwarten können, wieder auf der Tribüne zu erscheinen.

„Bestimmt nicht. Wir können ja an entgegengesetzten Enden des Stadions bleiben, okay?" Er grinste sie an. „Dann merkt niemand was."

„Gut. Das sollten wir tun."

Sein Blick fiel auf die Karte. Sie war leicht vergilbt, da mittlerweile schon ein paar Jahre ins Land gezogen waren. Die aufgeklebten Figuren hätten nicht weiter voneinander entfernt stehen können. Auf die Innenseite hatte sie geschrieben: „Wie ist das Leben auf deiner Seite der Tribüne?"

Mit dem Finger strich er zärtlich über die Karte und legte sie dann wieder in die Schachtel.

Wie hatte alles nur so schrecklich schieflaufen können? Sie wurden von ihren Freunden gern als das perfekte Paar bezeichnet. Ihre Familien waren eng befreundet, beide waren fest entschlossen, sich von den Fallgruben fernzuhalten, in die andere Paare stürzten. Es war dieser vergangene Sommer gewesen, in dem sie dann doch schwach geworden waren. Wenn er jetzt zurückblickte, erkannte er, wie alles gekommen war. Sie waren zu viel allein gewesen und mittlerweile war ihr Umgang miteinander beinahe zu vertraut.

David schaute wieder in die Schachtel. Sie war halb gefüllt mit Karten und Briefen. Er griff hinein und holte einen heraus, der zu einem kleinen Rechteck gefaltet war. Vorsichtig, damit das Papier nicht einriss, öffnete er ihn und las, was sie geschrieben hatte. „David, wir haben uns im Unterricht mit Zootieren beschäftigt und Miss Erickson hat mir den Esel als Aufgabe zugewiesen. Da musste ich an dich denken. Erinnerst du dich noch an den Esel? In meinem ganzen Leben habe ich nie so gelacht. Ich liebe dich ganz doll, Lauren."

Der Esel. Er lachte in sich hinein. Lauren und er waren in der sechsten Klasse im Rahmen des Biologieunterrichts in den Zoo gegangen. Er war erwischt worden, wie er mit ihr geflüstert hatte, und der Lehrer hatte ihn dazu verdonnert, vor der Klasse ein Referat über Esel zu halten.

Und wieder verblasste die Erinnerung und er nahm einen anderen gefalteten Zettel heraus. Darauf hatte Lauren ein Bild gemalt. Einen Düsenjet, in dessen Cockpit ein kleiner Mann saß. Ein Pfeil deutete auf den Mann, daneben hatte sie die Worte geschrieben: „Eines Tages wirst du fliegen! Wenn du aufsteigst, dann nimm mich mit."

Der Abend zog sich hin, während er all ihre Briefe und Bilder anschaute. Am Ende verstaute er alles wieder in der Schachtel und versteckte sie in seinem Schrank. Wo immer sie war, er musste sie finden. Und er war sicher, dass sie ihn brauchte. Sie war seine beste Freundin, das Mädchen, das untrennbar mit all den guten Erinnerungen an seine Kindheit verbunden war.

Gedankenversunken starrte er zum Fenster hinaus in die Dunkelheit. *Gott, du weißt, wo sie ist und was sie macht. Ich muss sie finden. Bitte, Gott, ich weiß nicht, was ich sonst noch tun soll.*

Die Antwort kam schnell und eindeutig. *Folge mir, mein Sohn.*

Die Worte verblüfften ihn. Seit sie nach Los Angeles gezogen waren, hatte er keine Jugendstunde mehr besucht, auch hatte er nicht mehr in der Bibel gelesen. Allerdings hatte er noch gebetet. Und das Gebet war ihm mehr und mehr in Fleisch und Blut übergegangen. Also gut, er würde Jesus folgen. Aber was bedeutete das in Bezug auf Lauren? Als er ihr gesagt hatte, er würde nie jemanden so lieben wie sie, hatte er das sehr ernst gemeint. Er brauchte sie wie Wasser, wie die Luft zum Atmen.

Er würde für sie beten und weiter nach ihr suchen, bis er sie gefunden hatte. Solange er lebte, würde er auf der Suche bleiben. Und eines Tages würde er sie finden, daran glaubte er ganz fest. Und dann würden sie sich gemeinsam diese Schachtel der Erinnerungen vornehmen und gemeinsam über die glücklichen Zeiten lachen, die sie miteinander erlebt hatten.

Die aufgeklebten Figuren und das Stadion und vor allem die Zeichnung von dem Düsenjet. Das alles und das Baby. David konnte es kaum erwarten.

Kapitel 11

Bill Anderson saß in seinem Arbeitszimmer und tat etwas, das er seit Laurens Verschwinden ununterbrochen getan hatte.

Er sprach mit Gott.

Er stützte seine Ellbogen auf seinen Schreibtisch und barg sein Gesicht in den Händen. *Ich bin wieder da, Gott. Ich muss noch einmal mit dir über Lauren sprechen.* Seine

Kehle schnürte sich zusammen, und er hielt den Atem an, um seiner Emotionen Herr zu werden. Er hatte nur ihr Bestes gewollt, weil er sie liebte. Sie war sein Mädchen, sein einziges Kind. Seine Tochter. Aber die Nachricht von der Schwangerschaft …

Sie hatte alles verändert.

Als er von der Schwangerschaft seiner Tochter erfahren hatte, war er am Boden zerstört gewesen. Es schmerzte ihn zu sehen, dass sein kleines Mädchen so schnell erwachsen wurde. Aber erst, als er erlebt hatte, wie oberflächlich und ablehnend die Galanters reagiert hatten, hatte er schließlich der Idee zugestimmt, sie und David voneinander fernzuhalten. Bei dem Gedanken regte sich erneut der Zorn in ihm. Wie konnten Sheila und Samuel es wagen, seine Tochter zu einer billigen Hure abzustempeln! Der Gedanke, dass die Galanters Laurens Schwiegereltern würden, widerstrebte ihm zunehmend. Sie hatte so viel mehr verdient. Aber jetzt hatte sich irgendwie alles gegen sie gewendet.

Gott, vergib mir. Ich habe die Angelegenheit selbst in die Hand genommen, und jetzt? Jetzt bin ich verzweifelt. Er ballte die Hände zu Fäusten und drückte sie auf seine Augen. Vor Angela vermied er es zu weinen, aber die Tränen kamen, wann immer er an Lauren dachte. Alle paar Minuten verspürte er den überwältigenden Drang, in seinen Wagen zu steigen und ihr nachzufahren, die Autobahnen und Nebenstraßen von Chicago bis nach Kalifornien abzusuchen, bis er sie fand, bis er sie in seine Arme nehmen und ihr sagen konnte, wie leid ihm das alles tat.

Ich habe es doch nur gut gemeint, Herr. Vergib mir, dass ich nicht auf sie gehört, sondern gedacht habe, ich wüsste alles besser. Gib mir eine zweite Chance, bitte. Sie ist ganz allein dort draußen und sie braucht uns doch. Sie braucht uns mehr, als sie sich bewusst ist. Danke, Herr. Er richtete sich auf und legte die Hände auf seinen Schreibtisch. Es gab noch viel zu erledigen – Telefonate und Treffen mit einem Privatdetektiv, mit jemandem, der ihm helfen konnte, seine Tochter zu finden.

Er nahm sich eine Liste vor. Seine Hände zitterten. Er vermisste sie so sehr, dass es ihn schier körperlich schmerzte, und der Schmerz bohrte sich wie ein Dolch in sein Herz. Er war da, wenn er morgens aufwachte und wenn er abends das Licht löschte. Wo steckte sie und was tat sie? Wie kam sie ohne die Hilfe ihrer Eltern zurecht?

Er seufzte verzweifelt auf. Es war richtig, dass er für sie betete. Wo immer sie auch steckte, sein kleines Mädchen brauchte ihn, wie sie ihn immer gebraucht hatte. Aber jetzt begriff er, was ihm vorher nicht klar gewesen war.

Wie verzweifelt er auch sie brauchte.

Allmählich dämmerte ihnen die Wahrheit.

Lauren war aus ihrem Leben verschwunden und würde nicht zurückkommen. Drei Monate waren vergangen und keine ihrer Bemühungen hatte sie weitergebracht. Angela wischte die Spüle sauber und stellte den Kessel mit Teewasser auf den Herd. Tee vermittelte ihr ein Gefühl von Normalität. Als würde sie nicht mit jedem Tag ein kleines Stückchen mehr sterben.

Bill war zu Hause, denn es war Montag, der Tag, den er der Suche nach Lauren vorbehalten hatte.

„Das Geschäft kommt an einem Tag in der Woche auch ohne mich aus“, hatte er ihr erklärt. „Ich kann die Suche nicht aufgeben, nie.“

Das Wasser im Kessel begann zu brodeln. Angela lehnte sich zurück und ließ ihren Blick durch ihre Küche schweifen. Sie war hell und großzügig geschnitten, wie sie und Bill es sich immer erträumt hatten. Aber der Traum hatte sich nicht erfüllt, weil dazu immer auch Lauren gehört hatte. Sie sollte eigentlich hier sein, sich über ihr Zimmer im ersten Stock freuen und begeistert ihr letztes Schuljahr angehen.

Ihr Verlust stellte für beide ein großer Schmerz dar, der immer gegenwärtig war und nicht weggehen würde, bis sie sie wiedergefunden hatten. Sie verschränkte die Arme vor der Brust. Bill kam aus dem Nebenzimmer in die Küche. „Kochst du Tee?"

„Ja." Sie lächelte ihn an. „Möchtest du eine Tasse?"

„Gern." Er stellte sich auf die andere Seite der Kochinsel. „Ich habe einen Termin mit einem anderen Privatdetektiv. Er braucht noch mehr Informationen, alles, woran wir uns aus der Vergangenheit erinnern können. Selbst Kleinigkeiten könnten von Bedeutung sein."

Angela nahm einen Becher aus dem Schrank und reichte ihn lächelnd hinüber. „David Galanter." Sie zuckte die Schultern. „Das ist das Wichtigste, oder?"

Bill sackte ein wenig in sich zusammen. „Richtig." Er blinzelte und seine Augen wirkten feucht. „Pastor Paul kommt heute Abend noch vorbei. Zu unserer Bibelgruppe sind übrigens drei Neue hinzugestoßen."

Bibelarbeiten und Treffen mit Pastoren, all das war ganz neu für sie. Warum hatten sie nicht schon früher entdeckt, wie wichtig der persönliche Glaube war, damals, bevor ihr Leben auf den Kopf gestellt wurde? Wie anders hätte alles werden können, wenn sie und Bill den Glauben ernster genommen hätten. Wenn sie ihn ihrer Tochter nähergebracht hätten.

In diesem Augenblick begann der Kessel, leise und gleichmäßig zu pfeifen. Sie schaltete die Platte ab und goss den Tee auf. „Ich mag die Treffen mit ihm. Seine Bibelarbeiten sind so gut – das ist genau das, was wir brauchen."

Bill biss sich auf die Lippe. „Das hätten wir schon vor Jahren gebraucht." Er nahm seinen Tee, trat um die Kochinsel herum und küsste sie liebevoll auf die Wange. „Es tut mir leid, Angela. Das werde ich dir jeden Tag sagen, bis wir sie gefunden haben. Es ist meine Schuld, dass sie fortgegangen ist." Er trat zwei Schritte zurück. „Du hast mich gebeten, alles noch einmal zu überdenken, aber ich habe nicht auf dich gehört. Ich dachte … Ich wollte sie doch nur beschützen und ihr meine Liebe zeigen."

„Ich weiß." Angela blickte ihren Mann an. „Wir müssen weiterbeten."

„Und suchen." Er machte sich mit seinem Tee auf den Weg zum Arbeitszimmer. „Ich muss noch einige Telefonate führen, bevor ich mich mit dem Privatdetektiv treffe. Ich schätze, mittlerweile hat sie sich irgendwo in einem College angemeldet. Der Detektiv möchte, dass ich eine Liste mit Schulen erstelle, an denen sie interessiert sein könnte."

„Ist gut." Sie blickte ihm nach. Zuerst hatten sie über die Zulassung nach Laurens Auto gesucht, dann in Hotels nachgefragt, in denen sie unterwegs möglicherweise übernachtet haben konnte. Als Nächstes waren Hotels in Kalifornien an der Reihe gewesen und jetzt begannen sie mit den Colleges.

Aber alles schien vergeblich zu sein.

Ein Ergebnis hatte nur die Suche nach der Zulassungsnummer ihres Wagens gebracht. Der erste Privatdetektiv hatte herausgefunden, dass Lauren ihren Wagen in Texas verkauft hatte. Von dem Geld hatte sie sich einen anderen Wagen gekauft, aber an dieser Stelle verlief die Spur auch bereits im Sande. Angela umklammerte ihren Becher und ließ ihre Gedanken zurückwandern, wie sie es immer zu dieser Tageszeit tat. Es hatte keine Vorwarnung gegeben, kein Anzeichen dafür, dass ihre Tochter davonlaufen wollte. Lauren hatte die Nacht an Emilys Seite verbracht, und als sie um vier Uhr dreißig an jenem Morgen nach Hause gefahren war, hatte sie versprochen zurückzukommen, nachdem sie ein wenig geschlafen hatte.

Angela schloss die Augen und erinnerte sich an den Verlauf jenes Tages. Nachmittags hatte sie angefangen, sich Sorgen zu machen, und sich gefragt, warum Lauren nicht kam. Sie hatte zu Hause angerufen, aber niemanden erreicht. Gegen sechs Uhr schließlich hatte Bill sie angerufen.

„Ich komme jetzt." Er zögerte. „Wie geht es Lauren?"

Sofort war sie alarmiert. „Lauren ist doch zu Hause." Sie drückte den Hörer ans Ohr, damit sie ihn über den Lärm im Wartezimmer hinweg verstehen konnte.

„Nein, ist sie nicht." Seine Stimme klang besorgt. „Ich dachte, sie sei im Krankenhaus."

„Hast du in ihrem Zimmer nachgesehen?"

„Nein, ich dachte ... Warte einen Augenblick, ich geh mal nach oben." Er war nicht lange fort. Als er zurückkam, klang seine Stimme noch angespannter als zuvor. „Sie ist nicht da. Es sieht so aus, als hätte sie in ihrem Bett geschlafen, aber sie ist fort. Vielleicht ist sie auf dem Weg ins Krankenhaus."

Damals war Angela noch zornig auf ihren Mann gewesen und kaum in der Lage, ein Wort mit ihm zu wechseln, ohne ihn dafür zu hassen, dass er David und Lauren auseinandergebracht hatte. Auch wenn er es aus Liebe getan hatte. Als er andeutete, Lauren könne auf dem Weg zum Krankenhaus sein, hatte sie das Thema auf sich beruhen lassen. Vielleicht hatte er ja recht, hatte sie sich eingeredet. Lauren war bestimmt auf dem Weg ins Krankenhaus. Sie würde doch nicht einfach, ohne eine Erklärung, die Stadt – und Emily – verlassen, oder? Nicht ohne eine Erklärung. Aber nach dreißig Minuten hatte sie die Gewissheit – eine schmerzliche Gewissheit.

Lauren war fortgegangen.

Und erneut rief Angela die Polizei an und wieder bekam sie dieselbe Antwort: „Warten Sie vierundzwanzig Stunden, bevor Sie eine Vermisstenanzeige aufgeben."

Sie war völlig außer sich, wenn sie daran dachte, dass Lauren schon wieder unterwegs war, um David zu suchen, vor allem in ihrem Zustand. Nach einer Stunde ging Angela zum Schwesternzimmer und erkundigte sich bei allen, die Dienst hatten, ob Lauren angerufen hatte. Doch seit sie das Krankenhaus in den frühen Morgenstunden verlassen hatte, schien sie sich nicht mehr gemeldet zu haben.

Einen interessanten Hinweis bekam Angela allerdings von der Stationsschwester der Kinderstation.

„Haben Sie auch mal auf der gynäkologischen Station nachgefragt? Manchmal werden die Anrufe falsch durchgestellt."

Sie dankte der Frau und eilte zur gynäkologischen Station am anderen Ende des Flurs. Die Schwester am Empfang war freundlich, war aber augenscheinlich gerade sehr … beschäftigt.

„Kann ich Ihnen helfen?" Sie hielt einen Roman in der Hand und offenbar wollte sie gern weiterlesen.

„Ja." Angela umklammerte die Kante des Tresens. „Meine Tochter sollte eigentlich schon längst hier sein. Ich versuche herauszufinden, ob sie angerufen hat."

„Wie ist ihr Name?"

„Lauren Anderson. Sie hätte sich nach ihrer kleinen Tochter Emily erkundigt."

Der Frau schien ein Licht aufzugehen, doch das Funkeln wich schnell einer großen Verlegenheit. „Wissen Sie, das wäre die Erklärung für einen Vorfall vom frühen Nachmittag." Sie nickte. „Es könnte durchaus sein, dass sie angerufen hat."

„Wie ... wie kommen Sie darauf?" Angela wäre am liebsten um den Tresen herumgelaufen und hätte die Frau geschüttelt. Die Informationen kamen viel zu zögerlich.

„Nun –", die Schwester klappte ihr Buch zu und richtete sich auf, „ich nahm den Anruf einer Frau entgegen, die sich nach einer Emily Anderson erkundigte." Sie wand sich. „Sehen Sie, wir hatten ein Neugeborenes mit dem Namen Emily Henderson, das ein paar Stunden zuvor entlassen worden war."

Die Informationen wirbelten in Angelas Kopf herum. Sie presste die Finger gegen ihre Schläfen und starrte die Frau an. „Ich verstehe den Zusammenhang noch nicht."

„Ja, entschuldigen Sie." Die Schwester lachte nervös. „Ich dachte, sie hätte sich nach dieser Emily erkundigt, und ich habe ihr gesagt, die sei heimgeholt worden. Schon vor ein paar Stunden." Die Frau blätterte einige Unterlagen durch. „Nachdem sie aufgelegt hatte, wurde mir klar, dass wir vielleicht von zwei verschiedenen

Babys gesprochen haben. Emily Anderson – Emily Henderson. Sie verstehen, das klingt ziemlich ähnlich."

Angela hätte am liebsten losgeschrien. „Und das war es? Hat sie noch etwas gesagt?"

„Eigentlich ..." Das Lächeln der Schwester verschwand. „Sie wirkte ein wenig verstört. Sie hat sich gar nicht richtig verabschiedet, sondern einfach den Hörer aufgelegt."

Angelas Herz sank bis zu den Knien. „O nein ..."

„Die Frau, die angerufen hat, ist Ihre Tochter?" Die Schwester zeigte Bedauern, aber sie nahm bereits wieder ihren Roman zur Hand und machte Anstalten, sich dem nächsten Kapitel zu widmen.

„Ja." Angela trat ein paar Schritte zurück und schüttelte den Kopf.

„Ja, ich meine, das war wirklich ein Missverständnis." Die Schwester lächelte sie halbherzig an. „Tut mir leid, wenn ich Verwirrung gestiftet habe."

Verwirrung? Mit schweren Schritten verließ Angela die gynäkologische Abteilung und kehrte zur Kinderstation zurück. Sie zog sich in einen stillen Winkel des Warteraums zurück und barg ihr Gesicht in den Händen. Wenn Lauren angerufen und nach Emily gefragt hatte und wenn man ihr gesagt hatte, das Baby sei heimgeholt worden, erst vor ein paar Stunden, dann hatte Lauren vermutlich gedacht –

Angela konnte den Gedanken einfach nicht zu Ende denken. Das war unmöglich. Damals nicht und auch jetzt nicht.

Ihr Tee war leicht abgekühlt. Angela nahm die Tasse und legte ihre Hände um den warmen Becher. Seit dieser Zeit fiel es ihnen leichter zu glauben, Lauren sei weggelaufen, weil sie zuerst David finden musste und geglaubt hatte, dass sie nicht in der Lage war, zu diesem Zeitpunkt in ihrem Leben die Verantwortung für ein Kind zu übernehmen.

Die Alternative zu dieser Erklärung war zu beängstigend.

Ein leiser Schrei ertönte aus dem oberen Stockwerk und Angela blickte zur Uhr. Kurz vor elf, genau pünktlich. Seit Laurens Fortgang waren ihre Tage von einem festgelegten Rhythmus bestimmt. Das war ein Segen, wirklich. Die Hektik tat ihr gut, hielt sie bei Verstand und gab ihr einen Grund weiterzumachen.

Angela stellte ihre Tasse ab und ging die Treppe hinauf. Mit jedem Schritt kehrte die Erinnerung an jenen schrecklichen Tag zurück. Bill war kurz nach ihrem Gespräch mit der Schwester im Krankenhaus angekommen, und nachdem ihm klar geworden war, dass Lauren wieder davongelaufen war, hatte er sich auf einen der Stühle im Wartezimmer sinken lassen. Zum ersten Mal, seit sie ihn kannte, hatte er geweint, und das hatte ihr gezeigt, dass er ein Vater war, der für sein einziges Kind nur das Beste gewollt hatte. Aber alles, was er in den vergangenen sechs Monaten getan hatte, hatte sich gegen ihn gewendet, und jetzt war er genauso von Schmerz und Trauer überwältigt wie sie.

Am folgenden Tag gaben sie eine Vermisstenanzeige auf, aber das führte zu nichts. Der Polizeibeamte, mit dem sie zuerst gesprochen hatten, hatte recht gehabt. Die Beamten des Polizeireviers wollten ihre Zeit nicht damit verbringen, ein siebzehnjähriges Mädchen zu suchen, das einen fast neuen Sportwagen fuhr und auf dem Weg nach Kalifornien war.

Aber in den darauffolgenden Tagen war etwas geschehen. Auch wenn Angela und Bill bei ihrer Suche nach Lauren keinen Schritt weiterkamen, so kamen sie einander wieder näher. Vor Laurens Bett fielen sie auf die Knie und taten etwas, das sie noch nie zuvor getan hatten: Sie beteten. Seither spürten sie eine Kraft und eine Hoffnung in sich, die unerklärlich waren. Auch wenn der Schmerz über Laurens Verlust nicht abgeklungen war.

Das Schreien von oben wurde lauter.

„Ich komme schon, Schätzchen." Angela beeilte sich. Sie betrat das Zimmer, das eigentlich Lauren gehörte. Das Baby hatte seine leichte Decke weggestrampelt und ruderte mit Armen und Beinen, während sein Schreien zunehmend zorniger wurde. „Emily, schsch. Alles ist gut."

Sie nahm das Baby auf den Arm und drückte es an ihre Brust. Lauren fehlte ihr so sehr. Ihr Baby veränderte sich mit jedem Tag ein wenig mehr. Es verlor das Aussehen des Neugeborenen und in seinen Gesichtszügen zeigten sich immer mehr Merkmale seiner eigenen Persönlichkeit.

„Schsch, ruhig, meine Kleine. Alles ist gut." Fest an sich gedrückt trug sie sie nach unten, während sie beruhigend auf sie einsprach. „Grandma macht dir dein Fläschchen warm, okay?"

Emily beruhigte sich und ihre großen blauen Augen blickten sie an. Sie gab ein leises Schmatzen von sich, und Angela hatte den Eindruck, dass dieses kleine Mädchen eine Kämpferin war, die entschlossen ihr Ziel verfolgte. Sie wusste sehr genau, was sie wollte, und sie nahm es nicht hin, dass man sie übersah.

Angela machte das Fläschchen warm und setzte sich mit Emily in den Schaukelstuhl im Wohnzimmer. Sie hatten sich gerade niedergelassen, als Bill hereinkam, sich hinter sie stellte und Angela die Hand auf die Schulter legte.

„Sie ist wunderschön."

„Ja."

„Siehst du es?" Er beugte sich vor und strich mit den Fingern über Emilys Wange. „Sie sieht aus wie ihre Eltern."

„Ja." Tränen brannten in Angelas Augen. Aber sie hatte bereits so viele Tränen vergossen, dass es für ein Leben ausreichte. Emily brauchte sie jetzt und ihr zuliebe musste sie fröhlich sein. „Ich denke, sie bekommt dunkle Haare wie David."

„Und seine braunen Augen."

„Mmm-hmm." Sie lächelte das Baby an, aber ihr Herz drohte zu brechen. „Manchmal weiß ich nicht, was mehr schmerzt: Lauren zu vermissen oder David in Emilys Augen zu sehen."

Bill schwieg. Nach einer Weile beugte er sich vor und küsste Emily auf die Stirn. Dann richtete er sich auf und drückte Angela an sich. „Ich lasse dich wissen, wie es mit dem Privatdetektiv gelaufen ist."

„Ist gut." Sie legte ihre Hand auf seine und drückte sie. „Ich werde beten."

Er verließ die Küche durch die Tür zur Garage, und sie hörte, wie er den Wagen anließ und davonfuhr. Privatdetektive und Telefonate und immer wieder neue Spuren, die Erfolg versprachen. Damit mussten sie sich jetzt begnügen, wenn sie ihre Tochter finden wollten.

Lauren war doch vollkommen verrückt gewesen nach ihrer Tochter. Sicher, sie wollte David finden, und nein, die Fahrt nach Westen mit Emily war nicht gut gelaufen. Aber niemals wäre sie an jenem Tag aus dem Krankenhaus verschwunden, ohne sich von ihnen zu verabschieden. Sie hätte zumindest erklärt, dass sie David finden müsse und dass sie die Verantwortung für Emily an ihre Mutter abgeben wolle. Zumindest für kurze Zeit.

Da sie das nicht getan hatte, konnte sich Angela nur das absolut Schlimmste vorstellen.

Lauren glaubte, dass Emily tot war. Wenn sie an ihren Auftritt dachte, als sie mit der kranken Emily abends wiedergekommen war, befürchtete Angela, dass Lauren Bill und sie für den Tod des Babys verantwortlich machte. Vermutlich gab sie auch sich die Schuld daran. Und Gott. Da sie kein Baby mehr hatte, von dem sie sich verabschieden musste, und unter keinen Umständen mehr mit ihren Eltern reden wollte, hatte sie sich einfach in ihren Wagen gesetzt und war davongebraust.

Trauer und Schuldgefühle legten sich wie eine steinerne Decke auf ihre Schultern.

Als Bill ein paar Stunden später zurückkehrte, erläuterte sie ihm ihre Theorie, damit er sie an den Privatdetektiv weitergeben konnte. Allein der Gedanke an diese Möglichkeit verursachte ihr Herzrasen. Denn nichts war trauriger als die Vorstellung, dass Lauren ganz allein lebte und ihre Tochter für tot hielt, wo sie in Wirklichkeit mit jedem Tag ein wenig mehr heranwuchs. Sie würden keine Kosten scheuen und nicht aufhören, nach Lauren zu suchen. Und eines Tages würden sie den lang ersehnten Hinweis bekommen und Lauren und Emily würden wieder zusammen sein. Daran glaubte Angela von ganzem Herzen.

Und wenn sie bis in alle Ewigkeit nach ihr suchen mussten.

Kapitel 12

Achtzehn Jahre später

Das *Wheaton College* war genau so, wie Emily Anderson es sich vorgestellt hatte.

Der einzige Nachteil war, dass es sich in Illinois befand, wo sie doch eigentlich lieber in Los Angeles studieren würde. Dort oder in einem anderen Ort an der Küste Südkaliforniens. Vor allem zu dieser Jahreszeit. Es war Freitagnachmittag und die Weihnachtsferien standen vor der Tür.

Sie stützte die Ellbogen auf den Schreibtisch und barg das Gesicht in den Händen. Sie musste ihren Artikel über den Trainer der Frauenfußballmannschaft um fünf Uhr abgeben, aber sie konnte sich einfach nicht konzentrieren. An diesem Nachmittag hielten sich noch drei weitere Journalistikstudenten in der Redaktion auf, aber diese waren mit einem anderen Projekt beschäftigt und achteten daher nicht auf sie. Die Gliederung für ihren Artikel lag bereits ausgebreitet vor ihr. Emily warf einen Blick darauf und versuchte, alle anderen Gedanken beiseitezuschieben. In diesem Augenblick ertönten hinter ihr Schritte. Ihre Dozentin zog sich einen Stuhl heran und setzte sich neben sie.

„Hallo, Emily." Miss Parker war jung und sehr nett. Emily hatte noch nie gehört, dass jemand etwas Schlechtes über sie gesagt hätte. „Wie läuft es mit dem Artikel?"

Emily richtete sich auf und lächelte verlegen. „Nicht so gut." Sie blickte auf die Uhr. „Aber ich hab ja noch zwei Stunden."

Miss Parker entdeckte die Gliederung. „Sie haben die wichtigen Gedanken notiert?"

„Ja." Sie war nicht mit dem Herzen dabei, das war das Problem. Sie blickte Miss Parker an. „War das Schreiben eigentlich schon immer Ihre Leidenschaft?"

„Nein, eigentlich nicht." Sie lachte. „Bei den meisten meiner Studenten ist es jedoch anders. Als ich in der Highschool war, wollte ich Mathematiklehrerin werden. Erst im College wurde mir klar, dass ich Talent für das Schreiben hatte."

„Hmm." Emily starrte auf ihre Notizen, nahm sie aber nicht richtig wahr. Ihr Blick wanderte erneut zu ihrer Lehrerin hinüber. „Hat Ihre Mutter gern geschrieben?"

„Ich glaube schon. Dieser Zusammenhang war mir bislang noch gar nicht richtig aufgefallen." Sie verschränkte die Arme und blickte Emily nachdenklich an. „Sie hat Tagebuch geführt und Gedichte geschrieben. Vielleicht habe ich es da her."

Emily nickte. „Vielleicht."

„Hat Ihre Mutter gern geschrieben?" Miss Parker stellte diese Frage ohne Hintergedanken. Sie kannte Emily nicht so gut, dass sie begriff, auf welches gefährliche Terrain sie sich begab.

Emily zwang sich zu einem Lächeln. „Ich habe meine Mutter nie kennengelernt." Ganz bewusst ließ sie ihre Worte beiläufig klingen. Sie hasste es, wenn sie bedauert wurde. „Meine Großmutter hat mir erzählt, dass sie viel Zeit in ihrem Zimmer verbrachte, mit Schreiben oder Lesen. Sie weiß es nicht so genau."

Miss Parker schwieg. „Nun, ich wette, sie hat geschrieben."

„Ja, vielleicht."

Die Lehrerin tippte auf ihre Notizen. „Sie gehören zu den besten Fußballspielerinnen, die diese Schule je gehabt hat. Ein Artikel über den Trainer sollte Ihnen doch nicht schwerfallen."

„Ich weiß." Emily atmete tief durch und grinste Miss Parker an. Die Botschaft war klar. Was immer sie von ihrer Arbeit ablenkte, der Artikel hatte Vorrang. „Ich werde mich sofort an die Arbeit machen."

„Prima." Ihre Lehrerin lächelte sie mitfühlend an. „Vielleicht können Sie und Ihre Großmutter heute Abend über Ihre Mutter reden." Sie zog eine Augenbraue in die Höhe. „Wenn der Artikel geschrieben und in Druck gegangen ist."

Emily verzog das Gesicht, nickte aber. Dann ging sie mit ihren Notizen zum Computer und eine halbe Stunde später war der Artikel fertig. Miss Parker hatte recht. Wenn jemand den Fußballtrainer, einen stattlichen Nigerianer namens Wolf, verstand, dann sie. Der Mann verlangte Bestleistungen, aber unter seiner Anleitung hatte sie ihr Spiel entscheidend verbessern können. Wenn sie noch intensiver trainierte, schaffte sie es unter Umständen in die Nationalmannschaft. Aber der Wettkampf im College reichte ihr, denn sie brauchte auch noch ein wenig Zeit für sich, um über die Zukunft nachzudenken. Eine Zukunft, in der sie für eine Zeitung in Los Angeles schreiben wollte. Das hatte sie sich schon immer gewünscht. Talent hin oder her – Fußball war nicht ihre Leidenschaft. Sie wollte schreiben. Schon seit sie denken konnte.

Aber ihr Glaube an Christus war für sie genauso wichtig wie das Schreiben.

Als sie noch klein gewesen war, hatte ihre Grandma ihr immer gesagt: „Deine Mutter und dein Vater haben dich sehr geliebt, aber sie waren noch nicht bereit, Eltern zu sein."

Dieser Satz klang traurig, aber Grandma fügte noch hinzu: „Gott wird immer dein Vater sein, Emily. Er wird für dich da sein, wo immer du auch hingehst. Er wird dich nie verlassen."

Ihre Worte erwiesen sich als richtig und jetzt war Gott mehr für sie als nur ihr Vater. Er war ihr bester Freund. Er hatte ihr das Leben gegeben, er war ihr Erlöser. Er hatte ihr die schönsten Geschenke gemacht – Freude, Liebe und Vergebung, wenn sie etwas vermasselte. Und er hatte ihr Frieden gebracht. Doch die Leere in ihrem Herzen, in ihrem tiefsten Inneren, konnte er nicht ganz ausfüllen. Noch immer quälte sie die Frage nach dem „Warum". Warum waren ihre Mutter und ihr Vater fortgegangen? Warum waren sie nie zurückgekommen, um sie zu holen? Sie kannte Kinder, die keine Eltern hatten. Sie rebellierten häufig, waren voller Zorn oder litten unter Gefühlsarmut. Sie dagegen nicht. Sie führte ein wundervolles Leben, hatte Großeltern, die sie liebten, ein wunderschönes Zuhause, und eine vielversprechende Zukunft lag vor ihr.

Aber die Leere war trotzdem auch Teil ihres Lebens.

Diese Gedanken ließen sie einfach nicht los. Besonders übermächtig wurden sie, wenn der Himmel voller Schneewolken hing, Kalifornien so weit entfernt schien und ihr Herz die Vergangenheit einfach nicht ruhen lassen wollte. Wie ihre Eltern wohl waren? Was für Menschen waren sie geworden?

Emily konzentrierte sich wieder auf den Computerbildschirm. Nachdem sie ein wenig darüber nachgedacht hatte, bereitete ihr der Artikel keine Probleme mehr. Wolf war von einer politischen Untergrundgruppe in Nigeria gefangen gehalten worden. Nach seiner erfolgreichen Flucht war es ihm gelungen, nur mit dem, was er auf dem Leibe trug, in die Vereinigten Staaten zu gelangen. Er erhielt eine Probeanstellung bei der Fußballmannschaft der UCLA und zwei Jahre später spielte er in der Nationalmannschaft der Männer. Das *Wheaton College* konnte sich glücklich schätzen, ihn als Trainer zu haben. Das war übereinstimmend die Meinung aller Verantwortlichen.

Den fertiggestellten Artikel schickte sie an den Redakteur. Entspannt streckte Emily die Beine aus. Sie würde die Weihnachtsferien im Haus ihrer Großeltern verbringen, aber sie erwarteten sie nicht vor halb sechs. Bis dahin konnte sie noch ein wenig im Internet surfen und sich von dem Gespräch ablenken, das sie mit Miss Parker geführt hatte.

Und von den Gedanken an ihre Mutter.

In einem Online-Artikel wurde von gewalttätigen Zusammenstößen im Irak berichtet. Vier US-Soldaten waren ums Leben gekommen, als ihr Wagen an einem ferngezündeten Sprengsatz vorüberfuhr. Erneut wurden weitere Truppen in dieses Land entsandt. Emily überflog die Einzelheiten und versuchte, sich das Leben in einem vom Krieg zerstörten Land vorzustellen, wo Bomben, Tod und Gewalt an der Tagesordnung waren. Gott war ein Gott des Friedens, darum hatte sie kein Verständnis für kriegerische Auseinandersetzungen. Sie begriff auch nicht, warum sich die Vereinigten Staaten daran beteiligten. Trotzdem war es leichter, nicht darüber nachzudenken oder zu überlegen, warum dies geschah. *Ich verstehe es nicht wirklich, Gott.*

Sie gab eine andere Internetadresse ein und in Sekundenschnelle hatte sie die Fußball-Ergebnisse auf dem Bildschirm. Wheaton führte die Liste an. Wenn nicht noch jemand verletzt wurde oder eine der anderen Mannschaften einen unerklärlichen Aufschwung erlebte, würde ihre Mannschaft auch weiterhin an der Spitze bleiben, da war Emily ziemlich sicher. Wolf hatte gute Arbeit geleistet und im Laufe der vergangenen Jahre hervorragende Leute in das Team integriert. Die meisten Spielerinnen waren älter als sie, Emily war eine der jüngsten.

In der Redaktion war es ruhiger geworden. Zwei der drei Studenten waren nach Hause gegangen, aber der letzte arbeitete noch an einem der Computer. Emily schloss den Browser und starrte auf den Bildschirm. Sie musste los. Ihre Großmutter sah es nicht gern, wenn sie im dichten Schneetreiben nach Hause fuhr, und für diesen Abend war ein Schneesturm vorausgesagt worden. Sie wollte gerade ihren Stuhl zurückschieben, doch dann konnte sie der Versuchung nicht widerstehen. Erneut legte sie die Hände auf die Tastatur. Alle paar Tage probierte sie es erneut, denn Mütter verschwinden nicht einfach, oder? Ihre Großmutter hatte ihr die Geschichte erzählt, zumindest in groben Zügen. Emily hatte schwer krank im Krankenhaus gelegen, und ihre Mutter hatte eine falsche Information bekommen – eine Information, die sie davon überzeugt hatte, dass Emily tot war. Verängstigt, verwirrt und tieftraurig über den Verlust ihres kleinen Mädchens, war ihre Mutter nach Kalifornien aufgebrochen, ohne sich zu verabschieden.

In schneller Folge gab Emily die vertraute Buchstabenfolge ein – L-a-u-r-e-n A-n-d-e-r-s-o-n – und drückte die Eingabetaste. Und wieder erschien eine Liste mit Internetadressen, aber nachdem sie sie überflogen hatte, musste sie feststellen, dass keine neuen darunter waren. Die Anzahl der Seiten war dieselbe wie immer. Jede einzelne davon hatte sie bereits überprüft.

Als Nächstes versuchte sie es mit dem Namen ihres Vaters: D-a-v-i-d G-a-l-e-n-t-e-r. Aber auch hier dasselbe; auch unter seinem Namen war nichts Neues dazugekommen.

„Wonach suchen Sie?“, ertönte plötzlich Miss Parkers Stimme. Die Lehrerin stand hinter ihr.

Emily schloss den Browser erneut. Erschrocken wandte sie sich zu ihrer Lehrerin um. „Ich suche bloß Material für einen neuen Artikel. Ich möchte gern die Kosten für das Leben an Colleges in Chicago und Los Angeles einander gegenüberstellen sowie die jeweilige Lebensweise und Kultur miteinander vergleichen.“

Ihre Lehrerin nickte ihr zu. „Klingt interessant. Dazu brauchen Sie jedoch einen besseren Aufhänger. Bringen Sie doch den Blickwinkel von Personen ein, die vor Ort studieren.“ Sie blickte auf ihre Uhr. „Aber für heute sollten Sie Schluss machen. Es soll bald anfangen zu schneien. Außerdem möchte ich zuschließen.“

Emily sprang auf und suchte ihre Sachen zusammen. Erst draußen im Wagen atmete sie wieder tief durch. Warum war es ihr so wichtig, ihre Eltern zu finden? Sie hatten sich ein eigenes Leben aufgebaut und offensichtlich hatten sie nie wieder zurückgeschaut. Und sie würde ihrem Beispiel folgen.

Trotzdem …

Woher kam diese tiefe Sehnsucht, den Mittleren Westen zu verlassen und in Südkalifornien zu leben? Natürlich kannte sie die Antwort. Sie wusste, dass nicht nur der Sonnenschein und die bekannten Zeitungen in dieser Gegend sie lockten. Es war der Ort, von dem ihre Großeltern immer sprachen, der Ort, an dem sie ihre Mutter und ihren Vater vermuteten.

Es begann zu schneien und die Wolken ballten sich immer dunkler und drohender am Himmel zusammen. Doch das machte Emily nichts aus. Ein Schneesturm konnte ihr keine Angst einjagen. Seltsam, dass sie von Kindheit an einen tiefen Frieden in sich verspürt hatte. Ihre Großeltern hatten ihr schon früh erklärt, dass das Leben nicht immer so verlaufen würde, wie sie es sich wünschte. Aber trotzdem konnte sie Frieden haben, wenn sie begriff, dass Gott alles in der Hand hielt, dass er für sie da war, egal, was auch geschah.

Doch manchmal, wenn sie nach Hause kam, fand sie ihre Großeltern tief ins Gespräch versunken am Esszimmertisch sitzend vor. Bei diesen Gelegenheiten wirkten sie alles andere als friedvoll. Erst letzte Woche wieder – als sie durch die Tür getreten war, hatten sie ihr Gespräch abrupt unterbrochen. Sie erinnerte sich noch, wie seltsam sie sich an diesem Tag verhalten hatten.

„Emily." Ihre Grandma hatte sich erhoben, war zu ihr gekommen und hatte sie in den Arm genommen. „Wir hatten dich noch nicht so früh erwartet."

„Wir hatten heute früher Schluss." Sie hatte sich von ihr gelöst und ihre Tasche und die Bücher auf den Küchentisch gelegt. „Habe ich euch bei etwas gestört?"

„Nein." Ihr Grandpa war ein erfolgreicher Geschäftsmann. Auch jetzt noch, trotz seiner fast sechzig Jahre, war er immer korrekt gekleidet; ein Mann, der in Wheaton viel Macht und Einfluss besaß. Aber ihr gegenüber zeigte er immer seine weiche Seite. Er hatte ihr die Hand entgegengestreckt. Sie war auf ihn zugegangen und hatte sie ergriffen.

Sie hatte sich gebückt und ihm einen Kuss auf die Wange gegeben. „Es ist so still hier." Sie hatte ihn zögernd angelächelt. „Und ihr habt euch auch bestimmt nicht über etwas Persönliches unterhalten?"

Ihre Großeltern hatten sich rasch einen Blick zugeworfen, als fragten sie sich gegenseitig, ob sie es ihr erzählen sollten. Aber ihr Großvater hatte sich geräuspert und mit der Hand leicht auf den Tisch geschlagen. „Abendessen. Darüber haben wir gesprochen. Was wir für unsere Studentin kochen sollen, die übers Wochenende nach Hause kommt."

Doch sie hatte sich davon nicht täuschen lassen. Das war ihnen noch nie gelungen. Sie konnte nur vermuten, dass sie wieder einmal über das einzige Thema gesprochen hatten, das in ihrer Gegenwart tabu war: die Suche nach ihrer Tochter, Emilys Mutter. Emily wusste, dass sie die Suche nach ihr noch nicht aufgegeben hatten. Manchmal, wenn Emily die Post hereinholte, fand sie eine Rechnung von einem Privatdetektiv oder ein Antwortschreiben vom Büro eines Kongressabgeordneten in Kalifornien darunter. Doch wenn sie von Emilys Mutter sprachen, dann nur von den glücklicheren Zeiten, von ihrer Kindheit.

„Deine Mutter hat auch so schön ausgemalt und sage und schreibe achtzehn verschiedene Grüntöne für einen einzigen Baum genommen", hatte ihre Grandma gesagt, als sie noch klein gewesen war. Und als sie älter wurde: „Deine Mutter hatte auch so ein Fahrrad, leuchtend rot mit Wimpeln an den Griffen."

Soweit sie das beurteilen konnte, hatten ihre Großeltern ein gutes Verhältnis zu ihrer Tochter gehabt. Darum verstand sie auch nicht, warum ihre Mutter wenige Wochen nach ihrer Geburt fortgegangen war. In diesem Puzzle fehlten noch so viele Teile; sie verstand es einfach nicht. Im Laufe der Jahre hatte sie ihre Großeltern immer wieder danach gefragt, wann immer sie den Wunsch verspürte, die Vergangenheit besser zu verstehen.

Natürlich machte sie die Einsamkeit manchmal auch ganz mit sich allein ab. Wie oft hatte sie ein lächelndes Gesicht aufgesetzt, wenn ihre Großeltern ihr einen Gutenachtkuss gegeben und mit ihr gebetet hatten. Aber nachdem die beiden das Zimmer verlassen hatten, hatte sie sich zusammengerollt, die offene Tür angestarrt und sich gewünscht, ihre Mom würde nur einmal durch sie ins Zimmer treten. Und sie hatte eine ganz genaue Vorstellung davon, wie ihre Mutter aussehen würde, wie ihre Augen aufleuchten würden, wenn sie Emily sah, wie sie sie zärtlich anlächeln würde. Manchmal war ihre Fantasie so lebendig, dass sie sich tatsächlich vorstellte, wie ihre Mutter ins Zimmer trat, sich auf ihre Bettkante setzte und ihr liebevoll über den Kopf strich.

„Ich liebe dich, Emily. Ich habe dich immer geliebt", würde sie sagen.

Aber Augenblicke später war das Bild dann auch schon wieder verschwunden.

Es gab aber auch andere Zeiten – wenn sie mit ihrem Großvater im Park war und ein junges Ehepaar mit seinen Kindern beobachtete und sich vorstellte, dieses Ehepaar seien ihre Eltern. Sie malte sich aus, wie es wohl wäre, zu ihnen hinzulaufen, ihre Hand zu ergreifen und sie zu umarmen.

„Emily", würde ihr Vater sagen, „wir haben unser ganzes Leben lang nach dir gesucht. Jetzt haben wir dich endlich gefunden!"

Je älter sie wurde, desto weniger hing sie solchen Träumereien nach, aber trotzdem hatte sie sich ein Bild bewahrt, wie ihre Eltern jetzt aussehen würden. Manchmal erlebte sie etwas, bei dem sie ihrer Meinung nach unbedingt die Hilfe einer Mutter oder eines Vaters brauchte. Dann wartete sie, bis es Zeit war, ins Bett zu gehen. Dort führte sie einseitige Gespräche mit ihnen. Normalerweise ging ihr Flüstern in ein Gebet über. Sie flehte Gott an, ihre Eltern zu ihr zurückzubringen und sie irgendwie wieder zusammenzuführen.

„Ich weiß, dass meine Mom sehr jung war", sagte Emily einmal zu ihrer Großmutter, als sie siebzehn war, „aber warum hat sie sich nicht davon überzeugt, ob ich nicht doch noch am Leben bin? Sie wollte meinen Dad finden, richtig?"

„Ja." Ihre Großmutter faltete gerade die Wäsche zusammen. Sie legte das Handtuch auf das Sofa neben sich und blickte Emily an. „Aber, Schatz, ich glaube nicht, dass sie an deinem Tod gezweifelt hat. Sie war in dem festen Glauben, du seist tot."

„Ja." Emily verschränkte die Arme vor der Brust und kämpfte gegen den Schmerz in ihrem Inneren an. „Aber wäre sie nicht besser geblieben, nur für den Fall? Für den Fall, dass ich doch noch am Leben war?"

„Ich weiß es nicht." Ihre Großmutter klang traurig und erschöpft. „Es gab nichts auf dieser Welt, das sie sich so sehr wünschte, wie deinen Vater zu finden."

„Mehr als alles andere auf der Welt?" Die Antwort versetzte ihr einen Stich. „Sogar mehr als mich?"

Ihre Großmutter griff nach ihrer Hand. „Nein, nicht mehr als dich. Sie wollte dich. Darum bin ich sicher, dass sie eine falsche Information über deinen Gesundheitszustand bekommen hat."

Emily dachte einen Augenblick nach. „Nun … vielleicht sollten wir nach Kalifornien fahren und sie suchen."

„Das haben wir bereits versucht." Grandma lächelte, doch ihr Lächeln erreichte ihre Augen nicht. „Glaube mir, Emily, wir haben alles versucht. Deine Mutter finden wir nur wieder, wenn Gott uns ein Wunder schenkt."

Emily starrte auf die Straße. Der Schneefall hatte sich verdichtet. Noch drei Kilometer, dann war sie zu Hause. Sie würde in ihrem eigenen Bett schlafen und sich abends mit ihren Großeltern zusammen Filme anschauen. Bisher hatte sie noch keinen festen Freund und ihre Freundinnen verbrachten die Weihnachtsferien bei ihren Familien. Emily freute sich auf die Ferien. Das tägliche Fußballtraining forderte viel von ihr und ihr erstes Semester am College war auch arbeitsintensiver als erwartet. Für ihre Großeltern blieb nicht mehr viel Zeit übrig.

Bei der Ausfahrt zu ihrem Wohnort musste sie erneut an das denken, was ihre Großmutter zwei Jahre zuvor gesagt hatte. Sie brauchten ein Wunder. Na gut. Sie umklammerte das Lenkrad. Wenn sie ein Wunder brauchten, dann würde sie eben auch weiter dafür beten. In letzter Zeit musste sie verstärkt an ihre Mom und ihren Dad denken und daran, was wohl aus ihnen geworden war. Hatte ihre Mutter ihn gefunden? Wenn ja, hatten sie geheiratet und eine Familie gegründet? Hatte sie drüben im Westen vielleicht Brüder und Schwestern? Und wenn ihre Eltern sich gefunden hatten – waren sie auch glücklich miteinander?

Aber eine Erkenntnis quälte sie mehr als alles andere. Eine Erkenntnis, die ihren inneren Frieden und ihren Glauben bedrohte. Eine Erkenntnis, die ihr immer die Tränen in die Augen trieb: Wenn ihre Grandma recht hatte, dann brauchte sie sich nicht zu fragen, ob ihre Mutter jemals zurückkäme oder was für ein Leben sie führte.

Wenn Lauren sie für tot hielt, dann gab es keinen Zweifel.

Sie würde nicht zurückkommen. Nie.

Kapitel 13

Seit Beginn des Semesters hatte Angela sich auf diesen Tag gefreut. Sie hatte das Haus geschmückt und die Kartons mit dem Christbaumschmuck hervorgeholt. Der Adventskalender aus rotem Filz hing an der Wand, alle selbstgenähten Zahlen lagen bereit, sodass sie diese später noch dranhängen konnte, auch diejenigen, die mittlerweile eigentlich bereits geöffnet waren.

Es würde ein ganz besonderes Weihnachtsfest werden. Ganz besonders und traurig, aus Gründen, die sie Emily noch nicht mitteilen wollten. Noch nicht. Diese Neuigkeiten würden die Feiertage überschatten und das wollte Angela vermeiden. Sie wollte das Weihnachtsfest so feiern, wie sie es jedes Jahr gefeiert hatten, seit Emily ein kleines Mädchen war. Bill hatte seine Lieblings-CD in den CD-Player gelegt und ein Topf mit heißem Apfel-Cidre und Zimt köchelte auf dem Herd vor sich hin. Später war noch Zeit genug für traurige Ankündigungen und Veränderungen.

Im Augenblick fehlte nur noch Emily.

Angela hörte, wie die Haustür aufgeschlossen wurde, und die fröhliche Stimme ihrer Enkelin hallte durch das Haus. „Hallo! Ich bin da!"

„Emily!" Sie gab der Girlande einen letzten Schubs und eilte in den Flur. Als sie aus der Tür trat, flog ihre Enkelin auch schon in ihre Arme.

„Es ist so schön, zu Hause zu sein!" Emily legte die Arme um Angela und gab ihr einen Kuss auf die Wange. „Ich habe meine Abschlussklausuren hinter mir." Grinsend löste sie sich von ihrer Großmutter. „Ich habe sogar meinen Artikel über den Fußballtrainer fertiggestellt."

Angela hakte sich bei ihrer Enkelin unter und führte sie in die Küche. „Und wie sind die Klausuren gelaufen?"

„Gut." Emily zog ihre Augenbrauen ein wenig in die Höhe. „Ich schätze, das erste Semester ist immer schwierig, aber meine Noten sind okay. Überwiegend Einser und Zweier." Sie wand sich. „Vielleicht eine Drei in Biologie und Algebra II."

„Das ist doch in Ordnung." Angela lächelte. „Bei deinem intensiven Training und deinem Engagement für die Schulzeitung war mit ein paar Dreiern zu rechnen, denke ich. Das erste Semester in der Highschool war auch schwierig, weißt du noch?"

„Und ob." Emily verzog das Gesicht, nahm sich einen der Barhocker und stützte die Ellbogen auf die Theke. „In der neunten Klasse habe ich gedacht, dass ich den Abschluss nie schaffen würde."

Sie blickte sich um. „Wo ist Opa?"

„Oben." Angela bemühte sich um einen gleichmütigen Gesichtsausdruck. „In letzter Zeit ist er ein wenig müde. Er wollte sich vor dem Abendessen ein wenig hinlegen." Sie reichte Emily einen Becher mit dem dampfenden Cidre. „Hier. Vorsicht, er ist heiß."

„Danke." Ihre Enkelin nahm den Becher in beide Hände und atmete tief den würzigen Duft ein. „Es ist so schön, wieder hier zu sein." Ihr Blick wanderte ins angrenzende Wohnzimmer, das Angela schon fast vollständig geschmückt hatte. „Ich bin einfach durch die Tür getreten und schon kommt es mir vor wie Weihnachten." Sie nahm einen kleinen Schluck von ihrem Getränk. „Geht es Grandpa gut?"

„Er wird sich bestimmt bald besser fühlen. Ach, da fällt mir etwas ein!" Angela spürte, wie ihre Augen aufleuchteten. „Er hat sich die nächsten beiden Wochen freigenommen. Das hat er über die Feiertage noch nie getan."

„Zwei ganze Wochen?" Emily stellte ihren Becher ab. „Das ist ja toll!"

„Ja, finde ich auch." Angela schüttelte den Kopf. „Seine Kollegen haben ihm zu verstehen gegeben, dass es an der Zeit sei, endlich mal Urlaub zu machen. Er wird bis Neujahr freihaben." Sie verschwieg, dass er vielleicht sogar noch länger zu Hause bleiben würde. Das würde später kommen.

Sie tranken gemeinsam ihren Cidre und summten die Weihnachtslieder mit, wenn das Gespräch stockte. Angela sah nach dem Hackbraten und den gebackenen Kartoffeln im Ofen. „In einer halben Stunde können wir zu Abend essen."

„Prima." Emily trank ihren Cidre aus. „Ich gehe hoch, um mich ein wenig frisch zu machen, und komme dann gleich wieder runter." Sie strahlte Angela an und eilte in den Flur. Dabei hinterließ sie eine Spur mit ihren Sachen – ihre Sporttasche, der Rucksack und die

Handtasche. Aber das war eben typisch Emily. Liebevoll und freundlich, doch nicht gerade die Ordnungsliebe in Person. Genau wie Lauren früher, als sie –

Nein. Angela nahm sich vor, dass sie an diesem Weihnachtsfest nicht wieder unzählige Stunden über Lauren grübeln würde, nicht bei dem, was mit Bill war. Es war einfach mehr, als sie ertragen konnte. Trotzdem ... Da Emily jetzt wieder zu Hause war, war es ihr unmöglich, nicht an die Tochter zu denken, die sie verloren hatte und die ihrem Herzen noch immer so nah war.

Sie sah nach dem Geschirrspüler. Das Geschirr war sauber. Es wurde Zeit, ihn auszuräumen. Sie stellte die Gläser in den Schrank und ließ dabei ihre Gedanken schweifen. Wie sehr unterschieden sich doch ihre Erziehungsmethoden bei Emily von denen bei Lauren. Bei Lauren musste alles perfekt sein. Eine Eins minus in Mathematik bedeutete eine kurze Belehrung über die Bedeutung von guten Noten und die Notwendigkeit, die besten Noten anzustreben. Lagen ein paar Gegenstände auf dem Fußboden ihres Zimmers herum, wurden ihr sofort alle Telefonprivilegien für eine ganze Woche entzogen.

Ihre Erziehungsmethoden waren einfach lächerlich gewesen. Und eigentlich war es immer nur darum gegangen, den Schein zu wahren. Damit sie nach außen als die perfekte Familie dastanden. Ein schönes Haus, ein einflussreicher Job, eine ordentliche, intelligente und leistungsstarke Tochter. Genau so, wie sie und Bill sich ihr Leben immer vorgestellt hatten. Aber natürlich waren all ihre Pläne in tausend Stücke zerbrochen, als sie Lauren verloren hatten.

Bei Emily war es ganz anders.

Sie und Bill beteten mit ihrer Enkelin und gingen mit ihr in die Gemeinde. Auf ihren Spaziergängen in Wheaton unterhielten sie sich und sie lachten gemeinsam über alte Filme. Als Lauren Interesse für das Ballett gezeigt hatte, hatten Angela und Bill sie in der Ballettschule angemeldet.

„Sie ist gut, sie hat ein Gefühl für Rhythmus", hatte Bill nach ihrer ersten Stunde gesagt. „Wir müssen das sehr ernst nehmen und ihr helfen, ihr Talent zu entwickeln. Vielleicht wird sie eines Tages eine Primaballerina."

Damals war Lauren fünf gewesen.

Als Emily anfing, sich für Fußball zu interessieren, hatten Angela und Bill sie zum Training angemeldet, ihr eine rosa Sporttasche gekauft und sie bei ihren Spielen angefeuert. Ob ihre Mannschaft nun gewonnen oder verloren hatte – nach dem Spiel waren sie immer gemeinsam zum Mittagessen in ein Restaurant gegangen. Und dabei hatte Emily eine Liebe zu dieser Sportart entwickelt, die weit über das hinausging, was Lauren jemals für ihre Tanz- und Klavierstunden oder ihren Debattierclub empfunden hatte – die Dinge, zu denen sie sie gedrängt hatten.

Angela trank ihre Tasse leer und stellte sie in den Geschirrspüler. Auch in anderer Hinsicht hatte sich ihre Einstellung verändert. Sie wussten jetzt, wie schnell sich das Leben verändern konnte. Nie hätten sie sich träumen lassen, dass sie Lauren neunzehn Jahre nicht sehen würden. Wenn Emily mit grün gefärbten Haaren, einem Piercing oder drogenabhängig nach Hause gekommen wäre, wenn sie von einem Jungen, den sie mehr liebte als das Leben, schwanger geworden wäre, hätten Angela und Bill niemals mehr in der Weise in ihr

Leben eingegriffen, wie sie es bei Lauren getan hatten. Sie hätten zu ihr gestanden, bis die Liebe ihre Enkelin wieder auf den richtigen Weg gebracht hätte.

Angela schüttelte den Kopf. Welch eine Ironie! Die Fehler, die sie bei Lauren gemacht hatten, hatten sie gelehrt, wie man sich als Eltern verhalten sollte. Und diese Lektionen erlaubten Emily, ihr Leben bestmöglich zu gestalten. Laurens kleines Mädchen war fest in ihrem Glauben gegründet, sie hegte eine tiefe Liebe zu Gott, zu Bill und ihr. Nie lehnte sie sich gegen sie auf, abgesehen davon, dass sie gelegentlich einmal länger telefonierte oder länger auf einer Schulparty blieb. Angela atmete tief durch. Emilys Zukunft lag verheißungsvoll vor ihr. Sie würde Schriftstellerin werden – eine der besten – und sie erwartete eine fröhliche und schöne Zukunft.

Lauren wäre sicher stolz auf sie.

Angela hörte, wie Emily wieder die Treppe heruntergesprungen kam. „Zwei Wochen lang kein Fußballtraining! Ist das nicht toll?“

„Sogar noch länger, oder? Die Saison ist doch vorbei.“ Die CD war zu Ende. Angela ging ins Wohnzimmer und legte eine weitere Weihnachts-CD auf.

„Das Fußballtraining im College ist etwas anders.“ Emily verzog das Gesicht. „Wir machen Konditionstraining und, sobald der Platz wieder schneefrei ist, auch Trainingsspiele. Bis dahin trainieren wir im Fitnessraum.“

Die Musik setzte ein und erfüllte den Raum mit den sanften Klängen von Weihnachten – Weihnachten so, wie sie es liebten und seit ihrem Umzug nach Wheaton feierten. „Wie ist es, wollen wir morgen den Baum kaufen?“

„Auf der Farm?" In Emilys Stimme schwang eine Begeisterung mit, die speziell für diese Zeit des Jahres reserviert war. Aber als sie wieder zur Küchentheke kam und sich auf dem Barhocker niederließ, wirkte sie zerstreut.

„Ja, wie immer." Angela folgte ihr und setzte sich neben sie. „Trotz Regen, Schnee oder Sonne. Du kennst ja deinen Opa."

„Das Fällen ist das Beste." Sie legte ihre Hände ans Gesicht. „Meine Finger riechen dann immer noch eine Woche lang nach Harz."

„Weißt du, was mir besonders gefällt?"

„Was denn?" Emily umklammerte die Stuhllehnen und ließ die Füße baumeln.

„Ich sehe gern zu, wie du und dein Großvater einen Baum aussucht. Manchmal kommt es mir so vor, als würden wir Jahre herumlaufen, um den interessantesten Baum zu finden."

Emily lachte. „Den interessantesten?"

„Absolut." Angela brach in Gelächter aus. „Erinnerst du dich noch an letztes Jahr? Du wolltest einen Baum, der bis zur Decke reicht, aber bei den großen standen oben die Äste so weit auseinander."

„Genau." Mit funkelnden Augen blickte Emily sie an. „Ein Weihnachtsbaum muss auch gar nicht vollkommen sein."

„Nein, das muss er nicht." Angela lächelte. Menschen mussten auch nicht vollkommen sein. Auch das hatte sie lernen müssen.

Ihr Lachen verklang, und Emily trommelte mit den Fingern auf die Theke, eine vertraute Angewohnheit. Daran merkte man, dass sie über ein wichtiges Thema sprechen wollte. Angela wartete. Schließlich atmete

Emily tief durch und ihre Blicke trafen sich. „Grandma, können wir über meine Mom sprechen? Ich möchte mehr über sie erfahren."

Angela wappnete sich innerlich. Emily hatte schon häufiger solche Fragen gestellt und sie hatte sich immer mit recht allgemein gehaltenen Antworten zufriedengegeben. Doch Angela hatte gewusst, dass Emily eines Tages mehr würde erfahren wollen.

Sie legte ihre Hand auf die Hand ihrer Enkelin. „Was möchtest du wissen?"

„Nun ..." Emily blinzelte nervös, als versuche sie zu entscheiden, welche Fragen besonders wichtig waren. „Ihr habt doch nach ihr gesucht, nicht wahr?"

„Ja." Angela wurde schwer ums Herz. Wie viele Stunden hatten sie damit zugebracht, wie viele Gespräche und Telefonate geführt? Später hatten sie das Internet zu Hilfe genommen, manchmal sogar täglich. „Ja, wir haben nach ihr gesucht."

„Okay, aber wie konnte sie so einfach verschwinden? Ich meine, sie dachte, ich sei tot, aber was dann? Sie ist einfach aus der Stadt weggefahren?"

„So scheint es." Angela bemühte sich darum, gelassen zu bleiben. Emily zuliebe durfte sie sich ihre Gefühle nicht anmerken lassen. Sie durfte ihrem Schmerz keinen Raum geben. Neunzehn Jahre des Leidens. „Sie war erschöpft und völlig verstört. Ihr beide wart gerade erst durch das halbe Land gefahren und du warst sehr, sehr krank."

Emily versuchte, sich vorzustellen, wie sich ihre Mutter gefühlt haben musste – außer sich vor Angst und müde und dann davon überzeugt, dass ihr Baby tot war. „Aber du denkst, dass sie nach Kalifornien gegangen ist, richtig?"

„Es gibt da verschiedene Theorien." Angelas Hand lag immer noch auf der von Emily. Sie drückte sie sanft. „Vielleicht ist sie gar nicht bis nach Kalifornien gekommen."

Emily nickte. „Daran habe ich auch schon gedacht. Sie könnte tot sein."

„Ja. Vielleicht hat sie aber auch ihren Namen geändert. Falls das der Fall ist, könnten wir endlos weitersuchen und würden sie nicht finden. Aber tief in meinem Herzen glaube ich, dass wir sie noch irgendwann finden werden."

„Ich auch." Emily schaute zum Küchenfenster hinaus.

Im Profil sah sie Lauren unglaublich ähnlich. Sie hatte ihre gutaussehenden Gesichtszüge geerbt und dazu Davids Augen, was Angela ständig an die Kinder erinnerte, die sie verloren hatte.

„Ich habe heute darüber nachgedacht, ob sie meinen Dad wohl gefunden hat und ob sie wieder zusammenkamen."

Angela bezweifelte das. „Alles ist möglich."

„Und du hast sie also das letzte Mal im Krankenhaus gesehen, richtig? Als ich krank war?"

„Ja. Sie war völlig verstört, Schatz."

„Ich habe mich heute gefragt", Emily blickte sie erneut an, „ob sie wohl Schriftstellerin geworden ist."

„Das war immer ihr großes Lebensziel."

„Aber ich wünschte, ich wüsste es ganz sicher."

„Warte mal ..." Angela richtete sich auf. „Mir fällt da gerade etwas ein."

Vor ein paar Tagen hatte Bill in der Garage eine Kiste mit Laurens Sachen entdeckt. Bis dahin waren sie davon ausgegangen, dass Lauren alle ihre persönlichen

Sachen mitgenommen hatte. Aber da sie zur Zeit von Emilys Geburt gerade erst nach Wheaton gezogen waren, war Laurens Kiste offensichtlich zusammen mit Dutzenden anderen in einer Ecke der Garage gelandet, in der sie alte Rechnungen und Steuerunterlagen gelagert hatten.

Als Bill dort aufgeräumt hatte, war er darauf gestoßen. Er hatte sie zu sich gerufen. „Angela, komm schnell."

Sie war an seine Seite geeilt. „Was ist los?"

„Sieh dir das an." Er hatte neben einem großen Karton gestanden, auf dem in großen Lettern Laurens Name stand. Der Anblick der Handschrift ihrer Tochter hatte sie mit Freude erfüllt, aber auch mit großer Trauer. Sie hatten den Karton geöffnet und alte Jahrbücher, Fotoalben und Tagebücher darin gefunden. Sentimentale Erinnerungsstücke, die Lauren wichtig gewesen waren. Sie hatte Bill angeblickt. „Ich dachte … ich dachte, sie hätte alles mitgenommen."

„Stell dir nur vor, was die Privatdetektive damit hätten anfangen können, wenn ihnen das damals zur Verfügung gestanden hätte."

Sie hatten den Karton ins Haus geschafft und in Laurens früheres Zimmer gebracht. Jetzt war es in ein Arbeitszimmer umgewandelt worden, ein steriles Zimmer ohne jegliche Gemütlichkeit, mit einem Schlafsofa an der Wand. Der einzige Hinweis darauf, dass es einmal Lauren gehört hatte, war ein Foto von ihr auf dem Schreibtisch. An jenem Nachmittag hatten sie angefangen, den Inhalt des Kartons auszupacken und durchzusehen. Doch nach einer Weile hatten sie damit aufgehört und alles wieder eingepackt. „Ich kann das nicht ohne Emily", hatte Bill gesagt. „Es ist nichts da drin, was uns bei unserer Suche nach Lauren helfen könnte." Er wischte sich die Tränen von den Augen. „Emily sollte das zuerst sehen."

Angela hatte ihm zugestimmt, obwohl sie den Eindruck gehabt hatte, dass Bills Widerstreben, die Sachen in dem Karton durchzusehen, eher darauf zurückzuführen war, dass es zu schmerzlich für ihn war. Aber da Emily in den Weihnachtsferien ja nach Hause kommen würde, einigten sie sich darauf zu warten. Dies war ein weiterer Grund, warum sie sich auf die Feiertage freuten. Doch in der Freude, sie wiederzusehen und hier mit ihr zu sitzen, hatten sie den Karton ganz vergessen.

„Grandma, was ist?"

Angela glitt von dem Barhocker herunter und bedeutete ihrer Enkelin, ihr zu folgen.

Sie gingen in den Flur, und Angela zeigte auf den Karton, der in einer Ecke stand. „Wir haben ihn vor ein paar Tagen gefunden." Sie trat näher und berührte nachdenklich die Kiste. „Alles hier drin hat deiner Mutter gehört. Ich bin nicht sicher, ob uns das helfen wird, sie jetzt zu finden, aber ... Wir dachten, es könnte dir helfen, sie etwas besser kennenzulernen."

Mit weit aufgerissenen Augen starrte Emily den Karton an. Als sie aufblickte, schimmerten Tränen auf ihren Wangen. „Weißt du ... weißt du, was drin ist?"

„Zum Teil." Angela legte ihren Arm um Emilys Schultern. „Jahrbücher, Fotoalben, Tagebücher. Solche Dinge. Alles, was deiner Mutter wichtig gewesen ist."

Ein gerahmtes Foto lag in der Kiste obenauf. Ein Foto von Lauren und David, aufgenommen vor dem Abschlussball am Ende ihres ersten Highschooljahres. Emily hatte auch früher schon Fotos von ihren Eltern gesehen, aber keines von einem professionellen Fotografen. Sie nahm es in die Hand und betrachtete es. „Sieh dir nur ihre Augen an."

Angela nahm den Arm von Emilys Schultern, beugte sich ein Stück nach vorn und starrte ihre Gesichter an. Und da entdeckte sie es, sah es klarer als damals, als die Kinder noch zu ihrem Leben dazugehört hatten. „Ja, ich sehe es."

„Grandma, sie waren so verliebt ineinander." Emily drückte das Foto an die Brust. Ihre Augen waren feucht, aber ihr Lächeln erhellte ihre Gesichtszüge. „Es tut mir gut zu wissen, dass sie sich geliebt haben."

Schuldgefühle stiegen in Angela hoch und pressten ihre Brust so fest zusammen, dass sie kaum noch Luft bekam. Warum hatte sie das damals nicht erkannt? Wie anders wäre ihr Leben verlaufen, wenn sie es damals erkannt hätte. Sie schluckte ihren Kummer hinunter und lächelte Emily halbherzig an. „Darum wollten wir, dass du diese Dinge bekommst. Damit du sie in deinen Ferien durchsehen kannst." Angela schniefte. Als sie beobachtete, wie Emily das gerahmte Foto an sich drückte, erinnerte sie dies an Lauren, die Emily als Baby an sich gedrückt hatte. Die Erinnerung war so schnell wieder verschwunden, wie sie gekommen war, aber die Traurigkeit blieb zurück. Angela hatte das Gefühl, dass Emily nicht alles, was sie in der Kiste fand, gefallen würde.

Trotzdem, es war ihr gutes Recht, sie durchzusehen.

Sie hörten, wie Bill aufstand und ins Bad ging. „Das Abendessen ist in ein paar Minuten fertig." Angela blickte zur Kiste. „Opa wird dir helfen, sie in dein Zimmer zu schaffen. Du kannst sie später durchsehen."

Emily biss sich auf die Lippe. „Ich kann es kaum erwarten." Sie hielt das Foto an sich gedrückt. „Grandma, kann ich dich noch etwas fragen?"

„Sicher, Schatz. Alles, was du willst."

„Meine Eltern haben nicht mit Gott gelebt, stimmt's? Und ihr Leben war auch nicht wirklich glücklich." Sie hielt das Foto ein Stück von sich weg, um es zu betrachten.

Angela empfand erneut Schuldgefühle, genauso heftig wie in den Tagen und Wochen nach Laurens Verschwinden. „Nein, Emily. Sie hatten beides nicht."

„Denkst du, dass das jetzt anders ist?"

Angela hatte sich diese Frage schon so oft gestellt. War Lauren glücklich und innerlich zur Ruhe gekommen, hatte sie den Glauben und damit den Halt gefunden, der ihr in ihrer Kindheit gefehlt hatte? Ein Seufzen stieg aus der tiefsten Tiefe ihrer Seele hoch. Sie schüttelte den Kopf. „Ich glaube nicht, Schatz."

Emily betrachtete das Foto erneut. „Daran bin ich schuld, oder? Sie wurde schwanger und alles zerbrach."

Angela presste ihre Kiefer aufeinander. Emily hatte ja recht, viel mehr, als sie ahnte. Die Wahrheit ließ sich nicht leugnen. „Damals kam eine Schwangerschaft unter solchen Umständen einer Tragödie gleich. Das verstehst du doch, oder?"

„Ja." Emily blickte auf. Sie wirkte viel älter als achtzehn Jahre. Mit geschürzten Lippen schaute sie sich erneut die Gesichter ihrer Eltern an. „Aber wenn meine Geburt sie auseinandergerissen hat, bin ich vielleicht die Einzige, die sie auch wieder zusammenbringen kann."

„Hmm." Angela hätte sie am liebsten ganz deutlich davor gewarnt, so etwas auch nur zu denken. Wenn sie in zwei Jahrzehnten mit der Hilfe von Privatdetektiven und Polizeibeamten nicht gefunden werden konnte, wieso sollte ausgerechnet Emily sie aufspüren? Doch sie deutete nur mit dem Kopf zu dem Foto hinüber und berührte die Wange ihrer Enkelin. „Ich bete für ein Wunder, Emily. Und du tust das auch. Auf jeden Fall ist es einen Versuch wert."

Emily legte das Foto wieder in die Kiste, und die beiden begrüßten Bill, der in den Flur trat.

„Opa! Wie schön, dich zu sehen." Emily warf ihre Arme um seinen Hals und drückte ihn fest. „Ich hab dich so vermisst!"

Angelas Kehle war wie zugeschnürt, weil sie wusste, was Bill empfand und wie wichtig dieses Weihnachtsfest mit Emily werden würde. Aber jetzt war nicht die Zeit für Trauer. Bill strich Emily durch die Haare und betrachtete sie von oben bis unten. „Dein Fußballtrainer hat dich scheinbar arg rangenommen. Du bist ja nur noch Haut und Knochen."

„Ach, das ist nicht so schlimm." Sie hakte sich bei ihm unter und die drei gingen in die Küche und stellten das Abendessen auf den Tisch. Als sie sich gesetzt hatten, sprach Emily das Tischgebet. „Herr Jesus, du hast mich aus einem ganz bestimmten Grund an diesem Weihnachtsfest nach Hause geführt. Ich spüre das ganz stark." Emily drückte die Hände ihrer Großeltern. „Danke, dass mein Opa die Kiste mit den Sachen meiner Mom gefunden hat. Ich bete, dass wir darin irgendwo ein Wunder finden." Ihre Stimme war so klar, so aufrichtig wie ein Sonnenuntergang im Sommer. „Damit ich meine Mom und meinen Dad kennenlernen und ihnen helfen kann, das Leben zu führen, das du für sie geplant hattest. In Jesu Namen. Amen."

Am Ende ihres Gebets vollzog sich etwas ganz Seltsames in Angelas Herzen. Sie spürte wieder neue Hoffnung in sich aufsteigen, wie sie sie seit jenem ersten Jahr nach Laurens Verschwinden nicht mehr empfunden hatte. Als wollte Gott ihr etwas sehr Wichtiges mitteilen. Dass sie tatsächlich auf ein Wunder hoffen konnten.

Und Emily hatte sehr viel damit zu tun.

Kapitel 14

Der Krieg legte keine Pause ein, nur weil Weihnachten war. Es war Lauren Gibbs' dritte Weihnachtszeit in den vom Krieg zerrütteten Ländern Afghanistan und Irak und noch immer konnte sie sich nicht mit dieser Tatsache abfinden. Auch an Weihnachten legten die gegnerischen Seiten Minen auf die Straßen, flogen Luftangriffe und bombardierten feindliche Stellungen. Als sei die Geburt Christi überhaupt nicht von Bedeutung.

Nicht, dass dieses Ereignis Lauren irgendwie berührt hätte. Christi Geburt bedeutete ihr nichts. Es war vier Tage vor Weihnachten und sie empfand immer gleich – in ihrem Leben gab es keinen Raum für diesen besonderen Zauber, keine Freude oder den Wunsch, einen geschmückten Tannenbaum zu bestaunen.

Sie hatte ihre Erinnerungen. Das reichte.

Als Korrespondentin für das Nachrichtenmagazin *Time* hatte sie in Afghanistan ihre Pflicht zu erfüllen. Ihre Aufgabe war sehr vielschichtig. Sie lebte in diesem Land, um über die Kriegsentwicklungen zu berichten und dabei der Konkurrenz zuvorzukommen. Außerdem war sie auf der Suche nach Alltagsgeschichten, anrührenden Fotos und Schnappschüssen aus einem vom Krieg erschütterten Land. Viele ihrer Artikel wurden zu Leitartikeln erkoren, und ihre Einschätzung, wann wohl die weißen Fahnen gehisst oder die amerikanischen Truppen abziehen würden, interessierte ihre Leser.

Ihr Job bedeutete ihr sehr viel. Sie war sechsunddreißig, alleinstehend und ungebunden. Ihr Leben im Mittleren Osten war angenehm. Sie bewohnte ein kleines Apartment in einem achtstöckigen Gebäude in einem Ort in der Nähe der Grenze. Auch Dutzende anderer Journalisten hatten dort eine Unterkunft gefunden. Ein paar von ihnen lebten, genau wie sie, bereits seit Jahren dort. In den Vereinigten Staaten hielt sie sich so selten auf, dass sie vor einem Jahr ihre Wohnung verkauft hatte. Im Augenblick lebte sie eben hier. Es war beinahe eine Berufung.

„Hey, Gibbs. Warte auf mich."

Sie drehte sich um. Jeff Scanlon, Fotograf beim Nachrichtenmagazin *Time*, kam auf sie zu. Sie beide hatten in den vergangenen drei Jahren mehr Zeit miteinander verbracht als die meisten Ehepaare. Aber nur ein paarmal hatten sie die Grenzen ihrer Freundschaft überschritten. Scanlon war durchaus an ihr interessiert. Mit seinem unverschämt guten Aussehen hatte er in jüngeren Jahren jedes Mädchen rumgekriegt, auf das er ein Auge geworfen hatte. Doch jetzt, mit vierzig, verbrachte er seine Zeit lieber in ihrer Gesellschaft.

Das war für sie in Ordnung. Er war ein guter Gesellschafter und er teilte vorbehaltlos ihren Wunsch nach Frieden. Aber sie war nicht an ihm interessiert, nicht, wenn es bedeutete, dass sie Dinge offenbaren musste, die sie lieber für sich behalten wollte. Dinge, die zu einem anderen Leben gehörten.

„Hey." Sie lächelte. Es war ein wunderschöner Tag mit blauem Himmel und angenehmen fünfundzwanzig Grad. „Ich wollte zu diesem Waisenhaus fahren, das fünfzehn Kilometer von hier entfernt ist."

Gemeinsam gingen sie zu ihrem Wohnhaus, in dem Scanlon ebenfalls ein Zimmer gemietet hatte. „Kein Problem. Vielleicht bekomme ich ja Material für eine Fotoreportage."

„Perfekt." Sie schlug eine schnellere Gangart ein. „Meine Geschichte wird etwas länger als sonst sein."

„Das ist immer so, wenn Kinder beteiligt sind." Er zog seine Kameratasche an seiner Schulter zurecht und grinste sie an. „Ist dir das schon mal aufgefallen?"

Sie zögerte. „Ja, ich schätze, schon."

Die beiden Journalisten erreichten den Hauseingang. Eine zerbrechlich wirkende Frau kauerte in der Nähe der Tür. Neben ihr hockten drei Kinder mit dürren Armen und Beinen. Die Frau sagte kein Wort, streckte ihnen aber eine gesprungene Porzellanschale entgegen.

Lauren blieb stehen, kramte in ihrer Tasche und legte eine Handvoll Münzen in die Schale. Scanlon blieb neben ihr stehen, während sie sich bückte und jedes Kind streichelte. Eines davon war ein kleines Mädchen und ihre Augen ließen Laurens Atem stocken. In gewisser Weise sahen sie fast so aus wie …

Nein, nicht das. Nicht jetzt. Nicht, wo Scanlon neben ihr stand. Sie riss ihren Blick von dem Kind los und sah die Mutter an. In der Sprache, die ihr beinahe vertrauter war als ihre eigene, sagte sie: „Ich wünsche mir Frieden, genau wie du. Darf ich dir etwas zu essen kaufen?"

Die Augen der Frau weiteten sich. Sie saß zum ersten Mal vor diesem Gebäude, in dem die Journalisten wohnten. Die meisten Bedürftigen kamen regelmäßig, weil sie wussten, dass sie von Lauren Unterstützung erwarten konnten. Die Frau legte schützend den Arm um ihre Kinder, als sie Lauren anblickte. „Ja." In ihrer Stimme schwangen Scham und Unglaube mit, Gefühle, die häufig bei den Afghanen zu finden waren. Die Jahre der Unterdrückung hatten dazu geführt, dass die meisten Frauen Angst hatten, überhaupt den Mund aufzumachen, geschweige denn mit einer amerikanischen Fremden zu sprechen. Die Frau schob ihr Kinn ein wenig vor. „Das wäre mehr, als ich erbitten könnte."

„Sehr gut." Lauren nickte Scanlon zu. „Es ist noch früh. Wir treffen uns in einer halben Stunde hier unten."

„Ist gut." Gemeinsam schritten sie durch die Tür. Nachdem die Journalisten aus dem Westen jetzt hier wohnten, lohnte sich der Betrieb des Cafés im Erdgeschoss. Am Eingang winkte Scanlon ihr zu. „Wir treffen uns hier."

Sie nickte und wandte ihre Aufmerksamkeit dem jungen Mädchen an der Theke zu. Sie bestellte vier Schalen Reis und vier Fruchtsäfte. Dann brachte sie das Tablett nach draußen und reichte es der Mutter der Kinder. Die Frau sollte diejenige sein, die ihren Kindern zu essen gab. Das war ganz wichtig. Auf diese Weise blieb ihre Würde gewahrt.

„Vielen Dank." Tränen standen in den Augen der Frau. „Allen Amerikanern danke ich."

Lauren lächelte, doch innerlich knirschte sie mit den Zähnen. *Nicht allen Amerikanern.* Einige Amerikaner glaubten noch immer, sie würden der Bevölkerung einen Dienst erweisen, wenn sie in Afghanistan und Irak kämpften. Aber was immer den Präsidenten auch bewogen haben mochte, diesen Krieg zu beginnen, er war längst sinnlos geworden. Es war höchste Zeit, ihn zu beenden und humanitäre Hilfe zu senden. Wenn sie etwas zu sagen hätte, würde sie in diesem Teil der Welt sofort Frieden schaffen. Aber was sollten diese Gedanken? Sie konnte ja nicht einmal in ihrem eigenen Leben Frieden schaffen!

Entschlossen warf sie ihre glatten blonden Haare über die Schulter zurück und nickte der Frau zu. Dann wandte sie sich um, betrat das Gebäude und ging am Aufzug vorbei zum Treppenhaus. Ihr Zimmer lag im siebten Stock und sie nahm immer die Treppe. Neben Soldaten in Schützenlöchern zu liegen, sich Notizen zu machen und an einem Artikel zu arbeiten, während um sie herum die Raketen explodierten, machte ihr nichts aus. Aber nicht einmal, um ihr Leben zu retten, würde sie in einen Aufzug steigen. Allein der Gedanke, in einer engen Aufzugkabine eingeschlossen zu sein, verursachte ihr Herzrasen. Sie fühlte sich dadurch gefangen, als würde sie ersticken.

Das Gesicht des kleinen afghanischen Mädchens kam ihr in den Sinn. Was war es nur? Vielleicht lag es an diesen dunklen, auffallenden Augen, die sie so sehr an David erinnerten. Vielleicht hatte Emily seine Augen geerbt. Natürlich wäre sie, wenn sie überlebt hätte, jetzt kein kleines Mädchen mehr. Sie wäre eine junge Frau. Lauren blieb stehen und schloss die Augen, während ihre Hand das Geländer umklammerte.

Es tat so weh, in der Nähe von Kindern zu sein, von dem Wissen gequält, dass ihre Tochter noch am

Leben sein könnte, wenn sie eine bessere Mutter gewesen wäre und das Leben ihres Babys nicht in Gefahr gebracht hätte. Entschlossen öffnete sie die Augen und ging weiter. Sosehr es auch schmerzte, sie wollte ihre Zeit lieber mit afghanischen Kindern verbringen als mit einigen der Erwachsenen, die sie in all dieser Zeit kennengelernt hatte. Kinder erinnerten sie daran, dass sie – gleichgültig, wie erstarrt ihr Herz auch war, gleichgültig, wie groß ihr Ehrgeiz auch war, die beste und kritischste Reporterin bei *Time* zu sein – im Herzen immer noch siebzehn Jahre alt war und von Chicago nach Los Angeles fuhr – in abgrundtiefer Verzweiflung über den Verlust ihrer kleinen Emily. Wie anders wäre ihr Leben verlaufen, wenn ihre Tochter überlebt hätte.

Hör auf damit! Wie oft hatte sie sich schon zur Ordnung gerufen. Nicht, dass das viel brachte. Sie atmete langsam ein und schloss kurz die Augen. *Wie kommt es, dass ich sie immer noch riechen, sie immer noch in meinen Armen spüren kann?*

Schluss jetzt! Lauren schlug die Augen auf und setzte sich wieder in Bewegung. Scanlon würde pünktlich unten sein, wie immer. Nach wenigen Minuten erreichte sie ihr Stockwerk. Das Treppensteigen tat ihr gut. Es hielt sie fit, was sehr wichtig war, wenn sie auch weiterhin von den aktuellen Kriegsschauplätzen berichten wollte. Und das würde sie tun, solange sie davon überzeugt war, dass ihre Artikel dazu beitrugen, den Krieg schnell zu einem Ende zu bringen.

Sie erreichte Zimmer 722, zog ihre Karte durch den Schlitz oberhalb des Türgriffs und stieß die Tür auf. Ihr erster Gang führte sie zum Kleiderschrank, wo sie ihre schwere Hose gegen leichte Khaki-Shorts tauschte. Der Tag versprach, sehr heiß zu werden, und im Waisenhaus brauchte sie keine Schutzkleidung. Sie würde sich nicht in den Sand werfen oder in einer Felsspalte verstecken müssen, während vor ihren Augen eine Schlacht ausgetragen wurde.

Die meisten Amerikaner waren der Ansicht, der Krieg in Afghanistan sei bereits vorüber. Aber immer wieder gab es Aufstände von Rebellen, und so waren Truppen der US-Streitkräfte und der ISAF Tag für Tag damit beschäftigt, sie zu bekämpfen. Das Problem waren natürlich nicht die Rebellen. In Ländern wie Afghanistan würde es immer radikale Rebellen und terroristische Vereinigungen geben. Das Problem war, dass unschuldige Menschen dabei zu Schaden kamen. Kein Wunder also, dass es so viele Waisen in diesem Land gab.

Lauren setzte sich auf den Rand ihres Bettes und atmete erst einmal durch. Ihre Brust tat ihr weh und sie stützte sich auf ihre Ellbogen. Daran war bestimmt die Treppe schuld. Das war der Grund, warum sie sich so eingeengt fühlte. Aber noch während sich der Gedanke bei ihr festsetzte, gestand sie sich ein, dass sie sich etwas vormachte. Nicht das Treppensteigen war schuld an dem Schmerz in ihrer Brust. Es war das kleine Mädchen. Die Augen des Kindes hatten sich regelrecht in sie hineingebohrt und führten sie in die Vergangenheit zurück, so wie die Gesichter der Waisenkinder häufig Erinnerungen weckten. An jenen schrecklichen Tag, an dem sie das Leben, das sie bislang geführt hatte, hinter sich gelassen hatte …

Damals war sie mit dem festen Vorsatz, nie wieder nach Hause zurückzukehren, an dem Krankenhaus, in dem Emily gestorben war, vorbeigefahren und hatte sich auf den Weg nach Kalifornien gemacht. Ihr Plan war ganz einfach gewesen: Sie würde in LA wohnen, bis sie David gefunden hatte. Und das würde, wenn überhaupt, nur drei oder vier Monate dauern. Dann würden sie einen Weg finden zusammenzubleiben, und dann, wenn sie ihr Leben etwas im Griff hatten, würden sie nach Chicago zurückkehren und ein angemessenes Begräbnis für Emily arrangieren. Damit ihr Baby den Trauergottesdienst bekam, den es verdient hatte.

Vieles war so gelaufen, wie sie es geplant hatte. Nachdem sie eine Unterkunft, einen Wagen und einen Job hatte, fiel es ihr nicht schwer, ihre neue Identität zu etablieren und sich ihr Leben einzurichten. In der Schule hatte sie ebenfalls keine Probleme. Ohne große Anstrengung machte sie ihren Schulabschluss und wurde mit Kusshand am College angenommen. Nur eines war nicht so gelaufen, wie sie es sich ausgemalt hatte.

Sie hatte David nicht gefunden.

Während die Monate zu Jahren wurden, war ihr immer wieder einmal der Gedanke gekommen, nach Hause zurückzukehren. Sie konnte doch einfach durch die Tür ins Haus platzen und ihren Eltern sagen, sie brauche ihre Hilfe bei der Suche nach David. Mittlerweile hatten diese bestimmt einen Weg gefunden, wie man David erreichen konnte. Sie würde sie umarmen und an sich drücken und ihnen vergeben, was sie ihr angetan hatten. Dann hatte sie zumindest wieder eine Familie, selbst wenn sie David nicht fand.

Aber sie brachte es nicht über sich. Sie redete sich ein, sie müsste ihn zuerst finden. Dann erst konnte sie nach Hause fahren und einen Neuanfang machen, dann erst war aller Zorn auf die Eltern ausgeräumt.

Die Erinnerungen wühlten Gefühle in ihrer Seele auf, die sie tief in sich vergraben hatte, und ihre Kehle schnürte sich zusammen. Sie nahm eine Wasserflasche aus dem halb vollen Kasten neben ihrem Nachttisch. All ihre Bemühungen, David Galanter zu finden, waren gescheitert. Sie hatte bei den Highschools nachgefragt und später bei den Colleges. Sie hatte unter seinem Nachnamen gesucht, und dreimal hatte ihr auch einer ihrer Professoren, ein Mann, der sich auf Enthüllungsjournalismus spezialisiert hatte, bei der Suche geholfen.

„Vermutlich hat er sich unter dem Firmennamen seiner Eltern eingeschrieben", hatte der Mann ihr schließlich erklärt. „Seine Eltern können ihrem Geschäft in Kalifornien jeden beliebigen Namen gegeben haben. Und alle Angaben finden sich dann nur noch unter diesem Namen."

Die Frage, die sie nie stellte, das, was für sie überhaupt nicht zu erklären war, war, warum David so etwas tun sollte. Wusste er denn nicht, dass sie ihn dann nicht finden konnte? Natürlich hatte auch sie ihren Namen geändert und das machte ihm eine Suche nach ihr ebenfalls unmöglich. Aber ihr war keine andere Wahl geblieben. Sie hatte sich vor ihren Eltern verstecken wollen, nicht vor David. Trotzdem suchte sie weiter. Jede Woche fiel ihr eine neue Möglichkeit ein, doch alle Versuche schlugen fehl. Sie fand keine Spur von ihm. Manchmal hatte sie gedacht, sie würde den Verstand verlieren. Damals hatte jeder große, dunkelhaarige Mann mit markanten Gesichtszügen ihr Herzklopfen verursacht. Wie oft war es vorgekommen, dass sie einem Mann mit Davids Statur oder seinem Aussehen hinterherjagte.

„Entschuldigen Sie", hatte sie den betreffenden Mann dann angesprochen. „Sind Sie –"

Wenn er sich dann umgedreht hatte, hatte sie in das Gesicht eines Fremden geblickt – der sie natürlich für verrückt hielt.

„Es … es tut mir leid. Ich habe Sie mit jemandem verwechselt."

Das geschah immer wieder. In einer anderen Straße, einem anderen Geschäft, bei einem anderen großen, dunkelhaarigen Mann. Manchmal kam sie ihm so nahe, dass sie seinen Arm oder seine Schulter berührte, bevor sie erkannte, dass es nicht David war.

„Entschuldigen Sie." Sie wich dann mit hochrotem Kopf zurück. „Ich dachte, Sie wären jemand anderes."

Erst am zehnten Jahrestag von Emilys Tod gab sie auf. An jenem Tag nahm sie Davids Ring ab und legte ihn in eine kleine Schmuckschatulle, zusammen mit den Fotos, die sie aufgehoben hatte: eines von ihr und David in inniger Umarmung und das andere von Emily. Bevor sie den Deckel zuklappte, las sie noch einmal die Worte auf dem Ring, Worte, die David allein für sie hatte eingravieren lassen.

Trotz allem.

Sie hatten auch an jenem düsteren Tag noch Gültigkeit. In gewisser Weise würden sie immer wahr sein. Sie liebte David, auch jetzt noch. Auch wenn er für sie tot war und auch wenn sie schon lange nicht mehr die Menschen waren, als die sie sich gekannt hatten.

Im Laufe der Zeit lebte sie nicht mehr nur unter einem anderen Namen. Sie wurde zu Lauren Gibbs. Eine alleinstehende Frau, allein in einer Welt, die über Nacht auf den Kopf gestellt worden war. Falls David versucht hatte, sie zu finden, nun, sie war nicht mehr zu finden. Trotzdem änderte sie ihren Namen nicht wieder. Sie wollte nicht mehr Lauren Anderson sein. Diese Lauren Anderson war eine Gefangene ihrer Umstände gewesen und zu einem Handeln gezwungen worden, durch das sie die beiden Menschen verloren hatte, die sie am meisten liebte.

Nein, Lauren Anderson war genauso tot wie ihre kleine Tochter.

Lauren Gibbs richtete sich auf und trank einen großen Schluck Wasser. Wie gewöhnlich hatte es Raumtemperatur. Sie trank einen weiteren Schluck und ließ die Flasche wieder in ihren Schoß sinken. Draußen war Wind aufgekommen, der Staub aufwirbelte und den blauen Morgenhimmel verdüsterte. Was ihre Eltern wohl machten? Sie waren jetzt beinahe im Pensionsalter. Vermutlich unternahmen sie interessante Reisen und sprachen über die alten Zeiten. Anfangs hatten sie bestimmt nach ihr gesucht, aber nach einer Weile war auch ihnen klar geworden, dass sie nicht gefunden werden wollte. Damals nicht und auch jetzt nicht. Außer …

Außer wenn mitten im Dezember ein kühler Wind wehte und sie daran zurückdachte, wie es gewesen war, mit David, ihren Eltern und seinen um den Weihnachtsbaum zu sitzen … Lauren starrte zum Fenster hinaus, doch statt des windgepeitschten Himmels sah sie eine Szene von vor zwanzig Jahren vor sich, hörte das Lachen, spürte die Wärme der Liebe.

Was würde geschehen, wenn sie nach Hause zurückkehrte?

Sie blinzelte und die Erinnerung wurde ins Nichts gewirbelt, wie der Staub im Wüstenwind. Es war gleichgültig, was geschehen würde, weil sie nicht zurückkehren konnte. Sie wusste nicht, wie, selbst wenn sie gewollt hätte. Ihre Kehle brannte noch immer und ihre Augen wurden feucht. Sie hustete. *Reiß dich zusammen, Lauren.*

„Komm schon, Gibbs. Du bist doch kein Weichei." Sie presste ihre Hände auf die Augen und atmete tief durch. „Los, ein Artikel wartet."

Sie schnappte sich ihren Rucksack und überzeugte sich noch einmal davon, dass ihr Lippenbalsam auch wirklich darin lag. Dann nahm sie eine Tüte mit amerikanischen Lutschern aus einer ihrer Kommodenschubladen. Lollys waren in den Waisenhäusern sehr beliebt. Damit konnte sie eine Verbindung zu den Kindern herstellen. Beladen mit ihren Sachen, schloss sie ihre Apartmenttür und stieg die Treppe hinunter.

Wenn sie an einem Artikel arbeitete, konnte sie normalerweise die Erinnerungen an die Vergangenheit abschütteln. Doch heute war das gar nicht so leicht. Fiel es ihr vielleicht deshalb so schwer, weil Weihnachten vor der Tür stand? Was immer der Grund dafür war, in Zeiten wie diesen musste sie sich fragen, welcher Kampf ihr mehr zu schaffen machte: der Kampf, der noch immer in Teilen Afghanistans wütete …

… oder der andere tief in ihrem Herzen.

Kapitel 15

David Galanter hatte die Verlobungsparty nun schon fast einen Monat vor sich hergeschoben. Aber als Ellen den 23. Dezember vorschlug, waren ihm keine Ausflüchte mehr eingefallen. Selbst die *Top Gun*-Militärakademie, in der er als Ausbilder arbeitete, war an jenem Freitag und die gesamte darauffolgende Woche geschlossen. Auch Jagdflieger brauchten eben eine Weihnachtspause wie alle anderen.

Vielleicht sogar noch mehr.

Die Verlobungsparty sollte im Marriott in Reno stattfinden. Ellen hatte alles zusammen mit seiner Mutter organisiert und einen der kleineren Bankettsäle des Hotels reserviert, in den achtzig Personen hineinpassten. David überließ seinen Wagen einem Bediensteten und starrte an dem Gebäude hinauf. Es stimmte nicht, dass es in den Wüstenstaaten nie regnete. An diesem Nachmittag waren es zehn Grad und es regnete. Auch aus diesem Grund hatte er keine Lust, den Freitagabend in einem Raum voller Menschen zu verbringen.

„Bitte, Sir." Ein blonder Junge reichte ihm eine Marke.

„Danke." Gedankenverloren stopfte David sie in die Tasche und starrte zum Hoteleingang hinüber.

Er wollte Ellen ja heiraten. Das war es nicht. Aber er fand es ein wenig altmodisch, eine Party zur Bekanntgabe ihrer Verlobung zu feiern. Immerhin war er sechsunddreißig und Ellen siebenundzwanzig. Warum sich nicht in aller Stille verloben und sich dann wieder dem Alltagsgeschehen zuwenden?

Er atmete tief durch und steckte die Hände in die Taschen. Diese Party war die Idee seiner Mutter. Seine Eltern hatten keine seiner früheren Freundinnen so gemocht wie Ellen. David schlenderte durch die Lobby zu den Aufzügen hinüber. Nicht, dass er viele Freundinnen gehabt hätte.

Keine Frau war ihm bislang wirklich wichtig gewesen.

Ellen Randolph, die Tochter des Kongressabgeordneten Terry Randolph, war Christin und verkehrte in den einflussreichsten Kreisen des Landes. David hatte sie zwei Jahre zuvor bei einer Feierlichkeit kennengelernt. Er hatte damals eine Auszeichnung für seine Verdienste als Jagdflieger bei der Operation *Enduring Freedom* bekommen. Sie arbeitete für ihren Vater und war ihm sofort aufgefallen, als er den Saal betreten hatte.

Im Laufe des Abends hatte David beobachtet, wie einer der Ausbilder sich mit ihr und ihrem Vater unterhalten hatte. Da David ein gutes Verhältnis zu diesem Offizier hatte, hatte er sich zu der kleinen Gruppe gesellt und sich vorstellen lassen.

Seither waren er und Ellen unzertrennlich.

An der Rezeption wartete er, bis eine der Empfangsdamen in seine Richtung schaute. „Hallo, ich möchte gern wissen, in welchem Saal die Feier der Galanters stattfindet."

Das Mädchen errötete, als sie ihn anschaute. Sie war ein kleiner Rotschopf mit hellblauen Augen. „Sie meinen die Verlobungsparty, oder?"

David lächelte. „Genau die."

„Einen Augenblick, bitte." Sie sah auf ihrer Liste nach. „Der ‚Hillside Room' wurde für diese Feier reserviert. In der zehnten Etage, rechts vom Aufzug." Sie kokettierte mit ihm. „Sind Sie allein?"

Er grinste sie halbherzig an. „Ich bin der Bräutigam."

„Oh." Ihre Wangen röteten sich. „Da hat Ihre Verlobte aber wirklich Glück."

„Vermutlich." Dankend nickte er ihr zu und ging zum Aufzug. Er war spät dran. Leider hatte er doch länger gebraucht, um fertig zu werden, als er erwartet hatte. Nachdem er seine Angelegenheiten auf dem Stützpunkt geregelt hatte, war er rechtzeitig in seiner Wohnung in La Costa eingetroffen. Doch beim Ankleiden hatte er getrödelt und viel Zeit verloren. Auf der Suche nach einem bestimmten Paar Manschettenknöpfe war ihm das Foto in die Hände gefallen. Ihr Foto.

Das Foto, das Lauren ihm vor seinem Umzug geschenkt hatte.

Als er ihr Gesicht vor sich gesehen hatte, war ihm die Luft weggeblieben. Er hatte das Foto in die Hand genommen und sich damit in den Sessel gesetzt, der in seinem Schlafzimmer stand. Eine halbe Stunde lang hatte er es angestarrt und in ihre Augen geblickt, die ihn anzuschauen schienen. Im Grunde hatte er die Suche nach ihr nie wirklich aufgegeben. Aber im Laufe der Zeit war es ihm lächerlich erschienen, so viel Zeit und Kraft darin zu investieren. Er hatte bereits die Offiziersausbildung und die Marineflugschule hinter sich, als sein Vater so vorsichtig wie möglich versuchte, ihm das klarzumachen. „Junge, du musst sie loslassen. Sie möchte wohl nicht gefunden werden, sonst hättest du mittlerweile eine Spur von ihr entdeckt."

„Ich suche doch gar nicht nach ihr." Seine Antwort kam wie aus der Pistole geschossen, aber es war nicht die Wahrheit.

„Doch, das tust du. Aber dein ganzes Leben liegt noch vor dir." Sein Vater hatte ihm in der Wohnung, die er zu jener Zeit gemietet hatte, gegenübergesessen. Mit eindringlichem Blick hatte er sich vorgebeugt. „Irgendwo dort draußen wartet eine Frau auf dich, die dich lieben und glücklich machen wird. Wenn diese Frau Lauren Anderson wäre, würdest du es wissen."

David hatte es nicht zugeben wollen, aber die Argumente seines Vaters waren logisch. Er hatte alles in seiner Macht Stehende unternommen, um sie zu finden. Trotzdem hasste er den Gedanken, diese Suche nun ruhen zu lassen. Zum Abschied hatte er Lauren Anderson versichert, er würde sie immer lieben. Egal, was auch geschehen würde. Nichts hatte daran etwas geändert, aber sie war spurlos aus seinem Leben verschwunden.

Und doch … Da saß er nun am Abend seiner Verlobungsfeier, starrte Laurens Foto an und fragte sich, was wohl geschehen war. Bei ihrem Umzug waren sie davon ausgegangen, es wäre nur eine Sache von Tagen, bis sie wieder miteinander reden könnten. Er hatte geglaubt, nach seinem Abschlussjahr würde alles in Ordnung kommen. Aber nachdem Monate ins Land gezogen waren, ohne dass er einen Weg gefunden hatte, sich mit ihr in Verbindung zu setzen, war er allmählich misstrauisch geworden.

„Ihr müsst doch wissen, wie ihr sie erreichen könnt", hatte er immer wieder zu seinen Eltern gesagt. „Sagt mir doch einfach die Nummer. Es ist doch mein Leben. Ich muss es so gestalten, wie ich es für richtig halte. Und Lauren gehört nun mal dazu."

Aber seine Eltern hatten immer geleugnet, die Telefonnummer der Andersons zu kennen. „Wir haben uns darauf geeinigt, dass ihr euch ein paar Wochen nicht sprecht", erklärte seine Mutter ihm. „Wenn Angela Anderson anruft und uns ihre Nummer durchgibt, dann wirst du der Erste sein, der sie bekommt."

David schüttelte die Erinnerungen ab und sah auf seine Uhr. Die Party begann in fünf Minuten, und Ellen hatte ihn gebeten, eine halbe Stunde früher dort zu sein. Er stieg in den Aufzug und drückte den Knopf für den zehnten Stock. In der vierten Etage hielt der Aufzug und eine Familie mit Kindern stieg zu. Sie trugen Badesachen und Handtücher über den Schultern.

„Wir sind auf dem Weg zum Pool." Der Mann zog eine Augenbraue hoch, als wollte er andeuten, dass dies nicht seine Idee gewesen war.

„Das macht bestimmt Spaß."

„Und Sie?" Der Mann betrachtete ihn. „Weihnachtsfeier?"

„Verlobungsparty." David lehnte sich gegen die Aufzugwand. „Meine."

„Hey –", der Mann schüttelte ihm die Hand, „herzlichen Glückwunsch."

„Danke." David lächelte ihn an. Seine Frau war damit beschäftigt, einem der Kinder mit seinen Schuhen zu helfen.

Im achten Stock stieg die Familie aus. David blickte ihnen nach und auf einmal durchzuckten ihn Neidgefühle. Er schüttelte sie ab. Worauf um Himmels willen war er neidisch? Gerade als die Türen wieder zuglitten, schlenderte eine blonde Frau vorüber. Vermutlich wollte sie auch schwimmen gehen …

Aber David zögerte und starrte auf die Tür. Beinahe ohne nachzudenken, drückte er den Knopf zum Türöffnen. Sie hatte etwas Vertrautes an sich. Dann blickte sie über die Schulter zurück und David stockte der Atem.

Lauren!

Das Mädchen war das Ebenbild von Lauren! Er ließ den Knopf los und wollte aussteigen, aber die Türen glitten langsam wieder zu. Aufgeregt hielt er seine Hand dazwischen und stoppte sie. Doch bis die Türen wieder aufgegangen waren, war sie bereits verschwunden. Er warf einen Blick auf seine Uhr und runzelte die

Stirn. Das war einfach verrückt. Er kam bereits zu spät. Trotzdem … Er konnte einfach nicht gehen, ohne sich zu vergewissern, ob sie es nicht doch war.

Es war zwar weit hergeholt, aber es wäre möglich. Vielleicht hatte sie in irgendwelchen Zeitungsartikeln von ihm gelesen oder sie hatte ihn mithilfe eines Privatdetektivs ausfindig gemacht. Wie viele David Galanters lebten wohl im Gebiet um Reno, Nevada? Vielleicht war sie im Hotel abgestiegen. Sein Herz klopfte zum Zerspringen, als er aus dem Aufzug stürzte und über den mit Teppich ausgelegten Flur stürmte. Ein Fitnessraum und ein Wellnesscenter lagen zu beiden Seiten des Korridors, das Schwimmbad ganz am Ende, und da sie Flip-Flops getragen hatte, schätzte er, dass er sie vermutlich dort finden würde.

Auf dem Weg dorthin kam er an ein paar Kindern vorbei. Er riss die Tür zum Schwimmbad auf, eilte hinein und ließ seinen Blick über die Liegestühle schweifen. Es dauerte eine Weile, bis er die Frau entdeckt hatte. Sie saß neben einem älteren Mann und beobachtete eine Reihe Jungen im Teenageralter. War einer davon sein Sohn? Das Kind, das er nie kennengelernt hatte?

David war ganz eindeutig nicht für das Schwimmbad gekleidet, und da er trotzdem zu dem Liegebereich ging, erregte er große Aufmerksamkeit.

Auch die ihre.

Nun, da sie ihn voll anblickte, gab es keinen Zweifel mehr. Sie war nicht Lauren. Verlegen nickte er in ihre Richtung und wich zurück. In weniger als einer Minute stand er mit klopfendem Herzen wieder im Aufzug. Was hatte er sich nur dabei gedacht? Die Zeit seiner Suche nach Lauren war vorbei. Jetzt hatte er Ellen.

Er sollte aufhören, in jeder blonden Frau in Nevada seine Jugendliebe zu sehen.

Aber einen Augenblick lang hatte ihm der Gedanke, diese Frau sei Lauren, den Atem geraubt – und das hätte bedeutet, dass einer der Teenager sein Sohn gewesen wäre. Sein leiblicher Sohn. Er ballte die Hand zur Faust und schlug zweimal gegen die Aufzugwand. *Das ist doch Irrsinn, Galanter. Blanker Irrsinn.* Schon vor Jahren hatte er den Gedanken, einmal Kinder zu haben, aufgegeben. Irgendwo dort draußen hatte er ein Kind, das vermutlich von einer netten Adoptivfamilie aufgezogen wurde. Hatte er nicht beschlossen, dass das genug war?

Frustriert schnappte er nach Luft und ließ die Arme sinken. Er hatte kalte Füße bekommen, das war es. Er war auf dem besten Wege, eine reizende, intelligente junge Frau zu heiraten, eine Frau, die ihm eine wundervolle Ehefrau sein würde. Sie war sehr gebildet und interessierte sich für Politik, die auch eine seiner großen Leidenschaften war. Und sie wollte keine Kinder.

Das passte ihm gut. Kinder würden ihn nur immerzu an das erinnern, was er mit Lauren hätte haben können – hätte haben sollen.

Entschlossen verließ er den Aufzug, zog seine Anzugjacke gerade und folgte der Beschilderung zum *Hillside Room*. Die meisten Gäste waren bereits eingetroffen und schlenderten im Saal herum. Noch bevor er Zeit hatte, nach ihr Ausschau zu halten, war Ellen bereits an seiner Seite. Sie trug ein konservatives blaues Abendkleid, das ihre Figur betonte und die Farbe ihrer Augen hervorragend zur Geltung brachte.

„Hallo." Sie glitt in seine Arme und lächelte ihn an. Ihr Gesichtsausdruck war sanft und sexy. Ihre ganze

Aufmerksamkeit galt allein ihm. Sie reckte ihm ihr Gesicht entgegen und küsste ihn. Der Kuss war so langsam, dass er ihn erregte, aber kurz genug, um nach außen nicht anstößig zu wirken, was beiden sehr wichtig war. Sie löste sich von ihm und suchte seinen Blick. Mit leiser Stimme neckte sie: „Ich bin froh, dass du kommen konntest."

„Ich auch." Entschlossen verdrängte er den Gedanken an die blonde Frau im Schwimmbad. „Du siehst wundervoll aus. Entschuldige, dass ich so spät dran bin."

„Ist schon gut." Sie grinste ihn an, trat zurück, stellte sich neben ihn und legte den Arm um seine Taille. „Komm mit zu deiner Mutter. Sie sucht dich bereits."

Sie durchquerten den Saal und schlenderten zu den Fenstern auf der anderen Seite des Raumes. Die Aussicht vom zehnten Stock war atemberaubend. Trotz der Wolken war der Anblick der Berge, die den gesamten Horizont ausfüllten, spektakulär. Seine Mutter stand ganz allein am Fenster und bewunderte das Panorama. Ellen gab ihm einen Kuss auf die Wange.

„Ich geh und kümmere mich um die Gäste."

„Ist gut." Er lächelte sie an, bevor er sich seiner Mutter zuwandte.

Ihr Kleid war einfach und elegant. Als sie ihn ansah, wirkte sie zehn Jahre jünger. Eigentlich hatte er erwartet, dass sie an diesem Abend vor Glück nur so übersprudeln würde. Diese Verlobung war genau das, was sie sich immer gewünscht hatte. Doch stattdessen wirkte sie niedergeschlagen und in ihrem Gesichtsausdruck lagen Zweifel und Furcht.

„Mom, alles in Ordnung?" Liebevoll umarmte er sie und stellte sich neben sie ans Fenster. Er lachte leise.

„Eigentlich solltest du an Ellens Seite sein, nicht? Die beiden schönsten Frauen dieser Feier."

Sie schob ihr Kinn vor und starrte wieder zum Fenster hinaus. „Das ist Ellens Party, nicht meine."

David zögerte. „Hey ..." Er legte den Arm um ihre Schultern und drückte sie leicht an sich. Was immer sie bedrückte, es ließ sich nicht durch ein paar flapsige Bemerkungen verscheuchen. „Ich habe doch nur Spaß gemacht."

„Ich weiß." Seufzend richtete sie sich ein wenig auf. „Entschuldige." Ihre Augen verengten sich, aber sie hielt den Blick stur geradeaus gerichtet. „Mich beschäftigt da etwas."

„Was denn?" David nahm den Arm von ihrer Schulter und drehte sich so weit um, dass er ihr Gesicht sehen konnte. „Jetzt sag mir nicht, dass du deine Meinung über diese Verlobungsparty geändert hast", neckte er sie.

„Nein, David." Sheila blickte ihn an. „Es geht um etwas sehr viel Ernsteres." Die Falten an ihren Augenwinkeln hatten sich vertieft. „Ich möchte dich etwas fragen."

„Okay." Er wurde wieder ernst. „Schieß los."

Sie sah sich im Saal um, als wollte sie sich davon überzeugen, dass sie nicht belauscht wurden. Dann wandte sie sich ihm wieder zu und blickte ihn aufmerksam an. „Machst du das alles Ellen zuliebe? Bitte sei ehrlich, ich muss es wissen."

Ein seltsames Gefühl kroch in seinen Eingeweiden hoch, ein Gefühl, das er nicht richtig beschreiben konnte. Laurens Gesicht stand ihm wieder vor Augen, aber nur einen kurzen Moment lang. Er gab einen Laut von sich, der mehr ein Ausdruck der Erschütterung war als des Schocks. „Natürlich nicht. Wie kommst du auf eine solche Idee?“

Ihr hatte er noch nie etwas vormachen können. Wenn sie tief in seine Seele blickte, dann brachte er es nicht über sich, die Wahrheit vor ihr zu verbergen. Und im Augenblick schaute sie ihn so an. „David, du solltest auf keinen Fall eine Frau heiraten, nur weil du denkst, dein Vater und ich würden sie mögen. Das ist doch nicht der Fall, oder?“

„Ach, Mutter.“ Er zog eine Augenbraue in die Höhe. „Ellen ist die perfekte Frau für mich. Natürlich heirate ich nicht euch zuliebe. Wenn ich sie nicht getroffen hätte, wäre ich vermutlich allein geblieben.“

„Wegen Lauren, meinst du.“ Sheilas Blick wurde weicher. „Richtig?“

Beim Klang dieses Namens überkam ihn wieder der vertraute Schmerz. „Lauren ist aus meinem Leben verschwunden.“

Sie beobachtete ihn und ihr Blick ruhte eindringlich auf ihm. „Lüg mich nicht an, David. Bitte.“

„Mom, was sagst du denn da?“ Ihre Worte waren für ihn wie ein Schlag ins Gesicht. „Ich lüge nicht.“

„David, du hast dieses Mädchen geliebt.“ Ihr Blick wanderte zu den Höhenzügen in der Ferne. „Als ich heute aufwachte, bekam ich Angst. Ich dachte, du könntest vielleicht wegen dem, was wir getan haben, nicht über sie hinwegkommen. Ich möchte nicht, dass du Ellen heiratest, wenn du Lauren immer noch liebst.“

Er wollte erneut widersprechen, brachte es aber nicht über sich, darum ließ er seine Maske fallen. „Die Wahrheit ist“, gestand er mit leiser Stimme, „Lauren ist für immer fort. Ich habe mein Leben ohne sie weitergelebt. Darum konnte ich mich in Ellen verlieben.“

Sie runzelte die Stirn. „Bist du sicher? Du musst ganz sicher sein, bevor du eine solche Bindung eingehst."

„Mutter." Dieses Mal lachte er laut heraus. „Das ist einfach lächerlich. Wirklich." Er griff nach ihrer Hand. „Komm, genieße meine Verlobungsparty mit mir."

Sie begaben sich zu Ellen und seine Mutter blieb bei seinem Vater und einigen Geschäftsfreunden stehen. Er und Ellen drehten einige Runden und plauderten mit Freunden, die in verschiedenen Gruppen zusammenstanden. David konzentrierte sich auf die anstehenden Angelegenheiten und schob den Gedanken an das Gespräch mit seiner Mutter energisch beiseite.

Nach etwa einer Stunde trat Ellens Vater auf das Podium in der Mitte des Saals. Er klopfte ans Mikrofon, und als die Gespräche verstummt waren, begrüßte er die Gäste.

„Der Anlass zu diesem Fest ist ganz gewiss ein sehr fröhlicher." Lächelnd schaute er in die Menge. Es war das Lächeln, das ihm bei der vergangenen Wahl einen hohen Prozentsatz der Stimmen eingebracht hatte. „Ich möchte sagen, dass ich über die Wahl meiner Tochter zutiefst glücklich bin."

Höflicher Applaus folgte.

David ergriff Ellens Hand und drückte sie.

Ihr Vater fuhr fort. „Ich hoffe, dass David einmal in meine Fußstapfen tritt und eine politische Laufbahn einschlägt." Er suchte Ellen in der Menge und deutete mit dem Kopf auf sie. „Ich weiß, dass auch meine Tochter dieser Meinung ist."

Gelächter ertönte im Saal.

„Im Augenblick bildet er bei ‚Top Gun' noch unsere jungen Jagdflieger-Nachwuchstalente aus, aber der Senat in Nevada braucht einen Mann wie David, und eines Tages in naher Zukunft sehe ich ihn auf dem Stuhl des Gouverneurs."

Dieses Mal begann die Menge zu johlen. David starrte auf seine Füße. Was sollte das? Bislang hatten sie nie über eine politische Laufbahn gesprochen. Er biss die Zähne zusammen. Er liebte seinen Beruf als Jagdflieger, er liebte es, mit jungen Soldaten ins Cockpit zu steigen und sie einzuweisen.

Ihr Vater fuhr fort: „Bitte begrüßen Sie mit mir Ellen und David." Er trat zurück und begann zu applaudieren.

Strahlend stand Ellen an Davids Seite. Sie zog ihn an der Hand mit sich. „Komm schon."

„Ich komme ja." Er schritt voran und nickte mit hoch erhobenem Kopf seinen Freunden zu. Als sie das Podium erreichten, legte er den Arm um Ellen und schob seine Bedenken beiseite. Dies war nicht der richtige Zeitpunkt für Zweifel. „Ellen und ich werden am Samstag, den 20. Mai, heiraten." Er lächelte in die Menge. „Ihr alle sollt es als Erste erfahren."

Die Stimmung hatte sich jetzt aufgeheizt. Die Gäste pfiffen und jubelten und forderten einen Trinkspruch. Mittlerweile hatten alle Anwesenden ein Glas Champagner in der Hand. Einige prosteten David und Ellen zu. Gleichzeitig trat ihr Vater wieder ans Mikrofon.

„Auf David und Ellen. Möge ihr Einfluss und ihre Macht durch ihre Beziehung wachsen und mögen sie bei der Planung ihrer Hochzeit viel Liebe und Lachen erleben."

Auf der Fahrt zum Hotel hatte David darüber nachgedacht, ob er bei dieser Gelegenheit auch um Gebet bitten sollte. Er und Ellen hatten einen festen Glauben, und da beide den Wunsch hatten, ihre Beziehung zu

Gott noch mehr zu stärken, schien die Verlobungsparty eine gute Gelegenheit zu sein, einige Personen für sie beten zu lassen. Aber irgendwie erschien ihm ein Gebet in einem Saal voller Menschen, die Champagner tranken und ihn schon in Amt und Ehren sahen, unpassend. Vielleicht später ... Vielleicht, bevor sich die Gäste verabschiedeten. Vielleicht würde er den Abend mit einem Gebet beschließen.

Ellens Vater forderte die Gäste auf, sich zu amüsieren und sich am Büfett zu bedienen. Die folgende Stunde verging mit viel fröhlichem Geplauder und fast alle Gespräche drehten sich um die Politik.

„David, du wärst perfekt für den Senat", wurde ihm immer wieder versichert. „Auf meine Stimme kannst du zählen."

Erst als die Party vorüber war und er und Ellen vor dem Hotel auf seinen Wagen warteten, drehte sie sich zu ihm um und packte ihn spielerisch an den Jackenaufschlägen. „Und was hältst du von Daddys Ansprache?"

David betrachtete sie. „Seine Ansprache? Die er gehalten hat, bevor er uns nach vorn gebeten hat?"

„Ja." Sie wippte vor Begeisterung auf und ab. „Sie war doch perfekt, findest du nicht?"

Er blickte sie verblüfft an. Meinte sie wirklich ernst, was sie da sagte? „Was? Das war inszeniert?"

Sie lachte schallend. „Natürlich war das inszeniert, du Dummchen. Ein Politiker überlegt sich immer gut, was er sagt."

Einen Augenblick lang starrte er sie wortlos an. Dann ließ er seinen Blick zu den Lichtern am Rand der Berge schweifen. „War das der Zweck dieser Party?" Erneut suchte er ihren Blick. „Hat dein Dad eine Gelegenheit gesucht, um mich als die große, neue Hoffnung seiner Partei zu präsentieren?"

Ihre Begeisterung erlosch und sie blieb ruhig stehen. „Aber das willst du doch auch, nicht wahr?"

„Vielleicht." Er starrte sie an, dann entfernte er sich ein paar Schritte. Als er sich wieder zu ihr umwandte, lächelte er sie ungläubig an. „Habe ich jetzt meine Seele an die Partei verkauft, oder wie?"

„David." Ihre Stimme klang vorwurfsvoll. „Komm zurück. Du machst eine Szene."

Er trat wieder auf sie zu. Sein Gesicht war nur wenige Zentimeter von ihrem entfernt. „Und das wollen wir doch nicht, oder?" Sein Zorn war nicht zu übersehen. „Was würde denn dein Vater denken?"

„Hör zu." Sie deutete mit dem Finger auf seine Brust. „Diese Rede war nicht die Idee meines Vaters. Es war meine Idee."

„Deine?" David hätte am liebsten laut losgelacht. „Du hast deinen Vater gebeten, solche Dinge zu sagen, ohne vorher mit mir zu sprechen?"

„Ich habe doch mit dir gesprochen." Sie schob ihr Kinn vor. „Zwei Jahre lang habe ich mit dir gesprochen. Wann immer dieses Thema aufkam, hast du mir gesagt, es sei dein Traum, eine politische Laufbahn einzuschlagen."

Erneut stieg Zorn in ihm hoch. „Vielleicht möchte ich wirklich eines Tages für ein politisches Amt kandidieren." Er verschränkte die Arme vor der Brust. „Aber ich wollte nicht, dass dein Dad das auf meiner Verlobungsparty bekannt gibt!"

„Er wollte doch nur helfen." Zum ersten Mal seit Beginn dieses Gespräches wirkte sie verletzt. „Wir beide wollten helfen."

Schuldgefühle überkamen ihn. Warum stritt er mit ihr? Es war nun mal geschehen. Warum wehrte er sich dagegen, dass ihr Vater stolz auf ihn war? Der Mann war ein durch und durch integrer Politiker, eine Führungspersönlichkeit, die im ganzen Land wegen ihrer Wertmaßstäbe und Integrität geachtet wurde. Die meisten Männer wären über die Rede, die er an diesem Abend gehalten hatte, begeistert gewesen.

Er stieß einen tiefen Seufzer aus. „Ellen." Er legte ihr die Hand auf die Schultern. „Es tut mir leid." Liebevoll zog er sie in seine Arme. „Ich schätze, ich fühle mich einfach nur überrumpelt."

Sie erwiderte seine Berührung und schmiegte sich an ihn. „Ist schon gut." Sie drückte ihre Wange an seine Brust und blickte zu ihm auf. „Du willst das doch, nicht? Du willst doch eines Tages für das Amt kandidieren?"

Die richtige Antwort lautete Ja. Aber als er hier in der Dunkelheit stand, die Arme um sie gelegt und eingehüllt in die feuchte Dezemberluft, war er sich plötzlich nicht mehr sicher. „Es klingt interessant", flüsterte er in ihre dunklen Haare hinein. „Ich werde wohl etwas ernsthafter darüber nachdenken müssen."

„Okay. Mehr verlange ich ja gar nicht." Sie drückte ihn und trat zurück. Der Bedienstete fuhr ihren Wagen vor. „Ich habe schon immer davon geträumt, mit einem Politiker verheiratet zu sein, wie mein Dad einer ist."

Schweigend stiegen sie ein. Bis zu ihrer Wohnung brauchten sie eine halbe Stunde, und als er sie absetzte, lächelte er sie an. „Bedanke dich in meinem Namen bei deinem Dad für den heutigen Abend. Eines Tages werde ich ihn sicher bitten, sich bei solchen Veranstaltungen für mich einzusetzen."

Ein Lächeln erhellte ihre Augen. „Das wirst du, David. Und wer weiß, wie weit Gott dich nach oben bringen wird."

Sie verabschiedeten sich voneinander und David fuhr nach Hause. Er schaltete das Radio nicht ein, denn die Stille entsprach eher seiner Stimmung. Gesprächsfetzen gingen ihm durch den Kopf. Seine Gedanken kreisten um die Erwartungen, die Ellen und ihr Vater an ihn stellten. Er hatte die ganze Zeit davon gewusst, aber an diesem Abend hatten sie ihn damit beinahe erstickt. Als wären seine Pläne für die Zukunft nicht von Bedeutung. Er sollte Politiker werden, weil er für das Richtige eintrat, weil die Partei ihn brauchte.

Aber auch andere Erinnerungen verfolgten ihn, als er in seine Einfahrt einbog. Zum einen seine Mutter und ihre plötzlichen Schuldgefühle und Zweifel. In den vergangenen zwei Jahren hatte sie fast nichts anderes getan, als von Ellen Randolph zu schwärmen, genau wie sein Vater.

„Ein Mädchen wie sie passt gut zu dir", hatte sein Vater ihm erklärt. „Wir freuen uns sehr für dich, Junge."

Was war passiert, das bei seiner Mutter Zweifel an seiner Entscheidung für Ellen geweckt hatte? Er rieb sich den Nacken, stieg aus dem Wagen und ging ins Haus. An diesem Abend war er froh, dass er noch nicht mit Ellen zusammengezogen war, denn er fühlte sich wie nach einem zweistündigen Flug in einem Überschallflugzeug. Im Schlafzimmer zog er eine Jogginghose und ein T-Shirt an und ließ sich in den Ohrensessel sinken.

Alles in ihm schrie danach, zu seiner Kommode zu gehen, Laurens Foto wieder hervorzuholen und in den Erinnerungen zu schwelgen. Vielleicht konnten diese ihm helfen, die Ereignisse des Abends zu begreifen. Er schloss die Augen. *Komm schon, David, reiß dich zusammen. Gott, hilf mir, mich zu konzentrieren.* Lauren Anderson war fort. Sie konnte seine Entscheidungen nicht mehr beeinflussen, weil sie nicht mehr existierte. Punkt.

Erschöpft lehnte er sich zurück und zwang sich, sich zu entspannen. Irgendetwas hatte an diesem Abend gefehlt, aber er konnte nicht benennen, was es war. Er umklammerte die Armlehnen und dann ging es ihm auf einmal auf. Er hatte vergessen zu beten. Da waren sie, zwei Menschen mit einem starken Glauben, und sie hatten einen Toast ausgebracht – aber das Gebet vergessen. Verwirrt runzelte er die Stirn und rieb sich die Nase mit Daumen und Zeigefinger.

Minuten vergingen, aber er konnte sich immer noch nicht entspannen. Vielleicht war sein erster Impuls doch richtig gewesen. Es hätte besser gar keine Verlobungsparty gegeben. Dann würde man ihn auch nicht drängen, seinen Beruf aufzugeben, den er immer noch liebte, und ein Mädchen zu heiraten, das er unter Umständen nur mochte.

Und dann würde er die Stunden vor Heiligabend ganz sicher nicht damit verbringen, über Söhne im Teenageralter, gertenschlanke Blondinen und das Leben nachzudenken, das er hätte führen können. Geführt hätte.

Wenn er Lauren gefunden hätte.

Kapitel 16

Die Verteidigerin sah Emily über das Spielfeld kommen und rannte ihr entgegen, um den Pass zu verhindern. Emily reagierte mit einer Schnelligkeit, über die sie selbst erstaunt war. Keuchend zog sie den Ball zurück, dribbelte ihn an zwei weiteren Verteidigerinnen vorbei und schoss ihn in dem Augenblick ins Tor, als der Schlusspfiff ertönte.

Sie gratulierte ihren Mannschaftskolleginnen. „Auch wenn es ein Tag vor Weihnachten ist, das Spiel hat großen Spaß gemacht“, rief eine von ihnen ihr winkend zu. „Richte deinen Großeltern unseren Dank dafür aus, dass sie mitgekommen sind. Sie waren schon immer deine größten Fans.“

Emily verabschiedete sich von der Gruppe, warf sich ein Handtuch über die Schulter und schnappte sich ihre Sporttasche. Ein ausgefüllter Tag lag vor ihren Großeltern. Letzte Einkäufe und am späten Nachmittag der Gottesdienst zum Heiligabend. Dieses Fußballspiel am Morgen des 24. Dezember war eine spontane Idee gewesen, aber sie war ihr ganz gelegen gekommen. Ein paar Mädchen, mit denen sie in der Highschool in einer Mannschaft gespielt hatte, verbrachten die Weihnachtsferien ebenfalls zu Hause. Die Highschool-Mannschaft war immer auf der Suche nach einer Herausforderung und so war ein Trainingsspiel in der Halle angesetzt worden.

Ihre Großeltern saßen auf der Tribüne hinter der Plexiglasscheibe.

„Also“, wollte sie außer Atem wissen, „wie fandet ihr das Spiel?“

Ihr Großvater stand langsam auf. Er wirkte blasser und dünner als gewöhnlich. Emily betrachtete ihn aufmerksam. Vielleicht lag es aber auch nur an seinem neuen blauen Weihnachtspullover. Seine Augen funkelten sie an. „Ich liebe es, dir beim Spielen zuzuschauen." Er ging auf sie zu und streckte ihr die Hand entgegen.

„Es tut mir leid, dass es ausgerechnet am Heiligabend sein musste." Sie schlenderte mit ihm in Richtung Ausgang, blickte aber zurück zu ihrer Großmutter. „Ich weiß, dass ihr heute noch viel zu tun habt."

„Das ist schon in Ordnung." Angela holte sie ein. „Ich vermisse die Zeit, als du noch in der Highschool warst." Sie lächelte die beiden an. „Es gab vier oder fünf Spiele in der Woche."

Ihr Grandpa tätschelte ihre Schulter. „Ich kann mir gar nicht vorstellen, dich nicht mehr spielen zu sehen."

„Das wird wohl noch eine Weile dauern." Ihre Großeltern hatten alle Spiele im College besucht und auch ein paar an anderen Orten. „Ihr müsst meinen Terminplan noch drei Jahre hinnehmen."

Auf dem Weg zum Wagen verfielen sie in behagliches Schweigen. Emily wollte duschen, darum begleitete sie ihre Großeltern nicht zum Einkaufen. Der Nachmittag verging wie im Flug und der Gottesdienst am Heiligabend war wunderschön. Der Pastor forderte seine Zuhörer auf, nach den Fingerspuren Gottes Ausschau zu halten.

„Wunder geschehen auch heute noch", erklärte er. „Gott wurde Mensch? Der König der Könige liegt in einer bescheidenen Krippe?" Lächelnd streckte er die Hände aus. „Was ist mit euch? Eine wiederhergestellte Ehe? Eine glückliche Familie? Einen Job, den ihr liebt?"

Er hielt inne. „Jeder von uns hat bereits eine Fülle von Wundern erlebt. Aber wie wird es an diesem Weihnachtsfest sein? Schaut auf zu Gott, und ladet den Herrn der ganzen Schöpfung ein, euch an der Krippe zu begegnen. Ladet ihn ein, auch in eurem Leben ein Wunder zu tun."

Der Chor sang eine bewegende Fassung des Liedes „Stille Nacht, heilige Nacht". Emily neigte den Kopf und schloss die Augen. *Gott, du weißt, was ich brauche. Du weißt um das Wunder, das ich mir wünsche. Du weißt, um welches Wunder meine Großeltern und ich dich bitten.*

Tochter, ich bin bei dir.

Und wieder durchströmte sie das vertraute Gefühl des Friedens, das ihr Herz und ihre Seele für die Gegenwart des Heiligen Geistes öffnete. Martha, die Organistin, beendete das Lied und leitete zu dem nächsten über, mit dem jeder Gottesdienst am Heiligabend zu Ende ging: „O du fröhliche". Emily öffnete die Augen und ließ die Worte in sich nachhallen. Vor allem die Stelle, in der es hieß: „Christ ist erschienen, uns zu versühnen."

Zu Hause versammelten sich Emily und ihre Großeltern um den Weihnachtsbaum und öffneten ein Geschenk – ihre Tradition am Heiligabend. Emilys Geschenk war ein neuer Schlafanzug. Sie lachte und hielt ihn in die Höhe. Er war kuschelig warm und genau richtig für den Winter.

Ihre Großeltern öffneten ebenfalls jeweils ein Geschenk, das sie sich gegenseitig gemacht hatten. Beide Päckchen enthielten neue Socken. Nachdem sie das Papier weggeräumt und sich umarmt und noch ein wenig miteinander geplaudert hatten, verabschiedete sich Emily. „Ich muss morgen fit sein."

„Emily." Ihre Grandma zog die Augenbrauen in die Höhe und drohte ihr mit dem Zeigefinger. „Du willst doch noch gar nicht schlafen. Du willst die Kiste durchsehen, richtig?"

Sie blickte etwas schuldbewusst und nickte. „Ist das in Ordnung?" Emily konnte es kaum erwarten, sich mit den Fotos und Jahrbüchern ihrer Mutter zu beschäftigen. Sie berührte den Arm ihrer Großmutter. „Vielleicht finde ich ja etwas, das wir uns morgen gemeinsam anschauen können."

Ihre Großmutter lächelte sie herzlich an. „Das wäre schön, Schatz. Nimm dir ruhig Zeit. Der Weihnachtsmorgen kann auch etwas später beginnen, wenn du möchtest."

Bevor sie sich in ihr Zimmer zurückzog, stellten sich alle vor den Baum und hielten sich an den Händen. Ihr Großvater sprach ein abschließendes Gebet. „Dieses Weihnachtsfest ist ein besonderes Fest, Gott. Wir alle spüren das. Bitte hilf uns, dieses Jahr das Wunder an der Krippe zu erleben. Das Wunder, von dem der Pastor gesprochen hat." Er zögerte, seine Stimme klang gepresst. „Ich denke, wir könnten wirklich eins brauchen. Wir lieben dich, Herr. Im Namen Jesu Christi. Amen."

Emily gab ihren Großeltern einen Gutenachtkuss und zog sich dann in ihr Zimmer zurück. Nachdem sie die Tür hinter sich geschlossen hatte, schob sie die Kiste vor ihr Bett, setzte sich auf die Bettkante und begann, alles auszuräumen. Das gerahmte Foto – das sie bereits betrachtet hatte – legte sie vorsichtig auf ihr Bett. Sie wollte wissen, welche Schätze die Kiste sonst noch enthielt. Als Nächstes kam das Fotoalbum. Sie nahm es heraus und legte es auf ihren Schoß. Es roch etwas muffig, schließlich hatte es viele Jahre in der Garage gelegen.

Die ersten Fotos zeigten ihre Mom in der sechsten Klasse. Auf einigen war sie inmitten ihrer Freundinnen zu sehen. Emily konzentrierte sich auf ihre Mutter. Sie schien sehr glücklich und bei ihren Freundinnen beliebt gewesen zu sein. Das sah man an ihren Augen.

Ihre hellblonden Haare fielen ihr in jenen frühen Jahren offen auf den Rücken. In der Mitte des Albums wurden ihre Haare ein wenig kürzer und sie war auf einmal immer häufiger zusammen mit einem Jungen zu sehen. Ein Lächeln umspielte Emilys Lippen. Der Junge war ihr Vater – so musste es sein. Er hatte die gleichen dunklen Haare und Augen, die ihr jeden Morgen aus dem Spiegel entgegenblickten. Aber er war dünn und ein paar Zentimeter kleiner als ihre Mutter.

Trotzdem war nicht zu übersehen, wie sehr sie sich mochten. Das war allen Fotos abzuspüren. „Sieh dich nur an, Dad." Sie strich liebevoll über sein Foto. „Die anderen Jungen hängen irgendwo zusammen herum, aber du bist hier. Immer neben Mom."

Gegen Ende des Albums wurden die Aufnahmen immer schöner. Es gab ein Foto, auf dem ihr Dad ihrer Mutter eine Pusteblume überreichte. Ihre Mom hatte daruntergeschrieben: „David ist der romantischste Junge der achten Klasse. Auch wenn ich gegen Pusteblumen allergisch bin."

Auf der letzten Seite fand sie etwas, das ihr den Atem raubte. Es war ein Brief, den ihr Vater ihrer Mutter geschrieben hatte. Vermutlich hatte diese den Brief hier versteckt, denn die Seite war ganz hinten eingeklebt, wo niemand nachsehen würde.

Liebe Lauren, ich glaube nicht, dass man in unserem Alter so empfinden sollte. Alle unsere Freunde beschäftigen sich mit Jungenkram, trauen sich nicht, ein Mädchen einzuladen, sondern lassen ihre Freunde das für sie tun. Du weißt schon, was ich meine. Aber ich habe das Gefühl, ich könnte Dich gleich morgen heiraten. Und das meine ich ernst.

Emily legte die Hand an die Lippen. „Dad, du warst so verliebt."

Ich weiß nicht, ob ich studieren möchte, denn dann muss ich die Highschool besuchen. Und in der Highschool sind so viele Schüler. Die älteren Jungen werden Dich kennenlernen und mit Dir ausgehen wollen. Das möchte ich nicht, denn wir zwei gehören zusammen. Ich werde Dich nie verlassen. Niemals. Ich liebe Dich, Lauren. Dein David.

Emily seufzte. Ihre Eltern waren als Kinder unglaublich süß gewesen. Sie klappte das Album zu und legte es beiseite. Als Nächstes kamen noch einige gerahmte Fotos. Auf einem war ihre Mutter als Footballspielerin und ihr Vater als Cheerleader zu sehen. Sie starrte das Foto an. Er hatte richtiges Augen-Make-up aufgelegt.

Emily kicherte, aber sie hielt ihre Stimme gedämpft. Die letzten Lichter im Haus waren gelöscht und sie wollte ihre Großeltern nicht aufwecken. Erneut betrachtete sie das Foto. Was machten ihre Eltern da? Im Hintergrund entdeckte sie etwas. Einen ausgehöhlten Kürbis auf der Veranda. Natürlich, das waren Kostüme. Ihre Eltern waren vermutlich zu einer Halloweenparty eingeladen gewesen.

Aber noch bemerkenswerter als die Kostüme war der mittlerweile vertraute Ausdruck in ihren Augen.

Als wären sie dazu bestimmt, zusammen zu sein. Mit zitternden Fingern legte Emily das Fotoalbum beiseite und wandte sich den Tagebüchern zu. Sie konnte es kaum erwarten, darin zu lesen. Emily nahm das oberste aus der Kiste. Was hätte sie dafür gegeben, diese Tagebücher schon früher in den Händen zu halten, zu lesen, was darin geschrieben stand – die Kurzgeschichten und Tagebucheintragungen, von denen ihre Grandma ihr erzählt hatte. Darin würde sie die Antwort finden, nach der sie ihr Leben lang gesucht hatte. Die Antwort auf die Frage, ob ihre Mutter wie sie selbst leidenschaftlich gern geschrieben hatte.

Sie strich mit der Hand über das Tagebuch. Diese Seiten würden ihr einen Einblick in das Herz ihrer Mutter gewähren. Seit sie denken konnte, war dies ihr größter Wunsch. Emily runzelte die Stirn und wünschte, sie würde sich nicht so … schuldig fühlen. Ein Tagebuch war eine ganz persönliche Angelegenheit. In der zweiten Klasse hatte sie ein kleines rosa Tagebuch bekommen und seither machte sie fast täglich Eintragungen. Seite um Seite schrieb sie Geschichten und persönliche Gedanken darin nieder, auch Briefe an Gott. Aber niemand hatte je darin gelesen.

Emily biss sich auf die Lippen und legte das Tagebuch auf ihren Schoß, schließlich atmete sie aus und schlug es auf. Sie musste einfach die Tagebücher ihrer Mutter lesen. Vielleicht waren sie ihre einzige Möglichkeit, sie besser kennenzulernen.

Der erste Eintrag stammte aus dem Frühling 1985.

David und ich haben über Liebe gesprochen. Richtige Liebe. Wir beide finden es seltsam, dass unsere Eltern unsere Gefühle füreinander nicht verstehen. Sie tun so, als seien wir

Kinder, die keine Ahnung hätten, was Liebe ist. Aber im Zusammensein mit David habe ich Folgendes gelernt: Wahre Liebe wartet im Schnee auf der Veranda, damit man zusammen zur Schule gehen kann. Sie bringt dir einen Schokoriegel, wenn du hingefallen bist und bei den Bundesjugendspielen als Letzte ins Ziel kommst.

Wahre Liebe macht mitten in der Mathestunde eine geflüsterte Bemerkung über deine rosa lackierten Fingernägel, damit du das Lächeln bei den Matheaufgaben nicht vergisst, und sie hält dir während der gesamten Highschoolzeit jeden Freitag im Pausenraum einen Platz frei. Auch wenn die anderen Baseballspieler dich für blöd halten.

Wahre Liebe hat Zeit, mit dir über deine Hoffnungen und Träume zu sprechen, wenn deine Eltern mit ihren ehrenamtlichen oder beruflichen Aktivitäten zu beschäftigt sind.

Wahre Liebe bleibt an einem Samstagabend lange auf, um mit dir zusammen Schokoladenkekse zu backen, sie bewirft dich mit Mehl und Eierschalen und sorgt dafür, dass du diesen Abend für den Rest deines Lebens nicht mehr vergisst. Und wahre Liebe findet dich hübsch, auch wenn deine Haare zu einem Pferdeschwanz zurückgebunden sind und du nicht ganz gerade stehst. Wahre Liebe ist das, was ich mit David erlebe.

Das wollte ich einfach mal sagen.

Emily spürte, dass ihr Tränen über die Wangen liefen. Die Ungeheuerlichkeit dieser Entdeckung überwältigte sie. Aber mehr noch, sie war einfach fassungslos angesichts dessen, was ihre Eltern füreinander empfunden hatten. Sie hätte den Eintrag gern noch einmal gelesen, aber sie war zu neugierig auf die anderen Einträge, die ihr einen Einblick in das Leben ihrer Mutter als Teenager geben würden.

Was sie auf diesen Seiten fand, war eine Liebe, von der sie nichts gewusst hatte, eine Liebe, die gleichzeitig triumphierend und tragisch war. Triumphierend, weil sie so war, wie Liebe sein sollte: geduldig und freundlich, vertrauensvoll und hoffnungsvoll. Auch in ihren jungen Jahren wussten ihre Eltern bereits, was Liebe war. Und tragisch, weil ihre Liebe zerstört worden war, weil sie sich, soweit sie wusste, verloren und sich nie wiedergefunden hatten.

Die letzten Einträge im Tagebuch ihrer Mutter waren allem Anschein nach geschrieben worden, nachdem David nach Kalifornien gezogen war. Einer fiel Emily besonders ins Auge.

Ich bin so wütend auf meine Eltern. Ich hasse sie. Sie haben mir gesagt, sie würden unsere neue Nummer unter der alten Rufnummer ansagen lassen. Dann hätte jeder unsere neue Telefonnummer erfahren können. Und David hätte mich erreichen und mir seine Nummer geben können.

Aber jetzt sagen sie mir, die Ansage wäre noch nicht eingerichtet. Und das Schlimmste ist dieses Gefühl, dass meine Eltern mich angelogen haben. Es muss so sein, denn sollte diese Ansage nicht mittlerweile geschaltet sein?

Mein Baby wird in einigen Wochen auf die Welt kommen, und ich bin davon überzeugt, dass meine Eltern und die von David nicht wollen, dass wir zusammen sind. Am meisten fürchte ich mich davor, dass sie uns vermutlich tatsächlich voneinander fernhalten können, wenn sie das wirklich wollen. Wie soll ich denn seine Telefonnummer erfahren? Wie soll er meine erfahren? Ich kann nur beten, dass er mich irgendwie bald findet. Ich halte es einfach nicht ohne ihn aus.

„Mom." Es war, als würde Emily ihrer Mutter gegenübersitzen. Sie blickte zum Fenster hinaus in den dunklen, schneeverhangenen Himmel. „Hast du ihn wiedergefunden? Hat Dad dich jemals angerufen?"

Der Verlust, den ihre Eltern erlitten hatten, versetzte ihr einen Stich. Zum ersten Mal zog sie die Möglichkeit in Betracht, dass ihre Großeltern mit dazu beigetragen hatten, ihre Eltern voneinander zu trennen. Diese Vorstellung war abwegig, aber warum hatten sie ihnen nicht geholfen, die Sache mit der Telefonnummer in den Wochen vor ihrer Geburt zu klären?

Emily schaute auf die Uhr und ein Lächeln stahl sich auf ihre Lippen. Es war schon nach Mitternacht, was bedeutete, dass Weihnachten war. Sie konnte bereits das sehr offensichtliche Wunder vor sich sehen, das in der Krippe lag, trotz aller Traurigkeit über das, was ihre Eltern verloren hatten. Dieses Wunder war die Liebe ihrer Eltern, eine Liebe, die so hell leuchtete wie der Stern von Bethlehem. Und in dem Schein dieses Lichtes flehte sie Gott um ein noch größeres Wunder an.

Dass er sie gebrauchen möge, um ihre Eltern zu finden und sie auch wieder zusammenzubringen.

Kapitel 17

Das Gespräch, vor dem Angela sich gefürchtet hatte, ließ sich nun nicht mehr länger aufschieben.

Sie und Bill wachten früher auf als gewöhnlich. Angela bereitete Emily gerade ihr Lieblingsfrühstück zu, als diese verschlafen, aber lächelnd in ihren rosa Pantoffeln die Treppe heruntergeschlurft kam.

„Morgen." Sie umarmte zuerst Bill und trat dann an den Herd, um Angela in den Arm zu nehmen. „Ihr seid so toll. Hier ist Weihnachten nie zu Ende."

Die Worte schnitten Angela ins Herz. Das Ende war bereits absehbar. In etwa einer Stunde würde es da sein, schätzte sie. Emily plauderte fröhlich über den wunderschönen Weihnachtstag und wie sehr sie sich über ihren neuen Pullover und die hübsche Handtasche freue.

„Du bist wieder lange aufgeblieben." Angela betrachtete Emily. „Hast du gefunden, was du schon immer wissen wolltest?"

„Ja." Ihre Enkelin senkte den Kopf, und in ihrem Blick zeigte sich Dankbarkeit, aber auch Bedauern. „Du kannst jederzeit dazukommen, Grandma. Aber, danke, dass ich diese Kiste zuerst durchsehen darf." Ihre Augen leuchteten. „Ich habe das Gefühl, als würde ich Mom jetzt tatsächlich ein wenig kennen." Ihr Lächeln verblasste. „Zumindest so, wie sie als Teenager war."

„Ja." Angelas Kehle schmerzte. Es war zu viel. All die Erinnerungen an Lauren, das schreckliche Wissen um das, was an diesem Tag noch passieren würde … Sie wollte nicht weinen, noch nicht. „Ja, deine Mutter war damals ein liebes Mädchen. Gar nicht rebellisch oder schnippisch wie so viele Teenager heute." Sie beugte sich vor und gab Emily einen Kuss auf die Wange. „In dieser Hinsicht war sie wie du."

„Ich leg mal eine CD ein." Bill erhob sich und legte eine Weihnachts-CD ein. Kurz darauf erfüllte der Refrain von „White Christmas" den Raum. „Ich sage immer, Weihnachtslieder sollte man bis zum 1. Januar spielen.“ Er begann, sich auf dem Teppich zur Musik zu drehen. Dann lächelte er die beiden an. „Na los, kommt schon her.“

Emily kicherte und tänzelte ins Wohnzimmer hinüber, wo sie die Hand ihres Großvaters ergriff und sich von ihm zwischen Sofa und Fernseher herumwirbeln ließ. Fasziniert beobachtete Angela sie und kämpfte gegen den Schmerz an, der sie zu überwältigen drohte.

Kostbare Augenblicke wie dieser mussten ausgekostet werden, denn wenn die Ärzte recht behielten, war ihre gemeinsame Zeit allzu schnell zu Ende. Wenn sie doch nur noch zehn Jahre so weitermachen könnten! Und wie sehr wünschte sie, Bill hätte so mit Lauren getanzt. Wie würde ihr Leben heute aussehen, wenn er sich mehr darum bemüht hätte, die Beziehung zu ihrer Tochter zu pflegen, und nicht so viele Anstrengungen unternommen hätte, sie vor Davids Eltern zu schützen?

Bill und Emily wirbelten ausgelassen durch den Raum, stießen gegen ein Bücherregal, traten sich gegenseitig auf die Zehen und konnten sich vor Lachen kaum halten.

Die Arme umeinandergelegt, tanzten sie schließlich zurück in die Küche. Angela deutete zum Schrank. Mittlerweile knurrte ihr Magen ganz schön. „Wir brauchen die Teller.“

Auch während des Frühstücks ging es fröhlich zu. Sie lachten miteinander und schwelgten in Erinnerungen an lang vergangene Weihnachtsfeste. Angela warf Bill immer wieder ängstliche Blicke zu. Wenn sie nur das Unausweichliche vermeiden könnten, wenn sie einfach nur den Tag genießen und sich an Emilys Anwesenheit freuen könnten. Aber das war unmöglich.

Nachdem der Tisch abgeräumt war, goss Angela drei Tassen Kaffee ein, verteilte sie und richtete ihren Blick auf ihre Enkelin. „Wir müssen miteinander reden, Emily." Sie blickte Bill an. „Wir sollten uns ins Wohnzimmer setzen."

Emily starrte sie an. Ihr Blick wanderte zwischen Angela und Bill hin und her. „Ist was passiert?"

„Ja." Es war an der Zeit, die Karten auf den Tisch zu legen. „Ja, es ist etwas passiert, Schatz." Sie führte sie ins Wohnzimmer. „Komm, setz dich."

Bill wählte seinen Stammplatz, den Fernsehsessel in der Nähe des Fernsehgeräts. Seine Wangen waren vom Tanzen und Lachen noch gerötet. Neue Hoffnung stieg in Angela hoch. So gut hatte er seit Monaten nicht mehr ausgesehen. Emily bewegte sich langsam, vermutlich, weil sie nicht mit der Möglichkeit gerechnet hatte, dass nicht alles in bester Ordnung sein könnte.

Angela setzte sich auf die eine Seite des Sofas, Emily mit zusammengezogenen Augenbrauen auf die andere.

„Also gut." In Emilys Tonfall schwang Verletzung, aber auch Furcht mit. „Heraus mit der Sprache, was ist los? Und wieso habt ihr bisher nichts gesagt?"

„Dein Großvater wird es dir erklären." Angela schluckte den Kloß in ihrer Kehle herunter. Sie faltete die Hände und biss sich auf die Lippe, unfähig, noch ein weiteres Wort herauszubringen, ohne die Beherrschung zu verlieren.

Emily rutschte auf die Sofakante und sah Bill aufmerksam an. „Also, Opa! Was ist los?"

„Nun, mein Schatz ..." Bill hustete und sein Kinn bebte. Er schirmte die Augen mit den Händen ab, aber nur für ein paar Sekunden. „Also ... ich habe Krebs."

Tränen stiegen ihm in die Augen, trotzdem brachte er ein trauriges Lächeln zustande. „Der Arzt sagt, ich hätte noch etwa zwei Monate zu leben."

Emily sprang auf. Alle Farbe war aus ihrem Gesicht gewichen und sie begann zu zittern. „Noch zwei Monate?" Sie machte ein paar Schritte auf ihn zu, blieb stehen und wandte sich dann in Richtung Tür. Wieder blieb sie stehen und ging einen Schritt auf das Sofa zu. Sie sah aus, als wäre sie nicht sicher, ob sie schreiend zur Tür hinausrennen oder zu ihrem Grandpa laufen und ihn fest an sich drücken sollte. Schließlich blickte sie über die Schulter zu Angela. „Zwei Monate? Wie lange ... wie lange wisst ihr schon davon?"

„Die Tests laufen seit ein paar Wochen." Angela blinzelte die Tränen fort, aber es nützte nichts. Ihre Stimme überschlug sich trotzdem. „Am Donnerstag, bevor du nach Hause gekommen bist, haben wir das Ergebnis bekommen. Der Krebs hat sich in seinem ganzen Körper ausgebreitet, Schatz. Es ist eine sehr aggressive Form dieser Krankheit."

Emily ging zu Bill, blieb neben seinem Sessel stehen und legte ihm die Hand auf die Schulter. „Aber, Opa, du siehst so gut aus." Sie deutete zum CD-Player. „Du kannst noch singen, tanzen und lachen."

Angela konnte die Hoffnung in der Stimme ihrer Enkelin gut nachempfinden. Hatte sie nicht dasselbe empfunden, als die Ärzte ihnen das Ergebnis der Tests mitgeteilt hatten? Aber wie die Ärzte, so musste auch sie ehrlich sein. „Es ist kein Irrtum. Schon gleich beim ersten Test wurde uns gesagt, dass diese Möglichkeit bestünde."

Emily schüttelte den Kopf. „Kann er denn nicht operiert werden? Kann er denn keine Chemotherapie oder

Bestrahlung oder sonst was bekommen?“ Sie warf einen ängstlichen Blick zu Angela hinüber. „Ich meine, wir können doch nicht einfach kampflos ein Todesurteil hinnehmen, oder?“

„Schatz, glaub mir, die Kernspintomografie lügt nicht. Die Bilder wurden von drei Ärzten ausgewertet. Am Donnerstag und am Freitag haben wir die Ergebnisse bekommen, aber wir wollten dir erst nach Weihnachten davon erzählen.“ Ihr Blick wanderte zu ihrem Mann hinüber. „Das war der Wunsch deines Großvaters.“

Dieser griff nach Emilys Hand, und sie beugte sich hinab und umarmte ihn, während sie ihren Tränen freien Lauf ließ. „Nein, Opa, nein. Ich brauche dich doch noch!“

Seine Arme schlossen sich um sie. „Ich brauche dich auch, Schatz.“

Das war mehr, als Angela ertragen konnte. Sie bedeckte ihr Gesicht mit den Händen und weinte. Und Bill und Emily weinten ebenfalls. Irgendwann hörte Angela ihre Enkelin etwas von Wundern murmeln, dass Gott alles in der Hand habe und dass jetzt schnell etwas geschehen müsse. Und Bill sprach von Kraft und Gebet und dass er sich gesund genug fühle, um gegen den Krebs anzukämpfen. Doch Angela spürte, dass ihr das Herz brach.

Es war alles nur ein schrecklicher Albtraum. Es konnte nicht anders sein.

Sie konnte es immer noch nicht glauben. Ihre Großeltern hatten sich in ihr Zimmer zurückgezogen, um ein wenig auszuruhen. Opa hatte Krebs? Okay, er war ein bisschen blass und vielleicht auch dünner als sonst.

Aber das war doch nicht unbedingt ein schlechtes Zeichen, oder? Vielleicht irrten sich die Ärzte ja. Sie konnten nicht alle zu demselben Ergebnis gekommen sein. Vielleicht hatte ihr Grandpa die Ergebnisse des MRT aufgrund einer besonderen Blutgruppe oder der Zusammensetzung seiner Knochen verfälscht. Sie ging in ihr Zimmer, setzte sich im Schneidersitz auf ihr Bett und versuchte, sich zu konzentrieren. Angenommen, die Diagnose stimmte und ihr Grandpa hatte nur noch ein paar Monate zu leben. Falls das so war, konnte sie keinen Tag länger warten. Sie konnte sich nicht mehr die Zeit nehmen, die Kiste mit den Sachen ihrer Mutter durchzusehen.

Jetzt war es ein Wettkampf gegen die Zeit. Und die Zeit würde diesen Wettkampf nicht gewinnen.

Das Wunder, um das sie Gott bat, beinhaltete jetzt nicht mehr nur, ihre Mom und vielleicht auch ihren Dad zu finden, sondern ihre Mutter noch so rechtzeitig zu finden, dass sie sich mit ihren Eltern aussöhnen konnte. Was bedeutete, dass es vielleicht zu spät war, falls ihr das nicht in den kommenden zwei Monaten gelang.

Emily presste die Hände gegen ihre Schläfen und blendete alle anderen Gedanken aus, um sich auf das anstehende Problem zu konzentrieren. Die Kiste stand am Fußende ihres Bettes. Darin lagen faszinierende Erinnerungsstücke, die zu lesen sie viele Stunden brauchen würde. Aber enthielt sie auch irgendwelche Hinweise, durch die sie ihre Mutter oder ihren Vater finden würde? Am Tag nach Weihnachten hatten die Ämter noch geschlossen, was bedeutete, dass sie keine telefonischen Auskünfte über den Aufenthaltsort ihrer Mutter einholen konnte.

Nun denn. Dann würde sie diesen Tag eben dazu nutzen, die Aufzeichnungen in der Kiste durchzusehen. Ein Drittel des Inhalts hatte sie bereits gesichtet. Das meiste hatte sie an der Wand aufgestapelt, damit es nicht im Weg lag und sie dagegenstieß oder darauftrat. Jetzt nahm sie ein weiteres Fotoalbum aus der Kiste und blätterte es rasch durch. Später würde sie es sich in aller Ruhe anschauen und genießen.

Es kamen noch zwei kleinere Fotoalben und dann stieß sie auf ein weiteres Tagebuch. Und wieder überflog sie es nur, obwohl natürlich jeder Eintrag ihrer Mutter einen Hinweis geben könnte. Vielleicht erwähnte sie darin einen Lieblingsort, wo sie später, wenn sie älter war, mit Emilys Dad leben wollte, oder sie berichtete von etwas, das sie schon immer hatte tun wollen, nannte einen Ort, an dem sie arbeiten wollte. Irgendetwas, das ihr den Weg weisen würde, egal, wie schmal dieser Weg auch sein mochte.

„Komm schon, Mom, zeig mir etwas."

Noch mehr gerahmte Fotos und eine Reihe Jahrbücher. Emily würde sie an der Wand aufstapeln und erst später durchsehen. Aber nachdem sie das letzte Jahrbuch herausgenommen hatte, erstarrte sie. Ein Keuchen entschlüpfte ihr, als sie in die Kiste hineingriff.

Spiralblöcke.

Eine ganze Menge. Emilys Herzschlag beschleunigte sich. Dies mussten die Blöcke sein, von denen ihr ihre Grandma erzählt hatte. Kurzgeschichten hatte sie in den Tagebüchern nicht gefunden, vielleicht wurde sie ja in den Blöcken fündig, in die ihre Mutter immer geschrieben hatte.

Ein Schauder durchlief Emily, als sie die Blöcke herausnahm – es waren etwa zwanzig an der Zahl – und auf ihr Bett legte. Das waren keine Tagebücher. Ihre Tagebuchnotizen hatte ihre Mutter gern in kleine Bücher mit festem Einband und liniertem Papier geschrieben. Das hier waren einfache Spiralblöcke. Emily schlug den ersten auf und überflog die erste Seite. In großen Lettern stand dort:

Ein toller Spaziergang
Von Lauren Gibbs

Emily runzelte die Stirn und strich mit dem Daumen über die Worte. Es war tatsächlich eine Kurzgeschichte, aber wer war Lauren Gibbs? Falls ihre Mutter diese Geschichten geschrieben hatte – warum benutzte sie dann einen anderen Nachnamen? Und wessen Nachname war das überhaupt? Emily ließ ihren Blick über die Seite zum Beginn der Geschichte gleiten.

Ein Bürgersteig kann für jeden Menschen etwas anderes sein. Aber für Rudy Johnson war der Bürgersteig im Sommer 1985 der Weg in die Freiheit …

Emily blätterte langsam um. Die Geschichte nahm ungefähr die Hälfte des Blockes ein. Sie blätterte zum Anfang zurück und starrte erneut auf die Titelseite. *Lauren Gibbs?* Hatte vielleicht eine Kusine oder Freundin ihrer Mutter diese Geschichte geschrieben? Emily kniff die Augen zusammen. Die Geschichte war von Hand geschrieben, sie brauchte also nur diese Handschrift mit der in den Tagebüchern zu vergleichen.

Sofort sprang sie auf und schnappte sich eines der Tagebücher ihrer Mutter vom Boden. In aller Eile schlug sie es auf, legte es neben den Spiralblock und verglich die Handschrift. Der Strich des „y“ war weit heruntergezogen und als i-Punkt machte sie immer einen kleinen Kreis. Emily musste kein Fachmann sein, um zu erkennen, dass die Handschrift von ein und derselben Person stammte. Da gab es überhaupt keinen Zweifel. Diese Geschichte hatte ihre Mutter geschrieben.

Aber warum „Lauren Gibbs“?

Emily blätterte den Block auf der Suche nach weiteren Geschichten und irgendwelchen Hinweisen durch. Als sie nicht fündig wurde, legte sie ihn zur Seite und schlug den zweiten auf. Dort hieß es auf der ersten Seite:

Ein Sonnenuntergang im Sommer
Von Lauren Gibbs

Emilys Herz begann zu pochen. Was immer es mit dem Namen „Gibbs“ auf sich hatte, ihre Mutter hatte unter diesem Namen nicht nur eine einzige Geschichte geschrieben. Sie blätterte den ganzen Stapel durch und überflog jeweils die erste Seite eines jeden Blockes. Als sie fertig war, hatte sie eine Gänsehaut auf den Armen.

Jede Geschichte war von einer Lauren Gibbs verfasst worden.

Sie schluckte und legte die Blöcke ordentlich aufeinander. Vielleicht hatte das ja wirklich etwas zu bedeuten. Sie wollte gerade aufstehen und zu ihren Großeltern gehen, als ihr Blick auf einen weiteren Satz fiel. Auf die erste Seite eines Blockes hatte ihre Mutter geschrieben:

Lauren Anderson liebt David Galanter.

Aber irgendetwas kam ihr daran ungewohnt vor. Eine ganze Zeit lang starrte Emily den Satz an, bevor es ihr endlich auffiel. Sie hatte den Nachnamen ihres Vaters immer „G-a-l-e-n-t-e-r" buchstabiert, ihre Großeltern aber nie nach der richtigen Schreibweise gefragt, da sich ihre Gespräche über die Vergangenheit fast ausschließlich um ihre Mutter drehten. Hatte sie also all die Jahre den Namen ihres Vaters falsch geschrieben und ihn wegen dieses dummen Fehlers nicht gefunden?

Eine Quelle neuer Möglichkeiten begann, in ihr zu sprudeln. Sie rannte zur Tür, riss sie auf – und zögerte. Es war kurz nach drei und im Haus war es still. Auf Zehenspitzen schlich sie die Treppe hinunter und spähte in das Schlafzimmer ihrer Großeltern. Beide lagen im Bett und schliefen. Sie konnte sie ja auch später noch nach dem Namen fragen. In aller Eile huschte Emily die Treppe wieder hinauf und schlich ins Arbeitszimmer, das Zimmer, das früher ihrer Mutter gehört hatte.

Sie schaltete den Computer ein und zog sich einen Stuhl heran. „Beeil dich", drängte sie. „Nun fahr schon endlich hoch." Ihr Blick hing wie gebannt am Bildschirm, während sie nervös über ihre Oberschenkel rieb. Der Muskelkater vom letzten Fußballspiel quälte sie immer noch, eine Mahnung an sie, morgens früher aufzustehen und joggen zu gehen. Aber im Augenblick konnte sie sich mit nichts anderem beschäftigen; zuerst musste sie mit ihrer Suche weiterkommen.

Sie würde ihre Grandma nach dem Namen „Lauren Gibbs" fragen. Vielleicht gab es ja eine Verwandte dieses Namens oder eine Freundin drüben in Kalifornien. Dies war der beste Hinweis in der ganzen Kiste, auch wenn er sie vermutlich nicht weiterbringen würde.

Aber der Name ihres Vaters? Das war eine große Sache. Nun, da sie die richtige Schreibweise kannte, konnte sie es kaum erwarten, den Namen in eine Suchmaschine einzugeben.

Der Computer war endlich hochgefahren und bereit. Emily loggte sich ins Internet ein und wartete. Ihre Großeltern verfügten über einen blitzschnellen Internetzugang und innerhalb von Sekunden war sie online. Sie rief die Suchmaschine auf und atmete tief durch. „Also gut, los geht's." Der Name ihres Vaters war ihr vertraut, weil sie ihn Hunderte Male eingegeben hatte, bis sie irgendwann doch aufgegeben hatte.

Augenblicke später erschien eine Auflistung auf dem Bildschirm und Emilys Kehle schnürte sich zusammen. Irgendwo auf dieser Liste konnte die Information versteckt sein, die sie zu ihrem Vater führen würde. Sie überflog die Informationen zu den ersten vier Websites. „David Galanter" war eigentlich kein gängiger Name, trotzdem fanden sich Hunderte von Einträgen. Der erste David Galanter war Inhaber einer Schädlingsbekämpfungsfirma.

„Schädlingsbekämpfung?" Emily rümpfte die Nase. „Du arbeitest doch bestimmt nicht bei der Schädlingsbekämpfung, oder, Dad?" Sie klickte die Verbindung an, und eine Homepage erschien, die mit Spinnen übersät war, und ab und zu huschte auch eine Schabe über den Bildschirm. Emily erschauderte. Sie hasste Ungeziefer. Aber gab es hier vielleicht ein Foto von diesem David Galanter, dem Inhaber dieser Firma?

Sie überflog die Seite und rechts oben entdeckte sie den Link für die Kontaktaufnahme.

„Okay, nehmen wir Kontakt auf." Sie klickte den Button an und eine weitere Seite öffnete sich. Darauf war das lächelnde Gesicht eines Farbigen zu sehen. Neben dem Foto stand: „Bei David Galanter bekommen Sie alles, was Sie für die effektive Schädlingsbekämpfung brauchen."

Emily blies sich eine Haarsträhne aus dem Gesicht. „Du bist es also nicht."

Sie ging zurück auf die erste Seite mit der Liste der Websites. Einer war Autor von Theaterstücken. Das Foto zeigte einen weißhaarigen Mann Mitte siebzig. Emily rief erneut die Liste auf.

Der nächste David Galanter war Dozent an der *Azusa Pacific University*. Nur zum Spaß klickte sie den Link an und stieß auf ein Foto. „Hmm." Sie zog eine Augenbraue in die Höhe, während sie das Onlinefoto studierte. „Du bist wirklich niedlich, aber du bist nicht mein Dad."

Der vierte David Galanter war Ausbilder in der Jagdfliegerstaffel bei *Top Gun*. Emily neigte den Kopf zur Seite. „Interessant ..." Sie klickte den Link an, aber hier gab es kein Foto. Auf der Seite waren die Namen von Beschäftigten eines Luftwaffenstützpunkts außerhalb von Reno in Nevada aufgeführt. Sie klickte den Link an und las ein paar Abschnitte. Ende der neunziger Jahre war *Top Gun*, die Akademie zur Ausbildung der Jagdflieger, nach Nevada verlegt worden, aber der Name *Top Gun* war geblieben. Wie in dem Film aus den achtziger Jahren.

Bildete ihr Vater Jagdflieger aus? Ihre Grandma hatte ihr erzählt, er käme aus einer wohlhabenden Familie. Einer Familie, die ihren Reichtum durch Kapitalanlagen und Bankgeschäfte erworben hatte. Und Grandpa hatte erzählt, Davids Eltern hätten sich gewünscht, dass er in die Wirtschaft ging. Und das hatte er vermutlich auch getan. Sie nahm sich einen Zettel und notierte sich einige Informationen.

Sie ging zurück zu der Liste mit den Suchergebnissen und fand noch einige andere Möglichkeiten. Ein David Galanter war Inhaber eines Supermarkts in Utah und ein anderer der Vorsitzende des *Boys and Girls Club* in Portland, Oregon. Sie notierte sich die Angaben zu beiden und noch zu einem weiteren: Ein David Galanter verkaufte Versicherungen in Riverside, Kalifornien.

„Super!" Sie starrte auf die Liste. „Einer wohnt in Kalifornien!"

Hoffnung stieg in ihr hoch. Es war Sonntag. Morgen früh würde sie sich sofort daranmachen, die Liste mit den David Galanters abzutelefonieren. Ihr Dad war sechsunddreißig, genau wie ihre Mom. Und sie konnte ihn beschreiben oder ein Foto faxen, falls das nötig wäre. Sie starrte zum Fenster hinaus in den Sonnenuntergang. Sie konnte den Morgen kaum erwarten.

In diesem Augenblick hörte Emily Geräusche von unten. Offenbar waren ihre Großeltern aufgestanden. Sofort sprang sie auf, rannte zur Zimmertür hinaus und nach unten in die Küche. „Grandma! Grandpa!" Sie klammerte sich am Tresen fest und blickte ihre Großeltern atemlos an. „Ich habe etwas gefunden!"

„Wirklich?" Ihre Grandma schob gerade ein Blech mit Truthahnresten in den Backofen. Obwohl das Fleisch noch kalt war, roch die ganze Küche bereits danach. „Was denn?"

Emily befeuchtete mit der Zunge die Lippen. Ihre Kehle war wie ausgedörrt. „Was sagt euch der Name ‚Lauren Gibbs'?"

Ihre Großmutter runzelte die Stirn und ihr Großvater starrte sie verständnislos an. „Nie gehört."

Emilys Hoffnung drohte zu zerplatzen. „Noch nie?"

„Ich auch nicht." Ihre Grandma nahm eine Serviergabel aus der Küchenschublade und legte sie auf die Arbeitsfläche. „Wie kommst du auf diesen Namen, Liebes? Hat deine Mutter darüber geschrieben?"

Emily zog sich einen Barhocker heran und setzte sich. „Das ist der Name, unter dem sie all ihre Kurzgeschichten verfasst hat. Mom hat Tonnen von Kurzgeschichten geschrieben, Grandma." Sie blickte ihren Grandpa an. „Und über jeder steht ein Titel und darunter: ‚Von Lauren Gibbs'."

„Lauren Gibbs?" Ihre Grandma hielt inne und zog die Nase kraus. „Warum in aller Welt sollte sie so etwas tun?"

„Einen Augenblick mal." Ihr Großvater lehnte sich gegen den Kühlschrank und hob den Finger. Er blickte die beiden Frauen an. „Angie, erinnerst du dich noch an das Buch, das Lauren gelesen hat, als sie, warte mal, etwa zwölf oder dreizehn war?"

Ihre Grandma winkte ab. „Schatz, ich habe keine Aufzeichnungen über die Bücher geführt, die Lauren gelesen hat. Es waren so viele." Sie nahm Teller aus dem Schrank. „Außerdem war das vor langer Zeit."

„Ich weiß, aber ich erinnere mich, dass sie mir davon erzählt hat. Zumindest ... glaube ich das." Er kniff die Augen zusammen, als versuche er, sich in jene Zeit zurückzuversetzen und sich an jede Einzelheit zu erinnern. Als er die Augen öffnete, strahlte er. „Ja, ich erinnere mich genau. Es war eines ihrer Lieblingsbücher. Abends kam sie oft in mein Arbeitszimmer und hat mir ein Kapitel daraus vorgelesen." Er blickte seine Frau an. „Erinnerst du dich nicht mehr? Eine der Hauptpersonen in dem Buch hieß Lauren Gibbs."

„Wirklich?" Erregung machte sich in Emily breit. Sie durchquerte die Küche und nahm einen Salat und Beilagen aus dem Kühlschrank und legte sie auf die Arbeitsfläche neben dem Backofen. Ihre Grandma stellte die grünen Bohnen in die Mikrowelle, wischte sich die Hände ab und drehte sich zu ihrem Mann um. „Hat Lauren etwas darüber gesagt?"

„Ja." Er gestikulierte mit den Händen. „Ich erinnere mich jetzt wieder. Sie hat mir erzählt, der Name ‚Lauren Gibbs' gefalle ihr so gut. Ich schätze, sie mochte einfach diese Figur. Ich erinnere mich, wie sie gesagt hat, so wolle sie werden, wenn sie erwachsen sei."

„Und wie hieß das Buch, Opa?" Emily ging zu ihm. Mit aufgerissenen Augen blickte sie ihn an. „Vielleicht finden wir darin ja einen Hinweis."

Er kniff die Augen zusammen und wartete ein paar Sekunden. Dann schüttelte er den Kopf und blickte sie an. „Ich kann mich nicht mehr an den Titel erinnern."

Das machte nichts. Zumindest hatte sie jetzt einen neuen Anhaltspunkt. Damit konnte sie weiterarbeiten. Außerdem war da noch der Name ihres Vaters, und zwar in der richtigen Schreibweise. Beim Abendessen erzählte sie ihnen von den David Galanters, die sie im Internet gefunden hatte.

„Der eine bildet Jagdflieger aus?" Ihre Grandma legte die Gabel hin. „Was war der andere?"

„Versicherungskaufmann in Kalifornien."

„Ich würde auf den Versicherungstypen tippen, falls es einer von ihnen ist." Ihr Großvater wirkte erschöpft. Seinen Worten fehlte die Energie, die noch eine Stunde zuvor zu spüren gewesen war. „Samuel Galanters Sohn wäre nicht zur ‚Navy' gegangen, obwohl er immer davon geträumt hat, den Pilotenschein zu machen.

Nicht bei all den Plänen, die dieser Mann für seinen Sohn hatte."

„Da muss ich dir zustimmen." Ihre Großmutter lächelte Emily vorsichtig an. „Aber, Schatz, du musst realistisch sein. Es gibt keinen Grund, warum Davids Name überhaupt im Internet zu finden sein sollte, das weißt du, nicht?"

„Ja." Emily starrte auf ihr Essen, das sie noch kaum angerührt hatte. Sie war viel zu aufgeregt, um auch nur an Essen zu denken. Ihr Blick suchte erneut den ihrer Grandma. „Es ist einfach ein Versuch." Sie lächelte. „Aber genau darum geht es doch bei Wundern, nicht wahr?"

„Genau." Der Gesichtsausdruck ihrer Grandma wurde weicher. „Ich schätze, es ist an der Zeit, dass auch ich anfange, an Wunder zu glauben."

Am Abend sahen sie sich einen Film im Fernsehen an und unterhielten sich noch eine Weile über die Krebserkrankung ihres Großvaters. Emily zog sich früh in ihr Zimmer zurück. Sie lag in ihrem Bett, starrte an die Decke und wünschte sich, die Uhr würde schneller ticken, damit sie am Morgen die David Galanters auf ihrer Liste überprüfen konnte. Aber nicht nur das beschäftigte sie. Sie dachte auch unablässig an ihre Mutter und das Buch, von dem sie ihrem Vater erzählt hatte, und daran, wie gut ihr der Name „Lauren Gibbs" gefallen hatte. So gut, dass sie unter diesem Namen ihre Kurzgeschichten verfasste.

Emily drehte sich auf die Seite, damit sie zum Fenster hinausschauen konnte. „Gott, es muss doch außer den Kurzgeschichten noch etwas in dieser Kiste sein! Kannst du mir helfen, das zu finden, was ich brauche? Bitte?" Sie dachte an ihren Grandpa und den Kampf, der gerade erst begonnen hatte. „Ich habe nicht mehr viel Zeit, Herr."

Wenn sie mit Gott sprach, wurde sie immer von einem tiefen Frieden erfüllt. Das war auch dieses Mal wieder so. Aber da war noch etwas anderes. Ein Gefühl der Dringlichkeit überkam sie ... als wäre sie auf etwas Wichtiges gestoßen.

Jetzt musste sie nur noch herausfinden, was genau es war.

Kapitel 18

Es zeigte sich, dass der Artikel über das Waisenhaus doch sehr sentimental werden würde.

Bei Laurens erstem Besuch in dem halb zerstörten Gebäude, in dem einhundert Kinder untergebracht waren, hatte sie zu wissen geglaubt, was in ihrer Story stehen würde. Sie brauchte sich nur ein wenig mit den Kindern zu beschäftigen, die der Krieg zu Waisen gemacht hatte. Dann würde sie ihre Geschichte zu Papier bringen und den Artikel bis zum Redaktionsschluss am Freitag an ihre Kollegen schicken. Der erste Teil der Story war genauso ausgefallen wie erwartet und die Leute in der New Yorker Redaktion waren begeistert gewesen.

„Die Story könnte die öffentliche Meinung entscheidend beeinflussen", erklärte ihr der Redakteur. „Das ist eine ganz große Sache."

Das hätte ihr genügen sollen, zumal Scanlon wirklich hervorragende Fotos zusammengestellt hatte.

Aber während des Mittagessens bei diesem ersten Besuch war eine der Mitarbeiterinnen mit einem Wasserkrug zu ihr gekommen und hatte ihr etwas ins Ohr geflüstert.

„Einige der Kinder sind Amerikaner." Die Frau hatte sich ängstlich umgeblickt. Sie schien große Angst zu haben. „Sie wurden von amerikanischen Soldaten gezeugt."

Lauren bemühte sich, ruhig zu bleiben. Lächelnd deutete sie auf ihr Sandwich und nickte, als hätte die Bemerkung der Frau etwas mit dem Essen auf ihrem Teller zu tun gehabt. Dann hatte sie geflüstert: „Wir treffen uns in fünf Minuten draußen."

Die Frau hatte Laurens Wasserglas nachgefüllt, genickt und war weitergegangen. Nach fünf Minuten hatte sich Lauren entschuldigt, war aufgestanden und hatte Scanlon gesucht. „Ich bin gleich wieder da."

„Wo gehst du hin?" Er hatte nervös gewirkt. In den vergangenen achtzehn Monaten hatte er die Rolle ihres Leibwächters übernommen. Mit ihren blonden Haaren war sie leicht als Amerikanerin zu erkennen. Außerdem mischte sie sich in jede Facette des afghanischen Lebens ein. Ihre Redakteure hatten sie davor gewarnt, allein unterwegs zu sein, da Personen aus dem Westen nach wie vor gern entführt wurden, um Lösegeld oder politisches Entgegenkommen zu erpressen.

„Alles in Ordnung." Sie hatte zum Garten des Waisenhauses hinübergedeutet. „Eine der Mitarbeiterinnen will mit mir reden."

Scanlon hatte die Augenbrauen in die Höhe gezogen, war nervös von einem Fuß auf den anderen getreten und hatte seine Kamera gerade gerückt. „Ich bin da, falls du mich brauchst."

„Ist gut." Sie hatte ihn kameradschaftlich in die Schulter gekniffen und kurz gegrinst. Dann hatte sie sich umgedreht und den Speisesaal durchquert. Immer wieder war sie stehen geblieben, um mit den Kindern zu plaudern. An der Tür hatte sie sich gestreckt und tief durchgeatmet. Vorsichtig hatte sie sich umgeblickt – niemand schien sie zu beobachten. Draußen hatte sie die Mitarbeiterin in der Nähe einer eingestürzten Mauer entdeckt. Der Wind hatte aufgefrischt und die Frau hatte sich zum Schutz vor dem Sand einen Schleier über Nase und Mund gezogen. In der Hand hatte sie den Wasserkrug gehalten, und Lauren hatte bemerkt, dass sie neben einem tropfenden Wasserhahn stand. Als Lauren näher kam, hatte sie einen Blick über die Schulter geworfen, um sich davon zu überzeugen, dass sie allein waren.

„So groß", hatte die Frau in gebrochenem Englisch gesagt. „Dein Volk sagt, Amerikaner hier, um uns zu helfen." Lauren nickte. „Einige ja, einige nein. Einige schlafen mit unseren Frauen und machen Babys." Sie deutete zum Waisenhaus. „Amerikanische Babys haben hier keinen Platz. Niemand will sie."

Lauren war entsetzt. Warum war ihr nicht schon vorher dieser Gedanke gekommen? In Afghanistan mussten Tausende von Soldaten stationiert sein, meistens Männer. Natürlich amüsierten sich ein paar von ihnen mit den einheimischen Frauen. Zweifellos machten einige der Frauen auch bereitwillig mit. Aber bisher war sie noch nicht auf den Gedanken gekommen, dass einige dieser Frauen schwanger geworden sein könnten.

„Warum behalten sie die Babys nicht?" Sie hatte zur Tür geblickt. Niemand schien ihnen Beachtung zu schenken.

Entsetzt hatte die Frau die Augen aufgerissen und den Kopf geschüttelt. „Keine Babys, wenn keinen Mann. Nicht richtig."

Stimmt. Die Frauen mochten von der Burka befreit worden sein, trotzdem gab es einen Sozialkodex, an den sie sich zu halten hatten. Als alleinstehende Frau schwanger zu sein, kam sicherlich einer Lepraerkrankung in biblischen Zeiten gleich. Ein Windstoß fegte über den Hof und Lauren hatte schützend die Hände vor ihr Gesicht gelegt. Als die Windbö abgeklungen war, hatte sie die Frau wieder angeblickt. „Wo kommen die Babys auf die Welt? Und was geschieht mit den Kindern?"

„Da sein noch mehr." Die Frau hatte sich umgeschaut und war einen Schritt auf sie zugetreten. „Wir treffen uns in zwei Wochen wieder hier. In zwei Wochen. Dann ich erzähle Rest der Geschichte."

Die zwei Wochen waren schnell vergangen. Ein Aufflackern von Gewalttätigkeiten im Bergland hatte sie und Scanlon nach Weihnachten für drei Tage ins Landesinnere geführt. Zweimal hatten sie die Auseinandersetzungen so hautnah miterlebt, dass sie um ihr Leben gefürchtet hatten. Reporter hielten sich gern für unverwundbar, weil sie nur Zuschauer des Krieges waren. Aber das stimmte nicht. Lauren wusste sehr genau, wie viele Reporter seit dem Beginn des Krieges vor mehr als zwei Jahren ihr Leben verloren hatten.

Jetzt war der 5. Januar und sie und Scanlon waren wieder auf dem Weg zu diesem Waisenhaus. Der Artikel war noch nicht erschienen. Sie wollte zuvor alle Einzelheiten wissen, bevor sie ihren Artikel schrieb. Falls die Story sich so entwickelte, wie sie hoffte, dann bot sie durchaus Potenzial für einen Leitartikel.

Amerikanische Soldaten hinterließen eine Generation von Waisenkindern? Das würde die Sensationspresse in Atem halten.

Die Straße zum Waisenhaus war mit Schlaglöchern übersät und sie und Scanlon wurden auf dem Rücksitz ziemlich durchgeschüttelt. Es war ein sonniger Tag, windig und trocken, genau wie alle anderen Tage im vergangenen Monat. Zum Glück war es nicht ganz so heiß wie das letzte Mal, als sie und Scanlon hierhergefahren waren. Auch jetzt wieder trugen sie Shorts und T-Shirts. Scanlon blickte zum Fenster hinaus und seufzte. „Ich hab ein ungutes Gefühl bei dieser Story."

„Ich auch." Sie nahm ihre abgetragene Schultertasche und kramte darin herum. Bei Storys wie dieser reichte Papier in der Regel nicht aus. Sie hatte einen Kassettenrekorder und eine Reihe Kassetten und Batterien eingesteckt. Besorgt blickte sie Scanlon an. „Das wird bestimmt die größte Story des Jahres über Afghanistan."

Er schüttelte den Kopf, kniff die Augen zusammen und starrte an ihr vorbei auf die kahlen Berge, die sich neben der schmalen Straße erhoben. „Ich weiß nicht." Sein Blick suchte den ihren. „Warum hat sie dir nicht schon beim ersten Mal alles gesagt?" Er deutete mit dem Kopf auf die vor ihnen liegende Straße. „Wir mussten wieder einen Fahrer anheuern und zum zweiten Mal die lange Fahrt auf uns nehmen." Er hielt inne und starrte auf die Straße. „Das kommt mir irgendwie verdächtig vor."

„Scanlon, du machst dir zu viele Gedanken." Lauren kramte erneut in ihrer Tasche und nahm eine Flasche mit Sonnenmilch heraus. Einige Fliegen schwirrten um sie herum und sie schlug nach ihnen. „Die Frau hatte

Todesangst. Weitere fünf Minuten mit mir und sie wäre vermutlich vor Angst ohnmächtig geworden."

„In Ordnung." Er legte seinen Arm auf die Rücklehne des Sitzes und lehnte sich gegen die Tür. „Ich habe trotzdem ein mulmiges Gefühl."

„Das macht nichts." Sie tätschelte sein Knie. „Sieh nur zu, dass du Fotos von den versteckt gehaltenen hellhäutigen Kindern bekommst."

„Hast du welche gesehen? Ich meine, weißt du, wo sie untergebracht sind?"

„Natürlich nicht." Sie rieb ihr rechtes Bein bis hinunter zum Knöchel mit Sonnenschutz ein. „Deswegen kommen wir doch wieder her. Die Frau besitzt noch mehr Informationen, und dann werde ich sie überreden, mich zu den Kindern zu führen."

„Viel Glück." Seine Augen funkelten und er schüttelte den Kopf. „Die Frau hat Angst, mit dir zu reden, und du denkst, sie würde dich in das Versteck führen?" Er nickte. „Falls wir überhaupt so weit kommen, brauchst du dir keine Sorgen zu machen. Ich werde Hunderte von Bildern schießen." Sein Lächeln verschwand. „Pass bloß auf, Lauren."

„Aber das mache ich doch immer." Die restliche Fahrt verbrachten sie schweigend. Lauren sehnte das Ende der Fahrt herbei, nicht nur, um mit der Mitarbeiterin zu reden, sondern auch, weil sie die Kinder wiedersehen wollte. Mittlerweile hatte sie bereits einige Lieblinge dort, Kinder, mit denen sie sich bei ihrem letzten Besuch unterhalten hatte. In ihrer Tasche steckte ein großer Vorrat an Lutschern. Wenn Scanlon nichts dagegen hatte, würde sie den Nachmittag dort verbringen und mit den Kindern plaudern.

Nachdem sie vor dem Waisenhaus zum Stehen

gekommen waren, bezahlten sie ihren Fahrer und stiegen aus. Er hatte keinen weiteren Auftrag und wollte sie auch wieder zurückbringen. Er stellte seinen Wagen unter einen dürren Baum und kurbelte das Fenster herunter. „Ich warte."

„Danke." Lauren lächelte ihn an und tippte auf ihre Uhr. „Es könnte einige Stunden dauern."

„Okay." Er legte seine Hände zusammen und an seine Wange. „Ich schlafe hier."

„Gut." Lauren nickte ihm zu und sie und Scanlon gingen hinein. Die Kinder spielten auf dem Hof und im Speisesaal. Wenn es im Heim feste Essenszeiten gab, würden die Kinder in einer Viertelstunde Mittagessen bekommen.

Sie hatten das Haus kaum betreten, als ein Mann auf sie zukam. Sie sahen ihn zum ersten Mal; bei ihrem letzten Besuch war er nicht da gewesen. „Hallo, ich bin Feni." Er sprach gutes Englisch mit leichtem Akzent. „Sie wollen über unsere Waisenkinder schreiben, ja?"

„Ja." Lauren trat vor. Natürlich würde sie ihm nicht verraten, dass sie sich mit einer seiner Mitarbeiterinnen treffen wollte. „Die Menschen wollen mehr über die Kinder erfahren. Sie wollen wissen, wie sie unter dem Krieg leiden."

„Sehr gut." Er lächelte sie an. „Ich bin der Direktor des Waisenhauses. Wenn Sie Fragen haben, finden Sie mich im Büro." Er deutete mit der Hand zu den Kindern auf dem Boden. „Unsere Kinder sind sehr lieb, sehr hoffnungsvoll. Bitte … lassen Sie es mich wissen, wenn Sie etwas brauchen."

Ein Windstoß rüttelte an den Fensterläden. Lauren streckte Feni die Hand hin. „Vielen Dank. Ich werde mich an Sie wenden, wenn wir noch Fragen haben."

Der Mann nickte Scanlon zu, drehte sich um und ging ins Büro zurück. Als er fort war, überlief Lauren ein eisiger Schauer. „Das letzte Mal habe ich ihn nicht gesehen, du?"

„Ich auch nicht, aber ich habe es dir ja gesagt." Scanlon trat so dicht an sie heran, dass ihre Arme sich beinahe berührten. „Ich habe ein ungutes Gefühl. Denk an das, was uns der Pressesprecher der Armee gesagt hat. Man sollte sich nie mit einem Einheimischen an einem Ort treffen, an dem man nicht von allen gesehen werden kann."

„Richtig." Sie wischte sich ihre Handflächen an den Shorts ab und kämpfte gegen ihre Angst an. „Aber das hier ist anders. Die Frau arbeitet schließlich in dem Waisenhaus, Scanlon." Sie blickte ihn zuversichtlich an. „Wirklich!"

In diesem Augenblick kam ein kleines Mädchen angerannt. Sein Haar fiel ihm offen über den Rücken. Lauren erkannte es von ihrem ersten Besuch. Das Mädchen war ihr beinahe wie ein Schatten gefolgt. Es war ein süßes Ding, nicht viel älter als sieben Jahre, und einer seiner Schneidezähne fehlte.

Das Mädchen blieb vor ihr stehen und verbeugte sich. „Hallo, Miss."

„Hallo." Lauren lächelte sie an. Sie streckte die Hand aus und das Mädchen ergriff sie, drückte ihre Finger. „Senia, richtig?"

„Ja." Die Augen des Mädchens funkelten.

„Wie geht es dir, Senia?" Lauren lächelte erneut und wieder wurde sie von tiefer Traurigkeit erfasst. Emilys Tod hatte sie so vieler Freuden beraubt. Aber es war nicht nur der Verlust ihrer Tochter. Sie war auch traurig, weil ihr Beruf es ihr unmöglich machte, die

Adoption eines Mädchens wie Senia auch nur in Betracht zu ziehen.

Das Kind grinste noch breiter als zuvor. „Gut." Sie spähte in Laurens Tasche. Dann zog sie ihre Augenbrauen hoch. „Süßigkeiten, Miss? Süßigkeiten, bitte." Sie streckte ihre Hand aus. „Bitte, Miss."

Die Kinder sprachen nur gebrochen Englisch, aber es machte ihnen Spaß, ihre wenigen Kenntnisse anzuwenden. Lauren hätte die einfachen Worte und Sätze, wie Kinder sie benutzten, auch in deren Muttersprache verstanden. Aber sie wollten sie beeindrucken und darum sprachen sie meist englisch.

Lauren lächelte das Mädchen an. „Okay." Sie deutete auf den Tisch, der bereits gedeckt war. „Nach dem Essen."

Der Blick des Mädchens wanderte zum Tisch und sie begriff. Sie nickte und senkte den Blick. „Miss, du schön."

Der neben ihr stehende Scanlon hatte bereits die Kamera gezückt. Er machte Fotos von dem Kind, seinem ernsten Gesichtsausdruck und wie es mit ehrfurchtsvollem Blick zu den Besuchern aufschaute. „Du hast doch deine Spielkarten dabei, oder?" Er stieß sie leicht mit dem Knie an. „Hol sie heraus. In null Komma nichts wirst du von Kindern umringt sein."

Das war eine gute Idee.

Lauren holte ihr Kartenspiel aus der Tasche. Sie hielt die Karten in die Höhe, damit das kleine Mädchen sie sehen konnte. Langsam ließ sie sich auf dem Boden nieder. „Komm", sagte sie zu dem Mädchen, „wir spielen."

Scanlon trat zurück, und wie er vorausgesagt hatte, war Lauren sofort von einem Dutzend Kinder umringt, die alle die Karten in Laurens Händen anstarrten. Sie gab dem Jungen rechts von ihr eine Karte mit vier Kegeln. „Vier", erklärte sie ihm. Dann hielt sie vier Finger in die Höhe und zählte. „Eins, zwei, drei, vier."

Erkenntnis flackerte in den Augen des Jungen auf. Er hüpfte vor Freude und nahm die Karte. Die anderen Kinder hoben ihre Hände und warteten, bis sie jedem eine Karte in die Hand gedrückt und erklärt hatte, was sie bedeutete. Sie hielten ihre Karten noch in den Händen, als die Küchenhelferinnen aus der Küche in den Speisesaal kamen.

„Hier –" Lauren hielt ihnen die Schachtel hin und legte den Rest der Karten hinein. Die Kinder folgten ihrem Beispiel. „Später." Sie blinzelte Senia zu. „Wenn es Süßigkeiten gibt."

Die Kinder entdeckten die Küchenmädchen, sprangen auf und verteilten sich an ihre Plätze am Tisch.

„Wo ist die Informantin?" Scanlon sprach so leise, dass sie ihn kaum verstehen konnte.

Lauren betrachtete die Frauen. „Sie ist nicht dabei."

„Siehst du." Die Frauen gingen langsam zum Tisch. „Irgendetwas stimmt hier nicht."

Die Helferinnen entdeckten Lauren und Scanlon, lächelten sie an und winkten sie heran. Sechs lange Tische waren dicht aneinander in dem Raum aufgestellt und an jedem saßen zwanzig Kinder. Lauren war erstaunt, wie schnell die Frauen die Brote auf den Tischen verteilten und den Kindern Wasser eingossen. Sie blieb ein paar Meter entfernt stehen, während Scanlon die Speicherkarte in seiner Digitalkamera wechselte.

Lauren war davon ausgegangen, dass sie sich um die Mittagszeit mit der Frau treffen sollte. Bei ihrem ersten Besuch hatten sie während des Mittagessens miteinander gesprochen, und sie waren nicht gestört worden, weil die Kinder beschäftigt waren. Aber wo steckte sie? Nicht nur Scanlon war nervös; auch ihr war mulmig zumute. Sie hatte nun ebenfalls das ungute Gefühl, dass irgendetwas nicht stimmte.

Feni, der Mann aus dem Büro, betrat den Raum und beobachtete die Kinder. Dann schaute er in ihre Richtung und winkte ihr zu. Sie winkte zurück und er verschwand wieder in seinem Büro. Dabei erhaschte sie einen Blick in den Raum. Darin stand ein Schreibtisch und ein Telefon, nicht viel mehr.

„Dieser Feni macht mich nervös." Scanlon hatte seine Kamera gezückt. Er überprüfte eine Einstellung. „Er ist mir nicht ganz geheuer."

Lauren biss sich auf die Lippe. „Vielleicht mag er es nicht, wenn Amerikaner in seinem Waisenhaus herumhängen."

„Vielleicht."

Die Kinder verspeisten ihr Mittagessen, und Scanlon machte gerade eine Bemerkung über die Helferinnen, die nicht ganz bei der Sache zu sein schienen, als Lauren aus den Augenwinkeln heraus eine Frau entdeckte, die über den Hof zur Tür geeilt kam. Sie hielt den Atem an; es war ihre Informantin. Die Frau blieb in der Tür stehen und ihre Blicke trafen sich.

„Hey." Sie beugte sich zu Scanlon hinüber; ein Lächeln umspielte ihre Lippen, damit die Erwachsenen im Raum nicht auf sie aufmerksam wurden. „Sie ist da. Ich komme gleich wieder."

„Ich begleite dich." Er steckte seine Kamera in die Tasche und wollte sich neben ihr in Bewegung setzen.

„Nein." Sie warf ihm einen unmissverständlichen Blick zu. „Sie wollte mit mir allein reden."

Er presste die Lippen aufeinander und seufzte frustriert. „Also gut." Sein Blick wanderte zur Haustür. „Bleib in der Nähe."

„Mache ich."

Als sie das Gebäude verließ, hörte sie, wie die Kinder nach ihr riefen. Ein Blick über die Schulter zeigte ihr, dass Scanlon sich der Kinder angenommen hatte; er erklärte ihnen, dass sie gleich zurückkommen würde. Lauren beschleunigte ihre Schritte.

Es blieb ihnen nicht viel Zeit. Sie betrat den Hof und wieder schlug ihr eine Windbö entgegen. Mit abgeschirmten Augen sah sie sich um, aber die Frau war nicht mehr da. „Hallo?" Sie ging ein paar Schritte weiter und suchte den Hof ab. Es gab mehrere Nischen und Winkel hinter halb eingestürzten Mauern, doch die Frau war nirgends zu sehen.

Unruhe machte sich in ihr breit, und sie rechnete beinahe damit, Feni hinter einer der eingestürzten Mauern hervorkommen zu sehen. Sie besaß eine Pistole, hatte sie aber nicht mitgenommen. Falls Feni einen Anschlag plante, konnte sie ihm keinen Widerstand leisten. Gerade wollte sie sich umdrehen und wieder hineingehen, als sie Kinderstimmen hinter sich hörte.

„Miss!" Es war Senia, die zusammen mit einem anderen kleinen Mädchen und zwei Jungen in den Hof gerannt kam. „Miss, Süßigkeiten? Bitte?"

Lauren wollte ihnen gerade sagen, dass die Süßigkeiten im Haus gegessen werden müssten und dass sie hineingehen und auf sie warten sollten, als sich ein Kugelhagel über den Hof ergoss. Sie wirbelte herum und sah sich drei schwarz gekleideten Gestalten gegenüber, die jeder ein Maschinengewehr auf sie richteten.

„Aufhören!" Sie streckte die Hand nach ihnen aus, dann drehte sie sich zu den Kindern um. Zwei von ihnen lagen auf dem Boden, ihre weißen T-Shirts blutbespritzt, und ein dunkler Fleck breitete sich unter ihnen aus. „Nein!" Sie wollte auf sie zurennen, als erneut auf sie gefeuert wurde.

Ein brennender Schmerz durchzuckte ihre Schulter. Sie stürzte auf den glühend heißen Zementboden. Eine Kugel hatte ihre Schulter durchbohrt. Sie versuchte, sich aufzurichten, doch es gelang ihr nicht; sie konnte sich nicht rühren. Plötzlich erklangen laute Stimmen, Schreie ertönten, und sie schaute zu den Männern hinüber, die immer noch im Wüstensand standen. Ihre Gewehre schwenkend, kamen sie auf sie zu, und Lauren begriff: Sie hatten es auf sie abgesehen. Trotz ihres Schmerzes und ihrer Verwirrung erkannte sie, was hier vorging. Scanlon hatte recht gehabt. Es war eine Falle gewesen. Die Geschichte dieser Frau war vermutlich genauso erfunden wie die anderen Lockgeschichten, die man ihr schon vor die Nase gehalten hatte.

Normalerweise war sie klug genug, solche Begegnungen mit namenlosen Informanten, die ihr schockierende Enthüllungen versprachen, zu durchschauen. Aber dieses Mal war es um Kinder gegangen … um kleine Kinder. Sie spürte, wie sie das Bewusstsein verlor. Lauren kämpfte dagegen an und hielt mit Mühe die Augen geöffnet. Die Männer kamen näher und sie hätte am liebsten angefangen zu schreien. Aber dann hätten sie bestimmt erneut das Feuer auf sie eröffnet. Stattdessen blieb sie reglos liegen. Vielleicht würden sie ja annehmen, sie wäre tot.

Und vielleicht war ihre Verletzung ja auch tatsächlich tödlich. Ihre Schulter brannte wie Feuer, und sie spürte, wie sich etwas Warmes und Feuchtes unter ihr ausbreitete. Sterne tanzten vor ihren Augen, und sie zwang sich, bei Bewusstsein zu bleiben und der Dunkelheit, die nach ihr griff, nicht nachzugeben. *Nein*, befahl sie sich. *Noch nicht!* Die Kinder brauchten sie. Schließlich waren zwei von ihnen getroffen worden ...

Ganz vorsichtig schob sie sich weiter zurück, in Richtung der Kinder. Noch während sie dies tat, kam Feni aus einer Tür auf der anderen Seite des Hofes gestürmt und feuerte. Einer der drei Schützen sank getroffen zu Boden. Gleichzeitig wurde aus einem Fenster des Waisenhauses geschossen, und bevor die Schützen reagieren konnten, lagen auch schon alle drei auf dem Boden.

Feni kam näher und feuerte eine weitere Salve auf sie ab. Als er sicher war, dass sie sich nicht mehr rührten, rannte er zu Lauren hinüber. Gleichzeitig hörte sie Scanlons Stimme hinter sich.

„Lauren!" Sofort war er an ihrer Seite und drehte sie um. „Wir müssen Hilfe holen." Er blickte Feni an, der gerade bei ihnen ankam. „Rufen Sie Hilfe, bitte!"

Mit ihrer unverletzten Hand umklammerte sie Scanlons Knöchel. „Die Kinder ..."

„Die Frauen kümmern sich um sie." Er schluckte. Sein Gesicht war bleich und drückte höchste Besorgnis aus. „Beweg dich nicht, Lauren. Hilfe ist schon unterwegs."

„Es ist ... nur meine Schulter." Sie zuckte zusammen. Sie sprach undeutlich und hatte das Gefühl, jeden Augenblick das Bewusstsein zu verlieren. „Ich ... ich bin okay."

Eine Frau kam mit einer Mullbinde angerannt. Sie reichte sie Scanlon und er drückte sie fest gegen Laurens Oberarm. Der Schmerz war beinahe unerträglich, wie ein weiß glühender Blitz, von dem sie wieder und wieder getroffen wurde.

„Wir müssen die Blutung stoppen."

„Die Kinder, Scanlon." Sie wartete, bis ihre Schulter verbunden war, dann setzte sie sich auf. Eine Welle der Übelkeit erfasste sie, aber Lauren ignorierte sie einfach. Scanlon wollte sie festhalten, doch sie riss sich von ihm los. Auf den Knien kroch sie zu den Kindern, die von den Frauen umringt waren. „Bitte! Lasst mich ... lasst mich sehen."

„Treten Sie bitte beiseite", forderte Scanlon sie auf und schuf ihr dadurch einen Weg zu den Kindern.

Lauren kroch näher, bis sie sie deutlich erkennen konnte. Eines von ihnen war ein kleiner Junge, der stöhnte und den Kopf hin und her rollte. Die Männer hatten dem Kind die Kniescheibe weggeschossen.

Übelkeit stieg erneut in ihr auf, aber sie konnte gerade noch verhindern, dass sie sich übergab. Was war mit dem anderen Kind? Zwei Frauen knieten neben ihm, und erst jetzt bemerkte Lauren, dass sie weinten. Weinten und jammerten und dem Kind über die Haare strichen. Lauren konnte immer noch nicht erkennen, wen es getroffen hatte, darum kroch sie noch ein Stückchen näher, und dann ...

„Nein!" Die Worte aus ihrem Mund waren beinahe stumm, gesprochen mit der letzten Kraft, die ihr noch verblieben war. Senia, das kleine Mädchen mit der Zahnlücke. „Oh, bitte!"

Scanlon hockte sich neben sie. „Lauren, komm schon. Sie kümmern sich um sie."

Eine der Frauen ließ den Kopf in den Nacken sinken. Sie reckte die geballten Fäuste gegen den Himmel. „Warum? Warum sie?"

Lauren streckte die Hände aus, aber in ihr war keine Kraft mehr, sie konnte das kleine Mädchen nicht erreichen. „Scanlon, ist sie tot? Sag mir, ob sie tot ist."

„Lauren …" Er legte seine Hand auf ihre Schulter. „Lass uns Platz machen. Sie brauchen Platz, um die Kleine zu versorgen."

Das Trauern der Frauen wurde lauter und andere stimmten in ihr Klagegeschrei ein. Die einzige Frau, die fehlte, war die Informantin. Vermutlich war sie verschwunden, als die Schießerei begann. Sie hatte ihr eine Falle gestellt. Ein letztes Mal blickte Lauren auf. Die Augen des kleinen Mädchens waren geöffnet und starr. Eine der weinenden Frauen neben ihr drückte ihr die Augen zu.

Scanlon beugte sich über sie. „Sie ist tot, Lauren. Komm."

Lauren wollte zu dem Kind laufen, es in die Arme nehmen. Sie hatte keine Zeit gehabt, ihm die Süßigkeiten zu geben. Einen Lutscher. Einen Lutscher und die Gelegenheit, ihre Hand zu halten, wie sie es bei ihrem letzten Besuch getan hatte. Wieder tanzten Punkte vor ihren Augen und sie legte die Stirn auf den Boden. Es war noch nicht zu spät, oder? Die Süßigkeiten steckten immer noch in ihrer Tasche. Wenn sie sie jemandem in die Hand drückte, der sie dann Senia geben würde, und alles wäre –

Die Punkte verbanden sich miteinander, und Lauren spürte, wie sie stürzte, und es gab nichts, das sie dagegen tun konnte. Etwas Warmes und Salziges tropfte aus ihrem Mund, aber sie konnte den Kopf nicht bewegen, konnte die Augen nicht öffnen. *Helft mir …* Doch die Worte erstarben, lange bevor sie ihre Lippen erreichten.

Lauren spürte die Wärme des Betons an Armen und Beinen. Ihr wurde schwindelig. Zweifellos lag sie im Sterben. Der Schuss hatte nicht ihre Schulter getroffen, sondern ihre Brust. Ihr Herz und alles, was darin war, der Ozean des Leides, der Wunsch, diesen Menschen Frieden zu bringen, und ihr Wille zu leben, sprudelten nur so aus ihr heraus. Alles floss aus ihr heraus.

„Lauren, bleib bei mir!“ Scanlons Stimme klang so weit entfernt, als wäre sie hundert Kilometer weit fort. Seine Stimme war leise und fern, und sie konnte nicht ausmachen, woher sie kam.

Und dann war da nichts mehr.

Nichts, außer einem heißen, brennenden Schmerz, ein alles umfassendes Leid und Dunkelheit.

Kapitel 19

David beendete gerade ein letztes Briefing mit einem Flugschüler. Der Junge war vierundzwanzig und sehr intelligent. Es war abzusehen, dass ihn in der *Top Gun*-Akademie eine vielversprechende Zukunft erwartete. Mittlerweile hatte er genügend Flugstunden, dass er gut mit dem Düsenjet zurechtkam. Doch an diesem Tag würde er das Jagdflugzeug zum ersten Mal alleine fliegen. David durfte kein Risiko eingehen.

David hielt eine Checkliste in den Händen. „Das Prozedere für den Notausstieg.“

„Notausstieg.“ Die Worte des jungen Mannes waren klar und knapp. Er stand während der kurzen Befragung die ganze Zeit stramm, sein Fliegeranzug saß wie angegossen, den Helm hatte er unter den Arm geklemmt. Und dann ratterte er die Umstände und Situationen herunter, bei denen ein Ausstieg notwendig wurde, und schloss eine detaillierte Erläuterung des Prozederes an.

„Gut." David hakte „Notausstieg" ab. Sie gingen noch drei weitere Fachbegriffe durch, dann blickte er den Piloten an. „Bereit?"

„Jawohl, Sir."

„Okay, dann wollen wir mal. Ihr Rufname ist ‚Doogie'." David grinste. „Na, dann zeigen Sie mir mal, was Sie in den letzten Monaten gelernt haben."

Er schüttelte dem Piloten die Hand, drehte sich um und begab sich zum Tower. In der darauffolgenden halben Stunde stand er in ständigem Funkkontakt mit dem Piloten, während sie Routineflugmanöver trainierten. Schließlich – genau zum richtigen Zeitpunkt – bat der Pilot um Landeerlaubnis.

„Roger, Doogie. Bringen Sie sie herein." Ein anderer Ausbilder stand hinter ihm und beobachtete die Flugmanöver. David hob die Hand und die beiden zeigten sich den erhobenen Daumen. Er meldete sich noch einmal über das Funkgerät bei dem Piloten. „Ich verstehe jetzt, warum Sie für ‚Top Gun' empfohlen wurden, Doogie. Sie werden einmal sehr gut sein."

„Vielen Dank, Sir."

Auf David wartete noch Papierkram und eine Abschlussbesprechung mit dem Piloten. Danach war es Zeit für die Mittagspause. Er ging über das Flugfeld und wischte sich den Schweiß von der Stirn. Der Himmel war jetzt wieder klar, nicht bewölkt wie in den vergangenen Wochen, und die Sonne schien wärmer als gewöhnlich im Januar.

In der Cafeteria bestellte er sich einen Salat mit Hähnchenstücken und setzte sich allein an einen Tisch auf der Terrasse, von wo aus er die Startbahn überblicken konnte. Draußen war es sehr laut, aber das machte David nichts aus. Jeder Start und jede Landung lösten eine prickelnde Erregung in ihm aus, und immer wieder neu erwachte in ihm die Sehnsucht, im Cockpit zu sitzen. Er neigte den Kopf und dankte Gott für sein Essen.

Dann setzte er seine Sonnenbrille auf und starrte in den weiten blauen Himmel. Es gab nichts Schöneres, als in einer F-16 über Nevada zu fliegen, einen Abstecher nach New Mexico zu machen und an der Küste Kaliforniens entlang wieder zurückzukommen, und das alles in weniger als dreißig Minuten. Dieses Gefühl der Macht wurde er nie ganz los. Er beugte sich vor und stützte seine Ellbogen auf den Tisch.

Wieso übte das Fliegen in letzter Zeit wieder eine so große Faszination auf ihn aus? Er liebte seine Arbeit als Ausbilder, aber neuerdings konnte er es kaum erwarten, mit den jungen Piloten zu arbeiten. Natürlich musste auch er in Form bleiben und selbst regelmäßig im Cockpit sitzen, aber seit seiner Verlobungsparty hatte er doppelt so viel Zeit wie erforderlich am Steuerknüppel eines Düsenjets verbracht. Als könnte er gar nicht genug davon bekommen.

Er wollte gerade eine Gabel voll Salat in den Mund stecken, als sein Handy in der Hosentasche zu vibrieren begann. Bei dem Lärm auf dem Flugplatz würde er jeden Anruf verpassen, wenn er nicht die Vibrationsfunktion eingestellt hätte. Er nahm das Handy aus der Tasche und las die Nummer ab. Ellen. Vergeblich wartete er darauf, dass sich Freude in ihm breitmachte.

Er nahm den Anruf entgegen. „Hallo, wie geht es meinem Mädchen?“ Er legte die Gabel auf den Tisch und schob seinen Stuhl zurück, um die Beine übereinanderzuschlagen.

„Hallo.“ Sie sprach mit lauter Stimme. Im Hintergrund hörte er Stimmengewirr. „Ich bin in Washington, und du wirst nicht glauben, was passiert ist!“

Washington? Hatte sie ihm erzählt, dass sie dort sein würde? Mit den Fingerspitzen massierte er sich die Stirn. „Du bist in Washington?“

Sie stöhnte frustriert auf. „Ja, David. Ich habe dir am Mittwoch erzählt, dass ich das Wochenende in D. C. verbringen würde.“ Ihr Tonfall wurde etwas fröhlicher. „Daddy wollte mir einige Freunde vorstellen.“

„Oh.“ Davids Hand sank auf seinen Schoß. Eine vage Erinnerung daran, dass sie ihm von der Reise erzählt hatte, stieg in ihm hoch. Nicht, dass es wichtig gewesen wäre. Sie flog mindestens einmal im Monat nach Washington. Er nahm seine Sonnenbrille ab und suchte nach Kratzern. Es gab keine. „Also, was ist los?“

„Ich habe den Nachtflug genommen, um rechtzeitig zu den Sitzungen da zu sein.“ Vor Aufregung klang ihre Stimme ausgesprochen schrill. „Die großen Bosse von der Partei sind da und Daddy hat sich für dich eingesetzt.“

„Tatsächlich?“ David setzte die Sonnenbrille wieder auf und beobachtete zwei F-18, die zur Landung ansetzten. Er lachte auf, aber nicht einmal in seinen Ohren klang es amüsiert. „Ich dachte, wir hätten darüber gesprochen, Ellen. Ich werde jetzt noch nicht für das Amt kandidieren.“

„Ich weiß, aber das macht nichts.“ Sie ließ sich nicht beirren und ihre Stimme klang noch lauter. „Das mit dem Lärm tut mir leid. Die Sitzung ist gerade erst zu Ende gegangen. Daddy hat es der Gruppe erklärt. Er sagte, wenn du zur Verfügung stehen würdest, dann sollten alle dich bereits kennen."

Ein Schauder überlief David. „Alle?"

„Ja." Sie hielt inne, damit er das ganze Ausmaß dessen begriff, was sie ihm gerade zu erklären versuchte. „Sogar der Präsident, David. Die ganze Partei ist begeistert."

„Das ist ... bemerkenswert." Er versuchte, sich vorzustellen, wie Ellens Vater die großen Tiere in der Republikanischen Partei für seinen zukünftigen Schwiegersohn zu begeistern versuchte. Es war eine aufregende Vorstellung. „Richte ihm meinen Dank aus."

„Er möchte, dass du mich im nächsten Monat begleitest. Alle wollen dich kennenlernen."

„Klingt gut." Ein Flugzeug startete, dieses Mal von einer anderen Startbahn aus. David stellte sich vor, dass er selbst am Steuerknüppel saß. Er blinzelte und umklammerte die Armlehnen seines Stuhls. „Ich muss sehen, ob ich mich frei machen kann."

Ellen lachte. „Wenn der Präsident der Vereinigten Staaten dich kennenlernen möchte, dann wird die ‚Navy' wohl bereit sein, dir ein paar Tage freizugeben."

„Ja, das stimmt." Er wand sich auf dem Stuhl. „Hey, hör zu. Meine Mittagspause ist gleich zu Ende. Ich muss jetzt wieder los."

„Ja, ich auch." Sie quietschte vor Freude. „Ich freue mich so für dich, David. Für uns beide."

„Ja. Danke. Richte deinem Dad meine Grüße aus."

Sie hatten ihr Gespräch bereits beendet, als David merkte, dass er ihr gar nicht gesagt hatte, dass er sie liebe. Natürlich sagten sie sich das nicht ständig –

eigentlich nur dann, wenn sie allein waren oder sich nach einem gemeinsam verbrachten Abend einen Abschiedskuss gaben. Und selbst dann hatte es keine große Bedeutung für ihn; es gehörte einfach dazu.

Er steckte das Telefon wieder in seine Jackentasche.

Wenn er wirklich Politiker werden und die Gelegenheit haben wollte, die Interessen des Volkes zu vertreten, dann hätte er jetzt eigentlich überglücklich sein müssen. Dies war eine Gelegenheit, von der die meisten Menschen nur träumten. Die besten Beziehungen, die Zustimmung und die Unterstützung der führenden Persönlichkeiten ...

David nahm seine Gabel und stach in seinen Salat. Er sollte sich eigentlich freuen. Seit der Verlobungsparty hatten er und Ellen häufiger über diese Idee gesprochen, und er musste zugeben, dass die Aussicht verlockend war. Das Land konnte einen Mann mit seinen Moralvorstellungen brauchen, hatte sie ihm versichert. Das sagten alle.

Lustlos stocherte er in seinem Salat herum. Die Salatblätter waren während seines Telefonats welk geworden, aber er war zu hungrig, als dass es ihm etwas ausgemacht hätte. Während des Kauens dachte er über den Plan nach, den er und Ellen aufgestellt hatten. Er würde noch ein Jahr als Ausbilder arbeiten. Im Mai wollten sie heiraten und ihre Flitterwochen auf Jamaika verbringen. Gegen Ende des Jahres würde er dann seine Kandidatur für ein politisches Amt bekannt geben. Seine Eltern und Ellens Vater würden sie finanziell unterstützen, wenn er für Nevada kandidierte.

„Danach", hatte ihr Vater ihm bei ihrer letzten Begegnung versichert, „wird dich nichts mehr aufhalten, mein Junge."

Das klang doch ganz toll. Wer wäre von einem solchen Plan nicht begeistert? Trotzdem ... David starrte in den blauen Himmel hinauf. Es war irgendwie nicht sein Plan. Bevor er Ellen kennengelernt hatte, war er mit seinem Beruf als Ausbilder bei *Top Gun* ganz zufrieden gewesen. Nein, nicht nur zufrieden. Seine Arbeit hatte ihn ausgefüllt. Er hatte seine Kindheitsträume verwirklicht. Sicher, die Vorstellung, für eine politische Partei zu kandidieren, klang verlockend, aber sie war für ihn nicht annähernd so verlockend, wie den jungen Männern das Fliegen von Jagdflugzeugen beizubringen.

Eine warme Brise strich über ihn hinweg. *Gott, alles geht so schnell. Ich habe das Gefühl, dass ich mich irgendwo auf dem Weg verloren habe.*

Er wartete auf eine Antwort, ein Zeichen von Gottes Führung. Aber an diesem Tag kam nichts, kein Gefühl des Verständnisses, kein leises inneres Flüstern, das ihn beruhigte. David beobachtete, wie ein weiterer Jet von der Startbahn abhob und am Himmel über Reno verschwand.

Also gut, Gott, ich weiß, dass du da bist. Auch wenn ich dich nicht spüre. Gib mir Weisheit, bitte. Nur ein wenig Weisheit, damit ich erkenne, was ich tun soll.

Noch immer keine Antwort. Er konzentrierte sich auf seinen Salat und ganz plötzlich – wie eigentlich an jedem Tag seit seiner Verlobung – stand ihm wieder Lauren Andersons Gesicht vor Augen. Auch das hatte er im Gebet vor Gott gebracht. Er wollte heiraten. Er musste Lauren jetzt endlich für immer loslassen. Gedankenverloren starrte er auf seinen Salat und ihr Bild verschwand. Die Hähnchenstücke waren lauwarm, schmeckten aber noch. Während des Essens dachte er über sein Gebet nach. Weisheit war genau das, was er brauchte. Gott musste ihm zeigen, was er tun sollte. Er brauchte Hilfe, um zu verstehen, warum ihm plötzlich eine Zukunft, die ihm noch vor wenigen Monaten aufregend erschienen war, gar nicht mehr so anziehend vorkam. Ja, Weisheit war genau das, was er brauchte.

Und darum zögerte er, eine Entscheidung zu treffen, die er unter Umständen sein Leben lang bereuen würde.

Kapitel 20

Mittlerweile war Emily ziemlich sicher, dass ihr Vater bei der *Navy* Jagdflieger ausbildete. Das Problem war, dass sie keinen Beweis dafür hatte. Sie kannte seinen Namen und sein Geburtsdatum und wusste, wie er ungefähr aussehen musste. Aber sie hatte bereits dreimal in der Militärakademie angerufen, doch man wollte ihr keine Auskünfte geben. Nicht die kleinste Information gab man preis. Das letzte Mal hatte sie am Freitag, also vor zwei Tagen, mit einer Mitarbeiterin gesprochen, und dieses Gespräch war frustrierend verlaufen.

„Hallo." Sie versuchte, älter zu klingen als achtzehn. „Mein Name ist Emily Anderson. Ich schreibe einen Artikel über Ihr Pilotenausbildungsprogramm." Sie hielt den Atem an.

„Dann müssen Sie sich mit der Presseabteilung in Verbindung setzen." Der Mann stellte sie zur Presseabteilung durch.

Emily kannte dies schon von den letzten beiden frustrierenden Gesprächen. Sie wartete, bis ihr

Anruf entgegengenommen wurde. „Pressestelle, Gefreite Walton am Apparat."

„Ja, hallo." Sie hielt inne, weil sie sich erst einmal sammeln musste. „Ich bin freiberufliche Reporterin und schreibe einen Artikel über die Ausbildung von Jagdfliegern in der ‚Navy'."

„Wie kann ich Ihnen helfen?" Die Frau war freundlich, doch sie wirkte ein wenig gehetzt.

„Um ehrlich zu sein, ich würde gern ein Interview mit einem Ausbilder Ihrer Akademie vereinbaren, und zwar mit David Galanter."

„Officer Galanter ist ein vielbeschäftigter Mann. Vielleicht kann ich Ihnen eine Liste mit den am häufigsten gestellten Fragen und den entsprechenden Antworten zufaxen."

„Die habe ich bereits." Sie lachte höflich. „Für meinen Artikel möchte ich gern die Gelegenheit haben, persönlich mit einem der Piloten zu sprechen. Ich habe mich über Ihre Ausbilder erkundigt und würde gern mit Officer Galanter sprechen."

„Ich mache Ihnen einen Vorschlag. Faxen Sie mir doch einen Fragenkatalog zu, und ich werde sehen, ob Officer Galanter Ihnen die Antworten irgendwann in der kommenden Woche zukommen lassen kann." Auf einmal wirkte sie abgelenkt. „Kann ich sonst noch etwas für Sie tun?"

Emily spürte, wie ihr das Gespräch entglitt. „Wissen Sie, vielleicht könnten Sie mir helfen, etwas herauszufinden. Ich bin Officer Galanter einmal begegnet, und ich möchte mich vergewissern, dass wir denselben Mann meinen. Er hat dunkle Haare, dunkle Augen, und er ist groß, richtig? Und er ist sechsunddreißig Jahre alt."

Die Frau zögerte. „Es tut mir leid, solche Informationen über unsere Ausbilder oder andere Angehörige unserer Akademie dürfen wir nicht herausgeben. Ich fürchte, ich kann Ihnen nicht helfen." Damit legte sie auf, bevor Emily noch etwas erwidern konnte.

Jetzt war Sonntagnachmittag und ihre Frustration stieg von Stunde zu Stunde. Bevor sie sich zum ersten Mal mit der Akademie in Verbindung gesetzt hatte, hatte sie bei der Versicherungsgesellschaft in Riverside angerufen. Es hatte keine fünf Minuten gedauert, bis sie herausgefunden hatte, dass der achtundfünfzigjährige Rotschopf, dem die Agentur gehörte, nicht der David Galanter war, nach dem sie suchte. Auch die anderen Galanters konnte sie schnell von ihrer Liste streichen. Blieben nur noch zwei Möglichkeiten: Entweder ihr Vater war Ausbilder bei *Top Gun* oder er war nicht im Internet aufgeführt.

Emily saß auf ihrem Bett inmitten der Tagebücher und Spiralblöcke ihrer Mutter. Ihre Großeltern waren zum Einkaufen gefahren, aber sie würden bald wieder zurück sein. Ihr Grandpa wurde in letzter Zeit sehr schnell müde und er sah auch viel schlechter aus als an Weihnachten.

„Ich verstehe das nicht", hatte sie eines Tages zu ihrer Großmutter gesagt. „Ich wusste gar nicht, dass sich Krebs so schnell ausbreitet."

„Manchmal ist das so." Ihre Großmutter hatte wieder Tränen in den Augen. „Er hat nicht mehr lange zu leben, Emily. Wir sind beide so froh, dass du zu Hause sein kannst."

Als sie daran zurückdachte, erschauderte Emily. Zum Glück musste sie erst am sechsten Februar wieder im College sein. Einige ihrer Kommilitonen belegten im Januar noch Kurse, aber Emily hatte beschlossen, zu Hause zu bleiben. Ihre Großeltern brauchten sie. Außerdem musste sie ihre Eltern finden. Und zwar dringend. Die rapide Verschlechterung des Gesundheitszustands ihres Großvaters hatte ihr das deutlich gemacht. Am Montag würde sie als Erstes tun, was sie schon vor einer Woche hätte tun sollen: Sie würde noch einmal bei *Top Gun* anrufen und eine Nachricht hinterlassen: „Bitte richten Sie David Galanter aus, er möge Emily Anderson in Wheaton, Illinois, anrufen." Dann würde sie ihre Telefonnummer hinterlassen und beten.

Nachdem sie diesen Entschluss gefasst hatte, starrte sie auf die Tagebücher und Spiralblöcke ihrer Mutter, die um sie herum verteilt lagen, und grübelte darüber nach, was sie übersehen hatte. Sie schlug eines der Tagebücher auf und las einige Einträge. Jeder einzelne verriet ihr mehr darüber, wie ihre Mutter als Mädchen gewesen war. Aber keiner brachte sie weiter, keiner verriet ihr etwas darüber, wo ihre Mutter jetzt lebte.

Sie stand auf und trat ans Fenster. Der Boden war mit Schnee bedeckt, und die Welt sah so aus, wie sie sich fühlte: kalt und untätig. „Gott ..." Sie starrte in den grauen Himmel und versuchte, sich vorzustellen, wie Gott vom Himmel auf sie herabblickte. „Du weißt doch, wo sie ist. Bitte zeige mir, wie ich sie finden kann! Langsam läuft mir die Zeit davon, Gott. Bitte ..."

Stumm drückte sie ihre Nase an das kalte Fensterglas. Und dann ging ihr auf einmal eine Bibelstelle durch den Sinn.

Ich bin das Alpha und das Omega, der Anfang und das Ende ... Ich bin, der ich bin.

Der Vers stammte aus dem Buch Offenbarung und im Handumdrehen war ihre Welt wieder gerade gerückt. Gott war alles. Er war Herr und Retter, Alpha und Omega. Wieso sorgte sie sich? Ein Gefühl der Ehrfurcht breitete sich in ihr aus. Gott hatte mehr Namen, als sie sich vorstellen konnte, mehr Namen als –

Und auf einmal traf sie die Erkenntnis wie ein Blitzschlag.

Und wenn ihre Mutter gar nicht mehr unter ihrem Mädchennamen lebte? Ihre Großeltern befürchteten das, denn sonst hätten die von ihnen engagierten Privatdetektive mittlerweile wohl eine Spur von ihr gefunden. Emily rannte zu ihrem Bett und griff nach einem Spiralblock. So schnell es ihre Finger erlaubten, schlug sie den Deckel auf und starrte auf die Titelseite.

Ein Sommertag
Von Lauren Gibbs

Vielleicht lebte ihre Mutter unter dem Namen „Lauren Gibbs"! Emily starrte ihn an und schlug sich aufs Knie. Natürlich! Warum war sie nicht schon früher auf diesen Gedanken gekommen? Als ihr Großvater ihr erzählt hatte, es sei der Name einer Romanfigur, hatte sie keinen Sinn darin gesehen, ihn in die Suchmaschine einzugeben. Sie hatte angenommen, sie würde dadurch nur den Titel des Romans finden, den ihre Mutter als Teenager gelesen hatte. Aber jetzt …

Sie ließ den Block fallen und rannte über den Flur ins Büro. So schnell sie konnte, schaltete sie den Computer ein und loggte sich im Internet ein.

„Gott –", sie flüsterte seinen Namen, ihre Finger zitterten, „du hast mich darauf gestoßen. Ich kann es spüren." Sie gab den Namen in eine Suchmaschine ein und drückte die Enter-Taste. Während des Suchvorgangs wagte sie nicht zu atmen und auf einmal erschien eine Liste mit Einträgen.

Emily starrte darauf und las sie laut vor. „Lauren Gibbs, Korrespondentin für ‚Time', berichtet bereits aus Afghanistan, seit –"

Emilys Herz begann zu rasen. Korrespondentin beim Nachrichtenmagazin *Time*? Ihr Blick flog zum nächsten Eintrag. „‚Kinder des Krieges' – ein Artikel über die Waisen der Operation ‚Enduring Freedom', von Lauren Gibbs, Korrespondentin von ‚Time'. Fotos von –"

Nacheinander las sie die Einträge durch, und als sie das Ende der Seite erreichte, zitterte sie am ganzen Körper. In jedem Eintrag war Lauren Gibbs als Reporterin des Nachrichtenmagazins *Time* genannt. Emily presste ihre Hand an die Stirn und versuchte, sich zu beruhigen, wie sie es immer tat, wenn ein Fußballspiel zu aufregend wurde. „Okay, Gott, führe mich."

Dass Lauren Gibbs für *Time* schrieb, bedeutete nicht unbedingt, dass Emily ihre Mutter gefunden hatte. Sie ging zurück zum Sucheintrag und tippte: „Lauren Gibbs Time Profil."

In Sekundenschnelle wurden die Suchergebnisse eingeblendet. Unter dem ersten Link fand sie „ein Profil von Lauren Gibbs, Korrespondentin von ‚Time'". Wieder hielt Emily die Luft an, als sie auf den Link klickte. Und sofort erschien ein Foto, das ein Viertel des Bildschirms einnahm. Die Frau war blond und von einer natürlichen Schönheit. Sie trug khakifarbene Kleidung und im Hintergrund waren Armeezelte zu sehen. Doch besonders auffällig war ihr Gesichtsausdruck. Ein eindringlicher Blick, der alles und gleichzeitig nichts offenbarte. Ein Blick, den Emily häufiger gesehen hatte, als ihr lieb war …

Auf Fotos von sich selbst.

„Lieber Gott …“ Tränen traten Emily in die Augen. Sie streckte die Hand aus und strich zärtlich mit ihren Fingerspitzen über das Foto. Es war ihre Mutter, davon war sie ganz fest überzeugt. Nachdem sie ihr Leben lang nach ihr gesucht hatte, hatte sie endlich die Frau gefunden, die aus ihrem Leben verschwunden war, als sie noch ganz klein gewesen war. Daran bestand kein Zweifel, nicht der geringste. Denn in mehr als einer Hinsicht war der Blick in das Gesicht dieser Frau, als würde sie in ihr eigenes blicken.

Sie legte die Hände wieder auf die Tastatur und überflog das Profil, saugte jedes noch so kleine Detail gierig in sich auf, alle Informationen, nach denen sie so lange gesucht hatte. Lauren Gibbs gehörte zum festen Stamm der Redaktion in Los Angeles, doch in den vergangenen drei Jahren hatte sie größtenteils im Mittleren Osten gelebt. Sie war sechsunddreißig Jahre alt und hatte an der Universität von Südkalifornien Journalistik studiert. Ihr Praktikum hatte sie bei der *Los Angeles Times* absolviert und ein paar Jahre später eine Stellung beim *Time Magazine* angenommen, als sie erst sechsundzwanzig gewesen war.

Emily las den letzten Teil laut vor. „Lauren Gibbs hat zahlreiche Preise für ihre mutige Berichterstattung während der Kriege in Afghanistan und im Irak erhalten. Sie hat sich dafür eingesetzt, dass der Mittlere Osten humanitäre Hilfe bekam, und zur Eröffnung einer Reihe von Waisenhäusern in der Region beigetragen. Sie ist alleinstehend und hat keine Kinder.“

Was? Emily lehnte sich zurück. Diese letzte Zeile sprang ihr regelrecht ins Auge und verletzte sie so sehr, als wäre sie geschlagen worden. Der Teil mit dem

„alleinstehend" war traurig, überraschte sie aber nicht. Ihre Mutter war nach Los Angeles gegangen, um die Liebe ihres Lebens zu suchen, und offensichtlich war ihre Suche erfolglos geblieben. Aber ...

Keine Kinder?

„Erzählst du das den Menschen, Mom?" Erneut liefen ihr Tränen über die Wangen, und sie machte sich gar nicht erst die Mühe, sie fortzuwischen. Das war eine Lüge und diese Lüge machte sie wütend. Lauren Gibbs – Lauren Anderson – hatte sehr wohl ein Kind. Sie hatte eine Tochter. Auch wenn sie ihre Tochter für tot hielt, sie hatte ein Kind.

Emily starrte das Foto ihrer Mutter an und versuchte, hinter den Schmerz in ihren Augen zu blicken. Andere Menschen mochten diesen Blick für eiskalt halten; ein Blick, der von einer knallharten Journalistin erwartet wurde. Aber Emily kannte den Blick. Genau diesen Blick hatte sie selbst, wenn ihr alles zu viel wurde. Wenn sie es kaum ertragen konnte, einen harten Tag ohne Mutter oder Vater zu überstehen, wenn sie beobachtete, wie ihre Teamkolleginnen auf den Rängen nach ihren Eltern Ausschau hielten, und sie wieder neu daran erinnert wurde, dass ihre Eltern kein einziges Spiel von ihr gesehen hatten.

Wieder berührte sie das Foto, strich über die Wange ihrer Mutter, über ihr Kinn. „War es so leicht, mich loszulassen? Dir einzureden, ich hätte nie existiert?" Ihre Tränen steigerten sich zu einem Schluchzen. Sie lehnte sich zurück, ließ den Kopf hängen und ergab sich der Traurigkeit, dem Zweifel und den Fragen, die sie ihr Leben lang gequält hatten.

Nach einer Weile hörte sie, wie die Tür geöffnet wurde. „Emily?" Es war die Stimme ihrer Großmutter und sie klang ausgesprochen besorgt. „Was um alles in der Welt –?“

Emily richtete sich auf und blickte über die Schulter zurück. Schluchzend erklärte sie: „Ich habe sie gefunden. Ich habe meine Mutter gefunden.“

Ihre Grandma sah aus, als wäre sie vom Schlag getroffen worden. Alle Farbe wich aus ihrem Gesicht und sie ließ sich auf die Armlehne des Sofas sinken. Ihr Blick hing wie gebannt an dem Computerbildschirm. „Wie hast du –?“

Emily strich sich über die Augen und atmete tief durch. „Ihr … ihr Name ist Lauren Gibbs.“

„Lauren Gibbs.“ Ihre Grandma sprang auf und ging wie in Trance auf den Bildschirm zu. Sie streckte die Hand zu dem Bild auf dem Bildschirm aus und schrie auf: „Lauren … meine Kleine.“ Sie hielt die Hand vor ihren Mund und schüttelte den Kopf. Erneut streckte sie die Hand aus und Tränen traten ihr in die Augen. „Mein Mädchen.“

Emily konnte nicht aufhören zu schluchzen. In ihrem ganzen Leben hatten ihre Großeltern nur ganz selten über ihre Mutter gesprochen. Es war, als wollten sie ihr ein möglichst normales Leben ermöglichen, und das bedeutete, dass sie nicht in einem Umfeld aufwachsen sollte, das von Trauer und Reue bestimmt war. Aber als sie jetzt ihre Großmutter beobachtete, erkannte sie die Wahrheit.

Diese Frau hatte jeden Tag ihres Lebens um ihre Tochter getrauert. Emily beobachtete, wie sie ein paar Schritte zurückwich und sich auf die andere Armlehne des Sofas setzte, die dem Bildschirm näher war. Und dann barg sie ihr Gesicht in den Händen und begann, zu weinen und laut zu beten, soweit ihr das möglich war. „Gott, du hast sie für uns gefunden. Danke … danke. Mein kleines Mädchen … meine Lauren."

Emily stand auf und legte die Arme um ihre Großmutter. Diese war ihr in jeder Hinsicht wie eine Mutter gewesen, aber sie beide bezahlten den Preis für ein Leben ohne die Frau, die auf dem Bildschirm zu sehen war. Die Tränen ließen sich jetzt einfach nicht mehr zurückhalten. Sie flossen wegen jedes einzelnen von Emilys versäumten Geburtstagen und wegen der verlorenen Meilensteine, wegen ihrer verpassten Schuljahre und ihrer Teenagerzeit, wegen der versäumten Fußballturniere und der zahllosen Gelegenheiten, bei denen sie sich nach ihrer Mutter gesehnt hatte. Aber es waren auch Tränen der Erleichterung und Freude. Weil sie sie gefunden hatten. Endlich.

Emily schniefte und atmete tief durch. „Das ist das Wunder, für das wir gebetet haben."

Ihre Großmutter nahm die Hände vom Gesicht und schaute erneut auf den Bildschirm. Ihre Wimperntusche war verlaufen und ihre Wangen rot und aufgedunsen. Aber Emily hatte sie nie glücklicher erlebt. Grandma nahm zwei Taschentücher vom Schreibtisch und reichte ihr eines. Sie putzten sich die Nasen und tupften sich die Augen trocken.

„Ich kann es immer noch nicht glauben." Grandma suchte Emilys Blick. „Ich kann nicht glauben, dass wir nicht schon vor zwei Wochen darauf gekommen sind."

„Ich auch nicht." Emily schniefte, aber ein Lächeln umspielte ihre Mundwinkel. „Ich stand am Fenster in meinem Zimmer und bat Gott, mir doch einen Hinweis zu geben. Und weißt du, was er getan hat?"

„Was?" Ihre Grandma streckte die Hand nach ihr aus.

„Er hat mich an seine Namen erinnert, seine wunderbaren Namen." Sie gab ein Geräusch von sich, das mehr ein Lachen als ein Weinen war. „Und ganz plötzlich war es so klar. Gott hat Dutzende von Namen und einige Menschen haben auch mehrere Namen."

Ihre Großmutter wirkte erschöpft. „Was machen wir jetzt?"

Emily ließ die Hände ihrer Großmutter los und setzte sich wieder an den Computer. Sie beugte sich vor und starrte erneut auf das Profil neben dem Bild ihrer Mutter. In der letzten Zeile fand sie, was sie gesucht hatte. Dort stand: „Kontaktieren Sie Lauren Gibbs." Emily stockte der Atem und sie schüttelte den Kopf. Das war zu viel, aber sie würde jetzt nicht aufhören.

Sie klickte den Link an und ein E-Mail-Formular erschien. In der obersten Zeile stand die E-Mail-Adresse ihrer Mutter: Lauren.Gibbs@TimeMagazine.com. Emilys Hände zitterten immer noch, aber sie klickte die Betreff-Zeile an und schrieb: „Von Emily". Dann bewegte sie den Cursor zum Textbereich und atmete noch einmal tief durch. Ihr ganzes Leben lang hatte sie darüber nachgedacht, was sie sagen würde. Ihre Finger flogen über die Tastatur und die Worte flossen mühelos aus ihr heraus.

Hallo, ich heiße Emily Anderson und bin achtzehn Jahre alt.

Sie atmete aus und blickte ihre Großmutter an. „Ich kann kaum glauben, dass ich das tue."

Ihre Großmutter wirkte wie betäubt. „Schreib weiter."

„Ist gut." Emily schaute wieder den Bildschirm an.

Ich glaube, dass Du meine Mutter bist. Ich habe Dich gesucht, seit ich alt genug war, dies zu tun. Ich lebe bei meinen Großeltern Bill und Angela Anderson. Sie haben Dich ebenfalls gesucht. Aber erst heute bin ich auf die Idee gekommen, unter dem Namen „Lauren Gibbs" nach Dir zu suchen, denn dies ist der Name, unter dem meine Mutter in ihrer Jugend ihre Kurzgeschichten verfasst hat. Das habe ich allerdings erst vor ein paar Wochen herausgefunden.

Ich habe den Namen ins Internet eingegeben und Dein Profil gefunden. Bitte, könntest Du mir zurückschreiben und mich wissen lassen, ob ich die richtige Person gefunden habe? Das ist verständlicherweise sehr wichtig für mich. Herzliche Grüße, Emily Anderson.

Sie nahm die Hände von der Tastatur und überflog den Brief noch einmal. Es gab noch eine Million Dinge, die sie gern gesagt hätte, aber zunächst musste sie den Kontakt herstellen. Wenn ihre Mutter ihre E-Mail bekommen hatte, konnten sie über alles andere reden. Warum sie einen anderen Namen angenommen und was sie in den vergangenen neunzehn Jahren getan und ob sie David Galanter wiedergefunden hatte.

Sie atmete hörbar aus. „Das muss für den Augenblick genügen."

Ihre Großmutter stimmte ihr zu. „Schick sie ab. Bitte."

Emily klickte auf den „Senden"-Button und sandte die E-Mail ab. Dann starrte sie den Bildschirm an und dachte kurz nach. Es waren immer noch einige logistische Probleme zu lösen. Falls sich ihre Mutter tatsächlich in Afghanistan aufhielt, würde die E-Mail sie vielleicht gar nicht sofort erreichen. Soldaten konnten über E-Mails mit ihren Freunden und Verwandten in Verbindung bleiben. Das wusste Emily, weil sie mit einigen Schulkameraden aus der Highschool in Kontakt stand, die in Übersee ihren Militärdienst leisteten. Das war bestimmt auch bei Reportern so. Natürlich war es aber auch möglich, dass sie eine andere Geschäftsadresse hatte, über die ihre Redakteure mit ihr kommunizierten. Die auf der Website angegebene war vermutlich nur für die Leser ihrer Artikel gedacht, und deswegen rief sie ihre E-Mails vielleicht nur ab, wenn sie sich in den Staaten aufhielt.

Emily drehte sich zu ihrer Großmutter um und schob ihre Ängste beiseite. „Jetzt müssen wir beten."

„Ja." Sie hielten sich an den Händen. „Das sollten wir tun."

Emily schloss die Augen und war für den Augenblick zu überwältigt, um zu sprechen. Nach einer Weile fand sie ihre Stimme wieder. „Lieber Gott, danke." Sie atmete tief durch. „‚Danke' reicht gar nicht aus. Das Wunder, für das wir gebetet haben, ist geschehen, Gott, darum bitte … gib, dass meine Mutter die E-Mail bald liest. Und bitte mach, dass sie mir antwortet, damit wir ein Treffen vereinbaren können." Sie hielt inne. Ihr Herz floss über vor Dankbarkeit. „Ich tue, was du von uns erwartest, Herr. Ich bete und rechne damit, dass du uns hilfst. Vielen Dank im Voraus, Gott. In deinem Namen bitten wir, amen."

Als sie die Augen öffnete, deutete ihre Großmutter auf den Bildschirm. „Druck mir bitte das Bild aus, Liebes, ja?"

Emily grinste und umarmte ihre Großmutter schnell. „Aber natürlich." Augenblicke später entnahm Emily dem Drucker das ausgedruckte Foto und reichte es ihr. Dann machte sie noch einen Ausdruck für sich.

„Dein Opa ruht sich unten aus. Er hat in den vergangenen Wochen so viele schlechte Neuigkeiten verkraften müssen." Grandma starrte auf das Blatt in ihrer Hand. „Wir sollten ihm die beste Neuigkeit der Welt bringen, eine Nachricht, auf die er achtzehn Jahre lang gewartet hat."

Angela fühlte sich ganz schwach auf den Beinen, als sie Arm in Arm mit Emily die Treppe hinunterstieg.

Ihr Herz floss über vor Glück und Dankbarkeit, weil dies der Tag war, von dem sie nicht mehr geglaubt hatte, dass er jemals kommen würde. Sie hatten Lauren gefunden! Nach all den Gesprächen mit Privatdetektiven und Ermittlern, den Telefonaten mit Polizeibeamten, die sie in den vergangenen Jahren geführt hatten, hatten sie sie mit den einfachsten Mitteln gefunden. Mit den Informationen, die seit fast zwanzig Jahren in der Garage lagerten. Sie gingen ins Wohnzimmer, wo Bill mit geschlossenen Augen in seinem Sessel lag.

„Bill." Sie hielt ihm das Blatt hin. Emily hielt sich im Hintergrund.

Er schlug die Augen auf und lächelte sie an. „Hallo, mein Schatz." Er blickte an ihr vorbei zu seiner Enkelin. „Emily, wie geht es dir?"

„Gut, Opa." Nur mühsam brachte sie ein Lächeln zustande.

Angela trat näher an ihn heran. „Schatz, ich muss dir etwas zeigen." Ihre Stimme bebte. Es würde nicht mehr lange dauern, bis sie wieder in Tränen ausbrach. Sie hielt ihm das Blatt hin. „Emily hat Lauren gefunden."

Bill richtete sich in seinem Sessel auf, aber sein Lächeln erlosch. Er nahm das Blatt und starrte es entgeistert an. „Was … wie hast du …?" Er saß da, völlig reglos, und überflog die Informationen auf der Seite, dann begann sein Kinn zu zittern.

Aus den Augenwinkeln heraus beobachtete Angela, wie Emily sich auf der Sofakante niederließ. Das Atmen fiel ihr schwer. Sie legte die Arme um den Hals ihres Mannes. „Gott hat unsere Gebete erhört, Bill. Das hat er wirklich getan."

Ihre Augen brannten erneut, als sie beobachtete, wie er die Augen schloss und sich über den Nasenrücken rieb. Er schüttelte den Kopf, als wollte er sagen, er könnte kaum glauben, dass sie sie tatsächlich gefunden hatten. Angela richtete sich auf und gönnte ihm diesen Augenblick. Auch für sie war es unfassbar, dass ihre Suche endlich zu Ende war.

Und Gott hatte ihnen dieses große Geschenk zu einem Zeitpunkt gemacht, wo Bill nur noch wenige Wochen zu leben hatte. Angelas Herz war so leicht wie seit Laurens Verschwinden nicht mehr.

Schließlich ließ Bill die Hand sinken und blickte sie an. „Warum haben wir das nicht früher ausprobiert?"

Sie schüttelte den Kopf. „Das ist nicht wichtig. Wir haben sie gefunden, Bill. Und jetzt können wir endlich nach vorne blicken."

„Aber all diese verlorenen Tage und Jahre." Seine Stimme klang belegt; ungeweinte Tränen standen in seinen Augen. Er wandte den Blick wieder auf das Bild. „Sieh sie dir an, Angie. Sie sieht dir so ähnlich."

Angela berührte das Bild und verdrängte jeden Gedanken daran, wie lange es wohl noch dauern würde, bis sie ihre Tochter vor sich sehen und sie in den Arm nehmen konnten. „Sie ist jetzt erwachsen."

„Und Reporterin für ‚Time'." Besorgnis schwang in seiner Stimme mit. „Nicht verheiratet, keine Kinder."

„Keine Kinder?" Angelas Herzschlag setzte aus. Bisher hatte sie das Profil noch gar nicht richtig durchgelesen. Jetzt hatte sie das Gefühl, als würde ihr das Herz aus der Brust gerissen. „Das steht da?"

„Hier." Er deutete auf die Stelle.

Sie las die Worte, und der Verdacht, der sie seit dem Tag von Laurens Verschwinden plagte, wurde zur Gewissheit. Angela hatte das Gefühl, ersticken zu müssen. Wenn Lauren nicht verheiratet war, dann hatte sie David nicht gefunden. Und wenn sie den Leuten erzählte, sie hätte keine Kinder, dann glaubte sie wirklich, dass Emily tot sei. Wo immer sie sich gerade aufhielt, sie glaubte es noch immer.

Angela blickte Emily an und räusperte sich. „Deine Mutter hält dich wirklich für tot, Schatz."

Der Kummer eines ganzen Lebens trieb Emily die Tränen in die Augen. Und in diesem Augenblick war Angelas Trauer so groß, dass sie darunter beinahe zusammenbrach.

Als Emily die Worte ihrer Großmutter vernahm, verschwand ihr Zorn. Natürlich würde ihre Mutter eine tote Tochter nicht in ihrem Lebenslauf erwähnen. Jetzt überwog die Freude. Und diese war so groß, dass sie nicht wusste, was sie tun sollte. Die Freude, aber auch die tiefe Traurigkeit darüber, dass ihre Mutter ihr Leben hatte meistern müssen, ohne zu wissen, dass ihre Tochter noch am Leben war. Kein Wunder, dass sie allein war und in Afghanistan und im Irak arbeitete. Die Liebe ihrer Mutter zum Schreiben hatte sie zu dieser Arbeit getrieben, aber Emily konnte nicht übersehen, wie einsam sie wirkte, wie leer, gehetzt, wie schrecklich traurig sie wirkte …

„Grandma …“ Sie erhob sich und ging zu ihr hinüber. Beide fielen sich in die Arme und in dieser Umarmung waren Worte überflüssig. Schließlich lehnte sich Emily zurück und suchte den Blick ihrer Großmutter. „Sie tut mir leid. All diese Jahre ist sie so einsam gewesen.“

Genauso einsam wie sie selbst, aber das sagte Emily nicht. Sie hatte ihre Einsamkeit immer für sich behalten, doch jetzt gaben ihre Tränen darüber Aufschluss, wie sehr sie ihre Mutter vermisst hatte, Tag für Tag, seit sie alt genug war zu begreifen, was ihr fehlte.

„Es tut mir so leid, Emily.“ Ihre Großmutter strich ihr die Haare aus der Stirn. „Ihr zwei hättet nie getrennt werden dürfen.“

Ihr Großvater streckte seine Hand aus. „Komm her, Em.“

Emily ließ ihre Großmutter los und ging zu ihm hinüber. „Opa …“

„Wenn wir unser Mädchen richtig geliebt hätten, wenn wir anders mit ihrer Situation umgegangen wären, dann –“

„Nein, Opa.“ Emily beugte sich vor und gab ihm einen Kuss auf die Wange. Sie konnte das Gefühl des Verlusts angesichts der Tatsache, dass sie so viele Jahre verloren hatte, die sie eigentlich mit ihrer Mutter hätte leben sollen, gar nicht in Worte fassen. „Wir können nicht mehr zurück.“ Sie atmete tief durch. „Betet nur, dass sie schnell antwortet.“

Der Abend zog sich endlos hin. Sie sprachen über die Vergangenheit und über Begebenheiten aus Emilys Leben, Augenblicke, die ihre Mutter nicht mitbekommen hatte. Trotz ihres Kummers und Verlustes war Emily glücklicher als je zuvor in ihrem Leben, als sie sich zu

Bett legte. Vielleicht, weil das Foto ihrer Mutter etwas bewirken konnte, was nicht einmal ihr Glaube bewirkt hatte. Es hatte die Leere ausgefüllt, die sie empfunden hatte. Das Einzige, was die Freude dieses Augenblicks trübte, war der Anblick ihres Großvaters, der sich in sein Schlafzimmer schleppte – die Wiedervereinigung musste bald geschehen.

Als Emily am folgenden Morgen erwachte, konnte sie es kaum erwarten, ihre E-Mails abzurufen und eine Nachricht für David Galanter bei *Top Gun* zu hinterlassen. Sie dachte gerade darüber nach, ins Arbeitszimmer zu rennen, als sie hörte, wie ihre Großmutter ein Telefonat führte.

„Ja, Doktor. Ja, ich verstehe." Stille. „Ich werde es ihm sagen. Ja, wir wissen es. Danke." Offenbar war das Gespräch damit beendet, denn ihre nächsten Worte waren an ihren Mann gerichtet. „Die letzten Testergebnisse sind da." In ihrer Stimme schwang Furcht mit. „Es ist schlimmer, als sie gedacht hatten."

Emily setzte sich im Bett auf und blinzelte sich den Schlaf aus den Augen. *Schlimmer, als sie gedacht hatten?* Die Angst schnürte ihr die Kehle zu. So schnell sie konnte, rannte sie ins Arbeitszimmer. Die E-Mail ihrer Mutter konnte gar nicht früh genug eintreffen. Gleichgültig, wie viele verletzte Gefühle zwischen ihrer Mutter und ihren Großeltern gestanden hatten. Wenn ihre Mutter Frieden finden wollte, dann musste sie die ganze Geschichte erfahren. Dass ihre Tochter lebte und dass ihre Eltern die Vorfälle bedauerten – und dass ihr Vater im Sterben lag. Ja. Emily musste ihre Mutter erreichen.

Bevor ihnen die Zeit davonlief.

Kapitel 21

Ihre Genesung machte gute Fortschritte und ging schneller voran, als die Ärzte erwartet hatten. Der staubige Wind, der über die afghanische Wüste hinwegfegte, zerrte an den Fensterläden von Laurens Apartment; an Schlaf war also nicht zu denken. Sie setzte sich im Bett auf und starrte auf die Verbände an ihrem Arm. Wenigstens brauchte sie nicht mehr im Krankenhaus zu liegen. Dort war es schrecklich gewesen, denn sie war umgeben von den Kriegsopfern und von Menschen, die verzweifelt auf Heilung und neue Hoffnung warteten. Sie konnte immer noch ihr Jammern hören. Mütter kamen vorbei, um ihre Söhne zu identifizieren, Soldaten, die auf der richtigen oder falschen Seite gestanden haben mochten. Lauren schüttelte den Kopf. Nein, einer Mutter war gleichgültig, auf welcher Seite.

Lauren schloss die Augen und erinnerte sich an die abgrundtiefe Verzweiflung jener Mutter, deren Sohn im Nebenzimmer gelegen hatte. Er hatte die Nacht nicht überlebt. Am darauffolgenden Morgen hatte die Mutter an seinem Bett gestanden und seinen Namen geschrien. Sie hatte zum Himmel geschrien, sie wolle ihn zurückhaben, müsse ihn zurückhaben.

Und Lauren hatte an ihre Familie denken müssen. Wie sie empfunden hatte, als Emily gestorben war; wie ihre Eltern jetzt wohl empfinden mochten. Falls sie noch am Leben waren, dann wussten sie seit fast zwanzig Jahren nicht, wo sie steckte. Wie hatten sie diese Jahre des Alleinseins gemeistert? Hatten auch sie gemeinsam gejammert und den Himmel um Hilfe angefleht?

Seufzend schlug sie die Augen auf. Dies war der erste wolkenverhangene Tag seit einem Monat und er passte gut zu ihrer Stimmung. Ihre Gedanken wanderten zurück zu jenem Tag im Waisenhaus. Feni hatte Wind davon bekommen, dass die Besucher aus dem Westen in einen Hinterhalt gelockt werden sollten. Darum hatte er sich auch an jenem Morgen im Büro aufgehalten, bewaffnet, für den Fall, dass sie und Scanlon das Ziel des Angriffs sein würden.

Ein amerikanischer Offizier hatte sie später im Krankenhaus über die Zusammenhänge aufgeklärt.

Die vermeintliche Informantin war keine Mitarbeiterin des Waisenhauses gewesen. Sie hatte sich unter das Personal gemischt und so getan, als sei sie eine Helferin. In den Waisenhäusern herrschte immer Personalmangel, darum hatte niemand ihre Motive infrage gestellt. Unklar war allerdings noch, woher sie gewusst hatte, dass Lauren und Scanlon an jenem ersten Tag erwartet wurden. Aber auch dazu gab es eine Theorie.

Der Fahrer des Wagens, der sie zu ihrem ersten Besuch ins Waisenhaus gefahren hatte, stand vermutlich mit der Gruppe in Verbindung. Wahrscheinlich hatte er sie telefonisch über ihren Besuch informiert. Lauren und Scanlon hatten offen über ihre Pläne für einen Artikel und ihre Sorge um das Waisenhaus gesprochen.

„Das ist eine ganz üble Gruppierung, Miss Gibbs", hatte der Offizier ihr erklärt. „Sie betreiben ein terroristisches Ausbildungslager, dem wir auf der Spur sind. Wir haben auch einen gewissen Erfolg zu verzeichnen, aber sie verbreiten sich immer weiter. Bisher haben wir noch nicht alle ausschalten können."

„Warum wollten sie mich?" Sie hatte Schmerzmittel bekommen, und zwar in einer so hohen Dosis, dass es ihr schwerfiel, überhaupt wach zu bleiben. Der Chirurg hatte zwei Kugeln aus ihrer Schulter herausoperiert. Die Wunden waren tief und gefährlich, aber zum Glück war das Gelenk unverletzt geblieben. Sie würde wieder ganz gesund werden.

Der Offizier hatte über ihre Frage nachgedacht. „Sie repräsentieren Amerika." Er zog die Augenbrauen in die Höhe, als sei er persönlich anderer Meinung. Offenbar kannte er ihre kritischen Artikel über den Krieg im Mittleren Osten. „Zumindest wird das von denen so gesehen. Diese Gruppierung wollte Sie gefangen nehmen, denn Journalisten und Fotografen sind meist nicht bewaffnet, und Feni hält sich nur ganz selten im Waisenhaus auf." Er zuckte die Achseln. „Sie hatten nicht mit Widerstand gerechnet."

Lauren hatte den Blick abgewandt. „Und bestimmt wollten sie auch keine Kinder töten."

„Vielleicht, vielleicht aber auch nicht." Der Offizier war sehr groß, hatte ein kantiges Gesicht und kurz geschnittene Haare. „Wenn Kinder sterben, wird die Schuld daran immer den Amerikanern zugeschoben. Vielleicht haben sie die Kinder also auch mit Absicht erschossen."

Lauren verdrängte die Gedanken an das Gespräch. Sie versuchte, den Arm zu bewegen, und zuckte vor Schmerz zusammen. Eigentlich hatte sie immer mit den Rebellen sympathisiert. Sicher, sie waren gewalttätig und taten abscheuliche Dinge. Aber das hier war schließlich ihr Heimatland. War es denn nicht ihr gutes Recht, die Amerikaner nicht in ihrem Land haben zu wollen? Und wenn sie sich eine Regierungsform wünschten, mit der die Amerikaner nicht einverstanden waren, was ging das die Vereinigten Staaten an? War die Demokratie denn die einzige gültige Regierungsform?

Jetzt wusste sie nicht mehr, was sie denken sollte. Die Menschen besaßen das Recht, ihre Regierungsform selbst zu bestimmen, aber wenn diese Regierung rücksichtslos und brutal war, was dann? Wenn sie noch einmal in einer solchen Situation stecken würde, würde sie sich schützend vor die Kinder werfen. Sie hätte liebend gern die für sie bestimmten Kugeln abgefangen, wenn sie dadurch das Leben der Kinder hätte retten können. Und war das nicht genau das, was die ausländischen Truppen taten? In einigen Ländern im Mittleren Osten lebten unschuldige Menschen in Angst und Schrecken, wurden unterdrückt und manchmal auch getötet. Musste man da nicht einfach eingreifen?

Sie erschauderte und schüttelte den Kopf. Die Medikamente machten sie benommen. Es musste eine andere Antwort geben, einen Weg, der besser war als Kämpfe, Attentate und Kriege. Lösungen konnten an Verhandlungstischen oder in Gerichtssälen ausgehandelt werden, oder? Diese ganze verfahrene Situation bereitete ihr Kopfschmerzen. Die politische Lage war weitaus komplexer, als sie gedacht hatte, das war klar. Aber was zählte, war Folgendes: Weil sie und Scanlon zu dem Waisenhaus zurückgekehrt waren, war die kleine Senia jetzt tot.

Lauren hasste es zu weinen. Sie fürchtete solche Emotionen beinahe so sehr, wie sie Angst vor Aufzügen hatte. Ihrem Kummer nachzugeben, wäre, als würde ein Güterzug den Damm in ihrem Herzen durchbrechen. Die aufgestauten Emotionen von fast zwanzig Jahren würden wie eine Sturzflut hervorbrechen und sie in die Tiefe reißen. Aber in den Tagen seit ihrer Entlassung aus dem Krankenhaus gab es kaum eine Stunde, in der sie keine Tränen von ihren Wangen gewischt hatte.

Sie hätte die kleine Senia adoptiert, wenn sie die Gelegenheit dazu gehabt hätte.

Wie hätte sie auch ahnen können, dass diese Frau für die Rebellen arbeitete oder dass die ganze Geschichte nur erfunden war? Der Offizier hatte ihr mitgeteilt, die Beschuldigung sei einer genauen Überprüfung unterzogen worden.

Lauren hatte den Kopf hängen lassen und nicht gewusst, was sie darauf antworten sollte.

Während der Zeit im Krankenhaus – bevor Scanlon kam, um sie nach Hause zu holen – hatte Lauren sehr deutlich zu spüren bekommen, wie die Armee über ihre Berichterstattung dachte. Die Abschiedsworte des Offiziers gingen Lauren noch eine ganze Weile durch den Kopf. „Sie sind der Meinung, das Militär sei versessen auf den Krieg, und die Truppe setze sich aus Draufgängern zusammen, denen es nur darum geht, die Muskeln spielen zu lassen." Er deutete auf sie und seine Stimme wurde lauter. „Lassen Sie mich Ihnen eines sagen: Wir wünschen uns den Frieden genauso sehr wie Sie. Vielleicht noch mehr." Er zeigte mit dem Daumen auf sich. „Weil wir hier unser Leben riskieren." Er trat ein paar Schritte zurück. „Vergessen Sie das nicht."

Sie hatte sich abgewandt und war nicht bereit gewesen, darauf zu antworten oder sich von ihm zu verabschieden. Aber seine Worte beschäftigten sie mehr, als sie zuzugeben bereit war. Jetzt war Mittwoch und sie war bereits seit zwei Tagen zu Hause. Scanlon kam häufig vorbei und versorgte sie mit Wasser und Lebensmitteln und was sie sonst noch brauchte.

Es war wieder Zeit, eine Schmerztablette zu nehmen. Lauren griff nach der Tablettendose auf dem Nachttisch neben ihrem Bett und öffnete sie. Die Finger ihrer linken Hand funktionierten ganz gut, solange sie den Arm nicht bewegte. Sie nahm eine Tablette in ihre Hand und spülte sie mit dem Wasser aus einer Wasserflasche hinunter.

Als die Tabletten wieder auf dem Nachttisch standen, hob sie noch einmal ihren Arm, ließ ihn aber ganz schnell wieder auf die Bettdecke sinken. Der Schmerz war immer noch sehr stark. Eine Krankenschwester aus dem Militärkrankenhaus kam dreimal am Tag vorbei, um ihren Verband zu wechseln und ihr eine Spritze mit einem Antibiotikum zu verabreichen. Irgendwann würde ihr Arm wieder gesund sein. Aber ihr Herz? Nun, das war eine andere Geschichte.

Sie schwang die Beine über die Bettkante und sah sich in ihrem Zimmer um. Das wahre Leben spielte sich außerhalb ihres Apartmentgebäudes ab. Das Leben, der Konflikt und das Leid – all das zusammengenommen barg Geschichten, die niedergeschrieben werden mussten. Die sie niederschreiben musste. Bis zum Ende der Woche konnte sie das Bett hoffentlich wieder verlassen und mit ihrer Arbeit fortfahren.

Langsam ließ sie ihren Blick durch das vertraute Zimmer schweifen, doch dieses Mal blieb er an ihrem Computer hängen. Sie konnte ja wenigstens einmal ihre E-Mails abrufen. Das war doch keine große Anstrengung. Und sie wäre ja auch nur kurze Zeit auf den Beinen. Lauren atmete tief durch. Warum war ihr dieser Einfall nicht schon früher gekommen? Sie hätte doch Informationen beschaffen und sich mit ihren Redakteuren in Verbindung setzen können, anstatt den ganzen Tag lang von ihrem Bett aus die Wände anzustarren.

Sie stand auf und wartete eine Weile, bis der Schwindel sich legte. Es war erstaunlich, wie schwach sie nach nur fünf Tagen Untätigkeit geworden war. Langsam schlurfte sie durch das Zimmer und ließ sich erschöpft auf den harten Stuhl sinken, der an ihrem Schreibtisch stand. Ihr Herz klopfte so schnell, dass ihr richtig schwindelig wurde. Sie schaltete den Computer an und wartete.

Es klopfte an der Tür. „Kann ich reinkommen?"

Es war Scanlon. Schon vor längerer Zeit hatte sie ihm einen Schlüssel zu ihrem Apartment gegeben. Sie räusperte sich. „Ja, komm rein."

Er schloss die Tür auf und blickte sie zögernd an. In der Hand hielt er einen Kasten Wasser. „Solltest du nicht im Bett liegen?"

„Ich soll mich ausruhen, wurde mir gesagt." Sie lächelte ihn an und konzentrierte sich wieder auf den Computerbildschirm. „Wie wäre es, wenn du dich ins Bett legst und ich hier sitze?"

Er stellte die Wasserflaschen auf den Tisch in ihrer behelfsmäßigen Küche auf der anderen Seite des Raumes. Lauren beobachtete ihn. Sein Gesicht war gebräunt, seine Haare kurz geschnitten, so wie er es mochte. Auf seine Art sah er recht gut aus.

Sie merkte, dass er keine Lust hatte, sich mit ihr auseinanderzusetzen. Resigniert zuckte er die Achseln. „Okay." Er ging zu ihrem Bett und warf sich darauf. „Ich bin ziemlich müde."

Sie lachte, aber ihre Energie war schnell erschöpft. „Mach es dir nicht zu bequem. Ich werde wohl nicht lange hier sitzen bleiben."

„Fühlst du dich immer noch schwach?" Er setzte sich auf und streckte die Beine von sich. „Ist das normal?"

„Ja." Sie strich sich mit der Hand über ihre verschwitzte Stirn. „Das war schon mal so, als ich eine Woche mit Grippe im Bett lag. Damals war ich allerdings noch ein Teenager."

„In Chicago?" Er legte die Hand hinter seinen Kopf und lehnte sich gegen ihr schmales Kopfteil. „Weißt du noch, Lauren? Du hast mir mal von Chicago erzählt."

„Da war ich wohl betrunken." Sie loggte sich ins Internet ein und wartete auf die Verbindung. „Das zählt nicht."

„Okay, aber ich weiß es noch." Die Zärtlichkeit in seiner Stimme sagte ihr, dass sie ihm sehr wichtig war. „Jeder hat eine Vergangenheit. Du würdest nicht hier leben, wenn das nicht der Fall wäre."

Lauren beschloss, diese Bemerkung zu ignorieren. Jetzt war sie mit ihrem Server verbunden und sie klickte das kleine E-Mail-Symbol auf ihrer Homepage an. Es erschien die Zahl 68, was bedeutete, dass sie achtundsechzig neue Mails hatte. Sie hatte keine Lust, sie alle zu lesen, vor allem jetzt, wo sie spürte, wie ihre Kraft mit jeder Minute weniger wurde.

„Vergiss die E-Mails. Komm her." Aus den Augenwinkeln heraus sah sie, wie Scanlon auf dem Bett zur Seite rutschte. „Hier, jetzt hast du Platz. Ich behalte meine Hände auch bei mir. Versprochen."

„Noch nicht." Sie versuchte, tief durchzuatmen, aber sie war zu zittrig. Lauren hatte sich nur einmal, seit sie im Mittleren Osten lebte, so gefühlt, und das war, als es im Supermarkt keine Lebensmittel mehr zu kaufen gab und sie drei Tage lang nur von Kaffee gelebt hatte. Trotzdem – wie sollte sie denn wieder zu Kräften kommen, wenn sie nicht entschlossen gegen ihre Schwäche ankämpfte?

So nahm sie all ihre Energie zusammen, rief ihre E-Mails auf und überflog die Liste der Absender. Die meisten stammten von Kollegen, die von ihrer Verletzung gehört hatten. In der Betreff-Zeile stand meist „Gute Besserung!", „Das war knapp!" oder: „Es wird Zeit, dass Du nach Hause kommst!" Ein paar stammten auch von ihrem Redakteur, der schrieb: „Du brauchst nur ein Wort zu sagen" und: „Vielleicht ist es höchste Zeit."

Sie hatte etwa die Hälfte der Absender durchgelesen, als sie abrupt innehielt. Ihr Herzschlag beschleunigte sich. In der Betreff-Zeile einer E-Mail stand einfach nur „Von Emily". Lauren starrte darauf und las diese beiden Worte zum zweiten Mal. Welch ein seltsames Zusammentreffen. Sie hatte im Bett gelegen und über Frieden nachgedacht und darüber, dass sie sich nie mit ihrer Familie ausgesöhnt hatte, und da war ein Brief von einer Leserin, die ausgerechnet Emily hieß.

Sie lachte leise und Scanlon schlug die Augen auf. „Was ist so lustig?"

„Nichts." Sie schüttelte den Kopf. Ihr Blick hing nach wie vor wie gebannt an dieser E-Mail von Emily. Also gut, was wollte diese Emily? Lauren hatte nicht vorgehabt, die Mails tatsächlich zu lesen, nicht, wo es ihr so schlecht ging. Aber „Von Emily"? Dieser Mail konnte sie nicht widerstehen. Sie klickte sie an und der Brief erschien auf dem Bildschirm.

Hallo, ich heiße Emily Anderson und ich bin achtzehn Jahre alt –

Lauren bekam keine Luft und konnte ihre Lungen nicht dazu bringen zu arbeiten. Sie schloss die Augen und umklammerte die Tischkante.

„Hey, Lauren." Scanlons Stimme klang alarmiert. „Alles in Ordnung? Vielleicht solltest du dich hinlegen."

Sie winkte ab, öffnete aber die Augen. Erneut versuchte sie, die E-Mail zu lesen, doch sie kam über diese erste Zeile nicht hinaus. *Emily Anderson? Achtzehn Jahre?* War das ein übler Scherz? Ihre Emily wäre jetzt achtzehn Jahre alt. Achtzehn Jahre, sechs Monate und einundzwanzig Tage.

Lauren presste die Lippen aufeinander und zwang sich zum Ausatmen. Ihr verletzter Arm fühlte sich taub an, und ihre rechte Hand zitterte so stark, dass sie kaum nach unten scrollen und weiterlesen konnte.

Ich glaube, dass Du meine Mutter bist.

Lauren spürte, wie sich der Raum um sie drehte. Was war das denn? Und wer konnte das geschrieben haben? Ihre Tochter war tot; ein solcher Brief konnte nur ein übler Scherz sein. Sie zwang sich, ruhig zu bleiben und zu Ende zu lesen.

Ich habe Dich gesucht, seit ich alt genug war, dies zu tun. Ich lebe bei meinen Großeltern Bill und Angela Anderson. Sie haben Dich ebenfalls gesucht. Aber erst heute bin ich auf die Idee gekommen, unter dem Namen „Lauren Gibbs" nach Dir zu suchen, denn dies ist der Name, unter dem meine Mutter in ihrer Jugend ihre Kurzgeschichten verfasst hat. Das habe ich allerdings erst vor ein paar Wochen herausgefunden.

Ich habe den Namen ins Internet eingegeben und Dein Profil gefunden. Bitte, könntest Du mir zurückschreiben und mich wissen lassen, ob ich die richtige Person gefunden habe? Das ist verständlicherweise sehr wichtig für mich. Herzliche Grüße, Emily Anderson.

Lauren hatte das Gefühl, ersticken zu müssen. Sie las den Brief noch einmal und dann ein drittes Mal und ihr Atem kam stoßweise. Scanlon sprang auf und eilte an ihre Seite.

„Du wirst ohnmächtig, Lauren, komm schon." Er zog sie auf die Beine und führte sie zum Bett. Dann setzte er sie auf die Matratze und eilte ins Bad. Als er zurückkam, legte er ihr einen feuchten Lappen auf die Stirn. „Du bist weiß wie eine Wand."

Sie bekam noch immer nicht richtig Luft. Scanlon stellte ihr eine Frage, aber sie konnte nicht verstehen, was er sagte. Sie konnte nur an diese E-Mail denken. Das war doch ein übler Scherz, oder? Es musste ein Scherz sein. Doch dann drängte sich die Vergangenheit ins Zimmer. Emily war am Leben? Konnte diese Mail wirklich von ihr stammen? Und wenn das so war …

Ihr Herz schlug dreimal so schnell wie gewöhnlich. Es konnte nicht sein, dass ihr Baby überlebt hatte. Das war unmöglich. Sie hätte doch niemals ihr Kind im Stich gelassen, wenn es noch am Leben gewesen wäre, und die Erziehung dann ihren Eltern überlassen. Das konnte nicht sein. Was hatte die Krankenschwester gesagt? Ihr Baby sei heimgeholt worden, nicht wahr? Schon vor ein paar Stunden. „Heimgeholt worden" bedeutete doch „tot", oder? Dreimal noch versuchte sie durchzuatmen, aber sie bekam einfach keine Luft, sosehr sie es auch versuchte.

Sie umklammerte den Arm ihres Freundes und keuchte. „Scanlon … Bring mir … eine Tüte." Sie hyperventilierte. Ihr Verstand sagte ihr, dass ihr nichts geschehen konnte, auch nicht, wenn sie ohnmächtig wurde. An Hyperventilation starb man nicht. Aber im Augenblick wollte sie nicht gegen sich selbst ankämpfen, sie wollte gegen die Vergangenheit ankämpfen. Die übermächtige, monströse Vergangenheit. Und sie konnte sich ihr keine Sekunde länger stellen, nicht, bis sie geatmet hatte.

Scanlon durchquerte das Zimmer, suchte in der Küche und fand schließlich eine Papiertüte, in die sie normalerweise etwas zu essen einpackten, wenn sie über Nacht unterwegs waren. Dann rannte er zu ihr zurück und hielt sie ihr vor den Mund.

„Atme, Lauren. Komm schon." Er war aufrichtig besorgt und in der Hektik des Augenblicks wurde ihr auf einmal eines bewusst: Scanlon liebte sie.

Aber darüber konnte sie im Augenblick genauso wenig nachdenken, wie sie die E-Mail verstand, die sie gerade bekommen hatte. Vielmehr konzentrierte sie sich mit all ihrer Kraft darauf, in die Tüte zu atmen. Schließlich dauerte jeder Atemzug ein wenig länger, und sie spürte, wie sich ihr Brustkorb entspannte, sodass sie auch endlich ausatmen konnte. Erst jetzt wagte sie es, die Tüte herunterzunehmen und frische Luft einzuatmen.

Sie war nass geschwitzt und fühlte sich schwächer als zuvor. Aber trotzdem rappelte sie sich hoch, weil sie unbedingt noch einmal einen Blick auf die E-Mail werfen wollte. Als sie aufrecht saß, vergewisserte sie sich, dass sie noch auf dem Bildschirm war. Die E-Mail mit dem Inhalt, den sie gerade gelesen hatte.

Scanlon legte ihr sanft das feuchte Tuch auf die Stirn. „Was um alles in der Welt war los?“

Sie richtete sich noch höher im Bett auf, nahm das Tuch von der Stirn und blickte ihm in die Augen. „Kannst du mir einen Gefallen tun?“

„Alles, was du willst.“ Er musterte ihr Gesicht.

Mit dem Ellbogen deutete Lauren zum Computer hinüber. „Kannst du für mich den Brief dieses Mädchens beantworten?“ Sie zögerte. „Lies ihn nicht, klick einfach auf ‚Antworten‘, okay?“

„Sicher.“ Sein Blick blieb auf sie gerichtet, und sie konnte sehen, dass er völlig verwirrt war. „Für jemanden, der noch vor einer Minute nicht atmen konnte, bist du ganz schön forsch.“

Und wieder atmete sie aus. „Ich weiß.“ Sie beugte sich vor und grub ihre Ellbogen in ihre Oberschenkel. „Kannst du das für mich tun, Scanlon? Bitte?“

„Ist ja schon gut.“ Er ging zum Computer und nahm davor Platz. „Jetzt werde bloß nicht sauer auf mich.“

Er klickte auf „Antworten“ und ein leerer Bildschirm erschien. „Schieß los.“

„Einen Augenblick.“ Sie zwang sich, klar zu denken. Und wenn es kein übler Scherz und kein Irrtum war? Und wenn ihre Tochter tatsächlich am Leben war und in Wheaton, Illinois, wohnte? Vielleicht in dem Haus, in das ihre Eltern gezogen waren, als sie schwanger gewesen war? Sie kniff die Augen zusammen, blendete alle anderen Gedanken aus und konzentrierte sich allein auf diese E-Mail. „Also gut, schreib Folgendes.“ Sie zögerte kurz. „Emily, ruf mich an, sobald Du kannst. Hier sind meine Nummer und die Landesvorwahl. Bitte ruf sofort an!“ Lauren spürte, dass sie erneut kurz davor stand, ohnmächtig zu werden. Darum hielt sie erst einmal inne und atmete tief durch. „Und füg meine Nummer ein, Scanlon, okay?"

Er tippte immer noch. „Das habe ich mir bereits gedacht." Nach einigen weiteren Anschlägen blickte er sie fragend an. „Kann ich sie abschicken?"

„Ja. Danke, Scanlon." Jetzt war nicht der passende Zeitpunkt, um am Ende dieser E-Mail noch irgendwelche blumigen Phrasen zu bringen. Denn wer immer die Frau auch war, sie konnte unmöglich ihre Emily sein. Die Tochter, die sie auf die Welt gebracht hatte. Ihre Emily war tot.

Scanlon stand auf und kam zum Bett. Sie rutschte ein Stück zur Seite, damit er sich neben sie setzen konnte. Er nahm Platz und schaute sie eindringlich an. „Willst du mir erzählen, was los ist?"

„Nein, eigentlich nicht." Sie wollte es nicht, aber sie hatte keine Wahl. Auf einmal hatte sie den Eindruck, dass Scanlon ihr einziger Verbündeter, ihr einziger Freund auf dieser Welt war. Und seit die Vergangenheit sie eingeholt hatte, hatte sie keine Wahl, als sich zu öffnen und ihm alles zu erzählen. Sie legte ihre Hand auf die von Scanlon und sprach mit leiser Stimme. „Ich habe dir nicht alles von Chicago erzählt."

„Warum bin ich gar nicht überrascht, das zu hören?" Er umschlang ihre Finger und sein Gesichtsausdruck wurde zärtlicher. „Ich bin ganz Ohr."

Sie nickte und mit stockender Stimme begann sie zu berichten. Wie sehr sie David Galanter geliebt hatte und ihre verzweifelte Überzeugung, dass sie ihn finden müsse, nachdem er weggezogen war. Sie erzählte ihm, dass sie nach Kalifornien aufgebrochen war und welch schreckliche Angst sie gehabt hatte, als die kleine Emily krank wurde. Und sie erklärte ihm, warum sie mit ihrer Tochter die Klinik in Oklahoma wieder verlassen hatte, weil sie nämlich Angst gehabt hatte, die Polizei würde ihr Emily wegnehmen.

„Und was ist dann geschehen?“ Scanlon hielt noch immer ihre Hand. „Hast du es bis nach Hause geschafft?“

„Ja.“ Sie erzählte ihm, wie sie ohne Pause durchgefahren war und ihre Mutter um Hilfe gebeten hatte. „Wir rasten zum Krankenhaus.“ Sie senkte den Blick und schüttelte den Kopf. „Der Arzt untersuchte Emily und erklärte mir, er glaube nicht, dass sie überleben würde. Er sagte sogar, es wäre ein Wunder, wenn sie überleben würde.“

Scanlon hörte mitfühlend zu.

Lauren erzählte ihm, wie sie die ganze Nacht an Emilys Bett gesessen hatte und dass gegen vier Uhr morgens eine Besserung eingetreten war. „Eine Stunde später dachte ich, ich könnte ohne Schlaf nicht überleben.“ Sie zuckte die Achseln. „Ich weiß nicht, ich war siebzehn und außer mir vor Angst. Ich hatte zwei Tage lang nicht geschlafen. Ich konnte nicht mehr klar denken, denn sonst hätte ich mir irgendwo im Krankenhaus ein Bett gesucht.“

„Deine Mutter war aber noch da, richtig?“

„Ja. Sie bot mir an zu bleiben. Und so fuhr ich nach Hause und habe zehn Stunden geschlafen – viel länger, als ich eigentlich vorgehabt hatte. Als ich aufwachte, rief ich im Krankenhaus an und wurde mit einer Krankenschwester verbunden.“ Als sie daran zurückdachte, begann ihr Herz zu klopfen. Sie ließ Scanlons Hand los und presste ihre Finger an ihre Schläfen. „Die Frau sagte mir, Emily sei heimgeholt worden, schon vor ein paar Stunden.“

„Sie ist gestorben?"

Lauren ließ die Hände sinken. „Das habe ich jedenfalls geglaubt." Sie deutete mit dem Kopf zum Computer. „Bis eben. Ich hatte ein Baby, und ich habe alles verkehrt gemacht, darum ist mein kleines Mädchen gestorben."

Scanlon stöhnte. Er legte den Arm um sie und zog sie an sich heran. Sie ließ den Kopf an seine Schulter sinken. „Die E-Mail – sie kam von einer Emily Anderson, die sagt, sie sei achtzehn." Lauren richtete sich wieder auf und blickte ihren Freund an. „Sie sagt, sie lebe bei Bill und Angela Anderson in Wheaton und sie glaube, ich sei ihre –"

In diesem Augenblick begann ihr Handy, das auf dem Nachttisch neben ihrer Tablettendose lag, zu klingeln und zu vibrieren. Lauren spürte, wie sich ihre Kehle wieder zuschnürte, aber sie zwang sich, ruhig zu bleiben. Scanlon reichte ihr das Telefon und sie klappte es auf.

„Hallo?"

„Spricht da Lauren Gibbs?" Die Stimme klang jung und erinnerte sie an ihre, bevor alles so schrecklich schiefgegangen war.

Sie atmete aus. „Ja." In ihrem Kopf wirbelte alles durcheinander. „Wer spricht da?"

„Hier spricht Emily Anderson." Das Mädchen wartete einen Augenblick. „Meine Mutter ist seit … seit achtzehn Jahren verschwunden, und ich dachte, dass Sie vielleicht –"

„Emily." Es fühlte sich wundervoll an, den Namen des Mädchens auszusprechen. Sie ermahnte sich, vorsichtig zu sein und der Anruferin nicht sofort Glauben zu schenken. Eine Journalistin vertraute niemals jemandem, ohne die Fakten zu überprüfen. „Ist ... Bist du das wirklich?"

„Ja." Emily begann zu weinen. „Bist du –?"

Die Situation war so surreal; es war einfach nicht möglich. Lauren umklammerte Scanlons Arm. Ein sengend heißer Schmerz durchbohrte ihr Herz, wie der Schmerz, der vor einer Woche durch ihren Arm geschossen war. Als hätte sie eine Kugel ins Herz bekommen. Sie kniff die Augen zusammen und drückte das Handy an ihr Ohr. „Man sagte mir, du seist tot."

„Ich weiß." Das Mädchen weinte jetzt noch stärker. „Grandma hat es mir erzählt. Sie hat sich gedacht, dass es so gewesen sein muss."

Lauren lehnte sich an Scanlon und versuchte, langsam und regelmäßig zu atmen. Die Verbindung durfte nicht unterbrochen werden. „Ich wäre nie gegangen, nie! Nicht, wenn ich es gewusst hätte. Ich –" Die Gefühle erstickten ihre Worte. Sie schluckte, suchte nach Worten, um auszudrücken, was sie empfand. „Ich habe jeden Tag an dich gedacht, Emily. Das tue ich noch immer."

„Ich auch." Tränen dämpften die Stimme des Mädchens, aber in ihren Worten lag eine Freude, die grenzenlos zu sein schien. „Mom, hast du ihn gefunden?"

Jetzt begannen Laurens Tränen zu fließen.

Sie hat mich Mom genannt ... Ich habe eine Tochter! Schluchzen stieg in ihr hoch. Emily war am Leben! Sie zwang sich, sich auf Emilys Frage zu konzentrieren. „David?"

„Ja. Hast du ihn gefunden?"

Der Schmerz in ihrem Herzen verstärkte sich. Sie hatte sich nach Emily gesehnt, aber sie hatte auch immer an David Galanter gedacht. Nur seinetwegen war sie aus Chicago fortgegangen. Wie lange hatte sie nach ihm gesucht und auf ihn gewartet, während ihre Tochter ohne sie aufgewachsen war? Wenn sie nur nicht so eigensinnig gewesen wäre! Sie hätte nach Hause fahren und sich mit ihren Eltern aussöhnen können und sie hätte mehr gefunden als eine geheilte Beziehung.

Sie hätte ihre Tochter gefunden.

„Nein, Emily." Sie presste die Hand auf ihren Mund und rang um Fassung. „Nein, ich habe ihn nicht gefunden."

„Das tut mir leid." Die Stimme ihrer Tochter klang wieder gepresst. „Du hast ihn sehr geliebt, nicht?"

„Ja." Lauren konnte ihr Schluchzen nicht unterdrücken, kämpfte aber dagegen an. „Ich habe mir immer gesagt, ich würde wieder nach Hause fahren, wenn ich ihn gefunden habe."

„Aber du hast ihn nie gefunden, darum bist du nie nach Hause gekommen."

„Nein."

Sie verstummten. Der neben ihr sitzende Scanlon streichelte ihr über den gesunden Arm und wollte ihr, so gut es ging, seine Unterstützung zeigen. Sie hätte alles dafür gegeben, wenn sie durch die Telefonleitungen hindurch ihre Tochter in den Arm hätte nehmen können. „Ich habe so viele Fragen."

Emily lachte. „Ich auch."

„Hör dich nur an." Sie klammerte sich an das Lachen ihrer Tochter, ein Geräusch, das für ihre ausgedörrte Seele wie Wasser war. „Früher habe ich auch so gelacht, damals, als … bevor …"

„… bevor du schwanger wurdest." Das Lachen war aus Emilys Stimme verschwunden. „Ich habe neulich mit Gott gesprochen und ihm gesagt, ich wüsste, was geschehen sei. Du wurdest schwanger und von da an lief alles schief." Es lag keine Spur von Selbstmitleid in ihrer Stimme. „Ein Ereignis hat alles zerstört, nicht wahr?"

Schuldgefühle überschwemmten sie wie ein Monsunregen. „Ja."

„Und so habe ich zu Gott gesagt, wenn ein Ereignis alles zerstört hat, dann solle er mich doch gebrauchen, um alle wieder zusammenzubringen."

Als Lauren nicht antwortete, sprach ihre Tochter weiter. „Die Sache ist die, Mom, du musst schnell nach Hause kommen." Ihre Stimme war ernst geworden. Angst lag darin.

Zum ersten Mal kam Lauren der Gedanke, dass ihre Tochter krank sein könnte. Sie versteifte sich und umklammerte das Handy noch fester als zuvor. „Bist du … Ist alles in Ordnung?"

„Nein." Sie seufzte und erneut begannen die Tränen zu fließen. „Opa hat Krebs. Er … er hat nicht mehr lange zu leben."

Ihr Vater. Ein Bild stand ihr vor Augen, ein Bild von ihrem Daddy, der sie herumwirbelte, als sie sechs oder sieben Jahre alt war. In Senias Alter. Sie schluckte ihre Traurigkeit hinunter. „Mein Vater?"

„Ja." Sie wartete eine Sekunde. „Ich weiß nicht, was zwischen euch dreien geschehen ist, aber Grandma und Grandpa, sie sind einfach wundervoll." Sie atmete rasch durch. „Ich brauche dich, Mom. Ich habe mein ganzes Leben lang auf diesen Augenblick gewartet. Aber du musst dich beeilen."

Die neue Situation nahm schneller Gestalt an, als Lauren alles verarbeiten konnte. Ihre Eltern waren wundervoll? Das war doch keine Überraschung, oder?

Sie waren tatsächlich wundervoll gewesen – bis sie David und sie auseinandergerissen hatten. Und noch etwas anderes machte ihr zu schaffen. Emily war nicht nur am Leben, sie wollte auch eine Beziehung zu ihr und David. Was hatte sie gesagt? Sie hätte ihr ganzes Leben auf diesen Augenblick gewartet? Das war mehr, als Lauren verkraften konnte. Sie legte die Hand vor die Augen und stützte ihren Kopf damit ab. Wie sehr hatte sie sie im Laufe der Jahre vermisst. Sie hatte nie vorgehabt, ihren Eltern für immer den Rücken zu kehren. Nicht einmal nach allem, was sie unternommen hatten, um sie und David voneinander fernzuhalten.

Doch die Jahre waren ins Land gezogen, und schon bald war der Weg nach Hause so mit Schuldgefühlen und Verletzungen überwuchert gewesen, dass sie ihn nicht mehr finden konnte. Dass sie nicht mehr sicher gewesen war, ob sie ihn überhaupt finden wollte. Aber jetzt lag ihr Vater im Sterben. „Wollen sie mich denn sehen? Wo mein Vater so krank ist?"

Emily lachte und klang sehr erleichtert. Als hätte sie mit angehaltenem Atem auf die Antwort gewartet. „Ja, sie wollen, dass du nach Hause kommst. Bitte, Mom. Komm so schnell du kannst, okay?"

Lauren richtete sich auf. Sie hatte noch Urlaub, aber bevor sie nach Hause fliegen konnte, brauchte sie eine Bescheinigung vom Arzt. Und außerdem musste sie noch in der Redaktion ihren Bericht abgeben. „Ich kann am Samstag in einer Woche da sein. Ist das früh genug?"

„Ja! Oh ja!" Die Stimme ihrer Tochter klang nun hoffnungsvoll. „Ich gebe dir unsere Nummer durch."

Lauren bedeutete Scanlon, die Ziffern für sie aufzuschreiben. Er nahm einen Zettel und einen Stift vom

Nachttisch und wartete. Lauren drückte das Handy an ihr Ohr. „Okay, schieß los."

Emily ratterte mehrere Telefonnummern herunter, eine von zu Hause und eine von ihrem Handy. Lauren wiederholte jede Zahl und passte auf, dass Scanlon sie richtig notierte. Sie hatte Emily einmal verloren, sie wollte sie nicht noch einmal verlieren.

Nachdem sie die Telefonnummern durchgegeben hatte, begann Emily zu lachen. „Mom … es könnte sein, dass ich dich zwischendurch noch mal anrufe. Ist das okay?"

„Emily." Ihr Herz floss über vor Freude. „Bitte tu das."

„Ich liebe dich, Mom."

Da war es wieder. Der Name, den noch niemand zu ihr gesagt hatte. *Mom. Ich liebe dich, Mom.*

Es fiel ihr noch immer schwer zu glauben, dass das wirklich passierte, aber sie konnte nicht leugnen, dass die Anruferin ihre Tochter war. Sie schluckte. „Ich liebe dich auch, mein Schatz. Ich habe dich jeden Tag deines Lebens geliebt und vermisst." Zum ersten Mal seit einer Stunde konnte sie durchatmen. „Ich kann immer noch nicht glauben, dass du mich gefunden hast."

„Das habe ich auch nicht", widersprach Emily mit fester Stimme. „Das war Gott." Sie hielt inne. „Aber darüber können wir später reden."

Als die Verbindung unterbrochen war, klappte Lauren ihr Handy zu. Sie drehte sich zu ihrem Freund um. Sie war so glücklich, dass sie glaubte, platzen zu müssen. Was immer hier vorging, ihr Leben würde nie mehr dasselbe sein. „Meine Tochter ist am Leben!"

„Das habe ich mitbekommen." Er lächelte sie an. „Du fliegst zurück in die Staaten?"

„Ja." Sie löste sich von ihm und sah sich in ihrem Zimmer um. „Sobald sie mich gehen lassen. Mein Vater ist krank. Er ... er hat nicht mehr lange zu leben."

„Wirst du denn noch rechtzeitig kommen?"

„Ich weiß es nicht. Vielleicht."

„Erstaunlich, nicht? Du hast ihn achtzehn Jahre nicht gesehen und deine Tochter findet dich gerade zur rechten Zeit?"

Lauren musste unwillkürlich an ihr Gespräch mit ihrer Tochter zurückdenken. Emily hatte gesagt, Gott hätte sie gefunden. Sie nickte und blickte ihren Freund wieder an. „Ja, das ist wirklich erstaunlich."

Ein Anflug von Traurigkeit überschattete seinen Blick, aber er lächelte. „Ich freue mich für dich, Lauren, wirklich."

Auch wenn es bedeutete, dass sie fortging, und auch wenn auf einmal die Möglichkeit bestand, dass sie nicht mehr zurückkehrte – sie glaubte daran, dass Scanlon sich tatsächlich für sie freute. Er war ein solcher Freund. Trotzdem, im Augenblick dachte sie nicht in erster Linie daran, dass sie nun ihn, den Mittleren Osten und den Job, den sie liebte, hinter sich lassen musste.

Nein, ihre Gedanken drehten sich ausschließlich um das Wunder. Sie hatte eine Tochter. Eine lebendige, atmende junge Frau mit einer Stimme wie der Sonnenschein. Und in einer guten Woche würde sie sie kennenlernen. Ihr Gesicht sehen. Sie in den Armen halten.

Und ihre Eltern. Sie würde sie wiedersehen. Die Arme ihrer Mutter um sich spüren, die Liebe im Gesicht ihres Vaters leuchten sehen – eine Liebe, die damals, als sie noch ein Teenager war, für eine gewisse Zeit fehlgeleitet gewesen war – aber eine Liebe, die trotzdem immer sehr stark gewesen war. Ja, sie würde ihre Tochter kennenlernen. Und sich mit ihren Eltern versöhnen.

Und sie hatte achtzehn Jahre aufzuholen.

Emily legte den Hörer auf. Sie zitterte am ganzen Körper. Dass sie auf das Foto ihrer Mutter gestoßen war und herausgefunden hatte, dass diese ihren Namen geändert hatte, war eine Sache gewesen. Aber richtig mit ihr zu sprechen? Das war mehr, als sich Emily erträumt hatte. Ihre Mutter klang so schockiert und ängstlich, ungläubig und doch überglücklich. Aber da hatte noch etwas anderes in ihrer Stimme gelegen. Eine tiefe, alles umfassende Trauer. Um all die Jahre, die sie verloren hatten.

Emily erhob sich und starrte das Foto neben ihrem Bett an, das ihre Eltern als Teenager zeigte. Sie blickte zum Fenster hinaus und betrachtete den blauen Himmel. „Gott, das Wunder ist geschehen, und es ist beinahe mehr, als ich verkraften kann."

Sie erinnerte sich an den Schmerz in der Stimme ihrer Mutter, als sie von David gesprochen hatte. Emily musste ihn unbedingt aufspüren und einen Weg finden, wie ihre Eltern wieder zusammenkommen konnten. Sie knabberte an der Innenseite ihrer Wange und erinnerte sich an etwas anderes. An den Schmerz in der Stimme ihrer Mutter, als ihr klar wurde, dass ihr Vater krank war. Sie hatten so vieles aufzuarbeiten, so viel zu vergeben, wenn sie Frieden finden wollten.

Ein tiefer Seufzer entschlüpfte Emily. Sie musste nach unten gehen und ihren Großeltern von dem Gespräch mit ihrer Mutter erzählen. Aber zuerst musste sie mit Gott reden. Denn ja, das Wunder, das sie alle brauchten, war im Gange, aber es war noch nicht vollständig.

Vielmehr war es erst der Anfang.

Kapitel 22

David wusste nicht, wie er es ihr beibringen sollte.

Nachdem er eine Woche lang gebetet, in der Bibel gelesen und doppelt so lange im Fitnesscenter trainiert hatte, hatte er die Antwort gefunden, nach der er gesucht hatte. Sie war ihm an diesem Morgen fast entgegengesprungen, als er das dritte Kapitel im Buch der Sprüche gelesen hatte. In den Versen fünf und sechs hieß es dort: „Verlass dich auf den Herrn von ganzem Herzen, und verlass dich nicht auf deinen Verstand, sondern gedenke an ihn in allen deinen Wegen, so wird er dich recht führen."

Er hatte die Worte noch dreimal durchgelesen und auf einmal war die Antwort klar gewesen. Sein Verstand hatte ihn zu einer Beziehung mit Ellen Randolph gedrängt. Sein Verstand hatte zugelassen, dass Ellen sein Leben verplante und ihn den Weg führte, der ihn dorthin bringen sollte, wo sie ihn hinhaben wollte. Und ja, er hatte mitgemacht, weil der Plan rein verstandesmäßig eigentlich ganz gut zu sein schien.

Aber es war nicht Gottes Plan gewesen.

David ballte die Hände zu Fäusten und sah auf die Uhr. Er trat auf die Veranda, nervös, ruhelos. Ellen würde in zehn Minuten hier sein. Sie wollten zusammen essen gehen. Er hatte den ganzen Tag darüber nachgedacht, ob er die Reservierung stornieren und vor dem Essen mit ihr reden sollte oder ob er bis später warten sollte. Er hatte beschlossen zu warten. Zumindest konnte er so noch einmal mit ihr zusammen essen, bevor er ihr mitteilte, dass es vorbei war.

Er setzte sich auf einen Liegestuhl und starrte in die Palmen in seinem Garten. Vor langer Zeit hatte er sein Vertrauen auf Gott gesetzt. Obwohl seine Eltern ihn mit nach Kalifornien genommen hatten und er das Gefühl gehabt hatte, dass ihm mit jedem Kilometer, der ihn von Lauren entfernte, ein Stück mehr vom Herz herausgerissen wurde – er hatte alles im Vertrauen an Gott abgegeben. Er vertraute darauf, dass dieser ihn für den Rest seines Lebens führen würde. Natürlich hatten seine Eltern ihre eigenen Pläne gehabt. Pläne, die sie ihm in jenem ersten Monat seines Abschlussjahres in der Highschool erläutert hatten.

Sein Vater war eines Tages abends in sein Zimmer gekommen. „Es wird Zeit, dass du dich bei den Colleges bewirbst, Junge. Ich habe mit meinen Freunden in ‚Harvard' und ‚Yale' gesprochen. Ich habe sogar ein paar an der ‚USC'." Er blinzelte. „Sieht so aus, als würden sich alle drei Universitäten darum reißen, dich zu bekommen."

Erst in diesem Augenblick hatte David das volle Ausmaß dessen begriffen, was seine Eltern getan hatten. Bei dem Umzug war es nicht um finanzielle Investitionen in Kalifornien gegangen. Es war um eine Investition in ihn gegangen. Es war um die Pläne gegangen, die sie für ihn gemacht hatten. Er sollte die Highschool beenden und vor ihm lag eine goldene Zukunft.

An jenem Abend hatte er seinem Vater eine für diesen schockierende Eröffnung gemacht. „Ich will nicht

Betriebswirtschaft studieren, Dad. Ich will kein Diplom, ich will nicht in einer Bank arbeiten. Ich möchte Pilot werden und Kampfflugzeuge fliegen."

Es dauerte fast ein halbes Jahr, bis sie seine Wünsche akzeptierten, und selbst dann noch wurde deutlich, dass seine Eltern frustriert waren. Sie hatten ihn von Lauren getrennt, aber auf keinen Fall würden sie die Pläne durchkreuzen, die Gott für ihn hatte. In jenem Frühling – ein paar Monate vor seinem Schulabschluss – begegnete er zufällig einem Anwerber der *Navy*, der in der Cafeteria einen Informationsstand aufgebaut hatte. David hatte beinahe gespürt, wie Gott ihn dorthin geführt hatte, wie er ihn drängte, eine Broschüre zu nehmen und seine Fragen zu stellen.

Von da an ging alles seinen Gang. Er besuchte die *UCLA* und bewarb sich dann für die Offiziersschule und die Marineflugausbildung. Während des ersten Golfkrieges gehörte er zu den besten Jagdfliegern.

Seine Eltern lernten, seine Entscheidung zu akzeptieren. Nach einer gewissen Zeit waren sie sogar stolz auf ihn, weil er für das US-Militär flog; vor ihren Freunden prahlten sie mit seinen Auszeichnungen und Medaillen. David freute sich darüber, aber es war nicht das, was ihn motivierte. Er war zum Fliegen geboren; das hatte Gott ihm gezeigt.

Wann immer er am Steuerknüppel saß, spürte er, wie Gott ihn am Ende einer Mission wieder nach Hause führte. Er diente seinem Land, seinen Mitmenschen, und gleichzeitig führte er das Leben, das Gott ihm bestimmt hatte. Sein einziger Kummer war, dass Lauren nicht an seiner Seite war. Nach mehr als zehn Jahren spürte er diese Leere noch immer am Ende eines jeden Tages, zwischen seinen Missionen und wenn er am

Steuerknüppel eines Düsenjets in zehntausend Metern Höhe über den Himmel schoss.

David starrte dann in die endlose blaue Weite und erinnerte sich an den Zettel, den sie ihm damals, als sie noch Kinder waren, zugesteckt hatte: „Eines Tages wirst Du fliegen. Wenn Du das tust, dann nimm mich mit." Nur hatte er sie nie gefunden, sie wusste also nichts davon. Sie wusste nicht, dass er das tat, was er sich immer gewünscht und wozu Gott ihn erschaffen hatte. David atmete die kühle Abendluft ein. Und jetzt … Da saß er nun und war wieder einmal auf dem falschen Weg.

Wie hatte es nur so weit kommen können? Wie hatte es nur passieren können, dass er sich von Ellen einreden ließ, ein politisches Amt sei besser als seine Arbeit bei *Top Gun*, besser, als jeden Tag hinaus zum Stützpunkt zu fahren und seinen Traum auszuleben? Doch da war noch etwas anderes. Seit er sich mit Ellen traf, war er zu der Ansicht gelangt, dass er keine Kinder wollte, dass bei all den Plänen, die sie hatten, keine Zeit für eine Familie bliebe. Und das alles, weil er für eine kleine Weile seinem eigenen Verstand gefolgt war. Weil er geglaubt hatte, seine Pläne seien besser als Gottes Pläne.

Aber jetzt nicht mehr.

Die Türglocke schlug an und dann vernahm er Ellens Schritte in der Diele. „Hallo?"

„Ellen, ich bin hier hinten." Er erhob sich und ging ihr entgegen. „Du siehst hübsch aus." Er küsste sie auf die Wange und führte sie nach hinten. „Ich hole schnell meine Schlüssel."

„David." Ihre Stimme klang betont gleichmütig.

Er drehte sich um. „Ja?"

Sie atmete langsam aus. „Es ist vorbei, nicht wahr?"

Einen kurzen Augenblick lang hätte er es beinahe geleugnet. Woher wusste sie es? Er hatte nur gesagt, er wolle mit ihr reden. Nichts weiter. Er steckte seine Hände in die Taschen und machte ein paar Schritte auf sie zu. Ihr Blick verriet ihm, dass sie nicht nur Vermutungen aussprach. Irgendwie hatte sie es gemerkt.

Er blieb stehen und blickte sie eindringlich an. „Woher wusstest du es?"

„Deswegen." Sie nahm etwas aus ihrer Tasche, das wie ein kleines Foto aussah, und reichte es ihm. „Ich habe es heute Morgen auf dem Beifahrersitz meines Wagens gefunden. Es muss dir aus der Tasche gefallen sein."

Erst als er es in den Händen hielt, schaute er es an. Und sein Herz setzte einen Schlag aus. Es war das Foto von Lauren. Sie hatte recht. Er hatte es am Abend zuvor angeschaut, als sie ihn zum Abendessen abgeholt hatte. In der Eile hatte er es in die Tasche gesteckt und war dann hinausgeeilt, um sie zu begrüßen.

Ellen schob trotzig ihr Kinn vor. „Ich dachte, du würdest über sie hinwegkommen, David."

„Ich habe –" *Nein*. Er brach ab. Er konnte noch so fest behaupten, über Lauren Anderson hinweggekommen zu sein – es war eine Lüge. Vor langer Zeit hatte er Lauren versprochen, sie bis zu seinem Lebensende zu lieben. Hatte er nicht genau das in den Ring eingravieren lassen, den er für sie gekauft hatte? *Trotz allem*. Trotz allem, auch wenn es keinen Sinn hatte, sich an die Erinnerung zu klammern, sein Versprechen galt. Er legte das Foto auf das Bücherregal und ergriff Ellens Hände. „Es tut mir leid." Die Muskeln in seinem Kiefer arbeiteten. „Ich dachte, ich wäre es."

Sie lächelte und überspielte damit den Schmerz in ihren Augen. „Das dachte ich auch.“ Sie zog den Ring von ihrem Finger. Es war ein Brillantring von zwei Karat, ganz anders als der kleine Ring, den er damals für Lauren gekauft hatte. „Hier.“ Ihre Augen glitzerten. „Ich will nicht die zweite Wahl sein, David.“

„Ich weiß.“ Er nahm den Ring und versuchte, tief in ihre Seele zu blicken. „Ich denke, wir wären ein gutes Team geworden.“

„Das denke ich auch.“ Sie drückte seine Hand. „Aber ich wünsche mir keinen Teamkollegen, David. Ich wünsche mir einen Mann, der mich anbetet.“

„Das verstehe ich.“ Er zog sie an sich und legte die Arme um sie. „Das Problem liegt bei mir. Nicht bei dir. Du bist toll.“

Sie nickte, und als sie sich von ihm löste, bemerkte er, dass ihr Make-up noch in Ordnung war; ihre Augen waren trocken geblieben. „Ich habe den ganzen Tag darüber nachgedacht, und wenn du nichts dagegen hast, dann möchte ich jetzt gehen.“

„Ist gut.“ Er ließ sie los und sie wich einen Schritt zurück.

Ihre Handtasche fest an sich gedrückt, nickte sie ihm zu. „Leb wohl, David.“

„Leb wohl.“ Er hob die Hand und wartete, bis sie sich umdrehte und zur Tür ging.

Bei der Haustür angelangt, warf sie ihm noch einmal einen Blick über die Schulter zu. „Du wolltest sowieso nicht Gouverneur werden, oder?“

Die Traurigkeit in seinem Herzen war echt. Sie hatte ihm ein Leben geboten, auf das die meisten Männer an seiner Stelle sofort angesprungen wären. Doch die Worte Gottes riefen ihm aus der Tiefe seines Herzens entgegen: „Verlass dich nicht auf deinen Verstand, sondern gedenke an ihn in allen deinen Wegen, so wird er dich recht führen."

Ellen sah ihn fragend und aufmerksam an. Er trat ein paar Schritte näher und schüttelte den Kopf. Er blickte sie fest an. „Nein, Ellen. Gott hat mich dazu erschaffen, Pilot zu werden." Er strich ihr über die Wange. *Gott, gib, dass sie das schnell überwindet. Sie hat so viel mehr verdient.* „Aber die Wahrheit ist, ich dachte nur, ich würde gern in die Politik gehen, weil ich dich mochte. Dein Vater ist Politiker, und ich dachte, es wäre vernünftig, wenn ich auch in die Politik ginge."

Sie legte ihre Hand auf die seine und nach ein paar Sekunden ergriff sie den Türgriff. „Weißt du was?"

„Was?"

„Ich bin froh, dass es dir klar geworden ist." Ihr Lächeln war jetzt echt, genau wie ihre Traurigkeit.

„Ich auch."

Sie öffnete die Tür und trat hinaus auf die Veranda. „Und ich fühle mich geschmeichelt, dass du mich so gemocht hast." Sie nickte ihm zu und blickte ihn noch ein paar Sekunden lang an. Dann wandte sie sich um und ging über den Bürgersteig zu ihrem Wagen, der am Straßenrand geparkt stand. Als sie fort war, zog sich David mit dem Telefon auf seine Veranda zurück. Die Brust tat ihm weh und er kannte auch den Grund dafür. Sie war nicht die Richtige für ihn gewesen, aber er mochte sie. Er würde sie vermissen und wieder einmal war er allein.

Es war an der Zeit, seinen Eltern die Neuigkeit mitzuteilen.

Sheila Galanter legte den Hörer auf und ging schweren Schrittes ins Wohnzimmer, wo ihr Mann Samuel gerade die Zeitung las.

„Es ist vorbei." Sie lehnte sich gegen den Türrahmen. All ihre Energie war mit dem Versuch aufgebraucht, diese Neuigkeit zu verarbeiten.

Samuel ließ die Zeitung sinken. „Was denn?"

„David und Ellen. Sie haben sich getrennt."

„Hmm." Er starrte kurz hinauf zur Decke. „Kann nicht sagen, dass ich ihm das übel nehmen würde."

„Samuel! Was redest du denn da!" Sie schnappte nach Luft. „Ellen war ein nettes Mädchen."

„Das war sie." Er blickte sie an. „Aber sie hat Davids Leben für ihn geplant."

„Wir haben einmal dasselbe gemacht, weißt du noch?" Sie kam jetzt ins Zimmer und setzte sich auf die Kante des Sessels, der ihm gegenüberstand.

Er stöhnte und schob die Fußstütze seines Fernsehsessels zurück. Sie schnappte zurück und er saß jetzt aufrecht da. „Sheila, erst vor wenigen Wochen hast du selbst deine Zweifel in Bezug auf diese bevorstehende Hochzeit geäußert."

„Ich hatte keine Zweifel." Ihr Tonfall änderte sich. „Ich habe mir Sorgen gemacht."

„Nun –", Samuel beugte sich vor und drückte ihr Knie, „es sieht so aus, als hättest du recht gehabt." Wie gut er sie kannte. „David ist noch jung, Sheila. Er wird eine andere finden."

Doch Davids Alter war nicht das Problem. Die schreckliche Tatsache war, dass ihr Sohn keine Frau mehr aufrichtig geliebt hatte, seit …

„Und wenn das alles nur unsere Schuld ist?" Ihre Stimme wurde zu einem Flüstern und drohte zu versagen. „Ist dir dieser Gedanke schon mal gekommen?"

Ein Schatten legte sich über die Augen ihres Mannes und er faltete die Hände in seinem Schoß. Eine ganze Weile sagte er keinen Ton, als wandere er in Gedanken zu jener schrecklichen Zeit zurück, als sie sich gezwungen gesehen hatten, ein neues Leben zu beginnen, um ihren Sohn zu beschützen.

Ein tiefer Seufzer entrang sich ihm. „Ich wollte es nicht."

„Aber du hast es auch gedacht, richtig?" All diese Jahre. Zwei Jahrzehnte waren vergangen, seit sie aus Chicago fortgezogen waren, und nicht ein Mal hatte Sheila den Mut gehabt, mit ihrem Mann darüber zu reden. Sie hatten ihre Entscheidung getroffen und kein einziges Mal mehr zurückgeschaut. Aber jetzt hatte sich die Vergangenheit ins Zimmer gedrängt, und es war unmöglich, sie zu ignorieren. Die Wunde war aufgerissen und blutete. Darüber, dass David seine Verlobung mit Ellen gelöst hatte, waren sie nicht besonders traurig. Aber die Tatsache, dass ihr Sohn Lauren Anderson nie wirklich überwunden hatte, belastete sie sehr. Sheila sah, dass sich im Gesicht ihres Mannes eine Sorgenfalte zeigte. Das war ihr Antwort genug.

„Samuel, sprich mit mir."

Er atmete tief durch. „Als wir hierhergezogen sind, war ich fest davon überzeugt, dass wir die richtige Entscheidung getroffen hatten." Es war eine der seltenen Gelegenheiten, bei denen er sich seine Gefühle anmerken ließ. „Er war siebzehn, Sheila. Was hätten wir denn sonst tun sollen?"

„Ich weiß es nicht." Ihr Herz schmerzte und sie ließ den Kopf hängen. Samuel hatte recht. Sie hatten doch nur das Beste für ihn gewollt. Der Umzug war Samuels Idee gewesen, aber sie hatte ihn darin unterstützt. Und sie hatte dabei den Verlust ihrer besten Freundin in Kauf genommen.

„Er wollte sie heiraten und … und Vater sein, bevor er auch nur die Highschool zu Ende gebracht hatte. Ich konnte doch nicht danebenstehen und das zulassen!" Samuel legte sich die Hand auf die Brust. „Bitte … bitte sag mir, dass du nicht mir die Schuld daran gibst, Sheila."

„Wie könnte ich denn?" Sie hob die Hände und ließ sie wieder auf ihren Schoß sinken. „Ich war diejenige, die Angela aufgesucht und ihr gesagt hat, wir müssten uns etwas einfallen lassen." Der Schmerz in ihrem Herzen vergrößerte sich. „Ich habe über Lauren gesprochen, als wäre sie –" Sie senkte den Blick. Die Erinnerungen hingen beinahe greifbar im Raum. „Ich habe über Lauren gesprochen, als sei sie allein schuld an dem ganzen Dilemma." Sie blickte Samuel an. „Ich habe meine Freundin verloren, weil ich David als Opfer betrachtete und mir nicht eingestehen wollte, dass er genauso schuld daran war."

Samuel nahm ihre Hände. Gedankenverloren strich er mit dem Daumen über ihren Handrücken. Dann schüttelte er den Kopf. „Wir hatten unrecht. Das ist mir schon lange bewusst."

„Er hat sein ganzes Leben lang nach Lauren gesucht." Ihr Blick wanderte in die Ferne. „Wenn ich manchmal im Internet surfe, gebe ich ihren Namen ein, um zu sehen, was dabei herauskommt."

Er sah sie verblüfft an. „Das habe ich auch getan."

„Wir hätten nach Angela und Bill suchen sollen. Sie hätten bestimmt gewusst, wo sie steckt."

Ein Schatten legte sich auf sein Gesicht und er schüttelte den Kopf. „Nein. Sie haben keine Ahnung. Zumindest wussten sie es vor fünf Jahren nicht."

Was sagte er da? Sie hielt sich an seinen Händen fest, um nicht vom Sessel zu gleiten. „Du hast sie angerufen?"

„Ich habe Bill einmal auf der Arbeit angerufen. Unser Gespräch war kurz. Keine Entschuldigungen, keine Anklagen. Das Baby wurde nicht erwähnt." Er zuckte die Achseln. „Ich fragte ihn, ob er mir sagen könnte, wie wir mit Lauren in Kontakt treten könnten."

„Das hast du getan?" Sie waren achtunddreißig Jahre verheiratet. Wie kam es, dass sie über etwas so Wichtiges nicht gesprochen hatten?

„David ist zwar äußerlich mutig und stark, aber innerlich stirbt er langsam, weil er dieses Mädchen so vermisst." Seine Züge wurden weich. „Ich habe mich gefragt, wie ich David zeigen könnte, dass ich ihn liebe. Wie sehr ich ihn liebe." Er blinzelte ein paarmal, aber seine Augen blieben feucht. „Lauren zu suchen schien mir der beste Weg zu sein."

„Sam ..." Sie glitt zu Boden und blieb zu seinen Füßen sitzen. Nie hatte sie ihn mehr geliebt. „Das war genau das Richtige."

„Aber Bill hat mir nur gesagt, er wüsste nicht, wo sie sei. Sie sei nach der Geburt des Babys davongelaufen. Damit war das Gespräch beendet." Er strich mit den Fingern zärtlich über ihren Handrücken. „Ich schätze, wir alle haben den Preis für das bezahlt, was wir den Kindern angetan haben."

Ein leiser Schrei entrang sich ihr. „Wenn ich damals gewusst hätte, dass es mein einziges Enkelkind sein würde ..." Sie schlang die Arme um seine Beine und legte ihren Kopf auf seine Knie. „Oh Sam. Wir büßen immer noch."

„Ja." Traurigkeit schwang in seiner Stimme mit. „Manchmal liege ich nachts wach im Bett und frage mich, ob das Baby wohl ein Junge oder ein Mädchen war und wo dieses achtzehnjährige Kind jetzt wohl sein mag."

In diesem Augenblick spürte Sheila, wie ihr Herz endgültig zerbrach. Und sie wusste mit absoluter Gewissheit, dass sie nie mehr dieselbe sein würde, weil die Wahrheit nun ans Licht gekommen war. Nicht nur sie hatte von dem Enkelkind geträumt, von dem sie sich abgewandt hatten, nicht nur sie hatte unter der Einsamkeit ihres Sohnes gelitten. Sie und Samuel hatten ihr Leben in einer Art stummer Leugnung verbracht. Sie hatten nie über die wichtigste Entscheidung gesprochen, die sie je getroffen hatten. Sie hatten sich nie der Tatsache gestellt, dass diese Entscheidung das Leben aller Beteiligten für immer verändert hatte.

Und was war mit den Andersons? Wieso war Lauren davongelaufen und hatte sich nie mehr gemeldet? Wo war sie hingegangen? Ein stechender Schmerz durchzuckte Sheilas Stirn und breitete sich über ihr gesamtes Gesicht aus. Es gab nur einen Ort, an dem Lauren sein konnte – in Südkalifornien. Denn sie war zweifellos genauso darauf versessen gewesen, David zu finden, wie er sie finden wollte.

Diese neue Erkenntnis verschlimmerte die Tragödie, die ihr Leben war, noch zusätzlich. Gerettet werden konnten sie nur, wenn alle zerbrochenen Teile wieder zusammenkämen. Heilung war möglich, wenn David Lauren fand, wenn sie und Samuel sich mit den Andersons aussöhnten. Aber wie? Wie wäre das möglich?

Schuldgefühle und Reue drohten, sie zu ersticken, und weckten in ihr den Wunsch, dass dies tatsächlich passieren würde. Aber es war unmöglich. Wunder wie diese geschahen einfach nicht.

Zumindest erlebten Menschen wie sie solche Wunder nicht.

Kapitel 23

Obwohl es die richtige Entscheidung gewesen war, ging es David an diesem Montagmorgen nicht gut. Ellen fehlte ihm, er vermisste ihren Sinn für Humor, mit dem sie ihn immer zum Lachen gebracht hatte. Und wie lebhaft sie ihm immer Geschichten aus der Welt ihres Vaters erzählt hatte! Ohne sie war das Wochenende still und ereignislos verlaufen. David brauchte niemanden, der ihm sagte, wie die kommenden Jahre seines Lebens aussehen würden – einsam und freudlos.

Er parkte seinen Wagen auf dem Parkplatz von *Top Gun* und stieg aus. Es war kalt draußen, aber der Himmel war strahlend blau. David lehnte sich gegen sein Auto und starrte in den Himmel.

„Also gut, Gott, ich vertraue dir." Er lächelte, doch sein Lächeln konnte seine Traurigkeit nicht vertreiben. „Zeig mir, wie es weitergeht." Er salutierte in Richtung Himmel. „Bis dahin stehe ich bereit."

Er atmete durch und machte sich auf den Weg zum Hintereingang des Gebäudes. Was er jetzt brauchte, war ein Geschwindigkeitskick. Er sehnte sich danach, sich ins Cockpit zu setzen und wie der Wind über den endlosen Himmel zu fliegen. Vielleicht würde er sich dann besser fühlen.

Es war 8:50 Uhr, als er sich am Empfang anmeldete. Er nahm einen Stapel Post mit und war bereits auf dem Weg zur Ausbilderlounge, als einer der Männer hinter dem Tresen ihm winkte. „Captain Galanter?"

„Ja?" David konzentrierte sich auf die Post. Einer der Umschläge kam ihm bekannt vor; es war Post aus dem Büro von Ellens Vater. Der junge Mann hinter dem Tresen sagte etwas, aber David war so sehr in Gedanken, dass er es nicht mitbekam. Stirnrunzelnd klemmte er sich die Post unter den Arm. „Entschuldigen Sie. Was haben Sie gesagt?"

„Ich habe eine Nachricht für Sie, Sir." Er hielt ihm einen Zettel hin. „Die Frau sagte, es sei dringend."

David ging zurück zum Tresen und nahm einen kleinen Zettel entgegen. „Danke." Er nickte dem Mann zu, drehte sich um und ging den Flur entlang. Dabei schaute er sich die Nachricht an. Sie war handgeschrieben und erst an diesem Morgen entgegengenommen worden: „Bitte rufen Sie Emily Anderson in Wheaton, Illinois, an."

Anderson? David blieb langsam stehen. *Emily Anderson in Wheaton?* Er lehnte sich gegen die Wand. Seine Gedanken wirbelten wild durcheinander. Konnte das möglich sein? Die unbändige Hoffnung, die sich in ihm breitmachte, hatte nichts mit ihrem Nachnamen zu tun oder mit der Tatsache, dass sie aus Wheaton kam. Sondern damit, dass sie „Emily" hieß.

Der Name, den –

David schüttelte den Kopf. Vielleicht war er wegen Ellen so verwirrt, vielleicht lag es auch an dem schönen Wetter und daran, dass er es kaum erwarten konnte, in den Himmel aufzusteigen. Jedenfalls brauchte er einen klaren Kopf. Die Gedanken an Lauren, das Baby und die Vergangenheit würden ihn nicht davon abhalten.

Ihr Name war bestimmt nur ein Zufall. „Anderson" war ein weitverbreiteter Name und „Emily" ebenfalls. Trotzdem, er musste diese Frau anrufen. Auch wenn es sich bei ihr vielleicht nur um eine Lehrerin handelte, die mit ihren Schülern einen Ausflug zum Lake Tahoe geplant hatte und eine Besichtigungstour vereinbaren wollte. Er betrat sein kleines, stickiges Büro, während er gleichzeitig die Nachricht noch einmal überflog. Ja, es handelte sich bestimmt nur um einen Besichtigungstermin.

David wählte die angegebene Nummer. Er würde den Anruf hinter sich bringen, der Dame einen Besichtigungstermin nennen und dann ganz schnell in seinen Fliegeranzug steigen.

Emily schrieb gerade eine E-Mail an ihre Mutter.

Die E-Mails und Telefonate boten den beiden eine gute Gelegenheit, sich etwas kennenzulernen, bevor sie sich persönlich trafen. Dieses Mal ging es um ihr Journalistikstudium. Sie schrieb, wie sehr sie sich wünsche, genau wie ihre Mutter für eine Zeitung zu arbeiten. Emily hatte die Mail gerade beendet, als das Telefon läutete.

Sie nahm den Hörer ab; ihr Blick war noch immer auf den Bildschirm gerichtet. „Hallo?"

„Ja, ich möchte gern Emily Anderson sprechen. Sie hat mich um einen Rückruf gebeten. Mein Name ist David Galanter."

Emily schnappte nach Luft. Obwohl sie noch nicht wusste, ob sie den richtigen Mann gefunden hatte, klopfte ihr Herz dennoch zum Zerspringen. Sie sprang auf und lief unruhig mit dem schnurlosen Telefon den Flur entlang. „Sie sprechen mit Emily." Ihr Magen krampfte sich zusammen. „Ich suche einen Mr David Galanter, bin aber nicht sicher, ob Sie der richtige sind."

„Also gut." Der Mann schien etwas verwirrt zu sein. „Hier bei ‚Top Gun' gibt es nur einen Mann meines Namens, falls Ihnen das weiterhilft."

„Nun …" Sie unterdrückte ein nervöses Auflachen. Und wenn er es nun war? Wenn sie tatsächlich zum ersten Mal in ihrem Leben mit ihrem Vater sprach – ihrem leiblichen Vater? „Um ehrlich zu sein, ich bin nicht sicher, ob der David Galanter, den ich suche, Ausbilder bei ‚Top Gun' ist."

Der Anrufer lachte. „Dann erzählen Sie mir doch etwas über den Mann, den Sie suchen."

„Gute Idee." Er gefiel ihr. Seine Stimme klang freundlich und er schien Sinn für Humor zu haben. „Mein David Galanter hat dunkle Haare und dunkle Augen und er ist ziemlich groß. Er ist in Chicago aufgewachsen und war mit einem Mädchen namens Lauren Anderson befreundet. Im Sommer vor seinem letzten Schuljahr –"

„Emily." Die neckende Fröhlichkeit war aus seiner Stimme gewichen. Stattdessen wirkte er sehr geschockt. „Sie haben den richtigen David Galanter. Und jetzt hätte ich eine Reihe von Fragen an Sie." Er zögerte. „Wer sind Sie?"

Sie blieb stehen und lehnte sich an die Wand. Er war es! Sie hatte ihn gefunden! Ein Lächeln breitete sich auf ihrem Gesicht aus und Tränen traten ihr in die Augen. War es nach all den Jahren wirklich so leicht gewesen? Sie hatte einfach nur seinen Namen richtig geschrieben und ihn im Internet gefunden? In Rekordgeschwindigkeit sprudelte die Geschichte aus ihr heraus.

„Ich bin deine Tochter." Ein Laut entrang sich ihr, halb Lachen, halb Schluchzen. „Ich habe dich mein ganzes Leben lang gesucht, nur habe ich deinen Namen falsch geschrieben, als ich dich im Internet gesucht habe. Meine Großeltern haben nämlich nie großartig über dich gesprochen, und erst letzte Woche, als ich die Tagebücher meiner Mutter fand, habe ich gemerkt, dass dein Name mit zwei ‚a' geschrieben wird, und so –"

„Emily?", fragte er atemlos und es schwang immer noch etwas Zweifel mit. „Der Name deiner Mutter ist –"

„Lauren Anderson." Emily lachte laut auf. „Sie habe ich vor fünf Tagen gefunden, an dem Tag, an dem ich dich angerufen habe."

„Ich habe die Nachricht gerade erst bekommen. Ich … ich kann das kaum glauben." Seine Stimme klang aufgrund der beinahe überwältigenden Emotionen gepresst. „Dann hat sie es also wirklich getan. Sie hat dich zur Adoption freigegeben."

„Nein, hat sie nicht." Emily atmete hörbar aus. Diese Geschichte war so kompliziert. „Es ist eine lange Geschichte. Ich weiß gar nicht genau, wo ich anfangen soll."

„Ich weiß überhaupt nichts, Emily." David lachte ungläubig. „Fang doch einfach ganz von vorn an."

„Ist gut." Sie rutschte an der Wand hinunter und setzte sich auf den Boden. „Als du mit deiner Familie nach Kalifornien gezogen bist, wollte meine Mom dich unbedingt finden …"

Sie erzählte alle Einzelheiten dieser schmerzhaften Geschichte. Und während sie sprach, wurde sie von einer Freude überwältigt, die so groß war, dass sie das Gefühl hatte, sie würde schweben. Sie hatte ihren Vater gefunden! Und sie telefonierten tatsächlich miteinander. Es war mehr, als sie sich vorstellen oder erhoffen konnte. In derselben Woche hatte sie sowohl ihre Mutter als auch ihren Vater gefunden. Und jetzt war sie dabei, ihrem Dad alles zu erzählen, damit er zu ihnen kommen konnte. Und er würde kommen, daran bestand für sie kein Zweifel. Sie hatte um ein Wunder gebetet.

Und Gott hatte es geschehen lassen.

Kapitel 24

Lauren hatte das Gefühl, sie würde ihre Tochter bereits kennen, und dabei standen sie erst seit einer Woche im Kontakt.

Bei ihren Telefonaten erzählten sie sich viele Begebenheiten aus ihrem Leben. Lauren erzählte Emily von ihrer ersten Fahrt in Richtung Westen und wie krank ihre Tochter geworden war.

„Ich gab mir die Schuld daran." In Laurens Stimme lag tiefes Bedauern. „Als man mir dann sagte, du seist heimgeholt worden, und ich dich für tot hielt, blieb mir nur noch eine Hoffnung – David zu finden."

Sie erzählte Emily, wie sie nach LA gekommen war, sich eine Wohnung und einen Job gesucht hatte. Von ihrer Entschlossenheit, das College zu Ende zu bringen und als Journalistin zu arbeiten, und dass sie nie aufgehört hatte, nach David zu suchen.

Bei anderen Gelegenheiten sprachen sie über Emily. Lauren erfuhr von dem tiefen Glauben ihrer Tochter, der all ihr Tun und Denken bestimmte. Emily berichtete von den Höhepunkten ihrer Kindheit, den ganz besonderen Erlebnissen zu Hause mit ihren Großeltern und in der Schule und von ihrer Entscheidung, Fußball zu spielen.

„Ich spiele immer noch, und zwar am ‚Wheaton College'." Stolz lag in ihrer Stimme. „Grandma sagt, mein Dad sei auch Sportler gewesen."

„Ja." Ein stechender Schmerz durchzuckte Lauren. Nicht nur wegen dem, was sie verpasst hatte, sondern weil die Erinnerung an David immer noch lebendig war und sie immerzu begleitete. „Er spielte Baseball."

Sie sprachen über Laurens Eltern und dass sie es kaum erwarten konnten, sie zu sehen, und über Emilys Arbeit für die Schulzeitung. Aber gleichgültig, wie oft sie auch miteinander telefonierten oder sich gegenseitig E-Mails schickten – Lauren fiel es immer noch schwer zu glauben, dass ihre Tochter tatsächlich am Leben war. Das würde sie erst glauben, wenn sie sie endlich in den Armen hielt.

An diesem Samstagnachmittag holte Lauren nach einem fünfstündigen Flug endlich ihr Handgepäck aus dem Gepäckfach der 737 und eilte durch das Flugzeug und durch den Fluggastbereich in den Ankunftsterminal von Chicago O'Hare. Nicht einmal jetzt konnte sie glauben, dass sie wieder zu Hause war. Dort, wo alles angefangen hatte, vor so vielen Jahren. Vor achtzehn Jahren. Vor einem ganzen Leben.

Emilys Leben.

Sie durchquerte die Halle und folgte den Schildern zur Gepäckausgabe. Emily würde am Eingang auf sie warten. Lauren trug ein konservatives Kostüm und Schuhe mit flachen Absätzen. Die Haare waren frisch geschnitten, so lang und blond wie damals, als sie von zu Hause fortgegangen war. Während sie durch den Terminal lief, klopfte ihr das Herz bis zum Hals. In den vergangenen Jahren hatte sie oft die Kinder anderer Leute in den Arm genommen und sich gefragt, wie Emily wohl aussehen würde, wenn sie überlebt hätte. Jetzt, in ein paar Minuten, würde sie es wissen.

Das Wiedersehen würde viel schöner sein, als sie es sich hätte erträumen können, aber es würde auch von großem Leid überschattet sein. Emily hatte ihr am Tag zuvor erzählt, dass sich der Zustand ihres Vaters weiter verschlechtert habe. Die Ärzte gaben ihm bestenfalls noch zwei Wochen. Lauren beschleunigte ihre Schritte. Sie sah ihren Vater vor sich, wie sie ihn von früher kannte. Das Herz tat ihr weh, weil sie nur noch so wenig Zeit hatten. Aber es war unmöglich, nur Trauer zu empfinden. Denn selbst die wenige Zeit, die ihnen noch blieb, war ein Geschenk, mit dem sie nie gerechnet hätte.

Im Flughafen herrschte Hochbetrieb und Lauren wich einer großen Gruppe Teenager in Baseballuniformen aus. Emily war bestimmt auch schon mal mit ihrem Fußballteam verreist. Vielleicht waren sie auf irgendeinem Flughafen irgendwo in den Staaten aneinander vorbeigelaufen und wussten es gar nicht. Sie rannte zum Aufzug, stellte ihren Trolley vor sich auf den Boden und umklammerte den Griff.

So nervös war sie nicht einmal, wenn sie eine richtige Schlacht miterlebte.

Der Aufzug brachte sie nach unten, aber angesichts dessen, was sie dort erwartete, viel zu langsam. Lauren spähte durch das Fenster in der Tür und sah eine Halle mit einer Doppeltür. Und gleich dahinter befand sich ein hübsches Mädchen mit dunklen Haaren, das nervös hin und her lief und dessen Blick wie gebannt an der Tür hing. War sie das? Lauren hatte nur wenige Sekunden, um das Mädchen zu betrachten, aber im Grunde brauchte sie gar nicht so lange, um Bescheid zu wissen. Das Mädchen hatte Davids dunkle Haare und seine feinen Gesichtszüge. Und gleichzeitig war sie eine brünette Kopie von ihr selbst in diesem Alter. Lauren verließ den Aufzug, eilte mit raschen Schritten durch die Doppeltür und ließ die Menge hinter sich. Da stand sie nun, starrte das Mädchen an, und das Herz klopfte ihr bis zum Hals.

Die Realität holte sie ein, als ihre Blicke sich kreuzten und ihren Gefühlen Ausdruck verliehen, ohne dass sie ein Wort sprachen. Das war tatsächlich ihre Tochter, ihre Emily! Ihr kleines Mädchen war wirklich am Leben!

Emily ergriff zuerst das Wort. „Mom?" Sie kam zu ihr. „Du bist es, richtig?"

„Ja, Emily." Lauren ließ ihre Tasche fallen und öffnete ihre Arme weit. Ihre Tochter rannte zu ihr und schmiegte sich an sie. Lauren wiegte sie hin und her. Tränen liefen ihr über die Wangen. Ihre Umarmung war herzlich und innig, und sie erinnerte Lauren an die Zeit, als sie Emily in den Armen gehalten hatte. Sie hatte so viel verpasst, aber damit war es jetzt vorbei. „Du bist so hübsch." Sie hauchte die Worte in die Haare ihrer Tochter. „Ich kann kaum glauben, dass du wirklich hier bist."

„Ich auch nicht." Emily legte den Kopf zurück. Ihre Augen strahlten wie die Sonne, auch wenn ihr Tränen die Wangen hinabliefen. „Ich habe mein ganzes Leben lang nach dir gesucht."

„Und ich habe dich an jedem einzelnen Tag vermisst." Sie umarmte ihre Tochter erneut. „Wenn ich es nur gewusst hätte."

Emily schniefte, aber sie lachte kurz auf. „Aber jetzt bist du ja hier! Du bist wirklich hier. Jetzt werden wir uns nie mehr trennen, ja?"

„Nein, nie wieder." Lauren betrachtete ihre Tochter und erfreute sich an ihrem Anblick. Das Missverständnis hatte sie um so viele gemeinsame Jahre gebracht … Vielleicht fanden sie ja eine Möglichkeit, in derselben Stadt zu wohnen, sodass sie sich nie wieder trennen mussten. Doch darüber würde sie später nachdenken. Laurens Lebensmittelpunkt hatte sich eigentlich in den Mittleren Osten verlagert, aber nachdem sie Emily wiedergefunden hatte, lag ihre Zukunft nun im Dunkeln.

„Hey." Emily trat einen Schritt zurück und nahm Laurens Tasche. „Wollen wir etwas essen gehen? Ich habe ein Fotoalbum mitgebracht, das wir uns ansehen können."

Es war kurz nach ein Uhr, aber bis jetzt war Lauren gar nicht aufgefallen, wie hungrig sie war. „Hier? Am Flughafen?"

„Warum nicht?" Emily hakte sich bei ihr ein.

Lauren konnte sich nicht erinnern, jemals so glücklich gewesen zu sein. Nicht seit der Geburt ihrer Tochter. Sie nahmen ihre beiden Koffer und gingen wieder durch die beiden Doppeltüren. Mit dem Aufzug fuhren sie nach oben und kehrten in einem kleinen mexikanischen Restaurant ein.

Emily blickte auffallend oft auf die Uhr und schließlich fragte Lauren: „Hast du noch einen Termin?"

„Nein." Ihre Tochter lachte, aber es klang nervös. „Ich habe Grandma und Grandpa gesagt, dass wir uns Zeit nehmen."

„Na, dann."

Sie bestellten und Lauren suchte einen Tisch für sie. Als sie Platz genommen hatten, beugte sie sich vor und betrachtete ihre Tochter aufmerksam. Sie konnte einfach nicht genug bekommen von Emily. Die Ähnlichkeit mit David war so groß, gleichzeitig sah sie aber auch ihr selbst so ähnlich. Sie legte die Hand auf die ihrer Tochter. „Dann zeig mir jetzt doch mal dein Fotoalbum."

„Gut." Emily grinste sie an. „Fangen wir ganz vorne an."

Die ersten Fotos zeigten sie als Kleinkind, wie sie ihre ersten Schritte machte und vor einem Geburtstagskuchen mit weiß-rosafarbener Zuckerglasur und einer Kerze darauf saß. Jedes Foto war ein kostbarer, aber schmerzlicher Einblick in das, was Lauren verpasst hatte. Warum war sie nicht irgendwann wieder nach Hause gekommen? Ein einziger Telefonanruf, und ihr Leben wäre nicht so einsam gewesen. Als sie die Seite umblätterten, drohte die Traurigkeit, sie zu überwältigen.

„Warte, Emily." Lauren stützte ihren Ellbogen auf dem Tisch auf und hielt die Hand vor die Augen. „Es tut mir leid."

„Mom." Emily ergriff ihre Hand und sah sie an. „Hey, sei nicht traurig."

„Das bin ich aber." Lauren schniefte. „Ich hätte hier sein sollen und jetzt …" Ein Schluchzen entrang sich ihr, und sie zwang sich, sich zu beherrschen. „Die Zeit lässt sich nicht mehr zurückdrehen."

„Doch, das geht." Emily gab ihr einen Kuss auf die Wange. „Dazu sind Fotos doch da. Sie ebnen dir einen Weg zurück."

„Aber es tut so weh." Lauren wollte stark sein. Dies war die erste Gelegenheit in beinahe zwei Jahrzehnten, ihrer Tochter wirklich eine Mutter zu sein. Sie sollte nicht diejenige sein, die sich von Emily trösten ließ. „Ich würde alles dafür geben, das Geschehene ungeschehen zu machen."

„Ich weiß."

„Wirklich?" Sie nahm die Hand herunter und blickte in die Augen ihrer Tochter. „Weißt du wirklich, wie sehr ich mir wünschte, ich wäre da gewesen?"

„Ja, Mom, das weiß ich. Das habe ich gleich bei unserem ersten Gespräch gespürt." Sie klappte das Fotoalbum zu. „Wir können es uns ja auch später anschauen."

Lauren richtete sich auf und starrte den blauen Ledereinband des Albums an. Sie würde es schaffen, vor allem mit Emily an ihrer Seite. Sie konnte sich die Fotos des Lebens anschauen, das sie verpasst hatte, und irgendwie würde sie es überstehen. Und wenn sie es tat, würde sie das stärker machen.

„Nein, ich möchte die Fotos jetzt sehen." Sie legte den Arm um ihre Tochter und lächelte. „Es darf dir aber nicht peinlich sein, wenn ich weine, in Ordnung?"

„Okay." Aus Emilys Augen strahlte ihr Mitgefühl entgegen.

Auf den nächsten Fotos war Emily im Vorschulalter zu sehen, mit einem leuchtend roten Fahrrad, dann Emily zu Halloween als Prinzessin verkleidet. Bevor sie die Seite umblättern konnten, tropften zwei Tränen aus Laurens Augen darauf. Lauren grinste Emily an.

„Siehst du? Ich habe es dir doch gesagt."

Beide begannen zu kichern, und dann – zum ersten Mal in ihrem Leben – brachen Lauren und Emily gemeinsam in ein herzliches Gelächter aus, in ein Gelächter, das nur Mutter und Tochter miteinander teilen können.

Emily konnte es kaum fassen.

Sie und ihre Mutter waren seit weniger als einer Stunde zusammen, und sie spürte bereits eine Bindung, die ein Leben lang halten würde. Beide mochten sie keine gebackenen Bohnen, dagegen waren sie beide verrückt nach würzigem Guacamole und schwarzen Oliven. Beide brachen sie ihre Nachos in der Mitte durch, bevor sie sie in die Salsa eintauchten. Als sie das bemerkten, begannen sie erneut zu lachen.

Die Fotos und das Essen, die kleinen Angewohnheiten, die sie beide gemeinsam hatten, das alles war eine wundervolle Ablenkung. Und es half Emily, ihr großes Geheimnis für sich zu behalten. Es fiel ihr unglaublich schwer, ihrer Mutter nicht zu erzählen, was sie erwartete: dass sie bald David Galanter wiedersehen würde.

Denn sie durfte es ihr nicht erzählen. Noch nicht.

Das Telefongespräch mit ihrem Vater war unglaublich gewesen und auch sie hatten seither noch ein paarmal miteinander telefoniert.

Er teilte Emilys Glauben, was bei ihrer Mutter allerdings nicht der Fall war. Und in der Woche, bevor Emily ihn gefunden hatte, hatte er seine Verlobung gelöst. Emily war fest davon überzeugt, dass dies auch irgendwie zu dem Wunder gehörte, das Gott ihnen gerade schenkte.

„Also, Mom …“ Sie hatten aufgegessen. Emily stützte ihre Ellbogen auf den Tisch und legte ihr Kinn auf ihre Hände. „Erzähl mir von Dad.“

Der Blick ihrer Mutter wurde träumerisch und schweifte in die Ferne, war gleichzeitig aber auch von einer großen Traurigkeit erfüllt. „Er war unglaublich.“ Sie wischte mit dem Finger zuerst das eine, dann das andere Auge trocken. „Er wäre so gern dein Vater gewesen.“ Sie zögerte und ließ ihren Blick durch den Terminal zu den bodenlangen Fenstern schweifen, durch die man die Startbahnen beobachten konnte. „Er hat mir einen Heiratsantrag gemacht.“ Ihr Blick kehrte zu Emily zurück. „Wusstest du das?“

Freude durchströmte Emilys Seele. „Nein, das wusste ich nicht.“ Von einer Verlobung hatten ihre Großeltern nichts erzählt. Wut flackerte in ihr auf, aber nur einen kurzen Augenblick lang, dann war es vorüber. Sie konnte später mit ihnen darüber reden, warum sie ihr diese Information vorenthalten hatten. Wichtig war jetzt nur, dass ihre Eltern vor langer Zeit hatten heiraten wollen. Es kostete sie all ihre Kraft, auf ihrem Platz sitzen zu bleiben, denn am liebsten wäre sie um die Tische herumgetanzt und hätte die Neuigkeit hinausposaunt. Sie zwang sich dazu, ruhig zu bleiben. „Erzähle mir davon.“

„Es war vor dem Umzug seiner Familie.“ Lauren kniff die Augen zusammen und ließ ihren Blick wieder in die Ferne schweifen. „Er schenkte mir einen Ring, in den er die Worte ‚Trotz allem‘ hatte eingravieren lassen. Er sagte mir, er würde mich immer lieben, auch wenn unsere Situation im Augenblick so unmöglich sei.“ Ihre Augen schimmerten feucht. „Ich habe damals in einen meiner Spiralblöcke eine Geschichte über uns beide geschrieben und ihr genau diesen Titel gegeben: ‚Trotz allem'." Sie atmete tief durch; die Erinnerungen belasteten sie doch sehr.

„Ja, ich habe sie gefunden." Emily sprach schnell, sie wollte die Erinnerung nicht vertreiben. „Ich habe sie nicht ganz gelesen, aber die Worte in deinem Ring … Das ist so romantisch."

„Ja." In der Stimme ihrer Mutter lag Resignation. „So war David."

„Und was ist geschehen?"

„Nichts. David dachte, wenn wir uns verlobten, würden unsere Eltern uns unterstützen. Er hat versucht, eine andere Unterkunft zu finden, wo er während seines letzten Highschooljahres wohnen könnte, damit wir uns nicht trennen müssten."

„Und das hat nicht geklappt?" Ihre Geschichte war so traurig, so tragisch. Und auch wenn Emily wusste, was in einer halben Stunde geschehen würde, spürte sie, wie ihr Tränen in die Augen traten.

„Unsere Eltern wollten uns trennen." Die Worte ihrer Mutter klangen jedoch nicht anklagend oder feindselig. Nur resigniert. „David besaß kein Geld, keinen Wagen, gar nichts. Nachdem er mir den Ring gekauft hatte, besaß er bloß noch zehn Dollar." Sie lachte traurig auf. „Und so haben sie ihn mit nach Kalifornien genommen und ihm versprochen, er könnte nach Chicago zurückkehren, sobald er die Schule abgeschlossen hätte."

„Sie haben gelogen." Dieser Gedanke war Emily noch gar nicht gekommen. Wenn diese Großeltern, die sie nicht kannte, ihrem Sohn geholfen hätten, in Illinois zu bleiben, dann hätte sie bei ihrer Mutter und ihrem Vater aufwachsen können. „Das ist so traurig."

„Ja, das stimmt." Lauren nickte entschlossen. „Aber ich habe ihnen verziehen. Das musste ich tun." Sie lächelte. „Ich wäre sonst irgendwann an meinem Hass erstickt."

Emily beobachtete ihre Mutter. Mit ihr zusammen zu sein war, als würde man eine Kiste öffnen und einen Schatz nach dem anderen herausnehmen, und es würde ein Leben lang dauern, all diese Schätze zu studieren.

Sie lehnte sich zurück und drückte die Hand ihrer Mutter. „Weißt du, was ich hoffe?"

„Was?"

„Ich hoffe, dass ich eines Tages auch einmal so geliebt werde."

Eine bittersüße Sehnsucht stieg in ihrer Mutter hoch. „Ich auch, Emily, ich auch."

Das Gespräch wandte sich nun anderen Themen zu. Sie sprachen über das Leben im Mittleren Osten und über den Freund ihrer Mutter, über Scanlon.

Es war das erste Mal, dass ihre Mutter ihn erwähnte, und Emily fuhr alarmiert zusammen. „Seid ihr beide … Du weißt schon … Geht ihr miteinander?"

Ihre Mutter lächelte sie nachdenklich an. „Nein." Sie zog eine Augenbraue in die Höhe. Auch wenn Scanlon sich das vielleicht wünscht." Sie wurde wieder ernst. „Er ist ein wundervoller Mann. Ich glaube, er könnte sich eine Zukunft mit mir gut vorstellen, aber …" Sie zuckte mit den Schultern. „Ich habe wahre Liebe kennengelernt, Emily. Ich habe sie vielleicht nicht sehr lange gehabt, aber ich weiß, was Liebe ist. Und wenn ich das nicht für einen Mann empfinden kann, dann hat es keinen Zweck, dass ich mich ernsthaft auf ihn einlasse."

Sie sprachen noch weiter über Scanlon und die Tragödie im Waisenhaus. Ihre Mutter begann wieder zu weinen, als sie von dem kleinen Mädchen erzählte, das sie dort kennengelernt hatte – Senia, das siebenjährige Kind mit der Zahnlücke.

„Das tut mir leid." Emily sprach mit leiser Stimme. „Wie geht es deinem Arm?"

„Die Wunde heilt. Er tut noch weh, aber die Schmerzen lassen langsam nach."

Emily wollte gar nicht darüber nachdenken, dass dieser Angriff auch ganz anders hätte ausgehen können. Wie schrecklich wäre es gewesen, wenn sie hätte erfahren müssen, dass ihre Mutter, die sie gerade erst gefunden hatte, getötet worden war. Ihre Mutter wechselte wieder das Thema und erzählte Emily von den Artikeln, die sie während ihres Aufenthalts im Irak und in Afghanistan verfasst hatte. Über einen ihrer Artikel – einen Leitartikel über die Frauen im Mittleren Osten, die den Schleier ablegen sollten – hatte Emily ein Referat im Englischunterricht gehalten.

„Wow." Emily trank einen Schluck. Jetzt war es bald so weit und ihre Erregung stieg mit jeder Minute. „Wer hätte gedacht, dass meine Mutter so berühmt ist?"

Und wieder lachten sie zusammen, und ihre Mutter erzählte von den Gefahren, die sie erlebt hatte, und von einem Artikel, den sie zu Beginn des Krieges mit dem Irak geschrieben hatte. Dieses Mal bekam Emily jedoch nur die Hälfte davon mit. Sie konnte ihr Geheimnis kaum noch für sich behalten.

Der Flieger ihres Vaters würde in fünfzehn Minuten hier in O'Hare landen!

„Emily?" Ihre Mutter legte den Kopf zur Seite und blickte sie fragend an. „Alles in Ordnung?"

Sie riss sich zusammen. „Natürlich. Ich habe nur gerade gedacht, dass ich auch eines Tages gern für eine solche Zeitung schreiben möchte." Im Stillen gratulierte sie sich zu dieser guten Ausrede. „Möchtest du noch Nachos?"

Ihre Mutter wirkte verwirrt. „Wir sind doch schon eine ganze Weile mit dem Essen fertig, Schatz." Sie lachte. „Lass uns nach Hause fahren." Der Schmerz legte sich wie ein Schleier über ihre Augen. „Ich möchte Mom und Dad sehen."

„Jetzt schon?" Von Panik erfüllt, begann Emily, mit den Füßen auf den Boden zu klopfen. „Ich wollte dir gerade noch von der Fußballsaison erzählen. Wir wären beinahe beim Entscheidungsspiel dabei gewesen, habe ich das schon erwähnt?"

„Ihr seid hingefahren, oder?" Ihre Mutter schob bereits ihren Stuhl vom Tisch zurück, wischte sich den Mund mit der Serviette ab und räumte ihr Geschirr auf das Tablett.

„Genau." Emily nahm ihre Gabel und stach in das lauwarme Hähnchen-Salat-Gemisch auf ihrem Teller. „Aber ich habe meinen Burrito doch noch nicht aufgegessen."

Lauren blickte sie beinahe flehentlich an. „Könntest du ihn nicht vielleicht mitnehmen? Ich möchte jetzt wirklich nach Hause."

„Schon gut. Wir können die Reste ja einpacken." Sie grinste und ging zurück zur Theke, um sich eine Schachtel geben zu lassen. In aller Ruhe verstaute sie das Essen von ihrem Teller in dem Behälter und räumte das Geschirr vom Tisch. Ihre Mutter wurde jetzt unruhig, das spürte sie, aber sie musste Zeit schinden. Das Timing musste perfekt sein.

Emily hatte alles arrangiert. Ihr Vater würde aus dem Flugzeug aussteigen und zur Gepäckausgabe gehen. Wenn er seine Koffer hatte, würde er sie anrufen und es einmal klingeln lassen. Ihr Handy steckte in ihrer Jeansjacke; sie hatte es auf Vibrationsalarm gestellt. Sein Anruf wäre für sie die Aufforderung, mit ihrer Mutter zu seinem Flugsteig zu gehen.

Unauffällig sah sie auf die Uhr. Noch fünf Minuten. Auf einmal hatte sie eine Idee. Sie wischte mit der Hand über den Tisch, sodass es aussah, als wollte sie die Krümel zusammenfegen. Doch dabei stieß sie ihr Getränk um. Die Cola ergoss sich über den Tisch und auf den Boden unter dem Tisch.

„Oh!" Sie sprang zurück. „Ich bin so ungeschickt."

Ihre Mutter rannte durch das Lokal, schnappte sich einige Servietten und kam zurück. „Hier. Du meine Güte, Emily. Pass auf. Es tropft auf deine Schuhe."

„Huch." Ihre Tochter trat zur Seite. „Ich glaube, ich brauche noch ein paar Servietten."

Gemeinsam beseitigten sie die Schweinerei. Schließlich brachte Emily die nassen Servietten zum Mülleimer. „Das Problem ist, ich habe noch schrecklichen Durst."

„Nun –", ihre Mutter deutete zum Getränkeautomat, „dein Becher ist doch unbeschädigt. Füll ihn dir doch noch einmal auf." Ihre Augen funkelten neckend. „Aber vielleicht nimmst du dir jetzt lieber einen Deckel."

Emily hob den Finger, als wollte sie sagen, dass der Vorschlag ihrer Mutter gut sei. Sie füllte ihren Becher gerade noch einmal auf, als ihr Handy in der Tasche vibrierte. Sie zuckte zusammen und hätte beinahe erneut ihr Getränk verschüttet. Doch sie fing sich rasch wieder, verschloss den Becher mit einem Deckel und eilte zu ihrer Mutter zurück. „So, ich bin so weit."

„Bist du sicher?" Lauren nahm ihren Koffer und ging zum Eingang des Restaurants. An der Tür angelangt, deutete sie zum Tisch zurück. „Dein Burrito!"

Emily drehte sich um und winkte ab. „Ich bin doch nicht mehr so hungrig."

Lauren zuckte mit den Achseln und grinste sie verlegen an. „Es ist schwer, mit dir Schritt zu halten, Emily."

„Das weiß ich." Sie hängte sich bei ihrer Mutter ein und schritt hoch erhobenen Hauptes einher. „Das sagen mir im Fußballteam alle."

Ihre Mutter zögerte und studierte die Informationstafeln. „Wo müssen wir langgehen?"

„Hier geht's raus." Emilys Herz schlug ihr bis zum Hals. Sie riss sich zusammen. Ihre Nervosität steigerte sich mit jeder Sekunde. „Wir müssen noch einmal durch den Gepäckbereich."

„Gibt es keinen kürzeren Weg zum –"

Emily zog sie mit sich zum Aufzug. „Nein, das ist der beste Weg." Sie grinste ihre Mutter an. „Glaub mir."

David Galanter hatte fast zwanzig Jahre lang auf diesen Augenblick gewartet.

Er stand neben seinen Koffern vor den Doppeltüren. Selbst jetzt noch hatte er das Gefühl zu träumen. Wie oft war er, wenn er eine blonde Frau mit Laurens Statur und ihren graziösen Bewegungen gesehen hatte, dieser Frau gefolgt, nur um dann festzustellen, dass er sich doch wieder geirrt hatte? Sein erstes Gespräch mit Emily war ihm noch lebhaft in Erinnerung. Gleich nach den ersten Sätzen war klar gewesen, dass er der Mann war, den sie suchte, und dass es nicht um die

Besichtigungstour einer Schulklasse ging. Aber als sie sagte, sie sei seine Tochter ... Das war mehr gewesen, als er verkraften konnte.

Die ganze Zeit hatte er sich gefragt, was wohl aus seinem Kind geworden war. Manchmal – wie damals bei der Frau im Hotel am Abend seiner Verlobungsparty – sah er eine blonde Frau mit älteren Kindern und fragte sich, ob eines davon vielleicht seines war. Aber es fehlten einfach zu viele Teile des Puzzles. Er wusste nicht, ob Lauren das Baby behalten hatte und ob sein Kind ein Junge oder ein Mädchen war.

Als er erkannt und akzeptiert hatte, wer Emily war, konnte er es gar nicht abwarten, nach Chicago zu fliegen, um sie zu sehen. Und dann hatte sie ihm erzählt, dass auch Lauren kommen würde.

Lauren ...

Wie lange hatte er nach ihr gesucht und sich gefragt, ob er sie je wiederfinden würde! Das Foto von ihr war mittlerweile an den Kanten schon ganz ausgefranst. Immer wieder holte er es hervor, starrte es an, träumte von diesem Tag und betete, dass er endlich kommen würde. Wie es wohl sein würde, sie nach so vielen Jahren wiederzusehen? Sein Herz klopfte, und er versuchte, seine Ängste zu verdrängen. Und wenn sie sich nun verändert hatte und ihre Gefühle für ihn schon lange erloschen waren? Es würde beinahe leichter sein, sie nie wiederzusehen, als in ihre Augen zu blicken und zu erkennen, dass ihre Liebe zu ihm der Vergangenheit angehörte.

Nein. Wie immer es auch ausgehen würde, er würde das, was passieren würde, gegen nichts auf der Welt eintauschen. Er liebte Lauren immer noch, das ließ sich nicht leugnen. Doch was immer in der kommenden Stunde auch geschehen würde, er würde es überstehen.

Er trug Jeans und ein weißes Hemd. Zivilkleidung. Emily hatte ihm nicht viel erzählt, aber sie hatte erwähnt, dass Lauren als Reporterin für das Nachrichtenmagazin *Time* arbeitete. Sie war Korrespondentin im Mittleren Osten. Das wiederum bedeutete, dass sie jetzt vielleicht weitaus weniger Gemeinsamkeiten hatten als früher. Aber darüber wollte er nicht nachdenken, noch nicht. Eine Gruppe von Menschen drängte aus dem Aufzug und durch die Doppeltüren, aber Lauren war nicht darunter. Noch drei Personen, ein älteres Ehepaar mit einem Pudel in einem Käfig und dann …

Sie hatten sich untergehakt, zwei Frauen, die sich sehr ähnlich sahen, die eine blond, die andere brünett. Er richtete sich auf und zwang sich, stehen zu bleiben. Bei dem Mädchen war er sich nicht sicher, aber die Frau war definitiv Lauren. Seit seinem Umzug nach Kalifornien hatte er sie jede Nacht in seinen Träumen gesehen. Sie war älter geworden, aber die Jahre hatten sie nur noch schöner gemacht.

Die Jüngere der beiden – das musste Emily sein – blieb stehen und sah sich suchend um, erst in die eine, dann in die andere Richtung. Schließlich blieb ihr Blick an ihm hängen. Ihre Augen leuchteten auf. Ganz kurz wandte sie sich zu Lauren um, doch dann blickte sie ihn wieder an, so, als wüsste sie nicht, was sie zuerst tun sollte.

Sie zerrte Lauren ein paar Schritte mit sich in seine Richtung, doch nun ließ sie los und rannte auf ihn zu. „Dad!" Sie warf ihre Arme um ihn und ließ ihren Tränen freien Lauf.

„Emily …"

Da war es, das Kind, nach dem er sich gesehnt hatte, das er nie hatte vergessen können. Seine Tochter, seine eigene Tochter! Das war das Mädchen, das als ungeborenes Baby gegen seine Hand getreten hatte. Es war bis zu diesem Zeitpunkt ihr letzter Kontakt gewesen.

Sie umarmten sich fest, bevor seine Tochter sich zurücklehnte und ihn von oben bis unten betrachtete. „Sieh dich nur an! Kein Wunder, dass Mom so verrückt nach dir war."

Er lachte und nahm ihr Gesicht in beide Hände. Das Gesicht, das ihm so ähnlich sah. „Ich hätte nie gedacht, dass ich diesen Tag mal erleben würde, Emily." Er hätte am liebsten Lauren angeschaut, um zu sehen, ob sie ihrer Tochter gefolgt war. Aber er musste diesen Augenblick erst einmal genießen. „Ich verspreche dir, für den Rest meines Lebens werde ich versuchen, dich für die Jahre zu entschädigen, die wir verloren haben."

Emily umarmte ihn noch einmal und dann – als fiele ihr plötzlich etwas ein – sprang sie zur Seite und beide wandten sich Lauren zu. Die Koffer ihrer Mutter waren umgestürzt, und sie stand wie erstarrt an der Stelle, an der sie stehen geblieben war.

Als ihre Blicke sich trafen, spürte er es – die Verbindung war noch da. Wie hatte er auch nur eine Minute lang denken können, dass das, was sie füreinander empfunden hatten, im Laufe der Jahre erloschen sein könnte? Er hatte immer gewusst, dass nichts etwas daran ändern konnte, und er hatte recht behalten.

Einen langen Augenblick standen sie da und versuchten zu erfassen, was sie da vor sich sahen. Tränen liefen Lauren über die Wangen und schließlich konnte er es keine Sekunde länger aushalten. Er ging in dem Augenblick auf sie zu, als sie sich in seine Richtung in

Bewegung setzte. Sie trafen sich in der Mitte. Wenn es eine Szene aus einem Film gewesen wäre, dann hätte er sie jetzt in seine Arme gerissen, herumgewirbelt und geküsst.

Aber dieser Augenblick enthielt nicht nur überschäumende Freude, sondern auch genauso viel Trauer. So wundervoll es auch war, sich wiederzusehen – David war auch unendlich traurig. Sie hatten fast zwei Jahrzehnte verloren. Und sie waren um das Vorrecht gebracht worden, ihr Kind gemeinsam großzuziehen. Dieser Verlust würde sie immer begleiten. Sie blieben voreinander stehen, und ganz langsam, mit all der Zärtlichkeit, die er zu geben hatte, nahm er sie in seine Arme. Die verlorenen Jahre waren vergessen, und er schwelgte in dem Gefühl, sie zu spüren. Sie passten perfekt zueinander, genau wie immer.

„Lauren ... ich kann nicht glauben, dass du wirklich da bist." Er spürte ihren Herzschlag an seiner Brust.

Sie klammerte sich an ihn. „Ich habe dich gesucht ... so lange ..." Sie blickte ihm in die Augen. „Wo bist du bloß gewesen, David?" Sie weinte jetzt stärker und ihre Stimme war kaum lauter als ein Flüstern. „Ich konnte dich nicht finden."

Reisende gingen vorüber und warfen ihnen neugierige Blicke zu. Emily hatte die Koffer ihrer Mutter aufgestellt und beobachtete die beiden mit einem breiten Lächeln im Gesicht. David drückte Laurens Kopf an seine Brust und wiegte sich mit ihr. Sie spürte, dass ihn ihre Berührung zutiefst bewegte. „Ich dachte, ich hätte dich für immer verloren." Er drückte einen Kuss in ihre Haare.

„Ich auch." Ihre Stimme klang gedämpft. Nach ein paar Sekunden trat sie einen Schritt zurück und betrachtete ihn. „In meinen Träumen hast du genau so ausgesehen, David."

„Und du in meinen auch." Sie hatten sich so viel zu erzählen. Er wollte sie fragen, warum sie ihren Namen geändert und wie das Leben ihre Ansichten verändert hatte, nachdem sie Korrespondentin bei *Time* geworden war. Er musste ihr erzählen, dass er Jagdflieger bei der *Navy* war, aber all das konnte warten. Er lächelte sie an. „Emily hat mich vor ein paar Tagen ausfindig gemacht." Er beugte sich zur Seite und grinste Emily an.

Seine Tochter winkte ihm zu und er zwinkerte zurück.

„Ich hatte sie gebeten, dir nichts zu erzählen." Er legte die Hände auf ihre Schultern und suchte ihren Blick. In ihre Augen zu schauen war, als würde er nach Jahren in der Wüste den ersten Schluck Wasser trinken. „Ich wollte dich überraschen."

„Überraschen?" Sie trat ein paar Schritte zurück, beugte sich vor und stützte die Hände auf die Knie. Als sie aufschaute, lag noch immer Unglaube in ihrem Blick. „Ich bin überrascht, dass mein Herz nicht stehen geblieben ist."

Lachend ergriff er ihre Hände. Da standen sie und konnten gar nicht genug voneinander bekommen. Schließlich verblasste sein Lächeln. „Du weißt von deinen Eltern?"

Sie nickte. „Daddy ist krank. Er hat vielleicht nur noch wenige Wochen zu leben."

„Emily hat es mir erzählt." Er winkte ihre Tochter heran. Als sie neben ihm stand, legte er einen Arm um Emily, den anderen um Lauren. Unfassbare Freude durchströmte ihn. Lauren und Emily, alle beide. Das Gefühl war unglaublich. Es war, als hätte er ein fehlendes Stück von sich selbst gefunden, und jetzt – endlich – war er wieder vollständig. Er blinzelte die Tränen zurück und drückte beide an sich. „Lasst uns nach Hause fahren."

Emily nickte. Auch in ihren Augen standen Tränen, aber sie lächelte beide an. Als sie den Parkplatz fast erreicht hatten, verkündete Emily: „Genau das ist es."

„Du meinst diesen Augenblick?" Lauren blickte an ihm vorbei und lächelte ihre Tochter an. Davids Herz schien einen Schlag auszusetzen. Ihre Tochter. Ihr kleines Mädchen. Ein Stück von ihnen beiden …

„Ja. Als ich Gott um ein Wunder bat, stand mir ein Bild vor Augen." Emily hüpfte ein paar Schritte voraus und drehte sich mit ausgebreiteten Armen zu ihnen um. „Dieses Bild. Genau das."

Kapitel 25

Es war der erste Tag, an dem es Bill so schlecht ging, dass er nicht hatte aufstehen wollen.

Angela hatte ihn ein paarmal gefragt, ob er nicht herunterkommen wolle. Sie hatte ihm vorgeschlagen, sich zu ihr in die Küche zu setzen und eine Schale Müsli zu essen oder – später – sich zu ihr auf das Sofa zu setzen und einen Film anzuschauen. Die Kinder würden gegen vier Uhr nachmittags kommen. Dann wollte er unbedingt wach sein.

Aber er hatte nur ihre Hand genommen und ihr tief in die Augen geschaut. „Alles tut mir weh, Angie. Es tut mir leid."

Angela hatte sich auf den Rand seines Bettes sinken lassen und war dort sitzen geblieben. Es hatte eine Weile gedauert, bis sie etwas erwidern konnte. „Warum hast du nicht schon früher gesagt, dass es dir so schlecht geht?"

„Ich wollte nicht, dass du dir noch mehr Sorgen machst." Lächelnd hatte er ihre Hand ergriffen. „Ich habe Tabletten, wenn ich sie brauche. Aber ich wollte gern Kräfte sammeln, damit ich unten sein kann, wenn die Kinder kommen." Er hatte mit den Achseln gezuckt. „Ich dachte, wenn ich mich tagsüber ausruhe, könnte ich meine Krankheit heute Abend ein wenig vergessen."

Das war am Mittag gewesen. Er hatte fast den ganzen Tag verschlafen und jetzt war er aufgestanden und saß in seinem Fernsehsessel im Wohnzimmer. Sie betrachtete ihn von der Küche aus und fragte sich, welchen Eindruck Lauren und David wohl von ihm bekommen würden. Natürlich sah er älter aus. Aber er war auch sehr abgemagert und wesentlich dünner als früher. Sein Gesicht wirkte ausgezehrt und durch den Krebs hatte seine Haut eine aschgraue Farbe angenommen. Und er fror unablässig. Gleichgültig, wie hoch sie auch die Heizung stellte, er brauchte immer eine Decke. An diesem Nachmittag hatte er sogar zwei – beide besonders dick.

Doch trotz aller Veränderungen und aller Schmerzen, unter denen er litt, funkelten seine Augen, als er sie anschaute. „Sie müssen jeden Augenblick kommen."

„Ja." Nach all den Jahren des Suchens, Betens und der Sehnsucht nach ihrer Tochter war es endlich so weit. Lauren und David würden wieder zusammen in diesem Raum sitzen. Zusammen mit ihrer Tochter. Und mit ihnen.

Sie war so aufgeregt, dass sie den Apfelkuchen kaum in den Ofen schieben konnte. Doch sie hatte auch schreckliche Angst, weil sie und Bill zumindest eine Mitschuld an ihrer Trennung trugen. Wenn Bill doch nur bei der Telefongesellschaft die Ansage ihrer neuen Rufnummer beantragt hätte. Dass er das nicht getan hatte, hatte er seither jeden Tag bereut. Aber davon würde sie jetzt nicht sprechen.

Als der Kuchen fertig war, goss sie zwei Tassen Kaffee ein und gesellte sich zu ihm ins Wohnzimmer. Sie ließ sich in ihrem Lieblingssessel nieder – dem Sessel, der ihm am nächsten stand. Doch kaum hatte sie es sich bequem gemacht, als sie auch schon Motorengeräusche und kurz darauf Emilys Stimme vernahm.

Angela schloss die Augen und umklammerte die Hand ihres Mannes. „Lieber Vater, bitte sei heute Abend bei uns."

Sie wartete darauf, dass die Klingel ertönte, doch dann fiel ihr ein, dass Emily ja einen Schlüssel besaß. Und so war sie nicht weiter erstaunt, als sie wenig später Stimmen im Flur vernahm. Augenblicke darauf verschwanden Emily und David jedoch gleich nach oben. Angela erhob sich und wartete gespannt und nervös zugleich. Wollten Emily und David ihnen dieses ungestörte Wiedersehen mit Lauren gönnen? Das hatte Angela sich zwar insgeheim gewünscht, aber sie hatte ihren Wunsch nie laut geäußert. Es folgte eine kurze Stille im Flur und dann war da das Klappern von Absätzen auf den Fliesen.

Und auf einmal – war sie da. Sie stand vor ihnen wie eine Erscheinung aus einem Traum.

„Lauren …" Tränen verschleierten Angelas Blick und ein Schluchzen drang aus ihrer Kehle. Sie hatte Angst, sich zu rühren oder zu weinen oder das Falsche zu sagen.

Lauren blinzelte und auch ihr liefen Tränen über die Wangen. Ihre Blicke trafen sich und sie hielt sich die Hand vor den Mund. „Mom …" Ihr Blick wanderte zu Bill. „Dad …"

Angela konnte es nicht mehr aushalten. Sie rannte durch das Zimmer und nahm Lauren vorsichtig in die Arme. Mit einer Hand strich sie ihr über den Kopf, die andere legte sie um die schmale Taille ihrer Tochter. Sie drückte Lauren an sich, wie sie es früher immer getan hatte, wenn diese mit einem aufgeschlagenen Knie weinend aus dem Kindergarten nach Hause gekommen war.

Nur hatten dieses Mal sie und Bill den Schmerz ihrer Tochter verursacht. Und dieser Schmerz ging viel tiefer als ein aufgeschürftes Knie. „Es tut mir so leid, Schatz", murmelte sie. „Ich habe es all die Jahre bereut."

Lauren hatte sich zunächst versteift, als wolle sie ihren Emotionen nicht freien Lauf lassen. Aber nach einer Weile spürte Angela, dass ihre Tochter nachgab und ihr schmaler Körper von Schluchzen geschüttelt wurde. „Ich … Es tut mir auch so leid."

Als ihre Tränen nachließen, trat Lauren einen Schritt zurück und wandte sich zu Bill um. Angela beobachtete sie. *Gott … du hast dies getan. Du hast sie nach Hause geführt, solange wir noch die Gelegenheit haben, zusammen zu sein. Wir alle, so wie es von Anfang an hätte sein sollen.*

„Daddy, wie geht es dir?" Lauren eilte zu ihrem Vater hinüber und er streckte die Hand nach ihr aus. Sie ergriff sie und beugte sich zu ihm hinab, umarmte ihn und wollte ihn gar nicht wieder loslassen. Schließlich ging sie auf die Knie und legte ihr Gesicht an das seine. „Hast du Schmerzen?"

Er schüttelte den Kopf und berührte mit einer Hand ihre Wange. „Jetzt nicht mehr." Mit der anderen Hand führte er ihre Finger an seine Lippen und küsste sie. „Wir haben uns geirrt, Lauren. Wir haben falsch gehandelt und es tut mir so schrecklich leid, mein Schatz."

Angela spürte, dass es um ihre Fassung geschehen war. Bill Anderson war ein starker Mann. Er war stark und intelligent und gehörte nicht zu denen, die ihre Gefühle offen zeigen. Zumindest nicht vor Laurens Verschwinden. Als ihre Tochter nicht zurückgekommen war und sie sie nicht hatten finden können, hatte sie bei ihm eine Veränderung beobachtet. Aus Liebe hatte er es unterlassen, die Ansage ihrer neuen Rufnummer bei der Telefongesellschaft zu beantragen. Er liebte Lauren, und um sie zu beschützen, war ihm jedes Mittel recht. In den nachfolgenden Jahren hatte er sich unentwegt nach Lauren gesehnt. Sie war sein kleines Mädchen und in gewisser Weise war er erst in dieser Minute wieder ein geheilter Mann. Jetzt, wo sie sicher in seinen Armen lag.

Mit zitternden Knien rappelte Lauren sich wieder auf die Beine. Der Tag war für sie alle emotional sehr herausfordernd. Sie wischte sich mit dem Handrücken über die Wangen und blickte zuerst Angela an, dann Bill. Ihr Blick blieb an ihrem Vater hängen. „Ich bin doch diejenige, die gegangen ist." Sie schob ihr Kinn vor. „Ich dachte, Emily sei tot, und bin in Panik geraten. Nie …" Ihre Stimme brach und sie umklammerte die Rückenlehne von Bills Sessel. „Ich hätte nicht ohne

Abschied weggehen dürfen." Traurigkeit und Bedauern lagen in ihrem Blick. „Könnt ihr mir bitte verzeihen?"

Sie ließ sich auf die Armlehne von Bills Sessel sinken und legte den Arm um ihn. „Ich habe dich so vermisst, Daddy." Sie blickte auf und suchte den Blick ihrer Mutter. „Und dich auch, Mom. Wie konnten nur so viele Jahre ins Land gehen?", sagte sie mit liebevoller Stimme.

Angela ging zu den beiden hinüber und alle drei nahmen sich in die Arme und in dieser Umarmung schwangen Hoffnung und die Verheißung einer zweiten Chance mit. David wurde nicht erwähnt; das würde später kommen. Zuerst mussten sie die Vergangenheit aufarbeiten.

Lauren hob den Kopf und blickte Bill wieder an. „Das mit dem Krebs … tut mir leid."

„Ich habe Gott nicht um Heilung gebeten." Er sprach mit heiserer Stimme und war kaum zu verstehen. Erneut strich er mit den Fingern über ihr Gesicht. „Ich habe ihn nur gebeten, dich nach Hause zu bringen."

Sie unterhielten sich eine Weile im Flüsterton, bis Angela schließlich einen Karton Papiertaschentücher herumgehen ließ. Lauren nahm eines und erhob sich. „Kann David jetzt reinkommen? Er möchte euch gern begrüßen."

Erneut wurde Angela von Schuldgefühlen gequält. Er war wirklich gekommen. Der Mann, der ihre Tochter vor so vielen Jahren mit solcher Hingabe geliebt hatte, der Junge, der einen Ehering gekauft und Lauren einen Heiratsantrag gemacht hatte, damit sie nicht auseinandergerissen würden. Er war gekommen, obwohl sie und Bill alles getan hatten, um die beiden voneinander zu trennen.

„Ja, Lauren, bring ihn rein."

Sie verließ das Zimmer und Angela wandte sich Bill zu. „Ist es zu glauben? Sie ist wirklich zu Hause."

„Und sie ist wunderschön." Er richtete sich ein wenig auf und zog die Decken etwas höher. „Aber ihre Augen sind nicht mehr, was sie einmal waren. Ist dir das auch aufgefallen?"

Angela hatte es nicht zugeben wollen. Dies zu tun hätte bedeutet, zugeben zu müssen, dass ihr Handeln noch größeren Schaden angerichtet hatte, als sie befürchtet hatten. Aber Bill hatte recht. „Ja, ich habe es auch bemerkt."

Bill nickte. Aus dem Flur waren Schritte zu hören. Dieses Mal kamen alle drei ins Wohnzimmer, David vorneweg.

Lächelnd trat er auf sie zu und drückte Bill die Hand. „Mr Anderson, wie schön, Sie zu sehen." Dann wandte er sich Angela zu. „Mrs Anderson." Er ließ Bills Hand los und umarmte sie. Keine Umarmung, wie sie sie von Lauren bekommen hatten, aber es war eine Umarmung, die von Vergebung sprach. Was immer David Galanter früher gegen sie gehabt haben mochte, er hatte diese Gefühle überwunden.

„David." Bill hustete.

„Ja, Sir?" Er reichte ihm seine Hand, die Bill festhielt.

„Meine Frau und ich schulden dir eine Entschuldigung." Bislang waren Bills Augen trocken geblieben. Aber als er jetzt Lauren und Emily Arm in Arm in seinem Wohnzimmer stehen sah und ihm klar wurde, dass sie zum ersten Mal alle drei zusammen waren, liefen ihm Tränen über die Wangen.

„Das ist nicht mehr nötig." David hielt Bills Hand fest. „Gott hat mir schon vor langer Zeit deutlich gemacht, dass wir nichts mehr rückgängig machen können." Er blickte über die Schulter zurück zu Lauren und Emily, dann schaute er Bill wieder an. „Wir können uns nur über den heutigen Tag freuen."

„Noch etwas." Bill strich sich über den Hals. Seine Stimme klang heiser. „Wie ich höre, bist du Captain in der ‚Navy', Jagdflieger, ist das richtig?"

Angela beobachtete, wie sich Laurens Gesichtsausdruck veränderte. Sie senkte den Blick, aber nur für einen kurzen Augenblick.

„Ja, Sir. Ich bilde auf dem Luftwaffenstützpunkt ‚Top Gun' in Reno Jagdflieger aus."

Bill umklammerte Davids Hand noch fester als zuvor. „Ich bin wirklich stolz auf dich. Ich kann mich noch gut daran erinnern, dass du früher immer Pilot werden wolltest."

Und wieder huschte ein Schatten über Laurens Gesicht und Angela fühlte sich gedrängt zu beten. *Was ist los, Gott? Hat sie etwas gegen Davids Job?* Und während David und Bill über die Navy sprachen und Emily über das ganze Gesicht strahlend erzählte, dass ihr Dad sie einmal in einer F-16 mitnehmen würde, kam Angela die Erleuchtung. Natürlich hatte Lauren ein Problem mit Davids Job.

In den vergangenen zwei Jahren hatte sie für das *Time Magazine* als Kriegsberichterstatterin gearbeitet. Vermutlich dachte sie über den Krieg und das Militär völlig anders als David. Wahrscheinlich hielt Lauren sie alle wegen ihres Glaubens für zu konservativ. Was wäre, wenn sie nur ein paar Tage blieb und dann wieder davonrannte, weil sie den Eindruck hatte, nie dazugehören zu können? Furcht stieg in ihr hoch, doch Angela kämpfte sie nieder.

Gott, das hier ist dein Bereich. Die Jahre haben Lauren bestimmt verändert, aber das ist in Ordnung. Sie hat ein Recht auf ihre Meinung – wie auch immer diese Meinung aussehen mag. Angela richtete ihren Blick auf Lauren. Wie gern wäre sie auf sie zugegangen und hätte sie in die Arme geschlossen. Ihre einzige Tochter. Doch stattdessen beendete sie ihr Gebet. *Vater, lass sie diese Woche deine Liebe spüren. Ich weiß, meine Bitte ist groß, Gott, aber bitte gebrauche diese Zeit, um in ihr den Glauben zu wecken, den wir mit Emily und David teilen. Bitte …*

Noch während sie ihr Gebet beendete, wurde sie von der tiefen Befürchtung gequält, ihre Entscheidungen von vor zwanzig Jahren könnten Lauren nicht nur von ihnen weit fortgetrieben haben, sondern auch von Gott. Gott war in den Jahren seit Laurens Weggang so gut zu ihnen gewesen. Die Tragödie, sie zu verlieren und Emily ohne ihre Eltern großziehen zu müssen, hatte in ihnen einen tiefen, lebenserhaltenden Glauben reifen lassen. Nach allem, was Emily ihnen erzählt hatte, hatte auch David in seinem Schmerz und seiner Einsamkeit zu Christus gefunden.

Jetzt würde sie mit aller Inbrunst dafür beten, dass das eines Tages in naher Zukunft auch für Lauren gelten würde.

Kapitel 26

Auf diesen Augenblick hatte Lauren den ganzen Tag gewartet. Sie hatte darauf gewartet, ihn aber gleichzeitig auch gefürchtet. Sie und David würden jetzt zum ersten Mal seit fast zwei Jahrzehnten allein sein.

Der Abend war unglaublich gewesen. Alle fünf hatten sie geredet und geweint und lustige Geschichten aus der Vergangenheit erzählt, bis ihr Vater zu müde war, um noch länger auf den Beinen zu bleiben. Ihre Mutter begleitete ihn in ihr Schlafzimmer, und Emily war noch eine Weile aufgeblieben, um sich mit Lauren und David zu unterhalten. Nach so vielen Jahren konnten sie einfach nicht genug voneinander bekommen.

Jetzt war es schon nach Mitternacht, und sie, David und Emily stiegen die Treppe hinauf, um Emily Gute Nacht zu sagen.

„Darf ich euch um etwas bitten?" Ein Lächeln umspielte Emilys Lippen, als sie den Treppenabsatz erreichte. Sie schaute ihre Eltern an. „Ich habe mich immer gefragt, wie es wohl wäre, von meinen Eltern zu Bett gebracht zu werden. So wie die anderen Kinder auch." Ihre Augen waren trocken, aber sie sprach mit ernster Stimme. „Würdet ihr das tun? Bitte?"

Laurens Herz jubelte vor Freude. Ihr tat diese Bitte gut, denn immerhin war Emily kein Kind mehr. Wie schön, dass sie sich noch nicht zu alt dafür fühlte, sich von ihren Eltern ins Bett bringen zu lassen.

Sie zupfte Emily am Ärmel. „Geh du vor."

Und so marschierten sie zu dritt durch den Flur zu Emilys Zimmer, Lauren und David ein paar Schritte hinter ihr. David hielt ihre Hand und unzählige Gefühle wurden in ihr wach. Wie oft hatte sie von einem solchen Augenblick geträumt? Dass sie und David nach oben gingen, um ihrer Tochter Gute Nacht zu sagen, so wie es in normalen Familien üblich war.

Emily verschwand im Bad und zog ihren Schlafanzug an. Lauren und David standen neben der Tür. Er legte seinen Arm um sie und zog sie zu sich heran. Sie ließ ihn gewähren. Egal, wie lange sie ihn auch anschaute, sie konnte einfach nicht genug von ihm bekommen. Es war, als wären sie nie voneinander getrennt gewesen. Den ganzen Abend hatten sie dicht nebeneinandergesessen und Davids Nähe hatte ihr den Atem geraubt.

Jetzt, in seinen Armen, war es dasselbe. Sie kam bereitwillig zu ihm. Die Zeit hatte an ihren Gefühlen füreinander nichts ändern können, das war sicher. „Ist es zu glauben, dass wir jetzt hier sind?" Er sprach leise, sein Atem kitzelte ihr Ohr. Er stieß sie mit der Nase an. „Du fühlst dich so gut an, Lauren."

„Jeden Abend bin ich eingeschlafen mit dem Wunsch ..." Sie strich mit dem Finger über seinen Kragen. „Ich habe mir gewünscht, ich würde morgens aufwachen und du würdest neben mir liegen. Wir wären verheiratet." Sie beschrieb mit der Hand einen Kreis. „Und das alles wäre nur ein schrecklicher Albtraum."

„Mmm." Er strich mit dem Mund über ihren Halsansatz und schaute sie dann wieder an. „Wir hätten unser Leben so miteinander verbringen sollen." Voller Zärtlichkeit legte er die Hände an ihr Gesicht und strich mit den Fingern durch ihre Haare. Ein leises Stöhnen stieg in ihm auf. „Ich darf gar nicht daran denken, was wir alles verpasst haben."

Die Badezimmertür öffnete sich und David wich ertappt, aber grinsend zurück. Er ergriff Laurens Hand und lächelte seine Tochter an. „Also gut, junge Dame, Zeit fürs Bett."

Emily kicherte und stapfte in Socken an ihnen vorüber. Dann legte sie sich ins Bett und zog die Decke bis zum Kinn hoch. „Könnt ihr mit mir beten? Das gehört dazu."

Lauren zuckte zusammen, bemühte sich aber, sich ihr Unbehagen nicht anmerken zu lassen. Seit sie die Nachricht bekommen hatte, Emily sei tot, seit sie an jenem schrecklichen Tag von Chicago losgefahren war, betrachtete sie Gott als ihren Feind. Mit dem Glauben konnte sie nichts anfangen. Sie wollte auch nichts damit zu tun haben. Falls es überhaupt einen Gott gab, dann hatte er zugelassen, dass sie voneinander getrennt wurden. Er hatte ihnen ein gemeinsames Leben verweigert. Warum Emily und David einen solchen Gott liebten, war ihr unbegreiflich.

Trotzdem würde sie sich nicht weigern. Hier ging es nicht um ein theologisches Streitgespräch. Sie ließ sich von David zu Emilys Bett führen. Auf einmal wurde ihr bewusst, was sie hier tat. Es traf sie wie ein Schlag. Sie sagte gerade ihrer Tochter Gute Nacht, dem kleinen Mädchen, das sie für tot gehalten hatte! Zum ersten Mal saß sie im Zimmer ihrer Tochter. Sie saß auf der Bettkante und strich Emily mit den Fingern durch ihre braunen Locken. Und neben ihr ertönte Davids ruhige Stimme klar und zuversichtlich, voller Glauben an einen Gott, an den Lauren schon seit Jahren nicht mehr glaubte.

„Lieber Gott, wir sind heute Abend hier, weil du uns wieder zusammengeführt hast." Er atmete tief durch. „Ich dachte, ich würde diese beiden hier nie finden, aber du – du hast uns zusammengebracht. Wir bitten dich, lass Emily gut schlafen, und lass uns morgen aufwachen und feststellen, dass das alles tatsächlich passiert ist und nicht nur ein wunderschöner Traum war." Er zögerte und sprach mit ernster Stimme weiter. „Hilf uns, nicht zornig oder traurig zu sein über alles, was wir verloren haben, sondern uns über das zu freuen, was du uns heute geschenkt hast. In Jesu Namen. Amen."

David beugte sich hinunter und gab Emily einen Kuss auf die Wange. „Gute Nacht, Emily." Er tippte ihr auf die Nasenspitze. „Danke."

Sie lächelte, und das kleine Mädchen, das sie einmal gewesen sein musste, blitzte hervor. „Wofür?"

„Dafür, dass du dich von Gott hast gebrauchen lassen." Er erhob sich und ging zur Tür.

Jetzt war Lauren an der Reihe. Sie blickte auf Emily hinab und strich ihr noch einmal mit dem Daumen über die Stirn. „Ich erinnere mich noch, wie ich das das letzte Mal getan habe."

„Im Krankenhaus?" Emily drehte sich auf die Seite, damit sie sich besser ansehen konnten.

„Mmm-hmm. Du warst so krank, dass du vor Fieber geglüht hast. Ich saß an deinem Bett und tat genau das. Ich habe deine Stirn berührt und Gott angefleht, dich am Leben zu lassen und zu mir zurückzubringen."

Emily blickte sie eindringlich an. „Siehst du es denn nicht, Mom?"

„Was denn?"

„Er hat deine Gebete erhört." Sie zuckte mit den Achseln. „Wir sind zusammen, genau wie du gebetet hast."

Laurens Kehle war wie zugeschnürt, doch es gelang ihr, trotzdem zu sprechen. „Schön, dass du das so siehst, Emily. Ich bin stolz, deine Mutter zu sein."

Sie beugte sich hinunter und gab ihr einen Kuss auf die Stirn. Dann flüsterte sie: „Gute Nacht, meine süße Tochter. Ich liebe dich." Die Worte fühlten sich wundervoll auf ihren Lippen an. „Ich kann das gar nicht oft genug sagen."

„Ich liebe dich auch."

David wartete im Flur auf sie. Ohne ein Wort zu sagen, ergriff er wieder ihre Hand und führte sie die Treppe hinunter ins Wohnzimmer. Die Flammen tanzten sanft im Kamin und durch das große Panoramafenster sah man Schneeflocken vom Himmel fallen.

Er knipste das Licht aus. In der Nähe des Kamins blieb er stehen und nahm sie erneut in seine Arme. „Hallo." Er legte seine Wange an die ihre und drückte sie sanft an sich.

„Hallo." Lauren spürte, dass Panik in ihr hochkam. Würden sie miteinander reden, oder konnten sie gar nicht da weitermachen, wo sie aufgehört hatten?

„Da sind wir nun." Er sah sie forschend an. Würde er sie jetzt küssen? Wollte sie das überhaupt? Sie schluckte. Ihre Knie zitterten und ihr Herz raste. Natürlich wollte sie, dass er sie küsste. Aber war es richtig, wo sie noch gar nicht miteinander geredet hatten?

Bevor sie ihre Frage beantworten konnte, fing er an, einen Song von James Taylor zu summen – ihr Lieblingslied in der Zeit, als sie schwanger wurde. Langsam und den Blick fest auf sie gerichtet, begann er, sich mit ihr zu dieser Melodie zu bewegen. Ihr wurde schwindlig. Sie spürte, wie sie in seinen Bann gezogen wurde, wie sie alles andere ausblendete und sich nur noch eines wünschte: seine Arme um sich zu spüren.

Der Widerstand, den sie bei ihrer Ankunft in Chicago in sich gespürt hatte, schmolz dahin wie die

Schneeflocken, die sich draußen auf den Fensterscheiben sammelten. Vielleicht brauchten sie noch gar nicht miteinander zu reden. Immerhin war das hier genau das, wonach sie sich all die Jahre gesehnt hatte, oder etwa nicht? Wieder in David Galanters Armen zu liegen, allein mit ihm in einem dunklen Raum zu sein und nur das Knacken des Feuers zu hören.

Ihre Bewegungen wurden langsamer und er umfasste ihr Gesicht. Ganz langsam bewegten sich seine Finger wieder nach oben in ihre Haare und er streifte mit seinen Lippen ihre Wange. „Ich habe nie aufgehört, dich zu lieben."

„Ich auch nicht." Sie atmete seinen Duft ein – seinen warmen Atem, den Geruch seines Shampoos und des Rasierwassers. Er roch wundervoll. Der Tag war bereits so emotionsgeladen verlaufen, und jetzt noch das. Sie blickten sich wie gebannt an und sie wusste es. Es würde geschehen.

Seine Lippen fanden ihre zuerst und er küsste sie leicht. „Lauren … lass mich nie mehr los."

„Das werde ich nicht." Es war ihr Herz, das sprach. Dieses Mal übernahm sie die Initiative und küsste ihn, wie sie es sich immer gewünscht hatte. Langsam und mit all den aufgestauten Gefühlen eines ganzen Lebens. Seine Arme schlossen sich fester um sie.

Die Atmosphäre hatte sich verändert und sie spürte in seinem Körper dasselbe Zittern wie in ihrem. David löste sich zuerst von ihr, schürzte die Lippen und atmete hörbar aus. Seine Augen funkelten vor Verlangen und spiegelten die Gefühle wider, die auch an ihrem Gesicht abzulesen sein mussten.

„Wow." Er lachte leise und rieb sich den Nacken. Er ließ sie los, durchquerte den Raum und ließ sich auf dem Sofa nieder. „Es sieht ganz so aus, als hätten sich ein paar Dinge doch nicht geändert."

Sie ließ die Arme hängen. Niemand konnte solche Gefühle in ihr wecken wie David. Sie grinste ihn im schwachen Schein des Feuers an. „Nein, einige Dinge haben sich definitiv nicht verändert." Er schaute sie erwartungsvoll an und sie setzte sich in einem gewissen Abstand zu ihm auf die Couch. Sie brauchten jetzt etwas Raum zwischen sich.

Seine Worte hatten sie stutzig gemacht. Vielleicht war sie ja nicht die Einzige, die Angst hatte, sich der Vergangenheit zu stellen. Sie strich zärtlich mit dem Finger über seinen Unterarm. „Wolltest du damit sagen –", ihre Stimme klang freundlich, „dass sich einiges eben doch verändert hat?"

Sein Gesichtsausdruck verriet ihn. Er senkte den Blick, aber nur ganz kurz. Als er sie wieder anschaute, lächelte er sie traurig an. „Ich weiß, wer du bist, Lauren Gibbs."

Sie senkte den Kopf. Wie viel wusste er? Bewusst sprach sie mit leichter Stimme weiter, denn sie wollte nicht verlieren, was sie erst in der vergangenen Stunde wiedergefunden hatte. „Liest mein Jagdflieger etwa das ‚Time'-Magazin?"

Die Traurigkeit auf seinem Gesicht vertiefte sich. „Das tut er."

Eine unheilvolle Ahnung überschattete diesen Augenblick. Vor etwa einem Jahr hatte sie einen Artikel darüber geschrieben, dass die Iraker keinen Respekt vor den amerikanischen Jagdfliegern hatten. Sie hatte einen Iraker zitiert, der gesagt hatte: „Sie sind der Inbegriff des hassenswerten Amerikaners. Feiglinge, die Angst haben, ihren Feinden Auge in Auge gegenüberzutreten. Stattdessen donnern sie über sie hinweg und zerstören mit einem Knopfdruck aus der Ferne unsere Städte und Dörfer, unsere Häuser und Straßen."

In dem Artikel hatte sie auch in einem kurzen Absatz die Reaktion der Luftwaffe und der *Navy* beschrieben, die darüber theoretisierten, dass Luftangriffe in Wahrheit viel humaner seien, weil die Ziele mit einer maximalen Abweichung von wenigen Zentimetern anvisiert werden konnten. Hatte er diesen Artikel gelesen? Sie hatte das unangenehme Gefühl, dass das der Fall war. Sie seufzte. „Du hast meinen Artikel über Jagdflieger gelesen?"

Er strich mit den Fingern über ihre Wange. Liebevoll blickte er sie an. „Er hing sechs Monate lang im Stützpunkt aus." Er lachte. „Fast jeder Jagdflieger schrieb seinen Kommentar darunter. Als ich das letzte Mal nachgesehen habe, war dein Artikel ganz schön verschmiert."

Stöhnend ließ sie den Kopf gegen die Sofalehne sinken. „David ..." Sie richtete sich wieder auf und suchte seinen Blick. „Wie bist du bloß auf der falschen Seite dieses Krieges gelandet?"

Er nahm ihre Hand, führte sie an die Lippen und küsste sie. „Warum ist meine Seite die falsche?" In seiner Stimme lag keine Anklage, nur die Liebe, die sie schon früher gespürt hatte.

Seine Worte errichteten eine dünne Trennlinie zwischen ihnen. „Wie kannst du Christ sein und gleichzeitig andere Länder bekriegen? Jesus hat doch vom Frieden gesprochen, richtig? Er ist in die Welt gekommen, um uns Frieden zu bringen."

„Eigentlich ist er gekommen, um uns Leben zu bringen." David sprach langsam. Sein Blick hielt dem ihren stand und sein Tonfall war entspannt. „Leben, das diesen Namen auch wirklich verdient."

„Okay, gut." Sie biss sich auf die Lippe. „Wenn er tatsächlich gekommen ist, um uns Leben zu bringen, wie kannst du dann bei einem Krieg mitmachen, bei dem Menschen getötet werden?"

„Lauren." Er strich mit den Fingern über ihren Unterarm. „Konflikte gibt es seit Kain und Abel. Kriege hat es eigentlich immer gegeben und die meisten sogar mit Gottes Billigung."

Sie spürte, wie ihr Blutdruck stieg. „Okay." Sie atmete aus. „Wie kannst du einen Gott unterstützen, der Krieg will? Der will, dass unschuldige Menschen ihr Leben verlieren?" Sie richtete sich auf und rutschte ein Stück von David fort. „Sollte das Ziel nicht Frieden sein?"

„Ja." Seine Stimme klang nun etwas angespannter. „Denkst du etwa, ich würde mir nicht auch Frieden im Irak wünschen? Frieden in Afghanistan?" Er zog ein Knie auf das Sofa und drehte sich zu ihr um. „Gerade, weil ich Jagdflugzeuge fliege?"

Die Frage traf sie unerwartet. Sie hatte schon oft solche Gespräche geführt, auch mit Militärangehörigen. Immer beharrten sie darauf, dass es gute Gründe für einen Krieg gab: Massenvernichtungswaffen, machtgierige Diktatoren, Folterungen von Zivilisten. Aber gleichgültig, wie lange und hitzig sie miteinander diskutierten, sie empfand immer dasselbe: Wie konnte ein doppeltes Unrecht Recht schaffen? Wie konnten die Vereinigten Staaten sich gegen Massenvernichtungswaffen im Irak aussprechen und dann ebendiese Waffen einsetzen, um ihren Standpunkt deutlich zu machen? Und ging es nicht eigentlich um Öl?

Aber noch nie, nicht einmal in all den Jahren, die sie mittlerweile als Korrespondentin im Mittleren Osten tätig war, hatte sie einen Offizier sagen hören, er wünsche sich Frieden. Sie blickte forschend in seine Augen.

„Frieden, David?", entgegnete sie daher. „Du verbringst deine Zeit damit, Jagdflieger auszubilden, sie zu lehren, wie sie feindliche Ziele ausfindig machen und zerstören können, und du sagst, du wünschst dir Frieden?"

Er schwieg eine Weile und atmete tief durch. „Wo warst du am 11. September 2001?"

Sie wollte nicht über die terroristischen Angriffe diskutieren. Das kannte sie schon von den anderen Befürwortern des Krieges, die sie in der Vergangenheit interviewt hatte. Das amerikanische Militär jammerte immer wie weinerliche Kinder: „Die haben doch angefangen!" Trotzdem, neben ihr saß David. Ungeachtet ihrer Differenzen war sie ihm eine Antwort schuldig. Sie verschränkte die Arme vor der Brust und drückte ihre gesunde Schulter gegen die Rückenlehne des Sofas. „Ich war in der Redaktion in Los Angeles." Die ungebetene Erinnerung brach über sie herein. „Ich habe es im Fernsehen gesehen und war genauso entsetzt wie alle anderen auch."

„Kanntest du jemanden, der in diesen Gebäuden war?"

„Nein." Sie zog ihre Füße zu sich heran und schlang die Arme um ihre Knie. „Aber ich habe darüber berichtet. Ich habe mit Menschen in Los Angeles gesprochen, die Freunde oder Familienangehörige verloren haben." Die unguten Erinnerungen kamen wieder zurück. „Es war schrecklich." Sie betrachtete nachdenklich sein Gesicht. Vielleicht gab es ja einen anderen Grund, warum er danach fragte. Lauren berührte seine Hand. „Was ist mit dir?"

Er starrte ins Feuer; sie konnte den Ausdruck in seinen Augen nicht deuten. „Ich war in Reno. Am Abend zuvor hatte ich einen Anruf von einem Kumpel bekommen. Wir hatten zusammen unsere Militärausbildung gemacht, aber Benny wollte nicht Berufspilot werden. Er wollte zur Feuerwehr gehen." David blinzelte, als er daran zurückdachte. „Wir unterhielten uns über seine Frau, die Kinder und über das Wetter drüben in New York." David lächelte Lauren an. „Ich sagte ihm, er sollte nach Reno kommen und zusammen mit mir einen Flug in einer F-16 unternehmen."

Lauren wusste, was jetzt kommen würde. Sie schlang die Finger um seine Hand. „Er hatte am nächsten Morgen Dienst?"

„Ja." David starrte erneut ins Feuer. „Seine Frau sagte mir, er hätte es bis zum einundsechzigsten Stockwerk geschafft, als der Südturm einstürzte." Er blickte sie wieder an. „Sein Leichnam wurde nie gefunden."

Sie wartete eine Weile und dachte über das nach, was er ihr erzählt hatte. „Das tut mir leid."

Er drückte ihre Finger. „Ich habe oft über Frieden nachgedacht. Und ob du es glaubst oder nicht, ich habe mich während der Ausbildung damit beschäftigt."

„Wirklich?" Ihr Tonfall verriet, dass sie ihn neckte. Sie versuchte, sich ihn im Kreis ihrer Kommilitonen vorzustellen, den Journalistikstudenten. „Du hast also im College Batikklamotten und Sandalen getragen?"

„Beinahe." Er lachte. „Zumindest Sandalen." Er legte den Arm auf die Sofalehne und strich mit den Fingern über ihre Schulter. „Ich wollte nicht so leben wie meine Eltern. Materialismus und Kapitalanlagen und das ganze Leben eine einzige Fassade. Das kannte ich bereits.“ Er blickte sie stirnrunzelnd an. „Das College war für mich sehr interessant. Ich habe viele Fragen gestellt, mich mit der Geschichte der Zivilisation beschäftigt und damit, was genau Frieden ausmacht.“

Sie war beeindruckt. Viele ihrer liberalen Freunde hatten sich nicht so intensiv mit diesem Thema auseinandergesetzt. Sicher, sie stimmte mit ihnen überein, aber das bedeutete nicht, dass ihre Meinung auf Fakten basierte.

Allem Anschein nach hatte er ihr Interesse gespürt, denn er fuhr fort: „Immer wieder habe ich dasselbe erlebt, Lauren.“ Seine Augen flehten sie an, ihm zuzuhören, ihn zu verstehen. „Ich habe gesehen, dass wir allein durch Stärke Frieden schaffen können.“

Und wieder so ein typischer Spruch des Militärs, den sie schon viel zu oft gehört hatte. Aber sie verkniff sich eine Erwiderung. „Was bedeutet das, David? Frieden durch Demonstration von Macht?“

Er dachte über ihre Frage nach. „Ich denke, es ist folgendermaßen: Wir haben in diesem Krieg viele Männer verloren und das ist eine Tragödie. Jedes verlorene Menschenleben ist eine Tragödie. Aber wenn wir darüber nachdenken, welche Pläne die Terroristen noch hatten – für unser Land, für andere westliche Nationen und für ihr eigenes Land –, dann erkenne ich den Vorteil von Stärke. Den friedlichen Vorteil.“ Er strich mit dem Daumen über ihren Kopf. „Es existierten sehr detaillierte Pläne, Lauren. Ich habe sie mit eigenen Augen gesehen. Und im Vergleich dazu wäre der 11. September nur ein unbedeutender Zwischenfall gewesen.“

Obwohl sie schon so lange auf der anderen Seite dieses Zaunes stand, wollte sie ihn verstehen. Wenn ihr

Leben anders verlaufen wäre, würden sie dieses Gespräch nicht führen. Zweifellos hätte sie dann auf seiner Seite gestanden und gute Gründe für seinen Standpunkt anführen können. „Und …“

Er hob die Hände. „Sie haben nicht mehr zugeschlagen, Lauren. Ihre Pläne haben sich in nichts aufgelöst.“

„Sie haben sich mit den falschen Leuten eingelassen, was?“ Und wieder achtete sie sehr darauf, offen und interessiert zu klingen. Nicht verurteilend. „Willst du das sagen?“

„Gewissermaßen. Ich meine, du lebst doch dort, Lauren. Du läufst durch die Straßen, kaufst in den Dörfern ein und hast Kontakt zu den Menschen.“ Er hielt inne. „Wann hast du das letzte Mal erlebt, dass amerikanische Jagdflugzeuge absichtlich zivile Ziele angegriffen hätten?“ Ein Lächeln umspielte seine Lippen. „Der einzige Grund, warum wir noch da sind, ist der, dass wir der neuen Regierung helfen wollen, sich zu etablieren. Wir wollen dieses Land nicht vernichten. Aber sobald wir uns zurückziehen, na ja, du weißt schon, dann ist dort drüben die Hölle los.“

Sie dachte an den Überfall auf das Waisenhaus. „Sie ist bereits losgebrochen, David. Ich habe mir den Artikel doch nicht aus den Fingern gesogen.“ Sie seufzte. „Die Menschen, mit denen ich spreche, leben in Angst und Schrecken und fürchten sich davor, ihre Häuser zu verlassen.“

„Ja.“ Ein Anflug von Frustration schlich sich in seinen Tonfall ein. „Weil deine Zeitung nur mit solchen Menschen sprechen will.“

„Okay.“ Sie stellte ihre Füße wieder auf den Boden, wandte ihren Blick jedoch nicht von dem seinen. „Du denkst, wir lassen unsere Muskeln spielen und erreichen dadurch Frieden, richtig? Wir haben es ihnen so richtig gezeigt. Sie haben geglaubt, sie könnten es mit uns aufnehmen, aber wir haben sie eines Besseren belehrt. So in der Art?“ Sie wurde laut; dieses Thema erregte sie zu sehr. Bewusst atmete sie tief durch, um sich zu beruhigen. „Aber dadurch wurden wir selbst zu Tyrannen.“

„Lauren.“ Er ergriff ihre Hände. „Willst du heute Abend wirklich darüber diskutieren?“

„Willst du dieses Thema wirklich außen vor lassen?“ Ihre Antwort kam wie aus der Pistole geschossen und sie bereute sie sofort. Sie sehnte sich danach, ihm nah zu sein, sich in seine Arme zu werfen und ihn die ganze Nacht lang zu küssen. „Entschuldige.“

Er streckte die Arme nach ihr aus und sie rutschte zu ihm hinüber. „Du siehst die Dinge eben anders als ich. Können wir es für den Augenblick dabei belassen?“

„Ja.“ Sie blickte ihn an. Ihre Gesichter waren sich wieder nah. „Für den Augenblick.“

„Und das heißt?“ Er zog sie an sich und strich mit dem Finger über ihr Kinn.

„Das bedeutet, dass wir in dieser Woche nicht darüber sprechen müssen, David. Wir können es auf später verschieben, wenn es Zeit ist, nach Hause zu fahren.“

Er küsste sie und sie reagierte und sofort war die Leidenschaft wieder da. Er rutschte von ihr weg und atmete tief durch. Lauren blickte ihm in die Augen, und auf einmal waren es die Augen des siebzehnjährigen Jungen, dem sie versprochen hatte, dass sie ihn für immer lieben würde.

„Du vergisst eines.“

„Was?“ Sie hatte keine Lust zu reden. Sie wollte sich in seinen Armen verlieren und sehnte sich verzweifelt nach einem Weg zurück zu dem, was sie früher miteinander geteilt hatten.

„Du vergisst, dass das hier ‚zu Hause' ist. Hier." Er küsste sie erneut. „Genau hier, bei mir."

Sie wollte ihm so gerne Glauben schenken. Wie sehr sie sich das wünschte. Aber sie konnte es nicht. Er irrte. Zu Hause war ihre Wohnung in Afghanistan, wo sie in ihren Artikeln darüber aufklärte, warum Krieg niemals Frieden hervorbringen konnte. Zu Hause war, zusammen mit Scanlon über die staubigen Straßen zu fahren und seine große Kameratasche zwischen ihnen auf dem Sitz zu spüren. Aber das konnte sie nicht aussprechen.

Nicht, wo sie sich vorgenommen hatte, in der kommenden Woche so zu tun, als hätte er recht.

Kapitel 27

Emily wachte vom Lärm des Martinshorns auf. Sie setzte sich erschrocken im Bett auf und sah auf den Wecker. Es war sechs Uhr. Draußen vor dem Fenster blitzte Blaulicht auf, und auf einmal war sie wach genug, um zu begreifen, was los war. Ihr Herz begann zu rasen. Es ging um ihren Großvater.

Ihre Mom schlief im Arbeitszimmer, ihr Dad auf dem Sofa im Wohnzimmer. Als Emily in den Flur trat, traf sie dort ihre Mutter, und gemeinsam eilten sie die Treppe hinunter. Auf halber Höhe sahen sie bereits unten im Flur ihren Großvater auf einer Trage liegen. Er wurde zur Haustür hinausgeschoben. Ihre Grandma sagte gerade: „Ich komme sofort. Ich möchte mitfahren." Sie warf ihnen einen Blick zu. „Er hatte einen Herzanfall. Sie wollen ihn mitnehmen, um ihn besser versorgen zu können."

Emilys Vater kam aus dem Wohnzimmer. „Mrs Anderson, kann ich irgendetwas tun?"

„Komm mit den anderen zum Krankenhaus." Ihre Grandma rannte mit den Decken ihres Mannes in den Flur. Dann ergriff sie Davids Handgelenk und blickte zu Lauren und Emily hinauf. „Der Notarzt hat seinen Zustand stabilisiert. Im Augenblick ist die Gefahr gebannt. Kommt etwas später vorbei, okay?"

Emily flitzte die Treppe hinunter und flüchtete in die Arme ihrer Großmutter. Diese drückte sie an sich. Nie in ihrem Leben hatte sie mehr Angst gehabt. „Sag ihm, dass wir für ihn beten."

„Das mache ich." Angela hielt inne, und Emily hatte den Eindruck, als würde sie jeden Augenblick zusammenklappen. „Der Arzt hat mir gesagt, ein Herzanfall sei ein Indiz dafür, dass das Ende kurz bevorstehe." Sie machte einen weiteren Schritt auf die Tür zu. „Ich dachte, ihr solltet das wissen." Sie verabschiedete sich und ging.

Die drei standen im Flur und hörten, wie der Rettungswagen davonfuhr. Immer wieder wurde kurz die Sirene eingeschaltet – vermutlich sollte die Nachbarschaft nicht mehr als unbedingt nötig gestört werden.

Emilys Kehle war wie zugeschnürt. „Ich kann nicht mehr schlafen."

„Ich auch nicht." Ihre Mutter kam langsam die Treppe hinunter. Sie trug ein weißes T-Shirt und eine schwarze kurze Hose. „Kommt, wir setzen uns ins Wohnzimmer."

Emily freute sich darüber, dass ihre Mom auf ihren Dad zuging und sich bei ihm unterhakte. Als sie am Abend im Bett gelegen hatte, hatte Emily sich gefragt, ob die beiden sich wohl wieder näherkommen würden. Jetzt hatte sie ihre Antwort. Sie waren glücklich und verliebt und vermutlich schmiedeten sie bereits Hochzeitspläne. Genau wie sie es sich immer erträumt hatte. Doch eine Sache trübte dieses Bild. In ihrem Traum lag Opa nicht gerade, als alles wieder in Ordnung kam, im Sterben.

Sie setzten sich auf das Sofa, und in den folgenden zwei Stunden sprachen sie miteinander, dösten vor sich hin, klammerten sich aneinander. Um acht Uhr stand ihr Dad schließlich auf und streckte sich. „Ich gehe duschen." Er blickte auf die Uhr. „Wir sollten möglichst in einer Stunde aufbrechen."

Als er fort war, rutschte Emily näher an ihre Mutter heran. Sie hatte schreckliche Angst um ihren Grandpa, doch trotzdem genoss sie diese Zeit mit Lauren. Sie lehnte sich an sie und legte ihren Kopf auf deren gesunde Schulter. Irgendwann setzte sie sich wieder auf und blickte ihre Mutter hoffnungsvoll an. „Also, ist er noch genauso, wie du ihn in Erinnerung hast?"

„David?"

Die Reaktion ihrer Mutter war nicht so, wie Emily es erwartet hatte. Sie lächelte zwar, aber ihre Augen leuchteten nicht so, wie sie hätten leuchten sollen.

„Er sieht sehr gut aus, wenn du das meinst."

„Das stimmt." Emily lachte leise. „Aber ich habe was anderes gemeint." Sie zog ihre Schultern hoch. „Denkst du, dass ihr wieder zusammenkommt?"

Ihre Mom blickte sie an und seufzte frustriert. „Schatz, ihn wiederzusehen … Es ist toll, wieder mit ihm zusammen zu sein." Ihr Tonfall wurde weicher. „Aber schraub deine Hoffnungen nicht zu hoch." Sie seufzte und ergriff Emilys Hand. „Achtzehn Jahre sind eine lange Zeit."

Emily hatte dies befürchtet, aber zu viel Angst gehabt, danach zu fragen. Durch ihre berufliche Tätigkeit standen ihre Mom und ihr Dad in unterschiedlichen Lagern, das ließ sich nicht leugnen. „Es geht um den Krieg, richtig?"

„Das ist ein Bereich." Laurens Antwort kam wie aus der Pistole geschossen und brachte Emilys Zuversicht ins Wanken. „Wir haben uns sehr unterschiedlich entwickelt."

„Das sieht aber gar nicht so aus. Nicht, wenn ich dich so anschaue."

Lauren lächelte. „Ich bin gern mit ihm zusammen. Da gibt es keine Probleme."

„Nun … vielleicht kommt ja doch noch alles ins Lot."

„Emily." Ihre Mom senkte den Kopf, und ihr Blick besagte auf nette Weise, dass dieses Gespräch beendet war. „Lass uns diese Woche einfach genießen." Ihr Lächeln verschwand. „Wir müssen jetzt an Opa denken. Das ist im Augenblick viel wichtiger, okay?"

Die Antwort fiel ihr schwer. „Okay."

Sie wollte schreien, wegrennen oder ihre Eltern bis in alle Ewigkeit im Haus festhalten. Aber das würde nicht dazu führen, dass deren Beziehung wieder so war wie früher, als unterschiedliche politische Auffassungen noch kein Problem gewesen waren.

Das konnte nur Gott bewirken.

Emilys Frage ging Lauren den ganzen Tag über nicht aus dem Kopf. Aber sie konnte jetzt nicht über David nachdenken oder darüber, wie sehr sie sich verändert hatten und ob sie nach Ablauf dieser Woche wieder zusammen sein würden. Ihr Vater war viel zu krank, als dass sie an etwas anderes als an ihn und ihre Mutter denken konnte. Es erschreckte sie, wie schnell das Ende näher rückte.

Sie, David und Emily trafen um kurz nach neun Uhr im Krankenhaus ein. Ihre Mutter fing sie im Flur vor seinem Zimmer ab. Lauren ging voran und ergriff die Hände ihrer Mutter. „Wie geht es ihm?"

„Es geht so schnell bergab. Es könnte jetzt jederzeit so weit sein." Angela blickte zu Boden.

Als sie dies hörte, umklammerte Lauren ängstlich den Arm ihrer Mutter. „Nein …"

Es war noch zu früh. Sie hatte doch noch gar keine Zeit gehabt, mit ihm zu reden oder herauszufinden, was sie all diese Jahre versäumt hatte. In der schlimmsten Zeit im Mittleren Osten hatte sie der Gedanke aufrechtgehalten, dass sie jederzeit nach Hause zurückkehren konnte, wenn sie wollte. Ihr Vater würde sie jederzeit wieder aufnehmen. Aber jetzt lag er im Sterben, und der Platz, den er in ihrem Herzen einnahm, würde in Zukunft leer bleiben.

Ihre Mutter zitterte, vermutlich vor Müdigkeit und vor Angst. Sie stand offenbar kurz vor einem Zusammenbruch. Einen Augenblick später waren auch schon Emily und David bei ihnen und legten ihre Arme um die beiden Frauen.

„Ist er wach?", fragte David mitfühlend. „Ich würde ihn gern sehen. Vielleicht mit ihm beten."

„Ja, er ist wach." Ihre Mom schniefte und richtete sich auf. „Wir sollten alle hineingehen. Er hat nach euch gefragt."

Warum war sie nur davongelaufen? Warum hatte sie nicht wenigstens angerufen? Nur ein Anruf, dann hätte sie Emily und ihre Eltern wiedergefunden. Gemeinsam hätten sie vielleicht auch David gefunden. Vielleicht hätte sie für die *Tribune* geschrieben, vielleicht in der Unterhaltungssparte – über Themen, die nicht so welterschütternd waren wie der Krieg. Lauren schüttelte nachdenklich den Kopf.

Langsam folgte sie den anderen ins Krankenzimmer. Sie hatte das Gefühl, als würde ihr Herz zerbrechen. War sie daran schuld, dass es ihrem Vater jetzt so schlecht ging? Hatte er diese tödliche Krankheit bekommen, weil er all diese Jahre um sie getrauert, sie vermisst und sich nach ihr gesehnt hatte?

Nein. Das durfte sie nicht denken, nicht jetzt, wo sie ihm mit einem lächelnden Gesicht gegenübertreten musste. Bill begrüßte gerade Emily, und sie beobachtete, wie ihre Tochter ihren Kopf auf die Brust ihres Großvaters legte. „Opa, wir bleiben den ganzen Tag hier, okay?"

„Es tut mir … leid, dass ich so krank bin." Er lächelte sie an und warf auch den anderen einen Blick zu. „Keine tolle Party."

Zärtlich rieb Emily ihr Gesicht an seiner Wange. „Wir brauchen keine Party, Opa. Wir brauchen nur dich."

David warf Lauren einen Blick zu und bedeutete ihr, an seine Seite zu kommen. Ohne zu zögern, trat sie näher, aber ihre Aufmerksamkeit war auf ihren Vater und Emily gerichtet. In ihrem Umgang miteinander spiegelte sich ihre Beziehung zueinander wider. Emily hatte ihr erzählt, ihr Dad hätte sich verändert, er sei nicht mehr so, wie er früher gewesen war, er sei nicht mehr der Mann, der ihr so wehgetan hatte. Als sie die beiden jetzt beobachtete, als sie sah, wie ihr Dad Emilys Hand hielt und mit ihr sprach, wurde ihr klar, dass ihre Tochter recht hatte.

In gewisser Weise war dies ein zusätzlicher Verlust. Wenn sie früher nach Hause gekommen wäre, hätte sie Zeit gehabt, eine ebenso liebevolle Beziehung zu ihm aufzubauen. Emily umarmte ihn noch einmal und trat zurück.

David legte jetzt die Hand auf die Schulter von Laurens Vater. „Gottes Wege sind gut." Davids Stimme war kraftvoll und mitfühlend zugleich, und sie konnte spüren, wie sehr er mitlitt und dass er ihrem Vater nichts nachtrug. „Vergessen Sie das nicht!"

Ihr Dad blickte David eindringlich an. „Meine Mädchen werden dich brauchen."

„Ja." Sein Kinn zitterte, aber er biss die Zähne zusammen und nickte. „Ich weiß."

„Verlass sie nicht, ja?" Er blickte die anderen an. Sein Blick blieb an Lauren haften, und sie war nicht sicher, ob seine nächsten Worte an sie gerichtet waren. „Sie brauchen dich. Auch wenn sie denken, es wäre nicht so."

David ergriff Laurens Hand. „Ich weiß. Aber keine Sorge, sie werden mich nicht mehr los." Er trat zurück und warf Lauren einen Blick zu, der ihr Herz zum Schmelzen brachte.

Jetzt war sie an der Reihe. Sie trat an das Bett ihres Vaters. „Hallo, Daddy."

„Hallo, mein kleines Mädchen."

Ihre Augen waren trocken, trotzdem konnte sie ein Schluchzen nicht unterdrücken. Sie erinnerte sich an die tausend Male, bei denen er sie mit diesen Worten begrüßt hatte, damals, bevor sie sich in David verliebt hatte, als er in ihr noch das Mädchen sah, das keinen

Fehler machen konnte. In gewisser Weise war es besser so. Er kannte die Wahrheit. Sie war alles andere als vollkommen, doch seine Augen sagten ihr, dass er sie trotzdem liebte. Eigentlich liebte er sie mehr als je zuvor. Seine Hand lag schwach in ihrer. Schwach, trocken und kalt, als hätte der Tod bereits Anspruch auf ihn erhoben. Sie beugte sich zu ihm hinunter und küsste seine Finger. „Wir brauchen mehr Zeit."

„Ja." Seine Stimme klang heiser und so leise, dass es unmöglich war, ihn zu verstehen, ohne sich weiter hinabzubeugen. „Du weißt … was ich dir sagen werde."

Verwirrt legte sie die Stirn in Falten. „Nein, Dad." Ihr Herzschlag setzte aus. Wollte er sie jetzt daran erinnern, dass sie diese ganze Tragödie selbst verschuldet hatte, dass sie nie mit David hätte schlafen dürfen? Das würde er doch nicht tun, oder? Sie schluckte ihre Ängste hinunter. „Was willst du mir sagen?"

„Wegen David." Das Sprechen fiel ihm schwer. „Er liebt dich schon seit Ewigkeiten." Bill hielt inne und konzentrierte sich auf das Atmen. „Er liebt dich noch immer." Sein Blick ruhte eindringlich auf ihr. „Und du liebst ihn auch, ich … Das weiß ich."

Tränen brannten in ihren Augen. In all den Jahren hatte sie ihre Tränen immer unterdrückt. Aber jetzt war ihr das Weinen so vertraut wie das Atmen. „Ja." Sie wandte sich nicht um und blickte David auch nicht an. Sie war nicht einmal sicher, ob er sie überhaupt verstehen konnte. „David liebt mich."

„Lass … lass ihn nicht noch einmal gehen. Liebe bedeutet nicht … dass man in allem einer Meinung ist."

Bekam ihr Vater so genau mit, was um ihn herum passierte? Hatte er gemerkt, dass ihre unterschiedlichen politischen Ansichten gut und gerne das Ende ihrer Beziehung bedeuten konnten? Dass die Gefahr bestand, dass sie am Ende dieser Woche davonging und die Tür zu ihrer Vergangenheit für immer hinter sich zuschlug? Allein der Gedanke daran tat weh, aber welche Wahl hatten sie denn? Sie atmete tief durch. „Dad, ich –"

„Schsch." Er berührte zärtlich ihre Wange und blinzelte ihr zu. Seine Augen funkelten wie in dem Augenblick, als sie alle das Krankenzimmer betreten hatten. „Fang nicht an zu analysieren. In diesem Punkt habe ich recht." Sein Atem rasselte stärker als zuvor. „Du hast so viel verloren, Lauren. Verzichte jetzt nicht auf das, was Gott dir schenken möchte."

Lauren spürte, wie ihre Bedenken in den Hintergrund rückten. Er hatte doch recht, oder? Sie hatte so vieles verloren. Sie alle hatten viel verloren. David jetzt noch einmal zu verlieren konnte sie einfach nicht verkraften, auch wenn sie immer noch keinen Weg sah, wie ihre Beziehung funktionieren sollte. Sie beugte sich vor und umarmte ihn. „Ach, Daddy!" Sie wünschte, sie hätte noch tausend Gelegenheiten, dies zu tun. „Wieso kennst du mich immer noch so gut?"

„Weil –", er rieb seine unrasierte Wange an ihrer, wie er es früher immer getan hatte, als sie noch klein gewesen war, „Daddys ihre kleinen Mädchen niemals vergessen." Er blickte sie an, ließ gerade so viel Raum zwischen ihnen, dass er in ihre Augen sehen konnte. „Wenn ich in den Himmel komme … Nicht einmal dort werde ich dich vergessen. Ich werde … dort auf dich warten und daran glauben, dass du auch eines Tages kommen wirst. So, wie ich … geglaubt habe, dass du eines Tages nach Hause zurückkommen würdest … achtzehn Jahre lang."

Sie brachte keinen Ton heraus; ihre Kehle war wie zugeschnürt. Stattdessen drückte sie ihn an sich, als wollte sie Leben in ihn hineinzwingen. Er war freundlich, klug und liebevoll, und er liebte sie – er hatte sie immer geliebt. Auch wenn er ihr das nicht richtig hatte zeigen können. Und jetzt wünschte Lauren, sie könnte noch dreißig Jahre mit ihm leben.

Bitte … bitte …

Sie wusste nicht, wen sie anflehte, aber das war ihr gleichgültig. Sie musste es versuchen. Sie kuschelte sich an ihn und rührte sich nicht, bis sie ein Geräusch an der Tür hörte. Erst da richtete sie sich auf und blickte ihn an. „Ich liebe dich, Daddy."

Er drückte ihre Hand. „Ich liebe dich auch, mein Schatz."

In diesem Augenblick trat ein Paar durch die Tür, das ihnen bekannt vorkam. Lauren blickte sie stirnrunzelnd an. Sie kannte sie von irgendwoher. Die beiden wirkten unsicher und ängstlich, als würden sie einen Ort betreten, an dem sie nicht willkommen waren. David eilte auf sie zu, und auf einmal begriff sie, wen sie da vor sich hatte.

Sheila und Samuel Galanter. Davids Eltern. Die beiden Menschen, die einmal die besten Freunde ihrer Eltern gewesen waren. Die Menschen, die ihr David genommen hatten.

Laurens Knie begannen zu zittern und sie suchte am Krankenhausbett Halt. Warum waren sie gekommen, und was konnten sie jetzt noch sagen, um ihr Handeln zu rechtfertigen? Einen Augenblick lang dachte Lauren darüber nach, ob sie sich entschuldigen und den Raum verlassen oder ob sie bleiben sollte, um zu hören, was die beiden zu sagen hatten. Sie senkte den Blick. Ihr

Herz begann zu rasen. Schließlich traf sie eine Entscheidung. Sie würde bleiben.

Was immer hier geschehen würde, sie wollte es hautnah miterleben.

Angela hielt sich nur mit Mühe auf den Beinen.

Sie stand auf der anderen Seite von Bills Bett, Lauren gegenüber, als Samuel gefolgt von Sheila in das Zimmer trat. Zunächst wollte Angela ihren Augen kaum trauen. Der Stress von Bills Krankheit, das Staunen darüber, dass David und Lauren wieder da waren, all das überstieg beinahe ihr Fassungsvermögen.

Doch dann ging David auf die beiden Ankömmlinge zu. „Mom, Dad." Er umarmte sie nacheinander und trat zurück.

Angela konnte Davids Gesicht nicht sehen, aber sie hatte das Gefühl, dass ihn dieser Besuch nicht überraschte. Hatte er die beiden angerufen und sie gebeten zu kommen? Emily trat näher an Lauren heran und flüsterte ihr etwas zu. Lauren nickte. Alle Farbe war aus ihrem Gesicht gewichen.

Bill richtete sich ein wenig auf. „Ich kann es kaum glauben." Er blickte zu ihr hoch; seine Stimme war heiser. Die Galanters sprachen noch mit David; sie konnten ihn nicht hören. Bill legte seine Hand auf die seiner Frau. „Wusstest du davon?"

Angela schüttelte den Kopf. Furcht und Beklommenheit machten sich in ihr breit. Was hatten sie sich nach so vielen Jahren, nach so vielen Verletzungen noch zu sagen? Sie blickte Bill an und flüsterte: „Ich dachte, ich hätte Halluzinationen."

Die Galanters machten den ersten Schritt auf sie zu. In Sheilas Blick lag Unsicherheit und ... Konnte das sein?

War das tatsächlich Bedauern? Ein Anflug von Hoffnung rührte sich in Angela. Kurz vor Bills Bett blieb Sheila stehen, sah ihn an, und nach einer ganzen Weile ließ sie ihren Blick weitergleiten. Angela schluckte, als sie ihrer langjährigen Freundin in die Augen sah.

Mit bewegter Stimme ergriff Sheila das Wort. „Es tut mir leid, Angela. Das alles war … ein schrecklicher Fehler."

Angela brachte kein Wort über die Lippen und konnte sich nicht rühren. Sie wagte nicht, zu atmen oder zu blinzeln, bis die Worte ihr Herz erreichten. Sheila war da und bat sie um Vergebung? Konnte das wirklich wahr sein?

„Bill, Sheila hat recht." Samuel trat näher und legte seine Hand auf das Fußteil von Bills Bett. „Wir –" Er senkte den Blick und Sheila griff nach seiner Hand. Als er aufblickte, konnte man sehen, dass ihn diese Situation zutiefst bewegte. „Wir haben nicht richtig gehandelt. Wir bitten euch um Vergebung."

All dies hatte nur ein paar Sekunden gedauert, aber trotzdem hatten sie und Bill bisher kein Wort gesagt. Angelas Augen standen voller Tränen, die ihren Blick verschleierten. Was konnte sie nach so langer Zeit noch sagen? David wich zurück und stellte sich neben Emily und Lauren, die ebenfalls im Hintergrund bleiben wollten.

Samuel räusperte sich und fuhr fort. „Es war falsch, wie wir damals mit der Situation umgegangen sind." Er kniff die Augen zusammen und die Muskeln in seinem Kiefer mahlten. Dann schüttelte er den Kopf. „Wir haben so vieles falsch gemacht."

„Wir wussten, dass David hier ist." Sheila trat noch weiter auf sie zu. Sie blickte Bill an. „Er hat uns erzählt, dass du krank bist. Wir mussten einfach kommen. Viel zu viel Zeit ist verstrichen."

Angela ließ den Kopf hängen. Ihre Beine trugen jetzt ihr Gewicht, aber sie zitterte am ganzen Körper. Viele Jahre lang hatte sie darauf gehofft, Lauren wiederzusehen und vielleicht auch David. Aber sie hätte nie gedacht, dass sie jemals das erleben würde, was hier gerade geschah – ihre alten Freunde kamen zu ihnen zurück. Sie blickte auf und suchte Sheilas Blick. „Ich … ich kann kaum glauben, dass ihr gekommen seid."

„Es tut uns so leid." Samuel legte den Arm um Sheilas Taille. In früheren Zeiten war er ein Respekt einflößender Geschäftsmann gewesen, ein Mann, der nur selten lächelte oder lachte. Aber jetzt schien er sich verändert zu haben, falls die Aufrichtigkeit in seinem Blick ein Indiz dafür war.

Sheila streckte die Hand aus. „Vergib mir, Angela …"

Angela spürte, dass etwas in ihr zerbrach. Sheilas Worte erreichten endlich ihr Herz. Tränen rannen ihr über die Wangen, als sie die Hände nach ihrer verlorenen Freundin ausstreckte. „Sheila … natürlich. Ihr wart doch nicht allein schuld daran … Wir alle haben falsch gehandelt." Überwältigt von Freude hielten sich die beiden Frauen in den Armen. Es gab keinen Weg zurück; sie konnten die Jahre, die sie verloren hatten, nicht wieder aufholen, konnten den Schaden, den sie bei ihren Kindern angerichtet hatten, nicht wiedergutmachen. Aber hier, in diesem Raum, geschah Vergebung, und das war ein wunderbares Gefühl.

Seufzend löste Angela sich wieder von ihr. „Warum waren wir nur so eigensinnig?"

„Ich weiß auch nicht." Sheila schniefte und lächelte sie unter Tränen an. Ein Lächeln, das zeigte, dass ihre

Bitte um Vergebung wirklich von Herzen kam und wie sehr sie das bereute, was zwischen ihnen vorgefallen war.

Angelas Herz floss über vor Freude. Gemeinsam hatten sie einen Entschluss gefasst, der das Ende ihrer Freundschaft bedeutet hatte, ja. Aber die Konsequenzen waren noch viel weitreichender gewesen. Ihr Handeln hatte Lauren und David jeglicher Hoffnung auf eine gemeinsame Zukunft beraubt, jeglicher Hoffnung, zusammen mit Emily eine Familie zu sein. Der Preis für ihr Handeln war unendlich hoch.

Samuel trat an Bills Bett. Mit beiden Händen umklammerte er dessen ausgestreckte Hand. „Es ist so lange her, Bill."

„Ja." Bill wollte Samuels Hand nicht loslassen, wollte sie so lange festhalten, bis all die Differenzen ausgeräumt waren, die sie an diesen Punkt geführt hatten. Mit zitterndem Kinn blickte Bill auf. „Wichtig ist jetzt nur, dass ihr hier seid. Und ihr sollt eines wissen."

„Was?" Samuels Stimme zitterte.

„Wir bedauern das alles genauso sehr wie ihr. Was wir getan haben ..." Er sah zu Lauren, David und Emily hinüber. Dann kehrte sein Blick zu Samuel zurück. „Was wir den Kindern angetan haben, war falsch. Entsetzlich falsch."

„Ja, das war es." Samuel blickte Lauren an. „Vergib mir. Wir ... wir wussten nicht, was wir taten."

Angela beobachtete Lauren, bemerkte den Zweifel in ihren Augen und das Zögern. Entschuldigungen waren schön und gut, aber das, was Lauren und David angetan worden war, hatte ihr Leben verändert. Es würde vermutlich eine Weile dauern, bis sie in der Lage war, den Galanters zu vergeben.

Lauren nickte Samuel steif zu. „Ich weiß." Sie drückte Emily an sich und legte ihre Hand auf Davids Schulter. „Wir alle würden uns anders verhalten, wenn wir noch mal die Gelegenheit dazu hätten."

Lauren traute ihren Augen nicht. Sie konnte kaum fassen, was sich da vor ihren Augen im Krankenzimmer abspielte, und jetzt hatte Davids Vater sie sogar um Vergebung gebeten. Emily lehnte sich an sie. „Noch ein Wunder", flüsterte sie. „Auch dafür habe ich gebetet."

Aber Lauren war sich da nicht so sicher. Wieso war es ein Wunder, dass die Menschen, die sie und David damals auseinandergebracht hatten, jetzt hier waren? Dies war ein ganz privater Augenblick, ihre letzten Stunden mit ihrem Vater. Am liebsten hätte sie die Galanters fortgeschickt und ihnen gesagt, sie sollten in etwa einem Jahr wiederkommen. Nachdem sie Zeit gehabt hatte, die ganzen Ereignisse zu verarbeiten.

Um sie herum wurden weiter Entschuldigungen ausgesprochen, und nach ein paar Minuten hatten die beiden älteren Paare wieder zu ihrer alten Vertrautheit zurückgefunden, wie das bei langjährigen Freunden so ist. Auch wenn ihre Differenzen sie viele Jahre ihres Lebens getrennt hatten. Lauren allerdings war nicht sicher, was sie davon halten sollte.

Den Tag über blieben sie, Emily und David zusammen, gingen gemeinsam zum Mittagessen in die Cafeteria hinunter und gaben damit den Freunden Zeit, sich zu unterhalten. Zwei Tage lang blieben sie fast ununterbrochen am Bett ihres Vaters. Die schönen, liebevollen Augenblicke mit ihm wurden nur von den gelegentlichen Berichten des Arztes überschattet, der ihnen mitteilte, dass er nichts mehr tun konnte. Bill hatte nicht mehr lange zu leben. Es wurden Überlegungen angestellt, ihn nach Hause zu bringen, doch man entschied sich dagegen, weil ein Transport für ihn zu schmerzhaft gewesen wäre.

Im Krankenhaus ging es ihm relativ gut. Über eine Infusion wurden ihm Schmerzmittel zugeführt, sodass er sich mit ihr, David und Emily sowie mit den Galanters und vor allem mit ihrer Mutter unterhalten konnte. Am Montagnachmittag waren Lauren und David einmal allein in der Cafeteria. Ihre Gespräche drehten sich fast ausschließlich um ihren Vater, sodass sie bisher kaum über sich gesprochen hatten.

„Also …“ David setzte sich und ergriff ihre Hände.

Sie wusste, was er meinte, so wie sie es immer gewusst hatte. Jeder von ihnen hatte für Ende der Woche einen Flug gebucht, aber bislang hatten sie noch zu keiner Lösung gefunden. Zumindest keine, die sinnvoll gewesen wäre. „Du meinst uns?“

Er strich mit den Fingern über ihre Hand. „Ich habe gehört, was dein Dad dir gestern Morgen gesagt hat.“

„Das habe ich mir schon gedacht.“ Allein sein Anblick schmerzte sie. Wenn sie ihm in die Augen sah, raubte ihr dies den Atem. Aber er war Anhänger einer Partei, die sie ablehnte, diente beim Militär und war ein leidenschaftlicher Befürworter des Krieges. Und doch schien er anders zu sein als die anderen Kriegstreiber, über die sie in ihren bisherigen Artikeln geschrieben hatte. Trotzdem, was sollte sie sagen? Dass sie ausgerechnet nach Reno in Nevada ziehen würde? Sich in der Nähe des Luftwaffenstützpunkts ansiedeln und sich darüber freuen würde, dass er die nächste Generation von Kampfpiloten ausbildete? Sie starrte auf ihre Hände. Wenn sie schwieg, konnten sie vielleicht für immer so sitzen bleiben, sich an den Händen halten und so tun, als wäre alles noch so wie früher, als sie Kinder gewesen waren.

Er versuchte es erneut. „Du weißt, dass er recht hat?“ Seine Stimme klang fröhlich, aber seine Augen verrieten ihn.

Sie wusste nicht, was sie sagen sollte, darum suchte sie Zuflucht bei ihrem liebsten Verbündeten, dem Spott. „Wobei? Der Bemerkung mit dem Himmel?“

„Also gut.“ Er nickte ihr nachdenklich zu. „Das auch.“ Er blickte sie gebannt an, und es schien, als wollte er sie nie wieder loslassen. „Aber eigentlich mit seiner Bemerkung, dass Liebe nicht bedeutet, dass man in allem einer Meinung sein muss.“

Sie legte den Kopf zur Seite. Er sollte begreifen, worum es hier ging. „David, ich bin Chefreporterin bei einem der besten Nachrichtenmagazine des Landes und diese Position habe ich mir durch meine Berichterstattung über den Krieg im Mittleren Osten erworben.“ Traurigkeit überschattete jedes Wort. Traurigkeit, Sehnsucht und Resignation. „Es gibt keinen einzigen Leser in diesem Land, der meinen Standpunkt nicht kennt.“ Sie senkte den Blick, sprach aber mit betont fröhlicher Stimme weiter. „Und du stehst auf der anderen Seite.“

„Ich bin Offizier in der ‚Navy‘, Anhänger der Republikaner und Fan des Präsidenten.“ Sein Blick verschmolz mit ihrem. Er strich ihr mit dem Daumen über den Handrücken.

Diese Berührung ließ die Quelle ihrer Entschlossenheit versiegen. „Genau.“

„Also ...“ Die Menschen an den anderen Tischen in der Cafeteria schienen aus ihrem Blickfeld zu verschwinden; sie waren ganz in ihr Gespräch vertieft.

„Wir würden uns sicher nicht über Langeweile beklagen können, oder? Und der Gesprächsstoff ginge uns bestimmt auch nie aus." Er grinste sie mit einem jungenhaften Lächeln an. Dieses Lächeln hatte sie achtzehn Jahre lang in ihren Träumen verfolgt. „Wäre das so schlimm?"

„David." Sie spürte, wie sie innerlich nachgab. „Wirklich, ich meine, denk doch nur mal darüber nach. Was sollen wir denn tun? Heiraten und auf einem Militärstützpunkt wohnen? Damit ich meine Artikel gegen den Krieg gleich von der Kommandozentrale aus schreiben kann?"

Er zuckte mit den Achseln. „Dann könntest du zumindest mit einem schnelleren Feedback rechnen."

Ihr Widerstand begann zu bröckeln. Sie hatte ihren Salat aufgegessen, darum schob sie ihr Tablett zurück und kam um den Tisch herum auf seine Seite. „Wie war dein Essen?"

„Du willst also das Thema wechseln?" Er legte den Finger unter ihr Kinn und rückte näher an sie heran.

„Du begreifst schnell, David." Sie hauchte die Worte und kam mit ihren Lippen näher. „Das hat mir immer so an dir gefallen."

„Tatsächlich." Sein Mund fand den ihren und er strich ihr mit dem Finger über die Wange. Der Kuss dauerte nicht lange, trotzdem begann sich alles um sie zu drehen. Er zog sich zurück. „Ich dachte mir schon, dass dir das gefällt." Er küsste sie erneut. Seine Augen leuchteten und strahlten Liebe und Humor aus. Genau wie in ihrer Erinnerung. „Außerdem wären wir nicht das erste Paar, das unterschiedliche politische Auffassungen vertritt. Denk nur an Schwarzenegger und Shriver ... Mary Matalin und James Carville."

„Ich weiß." Sie seufzte tief. Er machte es ihr nicht leicht. Wenn sie noch länger hier saß, würde sie ihm vielleicht noch zustimmen. Bei diesem Gedanken begann ihr Herz, aufgeregt zu schlagen, aber sie ließ es nicht zu. „Diese Paare leben aber nicht in unterschiedlichen Ländern."

Er sah sie an, als läge ihm eine Erwiderung auf der Zunge, aber er schluckte sie hinunter. Stattdessen kniff er die Lippen zusammen und blickte ganz tief in ihre Seele, in die tiefsten Tiefen, die einst von den Erinnerungen an ihn beherrscht gewesen waren. „Es gibt immer einen Weg, Lauren."

Sie musste wieder an ihren Vater denken und daran, dass diese Zeit mit David in etwa einer Woche nichts weiter als ein wundervoller Schlusspunkt hinter einer langen Suche sein würde. Auch wenn sie nicht alles geklärt hatten – sie war ihm dankbar, sie war froh, dass er diese Diskussion oberflächlich und fröhlich, ja, sogar hoffnungsvoll gehalten hatte. Das war genau das, was sie brauchten, wo ihnen doch nur so wenig Zeit zur Verfügung stand.

Auf dem Weg zurück zum Zimmer ihres Vaters zog David sie in einen Türrahmen. „Hallo", hauchte er, als er sein Gesicht an ihres legte. Er küsste sie noch einmal, und als er sich von ihr löste, sagte er: „Keine Sorge, ich tue nur gerade etwas für das öffentliche Ansehen des Militärs."

Lauren lag eine ernsthafte Erwiderung auf der Zunge, aber sie schluckte diese hinunter. Wortlos erwiderte sie seinen Kuss. Sie konnte angesichts der Gefühle, die er noch immer in ihr weckte, fast nicht mehr atmen. Als sie tief Luft holte, grinste sie ihn an. „Weißt du was?"

Noch einmal legte er seine Lippen auf die ihren und erst dann suchte er ihren Blick. Mit vor Leidenschaft heiserer Stimme fragte er: „Was?“

„Das machst du wirklich gut.“

Mit ihrem Vater ging es rasch bergab.

Am nächsten Tag war er zu schwach, um sich zu unterhalten. Er blickte sie nur noch mit müden Augen an. Enge Freunde aus der Gemeinde ihrer Eltern kamen an diesem Morgen ein paarmal, um für ihn zu beten. Die ersten Male verschwand Lauren.

„Ich warte draußen im Flur.“ Sie lächelte höflich und wollte die Gelegenheit nutzen, um zur Toilette zu gehen oder sich einen Becher Wasser aus dem Wasserspender zu holen. Aber dennoch ließ die Stimme des Pastors sie innehalten. Sie zögerte, blieb im Flur stehen und hörte zu. Früher hatte sie doch auch einmal so gebetet, oder? Damals, als sie und David tiefe Reue darüber empfanden, dass sie miteinander geschlafen hatten.

Im Laufe des Tages fielen ihr ein Dutzend unterschiedlicher Gebete ein. Sie hatte Gott angefleht, Emily am Leben zu lassen, und sie hatte ihn gebeten, ihr zu helfen, David zu finden. Und gegen Mittag traf sie die Erkenntnis: Emily hatte recht.

Gott hatte beides getan. Vielleicht nicht zu dem Zeitpunkt, als sie dies von ihm erbeten hatte, aber andererseits, war ihnen nicht immer beigebracht worden, dass Gott eigene Wege hatte, dass seine Wege besser waren als ihre Wege, auch wenn sie das im Augenblick nicht erkennen konnten? Und wieder wurde im Zimmer ihres Vaters gebetet, darum lehnte sie sich an die Wand und versuchte, sich zu erinnern …

Wie hatte es dazu kommen können? Wie hatte sie sich so weit von Gott entfernen können? Die Antwort lag auf der Hand. Sie sah sich an dem kleinen Bettchen im Krankenhaus stehen. Emily lag darin und rang keuchend um Atem. Sie brannte vor Fieber. Der Arzt hatte ihr mitgeteilt, dass Emilys Überlebenschancen schlecht standen, und darum war ihr als einziger Ausweg Gott geblieben. Lauren hatte ihn gebeten, ihre Tochter am Leben zu lassen.

Sie erinnerte sich noch daran, wie sie sich Stunden später gefühlt hatte, als die Schwester sie darüber informiert hatte, dass Emily heimgegangen sei – wie erschüttert sie gewesen war, wie das Entsetzen sich in ihr breitgemacht hatte. Also gut, ja, Gott hatte ihre Tochter am Leben gelassen. Aber hatte er sie nicht der Chance beraubt, Emily aufwachsen zu sehen, Teil ihres Lebens zu sein?

Und was war mit David? Gott wusste doch, wie sehr sie sich gewünscht hatte, ihn zu finden. Wenn es ihr gelungen wäre, dann wäre sie vielleicht wieder nach Hause gegangen, und dort hätte sie Emily gefunden. Ein Jahrzehnt früher. War das nicht auch Gottes Schuld?

Nachdem sie in Los Angeles ein neues Leben begonnen hatte, wollte sie mit Gott nichts mehr zu tun haben; er gehörte wie alle anderen, von denen sie sich abgewandt hatte, der Vergangenheit an. Und als sie schließlich mit der politischen Berichterstattung begann und sogar eine Anstellung beim Nachrichtenmagazin *Time* bekam, hatte sie einfach die Meinung ihrer Kollegen übernommen, dass Christen bornierte Heuchler seien.

Sie brauchte nur ihre E-Mails zu lesen, um das zu erkennen. Die gemeinsten, negativsten Kommentare stammten meist von Lesern, die von sich behaupteten, Christen zu sein. Aber es war nicht nur das. Lauren konnte nicht verstehen, wie jemand, der an Christus glaubte, den Krieg befürworten konnte. Sie ließ den Kopf hängen und lauschte auf das Gebet im Zimmer ihres Dads. Diese Gebete würden nichts bewirken. Sie würden ihren Vater nicht retten. Und sie würden ihr auch keine Antworten auf die Fragen geben, die sich in ihr aufstauten.

Sie hatte diesen Gedanken kaum zu Ende gedacht, als eine Stimme zu beten begann, und die Worte waren für Lauren so deutlich zu verstehen, als stünde sie zusammen mit den anderen im Zimmer und nicht hier draußen auf dem Flur.

„Herr, wir wissen, dass es einen Grund gibt für alles, was geschieht, aber das bedeutet nicht, dass wir das hier verstehen. Wir beten, dass du bei unserem Freund Bill bist und ihn sanft von dieser Welt in die nächste führst. Ich weiß, dass du an jenem wundervollen Ort auf ihn wartest, dem Ort, den du für ihn bereitet hast. Und darum danken wir dir für Bills Leben, für jeden Tag, den er bei uns und bei seiner Familie sein konnte. Bitte gib seinen Angehörigen die …"

Lauren legte die Arme um sich. Sie musste all ihre Willenskraft aufwenden, um hier stehen zu bleiben und nicht in das Zimmer zu stürmen und sich diesem Kreis von Menschen anzuschließen. Aber was hielt sie davon ab? Sie schüttelte den Kopf. Schuldgefühle. Natürlich. Doch was musste ihr Vater denken, wenn er sich umschaute und ihre Mom, David und Emily sah, liebe Freunde aus der Gemeinde und sogar Davids Eltern.

Aber sie nicht.

Ihr Vater hatte am Tag zuvor so deutliche Worte gefunden. Wenn sie in den Himmel käme, würde er auf sie warten, so wie er die ganzen Jahre seit ihrem Fortgehen auf ihre Heimkehr gewartet hatte. Und wenn er recht hatte, wenn es tatsächlich einen Himmel gab, dann würde ihre Mutter dort sein und David und Emily auch. Alle, die sie liebte. Aber was war mit ihr?

Was ist mit mir, Gott? Sie presste die Lippen aufeinander. Ließ Gott Menschen wegen ihres beißenden Sarkasmus tot umfallen? Aber warum sollte er das tun? Er hatte ihre Gebete eigentlich nie beantwortet. Doch mit derselben Sorgfalt, mit der sie die Quellen für ihre Arbeit genaustens überprüfte, musste sie sich jetzt auch dieser Frage stellen.

Gott hat mir Antworten geschenkt. Es waren nur nicht die Antworten, die ich mir gewünscht hatte. Und darum bin ich weggelaufen. Und im Weglaufen war sie gut, das ließ sich nicht leugnen.

Sie atmete tief durch und spähte ins Zimmer. Die Besucher beteten immer noch, mit geschlossenen Augen und geneigten Köpfen. Alle, außer David. Offenbar hatte er sie gehört, denn er hatte die Augen geöffnet und nickte ihr kurz zu als Aufforderung, sich neben ihn zu stellen. Leise schlich sie ins Zimmer und drängte sich zwischen ihn und Emily.

Jemand sagte gerade: „Wir danken dir besonders für den Frieden, den du dieser Familie geschenkt hast. Dein Friede übersteigt unseren Verstand, denn er geschieht in uns, in unserem Herzen. Nicht von außen, weil das Leben manchmal so schwierig ist. Aber du schenkst ihnen inneren Frieden, Erneuerung und Heilung, göttliche Erlösung, all das haben die Andersons in den letzten Tagen erlebt, und wir danken dir dafür.

Nach deinem Frieden sollte jeder Gläubige streben und heute, nun, wir können von Bill, Angela und ihrer Familie lernen."

Lauren war tief gerührt. Wer waren diese Leute? Ihre Gebete klangen so ganz anders. Sie schienen tatsächlich anders zu sein als die Christen, die sie kannte. Aber das war gleichgültig. Denn ein Satz aus dem Gebet des Mannes hatte sie getroffen. Er hatte vom Frieden gesprochen, aber nicht von dem Frieden, mit dem sie sich immerzu beschäftigte – nicht die Art von Frieden, der den Krieg im Irak und in Afghanistan beenden würde. Was hatte er gesagt? *Gottes Friede geschieht in uns, in unserem Herzen, richtig? Nicht von außen, weil das Leben manchmal so schwierig ist.*

Sie drückte Davids und Emilys Hand. Das war doch der Friede, nach dem sie ihr ganzes Leben lang gesucht hatte! Und auch wenn sie nicht genau wusste, wie sie ihn finden oder in ihrem Inneren entstehen lassen konnte, so erschien er ihr in diesem Augenblick, wo sie neben den Menschen stand, die sie auf dieser Welt am meisten liebte, doch ganz plötzlich möglich. In diesem Gebetskreis spürte sie Liebe und Akzeptanz, und es überkam sie ein Gefühl, das sie noch nie erlebt hatte. Und dieses Gefühl blieb auch, als dieser Augenblick vorüber war und die Freunde aus der Gemeinde sich verabschiedet hatten.

Und es hatte mit dem Gebet zu tun.

Die Stunden schleppten sich dahin. Ihr Vater reagierte kaum noch und am späten Abend fiel er ins Koma. Der Verlust war riesengroß. Obwohl David, Emily und ihre Mutter bei ihr waren, hatte Lauren das Gefühl, ohne Fallschirm aus einem Flugzeug zu stürzen. All diese Jahre hatte sie sich immer eingeredet, ihre Eltern hätten ihr unrecht getan, ihr Handeln hätte sie um ein Leben mit David und Emily gebracht. Doch dabei hatte sie vergessen, wie sie tatsächlich waren. Sie hatte nicht mehr den Vater sehen können, der neben ihr hergelaufen war, als sie Fahrrad fahren gelernt hatte, der am Wochenende morgens mit ihr joggen gegangen und auf dem Heimweg ab und zu einmal stehen geblieben war, um ihr einen Strauß Wildblumen zu pflücken. Er liebte sie so sicher, wie der Sommer auf den Frühling folgte. Mit einer Liebe, die ihn dazu getrieben hatte, das zu tun, was er während ihrer Schwangerschaft getan hatte.

Es war aus einer reinen, aber fehlgeleiteten Liebe heraus geschehen.

Nun, da sie wieder zu Hause war, erinnerte sie sich deutlich an die guten Zeiten. Ihr Vater war ein freundlicher, liebevoller Mann, dessen Humor und Mitgefühl wie Balsam auf einer Wunde war, die nie auch nur angefangen hatte zu verheilen. Als sie sich dieses Mal um das Bett versammelten, um zu beten, tat Lauren etwas, das sie nicht mehr getan hatte, seit sie von zu Hause fortgegangen war – sie betete leise mit.

„Es wird nicht mehr lange dauern“, erklärte ihnen der Arzt. „Er wird die Nacht nicht überleben.“

Und der Arzt hatte recht.

Gegen ein Uhr morgens verlangsamte sich die Atmung ihres Vaters. Lauren behielt die Monitore im Blick und beobachtete, wie der Herzschlag ihres Vaters sich zusehends verlangsamte. 80 … 70 … 60 … 50 … 40 …

Eine halbe Stunde später war es vorüber. Die Atmung ihres Vaters hatte aufgehört. Fassungslos starrte Lauren die reglose Gestalt im Bett an, dann klammerte sie sich an David und Emily. Sie krallte sich an ihnen fest, barg ihr Gesicht an ihnen und konnte nicht sagen, ob die Schluchzer, die sie vernahm, von ihr oder von ihnen kamen. Sie ließ sie los, drehte sich zu ihrer Mutter um und schloss diese in die Arme, um gemeinsam mit ihr ihren Verlust zu betrauern.

Die Galanters waren auch da. Sie hielten sich in den Armen und weinten leise.

Wie konnte das passieren? Wie konnte er tot sein? Noch vor wenigen Tagen hatte er bei ihnen gesessen, mit ihnen geplaudert und ihre Hände gehalten. Es war so erschreckend schnell gegangen. Aber gleichzeitig war sein Tod auch ein gnädiger Tod, denn er hatte wenig Schmerzen gehabt, hatte keine Operation, keine Chemotherapie oder Bestrahlungen über sich ergehen lassen müssen. Wenn sie darin nur Trost finden könnte. Aber es gab keinen. Weil sie nur daran denken konnte, dass ihr Vater tot war, und sie würde ihn schrecklich vermissen, weil sie so viele Jahre mit ihm versäumt hatte.

Bevor sie das Krankenhaus verließen, blickte ihre Mutter jeden von ihnen mit tränenfeuchten Wangen an. „Wochenlang habe ich dafür gebetet, dass euer Vater geheilt werden würde." Sie verschränkte die Arme vor der Brust. „Ich konnte nicht verstehen, warum Gott mein Gebet nicht erhörte, warum er nicht vom Krebs geheilt wurde. Gott ist der größte Arzt und wir brauchten seine Hilfe." Sie blickte David, Emily und Lauren eindringlich an. „Während des Gebets hat Gott mir heute klargemacht, dass meine Gebete doch erhört wurden. Dein Vater wurde von etwas geheilt, das viel schlimmer ist als Krebs." Unter Tränen lächelte sie Lauren an. „Als wir dich gefunden haben, Lauren, und dich, David … als wir miterleben konnten, wie ihr zwei Emily gefunden habt … nun, da wurde Bill von seinem gebrochenen Herzen geheilt."

Innerer Friede breitete sich in Lauren aus und trotz ihres Schmerzes und der Trauer über den Verlust ihres Vaters wurde sie ruhig. Wenn sie doch nur noch ein paar Wochen mit ihm gehabt hätte, noch einen Tag. Vielleicht hätten sie über diese Heilung sprechen können, die ihre Mutter gemeint hatte. Sie kniff die Augen zusammen und lehnte ihren Kopf an Davids Schulter. *Daddy … ich kann nicht glauben, dass du tot bist … wo wir uns gerade erst wiedergefunden haben.* Der Schmerz war so stark, dass sie glaubte, ihn nicht ertragen zu können. Aber wenn ihre Mutter recht hatte, dann war der Schmerz nicht alles. Es konnte nicht sein.

Ihr Vater war auf eine Weise geheilt worden, die immer noch ihren Verstand überstieg. Und das hatte ihr eine Hoffnung geschenkt, die sie aufrechthielt und vor dem Fallen bewahrte. Neben ihr hatte Emily den Arm um sie und David gelegt. Die Tränen ihrer Tochter flossen jetzt noch heftiger, aber etwas war anders. Jetzt klang ihr Schluchzen beinahe fröhlich. Sie blickte zu ihrer Mutter auf und das Band zwischen ihnen war stärker als je zuvor. Und plötzlich verstand Lauren die Freude hinter Emilys Tränen. Sie lächelte ihre Tochter an und merkte, dass auch in ihrem Gesichtsausdruck eine Mischung aus Trauer und Freude lag. Weil nicht nur ihr Vater in dieser Woche von einem gebrochenen Herzen geheilt worden war.

Sie alle waren heil geworden.

Kapitel 28

Sie hatten viel verloren und viel gefunden, doch am Ende schloss sich der Kreis.

Während Bill Andersons bewegender Beerdigung und auch in den darauffolgenden Tagen kam David nicht über diese Tatsache hinweg. Jetzt war Samstag, und als er zusammen mit Emily und Lauren, Laurens Mutter und seinen Eltern vor dem Ticketschalter am Flughafen O'Hare in Chicago stand, überfiel ihn diese traurige Wahrheit. Sie waren wieder an dem Punkt angelangt, wo sie neunzehn Jahre zuvor gewesen waren – sie würden Abschied voneinander nehmen.

Das Flugzeug von Davids Eltern würde zuerst starten. Danach würde Laurens Flug aufgerufen werden. Er hatte noch ein bisschen Zeit. Vor dem Sicherheitsbereich wandte sich seine Mutter an Angela. Die beiden Frauen umarmten sich und hielten sich eine Weile in den Armen. Als sie sich voneinander lösten, sagte seine Mutter: „Du denkst darüber nach, Angela, ja? Ich kann kaum glauben, dass Gott uns wirklich eine zweite Chance schenken will und wir Nachbarn werden."

„Ja, ganz bestimmt." Unter Angelas geschwollenen Augen lagen dunkle Ringe und sie wirkte sehr mitgenommen. Aber trotz alledem strahlte ihr Gesicht einen übernatürlichen Frieden aus. „Wir werden hier alles regeln und das Haus verkaufen." Sie sah zu Emily hinüber. Traurig lächelten sie sich an. „Wir sind bereit umzuziehen. Emily möchte sowieso an der Westküste studieren. Hier in Illinois hält uns jetzt nichts mehr."

Der Blick, den Emily Lauren zuwarf, tat David in der Seele weh. Seine Tochter wirkte wie ein verlorenes kleines Mädchen, das in einer Woche mehr Emotionen und Veränderungen verkraften musste, als ein Mensch ertragen konnte. Traurig lächelte Emily Lauren zu. „Du legst bei der Uni ein gutes Wort für mich ein, ja?"

„Natürlich." Lauren hatte keinem von ihnen leichtfertige Versprechen gemacht, außer dem einen: Sie würde regelmäßig mit Emily in Kontakt bleiben. Auch sie wirkte sehr mitgenommen und wurde angesichts des Abschieds, der ihnen bevorstand, von widersprüchlichen Emotionen gequält. Sie legte den Arm um Emily und zog ihre Tochter zu sich heran. „Die Universität wird sich freuen, dich zu bekommen."

David stand auf der anderen Seite neben Emily und er lächelte ihr aufmunternd zu. „Wenn ihr erst an der Westküste wohnt, werden wir uns oft sehen können. LA ist eine Tagesfahrt von Reno entfernt und mit dem Flugzeug braucht man nur eine Stunde." Er strich ihr über ihre seidenweichen dunklen Haare. Bills Tod hatte sie tief erschüttert. David spürte, wie sehr sie nun, da der wichtigste Mann in ihrem Leben nicht mehr da war, ihren Vater brauchte.

Seine Eltern stimmten ihm zu. „Wir haben so viele Jahre verloren, die wir mit unserer Enkelin hätten verbringen können." Sein Dad streckte die Arme nach ihr aus und Emily ging zu ihm. „Jetzt müssen wir die versäumte Zeit nachholen."

„Ja." Emily legte den Arm auch um Davids Mutter und Schweigen senkte sich über die Gruppe.

Sein Vater blickte auf die Uhr. „Wir gehen jetzt besser."

David trat zu ihnen und umarmte sie. Obwohl die Fehler, die seine Eltern gemacht hatten, nicht wie bei Lauren und ihren Eltern dazu geführt hatten, dass ihre

Beziehung zerbrach, so lag doch unterschwellig immer noch ein Gefühl des Verlustes darin. Sie hatten nie darüber gesprochen. Aber das würde sich ändern. David wusste es. Er spürte, dass die Beziehung zu seinen Eltern jetzt viel intensiver war. Ein weiterer Beweis dafür, dass sie alle tatsächlich Heilung erfahren hatten.

Er trat neben Emily und hob zum Abschied die Hand. „Wir sehen uns irgendwann nächste Woche."

Nachdem sich alle verabschiedet hatten, blickten die vier seinen Eltern nach, die durch die Tür verschwanden und die Sicherheitsschleuse passierten. Als sie nicht mehr zu sehen waren, empfand David einen stechenden Schmerz. Das Schwierigste stand ihnen noch bevor.

Emily klammerte sich immer noch an Lauren, aber sie starrte zu Boden, als wäre sie noch nicht bereit für diesen Augenblick. Lauren streckte die Hand nach ihrer Mutter aus. Angela zögerte nicht. Sie kam und drei Generationen von Anderson-Frauen hielten sich weinend umschlungen. David hätte sich gern zu ihnen gestellt, aber sie brauchten diese Zeit.

„Vergibst du mir?" Angela lehnte ihren Kopf an den von Lauren. „Es tut mir so leid, Schatz. Du glaubst nicht, wie –"

„Natürlich vergebe ich dir, aber ich war ja auch schuld." Laurens Stimme klang rau. Ihre Schultern bebten beim Sprechen. „Ich wünschte nur, ich wäre früher nach Hause gekommen."

„Ich werde mich immer daran erinnern, wie wir an jenem Abend im Wohnzimmer gesessen haben." Emily lächelte unter Tränen. „Opa mit seinem strahlenden Lächeln und wir zum ersten Mal zusammen." Sie lachte kurz auf. „Ich habe Eltern und Großeltern und ein

Vermächtnis der Liebe, über die jemand ein Buch schreiben sollte! Und ein ganz besonderer Mensch wartet sogar im Himmel auf mich. Was könnte es Besseres geben?"

Nur eines, natürlich, aber Emily schien entschlossen, nicht daran zu rühren. Am vergangenen Abend hatte sie David und Lauren ins Gespräch vertieft im Wohnzimmer angetroffen. Sie hatte sich zwischen ihnen niedergelassen und verkündet: „Ich denke, ihr solltet heiraten."

„Tatsächlich?" Lauren hatte überrascht gewirkt, aber sie hatte sich nicht weiter dazu geäußert.

„Ja. Ich meine –", sie hatte David angeblickt, „du hast ihr doch bereits einen Antrag gemacht."

David hatte die Augen aufgerissen. „Habe ich?"

Emily hatte ihn mit dem Ellbogen in die Seite gestoßen. „Vor achtzehn Jahren, du Dummkopf."

David hatte Lauren angegrinst. „Da hat sie recht."

Emily hatte Laurens Blick gesucht. „Und du hast bereits Ja gesagt."

David hatte ein Grinsen kaum unterdrücken können, als er seinen Finger hob. „Auch da hat sie recht."

Aber Lauren hatte sie nur sehnsüchtig angeblickt. „Wenn es nur so leicht wäre."

Emily hatte das Thema auf sich beruhen lassen, aber bevor sie ins Bett gegangen war, hatte sie David beiseitegenommen. „Ich werde nicht aufhören, dafür zu beten."

Er hatte ihr zugezwinkert. „Ich auch nicht."

Und so war es kein Wunder, dass Emily nun hier beim Abschied zu diesem Thema schwieg. Sie hatte getan, was sie tun konnte. Jetzt lag der Rest bei Lauren und bei Gott. Vor allem bei Gott.

Die drei Frauen lösten sich voneinander und traten einen Schritt zurück. Lauren wandte sich um und streckte die Hand nach David aus. Dieser ergriff sie und genoss die Berührung ihrer Haut.

Angela erkundigte sich gerade: „Willst du in Afghanistan bleiben?"

„Im Moment schon", entgegnete Lauren, aber diese Antwort schnitt David ins Herz. Er versuchte, mit den Augen Laurens Aufmerksamkeit auf sich zu ziehen, aber sie vermied den Blickkontakt mit ihm und Emily. „Ich liebe meine Arbeit dort." Schließlich blickte sie Emily zärtlich an. „Aber ich werde häufig zu Besuch kommen."

David hätte am liebsten gerufen: „Und was ist mit mir? Was ist mit uns?" Aber das würde warten müssen, bis sie allein waren. Er atmete tief durch und betrachtete die Gesichter um sich herum. „Es wird Zeit."

„Ja, du hast recht." Lauren nahm ihre Tasche.

„Also dann ..." Angela streckte die Arme aus und umarmte David und Lauren. Bei ihrer Tochter nahm sie sich besonders viel Zeit. „Sei vorsichtig, Lauren. Bitte."

„Das werde ich." Ihre Tochter rieb sich ihre linke Schulter, die noch nicht ganz verheilt war. „Vor allem jetzt."

Dann war David an der Reihe. Er umarmte Laurens Mutter und schließlich Emily. Er berührte die Wange seiner Tochter und blickte staunend in ihre dunklen Augen.

„Ich bin so stolz auf dich." Er würde nie wieder zulassen, dass sich etwas zwischen sie drängte. In dem Augenblick, als er sie zum ersten Mal gesehen und in den Armen gehalten hatte, war sie zu einem Teil von ihm geworden. So sehr, dass es ihm unglaublich schwerfiel, sie jetzt zu verlassen.

„Es tut mir leid, dass ich in all den Jahren nicht für dich da war."

Sie legte ihre Hand über die seine und umklammerte sie. „Du wusstest es nicht."

„Aber jetzt weiß ich es." Er küsste ihre Wange und ließ seine Hand auf ihre Schulter gleiten. „Ich verspreche dir, dass die nächsten Jahre ganz toll werden, Schatz."

„Ja." Sie umarmte ihn erneut, dann blickte sie Lauren an. „Mom ..."

Eine letzte Umarmung, die David die Kehle zuschnürte. Sie würden miteinander telefonieren und E-Mails austauschen, sie würden sich auch besuchen. Aber wenn Lauren wirklich in den Mittleren Osten zurückkehrte, dann konnte jeder Abschied der letzte sein.

Er beobachtete Emily und Lauren und wusste, dass die beiden zu aufgewühlt waren, um noch etwas zu sagen. Schließlich legte Angela den Arm um Emily und sie winkten ihnen zu. Dann wandten sich die beiden Frauen um und gingen Richtung Ausgang. David und Lauren blickten ihnen nach, bis sie verschwunden waren. Wortlos fiel Lauren ihm in die Arme.

„Ich wollte nicht, dass diese Woche zu Ende geht", murmelte sie, als sie an seiner Brust lag.

„Das braucht sie nicht." Er küsste sie zärtlich auf den Kopf.

Sie schwieg und nach ein paar Sekunden nahm er seine Tasche und sie verschwanden durch die Tür in den Sicherheitsbereich. Hand in Hand gingen sie zu ihrem Gate. Das Boarding für Laurens Flug hatte bereits begonnen.

Er drehte sich zu ihr um und hob mit dem Finger ihr Kinn. „Hast du gehört, was ich gesagt habe? Was ich die ganze Woche gesagt habe?"

An ihren Augen konnte er ablesen, wie sehr sie diese Situation quälte. Es war, als tobte der Kampf in ihr noch viel heftiger als der, über den sie in Afghanistan berichten wollte. Sie trat einen Schritt näher, sodass ihre Beine sich berührten. „Ja." Ihre Antwort klang angespannt. „Ja, ich habe es gehört."

„Nun, dann ..." Er sprach bewusst langsam und versuchte, sie nicht zu drängen. Auch wenn es ihn schier umbrachte, sich von ihr zu verabschieden, nachdem er sie endlich wiedergefunden hatte, würde er keine letzten Anstrengungen unternehmen, um sie davon zu überzeugen, bei ihm zu bleiben. Das Herz tat ihm weh, und am liebsten hätte er seinen Tränen nachgegeben, aber jetzt war nicht der richtige Zeitpunkt dafür. Stattdessen riss er sich zusammen und suchte all seinen Humor zusammen. „Bedeutet das etwa, dass du unsere Verlobung löst?"

Sie lachte auf und ließ ihre Stirn gegen seine Brust sinken. „David." Sie blickte zu ihm auf. „Sei doch mal ernst."

Er zögerte. „Warum, Lauren?" Sein Lächeln verschwand. Er hielt ihrem Blick stand und strich ihr über das Kinn, den Hals. „Würde dich das davon überzeugen, bei mir zu bleiben?"

Sie berührte seine Wangen, und frische Tränen schimmerten in ihren Augen, als sie ihn küsste. Es war ein Kuss voller Endgültigkeit und atemlos zog sie sich von ihm zurück. „Ich werde darüber nachdenken, David."

Er verstand. Während er sie eindringlich anblickte, betete er, was er seit ihrem ersten Gespräch in dieser

Woche jeden Tag gebetet hatte: *Bitte, Gott, zeige uns, wie wir zusammenkommen können.* Und in diesem Augenblick erkannte er etwas. Nicht nur ihre politischen Auffassungen waren unterschiedlich, sondern auch ihr Glaube. Wenn sie das nicht in Einklang brachten, dann hatte Lauren vielleicht recht. *Gott, wir brauchen dich … Sie braucht dich.*

„Woran denkst du?" Ihre Stimme war leise, ihr Blick hing gebannt an seinem.

Er strich ihr mit den Fingern durch die Haare und küsste sie noch einmal. „Ich versuche, alle Gedanken auszublenden."

„Passagiere des Fluges 92 nach New York –", unterbrach sie eine Stimme über den Lautsprecher, „dies ist der letzte Aufruf für die Passagiere des Fluges 92 nach New York. Alle Passagiere mit Ticket begeben sich bitte unverzüglich zu Gate C20."

Er trat einen Schritt zurück, und ein stechender Schmerz durchzuckte ihn, als würde sein Herz entzweigerissen. Er schnappte nach Luft, zwang sich, zu lächeln und etwas zu sagen. „Es ist wohl besser, wenn du jetzt gehst."

Sie nickte, brachte aber keinen Ton mehr heraus. Lautlos formte sie die Worte: „Bye, David." Und mit einem letzten Blick auf ihn drehte sie sich um und begab sich zum Gate.

Es gab keine verzweifelten Aussagen, keine Versprechungen, dass sie anrufen, schreiben oder in Verbindung bleiben würden. Sie drehte sich einfach um … und war verschwunden. Er schluckte und sah sich im Terminal um, ohne etwas wahrzunehmen. Horden von Menschen drängten sich an ihm vorbei, aber er bemerkte sie kaum. Er stand einfach nur da und war unfähig, sich einen Schritt vom Gate zu entfernen, derjenige zu sein, der den Abstand zwischen ihnen vergrößerte.

Doch schließlich setzten sich seine Füße in Bewegung. Er trat ans Fenster und beobachtete, wie das Flugzeug zurücksetzte, wendete und zur Startbahn rollte. Er sah ihr Gesicht immer noch vor sich, ihre blonden Haare und die blauen Augen. Konnte sie ihn ebenfalls sehen? Fühlte sie, was er fühlte? Dass ihre Herzen immer noch miteinander verbunden waren, auch wenn sie gegangen war? Würden sie immer miteinander verbunden bleiben?

Himmlischer Vater ... hilf uns.

In dieser Woche hatte sich vieles geklärt. Emily hatte ihre Eltern wiedergefunden und Bill einen Platz im Himmel. Seine Eltern und die von Lauren hatten ihre Freundschaft erneuert und Vergebung erfahren und ihrer aller Leben war verändert worden. Sicher, vieles hatte sich geklärt.

Aber nicht die Beziehung zwischen Lauren und ihm.

Er behielt das Flugzeug im Blick, beobachtete das Fenster, hinter dem er sie immer noch zu sehen glaubte, gleichgültig, wie weit entfernt das Flugzeug war. Schließlich drehte sich das Flugzeug in Startposition, und nach einer kleinen Weile rollte es über die Startbahn, hob ab und verschwand in den Wolken.

Und es nahm Lauren mit.

Erst jetzt ließ sich David auf den nächsten Stuhl sinken, barg sein Gesicht in den Händen und ließ seinen Tränen freien Lauf.

Kapitel 29

Lauren gehörte zu den Ersten, die aus dem Flugzeug ausstiegen. Sie schritt durch den Fluggastbereich, ohne irgendetwas um sich herum wahrzunehmen. Ihre Gedanken kreisten ausschließlich um David, um ihre gemeinsame Zeit und um alles, von dem sie sich abgewandt hatte. Wie hatte sie zulassen können, dass alles so schrecklich aus dem Ruder lief?

In den vergangenen sechs Stunden hatte sie noch einmal jeden wundervollen Augenblick mit ihm durchlebt und gegen ihr Leben in Afghanistan abgewogen. Auf dem Weg von Chicago nach New York, wo sie umsteigen musste, hatte sie sich immer wieder dieselbe Frage gestellt: Es konnte doch nicht funktionieren, oder?

Nein. Wie sollte es auch? Wie konnte sie an ihren Überzeugungen festhalten oder über den Krieg berichten, wie sie es immer getan hatte, und gleichzeitig mit einem Mann verheiratet sein, der Jagdflieger ausbildete? Und was war mit dem Glauben? Er sprach bei jeder Gelegenheit über Gott, und sie ... nun, sie hatte es immer noch nicht ganz geschafft, ihm zu vergeben.

Sie und David? Diese Vorstellung war absurd. Aber als sie in New York gelandet war, hatte sie die Augen nicht mehr vor der Realität verschließen können: David gehen zu lassen war noch viel abwegiger.

Nachdem das Flugzeug das Gate erreicht hatte, war sie zum Informationsschalter geeilt. Sicher, hatte man ihr dort erklärt, das wäre möglich und ja, man würde dafür sorgen, dass ihr das Gepäck nachgeschickt würde. Aber sie hätte nur dreißig Minuten, um diesen Flug noch zu erwischen.

Lauren hatte den Aufpreis gezahlt, dann hatte sie ihr Handy aus der Tasche genommen und die Nummer der Redaktion in Los Angeles gewählt. Als ihr Redakteur sich meldete, sprudelte sie beinahe über vor Glück. „Hör zu, ich möchte dich um einen Gefallen bitten."

„Was immer du willst, Gibbs." Sie arbeiteten jetzt schon seit gut drei Jahren zusammen. „Wir hoffen nur, dass du so weit bist, an die Arbeit zurückzukehren. Die Zeitung braucht dich."

„Ich bin bereit." Lauren holte tief Luft. Sie konnte noch nicht richtig glauben, was sie hier tat. „Aber ich brauche eine Auszeit von Afghanistan. Ich möchte vorübergehend eine neue Aufgabe, wenn das möglich ist."

„Sicher." Der Redakteur zögerte nicht. „Das hast du dir verdient. Wo willst du hin?"

Sie hatte die Augen geschlossen und das Kinn vorgeschoben. „Nach Reno in Nevada."

„Nach Reno?" Eine Pause. „Bist du verrückt geworden?"

Sie lächelte. „Ja." Und lachte erneut. „Und weißt du was? Es ist wundervoll."

Nachdem ihr Redakteur ihr versprochen hatte, alles zu arrangieren, rannte Lauren durch den Terminal, um ihren Flug noch zu erwischen. Wenn es keine Verspätung gab, würde ihr Flugzeug fünfzehn Minuten vor seinem landen.

Ihre Maschine war pünktlich, und bevor sie wusste, wie ihr geschah, trat sie auch bereits durch die Tür in den Terminal des Flughafens von Reno. Mit jedem Schritt wurde sie schneller, und da ihr noch fünf Minuten Zeit blieben, suchte sie sich einen Platz am Gate, dem Gate, durch das er kommen würde. Von diesem Platz aus hatte sie einen guten Blick auf die Fluggastbrücke. Sein Flugzeug hatte noch nicht angedockt. Sie kramte in ihrer Tasche, bis sie gefunden hatte, was sie suchte. Die kleine Schachtel, die sie eigentlich immer bei sich trug.

Während der vergangenen Woche hatte sie, wann immer sie und David zusammen gewesen waren, diese kleine Schachtel herausholen und sie ihm zeigen wollen. Denn in dem Augenblick, wenn sie das tat, würde er es wissen. Sie hatte es nie vergessen, nicht während ihres Studiums am College und auch nicht an den Orten, an die ihre Reportagen sie geführt hatten. Aber der richtige Augenblick war irgendwie nie gekommen.

Jetzt betrachtete sie die vergilbten, verknitterten Fotografien und nahm den Ring ganz vorsichtig heraus, um die Fotos nicht zu beschädigen. Noch immer weckte er leidenschaftliche Emotionen in ihr, Erinnerungen an eine Liebe, die sich mit nichts in ihrem Leben vergleichen ließ. Mit besonderer Sorgfalt steckte sie den Ring an ihren kleinen Finger, klappte das kleine Kästchen zu und verstaute es wieder in ihrer Tasche. Nein, sie hätte es nicht früher herausholen können. Sie hatte die Zeit gebraucht, um sich über alles klar zu werden. Es stimmte, sie waren nicht in allem einer Meinung. Aber sie empfanden beide dasselbe – was im Augenblick am wichtigsten war –, und die Zeit würde zeigen, wie wichtig das andere war.

Sie sah Emilys strahlendes Gesicht vor sich und Tränen brannten in Laurens Augen. Sie hatten eine Tochter – ihr wundervolles kleines Mädchen, das zwar schon ganz erwachsen war, sich aber trotzdem nach ihrer Zuneigung sehnte. Und sie und David hatten eine gemeinsame Vergangenheit und empfanden eine Liebe füreinander, die stärker war als Glaubenskämpfe oder politische Differenzen. Auch wenn sie sich von Gott entfernt hatte, sie hatte sich nicht ganz von ihm abgewandt. Und wenn er tatsächlich existierte, nun, dann hatten sie und Gott eben noch einige Berge zu erklimmen. Aber Berge waren ja dazu da, erklommen zu werden, oder? Und die Sache mit der Politik – David hatte recht. Wenn es anderen gelang, trotz ihrer unterschiedlichen politischen Auffassungen eine glückliche Ehe zu führen, dann konnten auch sie es schaffen.

Am Gate wurde es lebendig und ein Flugzeug kam in Sicht. Laurens Herz klopfte so stark, dass sie Angst hatte, es könnte zerplatzen. Aber wenigstens war es nicht mehr gebrochen.

Sie erhob sich, hängte sich die Tasche über die Schulter und beobachtete, wie die ersten Passagiere durch die Tür traten. Eine Mutter mit zwei kleinen Kindern, eine Gruppe Geschäftsleute, zwei Ehepaare, braun gebrannt und lachend; sie bewegten sich langsam vorwärts und unterhielten sich angeregt und wild gestikulierend …

Und da war er. An der Tür.

Lauren begann zu zittern. Ein Schaudern erfasste sie, floss durch ihre Adern und ließ ihre Hände und Füße kribbeln. Ihr war gleichzeitig heiß und kalt. Würde sie ohnmächtig zu Boden sinken und das Bewusstsein verlieren? *Herr, wenn du real bist … Ich kann es kaum glauben. Was ist das bloß für ein Gefühl?* Sie war nicht sicher, was sie mehr verblüffte – ihre Reaktion auf David oder dass sie mit Gott darüber gesprochen hatte. David folgte den anderen Reisenden durch die Tür. Den Blick hielt er gesenkt. Er wirkte so … traurig. Verzweifelt.

Oh Gott, ich habe ihm das angetan. Es tut mir so leid … Ich liebe ihn so sehr!

Als hätte er ihren verzweifelten lautlosen Schrei gehört, blieb David zögernd stehen – und hob den Kopf. Ihre Blicke trafen sich, und sie beobachtete, wie ihm langsam aufging, was er da vor sich sah. Lauren konnte sehen, wie seine Augen aufleuchteten. Unglaube, Schock und Verblüffung, alles auf einmal. Und dann strahlten sie auf einmal mit solcher Intensität, dass Lauren sich in seine Liebe eingehüllt fühlte. Eine Liebe, die ihr das Gefühl gab, fliegen zu können.

Er setzte sich in Bewegung, langsam zuerst, dann immer schneller. Bevor sie Gelegenheit hatte, noch einmal durchzuatmen, hatte er sie auch schon erreicht und in seine Arme gerissen. Er drückte sie an sich und wiegte sie zärtlich. Sie klammerten sich aneinander und wollten sich gar nicht wieder loslassen. Seit sie sich in Chicago getrennt hatten, hatte Lauren sich danach gesehnt, in seinen Armen zu liegen und seinen Körper zu spüren. Sie konnte nicht sagen, wie lange sie dort standen, aber endlich traten sie zur Seite und machten Platz für die anderen Passagiere.

David blickte sie eindringlich an. „Was … wie …?"

Sie grinste. „Ich habe mit meinem Redakteur gesprochen." Ihre Augen funkelten. Seine Freude ging ihr durch und durch. „Und ihm gesagt, dass ich für eine Weile in Reno arbeiten möchte."

„Wirklich?" Er drückte sie ganz fest an sich. Und wieder lag der vertraute Spott in seiner Stimme. „Woher kommt der Sinneswandel?"

Sie zog eine Schulter in die Höhe. „Ich hab mir gedacht, dass du recht hast." Lauren musste lachen.

„Ich habe recht?"

„Ja." Sie stellte sich auf die Zehenspitzen und küsste ihn mit einer Inbrunst, die keinen Zweifel an ihren Gefühlen für ihn aufkommen ließ. „Berichterstatter müssen unvoreingenommen berichten, richtig?"

„Richtig." Er erwiderte den Kuss und nahm ihr Gesicht in seine Hände. „Und?"

„Und vielleicht ist es an der Zeit, dass ich mich ein wenig mit der Öffentlichkeitsarbeit des Militärs beschäftige."

Er begann zu lachen und sein Lachen steigerte sich zu einem brüllenden Gelächter. Dabei ließ er sie keine Sekunde los. Er legte den Kopf in den Nacken und genoss den Augenblick.

Als sein Gelächter verklang, nahm sie den Ring von ihrem kleinen Finger. „Hier." Sie reichte ihn ihm und wartete darauf, dass er ihn erkannte. „Meinst du es immer noch ernst?"

Er blickte sie an und verlor sich beinahe in ihren Augen. Dann nahm er ihre linke Hand und voller Zärtlichkeit steckte er den Ring an ihren Ringfinger. „Ich liebe dich, Lauren Anderson."

„Ich liebe dich auch." Sie hielt den Atem an. Er hatte sie nicht gefragt, ob sie ihn heiraten wollte, aber das war in Ordnung. Wenn die nächste Phase ihres Lebens so verlief, wie sie es sich erhoffte, dann würde die Frage noch kommen. Im Augenblick konnten sie es zumindest miteinander versuchen, denn sie brauchten nichts zu überstürzen. Eine wundervolle Zeit lag vor ihnen.

Er hielt ihre Hand fest. „Gott hat uns zusammengeführt und jetzt kann uns nichts mehr trennen. Ich werde nie jemanden so lieben wie dich. Trotz allem."

Sie umarmte ihn und plötzlich riss er sie von den Füßen und wirbelte sie im Kreis herum. Als er sie wieder auf den Boden stellte, reckte er die Faust in die Luft und rief laut: „Danke, Gott!"

Die Leute schauten sie an und ein paar lächelten. In diesem Augenblick erkannte Lauren, dass sie ein Gefühl empfand, das sie noch immer mit Wärme erfüllte. Es war Frieden. Natürlich nicht der Friede, über den sie in all den Jahren so oft nachgedacht hatte, sondern ein Friede, der tiefer ging, der dauerhafter war. Ein Friede, den sie für den Rest ihres Leben spüren wollte.

David nahm sein Handy aus der Tasche, klappte es auf und grinste sie an.

„Was tust du da?" Sie hielt seinen Ellbogen. David strahlte so sehr, dass es wehtat.

„Was ich tun wollte, seit ich dich da stehen sah." Er tippte eine Nummer ein. „Ich rufe unsere Tochter an."

Emily beendete das Telefonat mit ihrem Vater und flitzte durch das Haus, um ihrer Großmutter die gute Neuigkeit zu bringen. Ihre Mutter und ihr Vater waren wieder zusammen! Sicher, es gab noch vieles aufzuarbeiten, aber sie waren zusammen. Und nur das allein zählte.

Angela war genauso aufgeregt wie sie, aber sie hatte jetzt nicht so viel Zeit, lange darüber zu reden. Emily musste zuerst noch etwas Wichtiges erledigen. In aller Eile lief sie in die Küche zurück, schnappte sich das Telefonbuch und suchte die Nummer des *Wheaton College* heraus. Es war an der Zeit, ein ganz besonderes Versprechen einzulösen.

Gott hatte ihr das Wunder geschenkt, um das sie ihn gebeten hatte – auch die kleinste Kleinigkeit war in Erfüllung gegangen. Sie würde ihren Großvater immer vermissen, aber auf einmal schien die Zukunft alles bereitzuhalten, was sie sich je erträumt hatte. Sie hatte Gott gebeten, sie zum Werkzeug seines Friedens zu machen. Ihre Geburt hatte alle auseinandergerissen, aber in den vergangenen Wochen hatte Gott sie gebraucht, um ihre Familie wieder zusammenzuführen. Nein, das letzte Kapitel war noch nicht geschrieben. Aber es würde alles gut werden. Der Gott, der dieses Wunder vollbracht hatte, würde ihre Eltern auch durch die nächste Phase ihres Lebens begleiten.

Jetzt musste sie ihr Versprechen an ihn einlösen.

Sie fand die Telefonnummer des Colleges, wählte und ließ sich mit ihrer Dozentin verbinden. Die Zentrale schickte sie kurz in die Warteschleife, dann meldete sich eine bekannte Stimme.

„Hallo?"

Emilys Herz machte einen Sprung. „Miss Parker?"

„Ja?"

„Hier spricht Emily Anderson. Ich hatte einige persönliche Angelegenheiten zu erledigen, aber ich wollte Ihnen sagen, dass ich zum Semesterbeginn wieder zurückkommen werde."

„Ich habe gehört, dass Ihr Großvater gestorben ist." Mitgefühl schwang in ihrer Stimme mit. „Ihre Großmutter hat angerufen und eine Nachricht hinterlassen." Die Lehrerin zögerte. „Es tut mir sehr leid, Emily."

„Ja." Sie schluckte. „Mir auch." Eine Amsel landete auf dem Rasenstück, auf dem der Schnee jetzt geschmolzen war. Sie hüpfte herum, pickte einen Wurm auf und flog davon. Ein schönes Bild für das neue Leben, das auch immer unmittelbar unter der vereisten Oberfläche wartete.

Emily blinzelte und drückte den Hörer fester ans Ohr. „Darf ich Sie um einen Gefallen bitten?"

„Natürlich. Was immer Sie möchten."

„Könnten Sie mir in der nächsten Ausgabe Platz für eine Kurzgeschichte reservieren? Ich weiß, dass Sie die Artikel in dieser Woche verteilen, aber ich habe eine ganz besondere Geschichte. Es ist eine Geschichte, die die ganze Welt erfahren soll."

„Wirklich?" Ihre Lehrerin klang interessiert. „Worum geht es?"

„Es geht um das Leben und die Liebe. Und um Wunder." Emily grinste und war einfach überwältigt von Freude. „Ich nenne sie ‚Trotz allem'."